复旦大学
古代文学研究书系

陈尚君　主编

周兴陆　著

文論求實

2018 年上海文教结合"支持高校服务国家重大战略出版工程"
资助项目

自　序

　　复旦大学是研究中国文学批评史的重镇。我很有幸,在这里学习和工作,成为学科组的一员。趁此机会,我谈谈个人学习中国文学批评史的几点体会。

　　首先,要理论与文献兼顾。空谈理论不行,仅仅做文献,也不是文学批评史。理论与文献并重,是这门学科奠基者郭绍虞、朱东润等先生开创的传统。20世纪30年代初,郭先生一方面从事宋诗话辑佚、考证的工作,一方面用现代文学观念重新梳理传统文论;新中国成立后,他主编《中国古典文学理论批评专著选辑》丛书,为新时期的中国文学批评史研究奠定了坚实的文献基础,同时在思考传统文学批评的民族特色等问题,兼顾理论与文献两个方面。我的老师黄霖先生80年代初选注《中国历代小说论著选》上下册,2000年出版了《中国古代文学理论体系·原人论》,也是在理论和文献两方面下过苦功夫,做出大成绩的。我们应该把这个传统保持下去。虚的问题要做实,实的问题要做虚。意思就是,提出和阐发"虚"的理论观念,要建立在扎实可靠的文献基础和现象分析上;文献考证本身不是目的,应从具体的文献考辨提升到一定的理论问题。举一个例子,明末清初许多反清、抗清、与清人不合作的文人,他们的别集在晚清时期被刊刻出版,现在影印本一般依据的是晚清的刊刻本。我仔细对勘过彭士望、王翃别集的刻本与存世的稿抄本,发现晚清的刊刻本有大量的删削和改动,把那些政治性强的、有违碍字眼的诗文都删改了。这就不只是哪个本子更可靠的文献学问题,而是与清代的文治和文学批评有关的一个理论话题。以文献为基础,归结点还是在理论。

　　其次,读古人的书,思考今人的问题。文学批评史既是一门历史学科,更是一门理论学科。从历史学科的角度说,它本身有许多课题,需要像研究文学史那样去探究;从理论学科的角度说,研究批评史不能只埋头读古书,还须抬眼关注当代社会的问题。过去周作人从批评史上提炼出"载道派"和"言志派"的对立来概括中国文学史,从学理上说是站不住脚的,但是他紧盯当前,用意在为"言志派"个性主义文学开辟道路。郭绍虞用"纯文学""杂文学"观念的消长来梳理批评史,也不无可议之处,但对于提倡纯文学观念则是不无意义的。思考当前问题,过去曾出现过失误,如文学理论上有现实主义,研究批评史就说白居易是现实主义,这种"以古证今"的思维模式今天还很普遍。我觉得传统的意义不在于证明今天已存在的东西,而是提供可以弥补今天缺失的、纠正今天失误的东西。西医治不了的病,用中医来治。比如中国文学批评史中"理(动词)性情"、"诗可以群"、"德"与"言"、"教化"、"讽刺"、"变化气质"、"自然"等观念,对于纠正当前文化的一些不良现象,还是有意义的。应该从矫正和批判当代社会不良文化现象、思考文化发展方向的立场来研究传统的文学批评史问题,这样文学批评史才是有力量的。

当前人们匍匐在物欲之下,成为欲望的俘虏,常患得患失,没有自信,没有定见。"物"与"我"的问题其实一直贯穿整个中国文化史,儒家、道家、佛家从不同角度解决二者的矛盾。"物"与"我"也是文学批评史的一个基本问题。"感物兴情"说,喜柔条于芳春,悲落叶于劲秋,人没定见,是不自由的。中唐至宋代出现了"不感物""超感物"的诗学心理机制。苏轼说"平生学道真实意,岂与穷达俱存亡",黄庭坚说"决定不是物,方名大丈夫",强调的是诗人的超越性人格,"我"终于战胜了"物",成为超越世俗的、自由无碍的主体,这是宋诗背后挺立的主体性人格。我前几年出了一本《中国分体文学学史·诗学卷》,花费很多笔墨谈中唐至宋代这种超越性的人格精神,视之为中国人精神发展的新层次。其实在下笔的时候,更多思考的是当前的社会问题。在今天我们需要提倡"不以物喜,不以己悲","决定不是物,方名大丈夫"的超越性人格精神来对抗噬人的物欲。又如对"人性"问题的思考,过去人们一讲到文学中的"人性",马上想到袁枚。但我对袁枚"性灵说"的认识是,在诗学发展史上,它表现为与传统诗教的分离,与格调诗学的决裂,代表着一种新的方向,即诗歌的个性化方向。但是,在传统意识形态依然十分坚固的思想堡垒中,这种新的思想动向在某种程度上是被扭曲的。清代中期的社会还没有给予个人真情以充分舒展的空间,还没有新的曙光来照亮诗人的心灵,因此这时所谓的性灵、真情、个性化,只是在个人一己的私情俗欲上放荡,表现出颓废的色调。尽管这种世俗化是对正统理学思想的反叛和嘲弄,但它本身是带有先天不足的。如果沿着其庸俗性的一面发展,将会是人性的堕落、艺术的堕落。在《古诗讲读》里,我特地引出袁枚《马嵬》:"莫唱当年《长恨歌》,人间亦自有银河。石壕村里夫妻别,泪比长生殿上多。"说"最爱言情之作"的袁枚,能将笔触深入到普通民众中去表现他们的真情,这是清代"性灵"文学的进步。袁枚诗中所咏对今天的文坛依然无不针砭意义。

第三,读世界的书,思考中国的问题。学习中国文学批评史,首先当然是要把我们自己的文史哲书籍读好,这是不言而喻的。这里说的是要不要读外国书,如何读外国书。自一百多年前门户开放后,国人没有不受外国思想影响的。王国维曾提出"学无中西,学无新旧",有深厚的中学基础,更有利于吸收西学;有了一定的西学视野,可更深刻地认识中学的特点。今天研究中国文学批评史,多读一点外国书,总是有帮助的。但是,切忌把在国外特定的文化传统中生长出来的文学命题上升为文学的"基本原理",用来阐释中国文学和文学理论,这种"以西律中"的方法曾经很流行,造成了严重的失误。如曾有人问中国为什么没有史诗?有的人就说《诗经》中的《生民》是史诗。过去说"文学是用形象反映生活",这是基本原理,但是在刘勰《文心雕龙》里没有发现"形象",于是或贬斥《文心雕龙》没有认识到文学的本质,或对《文心雕龙》加以曲解以比附。又如20世纪初的研究者把欧美17、18世纪出现的"纯文学"观念引入中国,感叹中国是"杂文学"、"大文学"观,没有出现西方那样的"纯文学",其实西方古代的文学观念也是很庞杂的,雄辩术什么的都是文学,"纯文学"的产生非常晚。钱钟书先生提出"参斟人我,辨别异同",这应该是对待外国文化应有的态度。朱自清先生曾受"新批评"科学主义精神的影响,治中国文学批评史,努力要把中国文论的范畴解释清楚,撰著了《诗言志辨》,是一部经典著作。但"新批评"把作品当作独立的"文本",切断它与作者、读者的联系,这个原则在中国是行不通的。杜甫的诗歌,如果不联系杜甫其人、其时代,那是解释不清楚的,中国传统的"知人论世"不因"新批评"的引入而失效。古人说:"同而不同处有辨。"今天对待中外文论,也要做这种辨析,不能再把外国的理论当作裁判官,把自己的祖先当作阶下囚。

　　海外汉学也是外国的书,读时应区别对待。海外汉学分为两类,一类是余英时、杜维明、王德威等先生,既具有深厚的中国文化功底,又具有国际化的视野,着眼点在研究中国的问题,他们的著作更能给人以启发。现在搞文史的,大约多多少少都受到余英时《士与中国文化》的一点影响。另一类人,对中国文化一知半解,攻其一点,不及其余,说法新奇,多禁不起推敲。我们应该感谢他们在传播中国文化上作出的贡献,但不应该把他们奉若神明,抬高他们的学术,仰其鼻息,尊为范式。举一个例子来说:潘岳的悼亡诗非常有名,但是现存文献关于他与妻子杨容姬婚姻的记载是有矛盾的。日本学者兴膳宏先生《潘岳年谱稿》较早注意到这个矛盾,提出疑问。国内学者顺着兴膳宏的疑问,说潘岳再婚了,凭空猜测,毫无文献根据。人家提个疑问,打个问号,我们就把它坐实,划上了句号。我们这种跟着人家跑的学风,实在是要不得的!大家应该还记得"屈原否定论"在20世纪闹得沸沸扬扬几十年。70年代,日本学者否定屈原的存在,大陆学者捍卫屈原的存在,争执不下。其实,日本学者否定屈原的存在,并没有确凿的证据,他们用一个声音说话,显然有自己的政治用心。现在的大学生、研究生做论文,以引用外国文献为自豪,转弯抹角绕到某些大汉学家头上。在他自己认为这是炫博,其实正暴露出自己的幼稚。英国学生研究莎士比亚,难道会频频征引陆谷孙教授的《莎士比亚研究十讲》,引以为荣吗?如果中国传统文化的阐释权掌握在外国人手里,那就是我们的大悲剧。研究中华传统文化,需要有自主意识。对于外来学说——不论是东洋还是西洋的,都要多加检视,不能盲目相信。一百年前,三十余岁的黄人撰著《中国文学史》,旨在熄灭国人"厌家鸡爱野鹜之风"。我觉得对于今天的文史学者来说,这个任务依然很艰巨,很迫切。

第四,多读前面的书,研究后面的问题。这一点主要是就我个人说的,不具有普遍性。六朝以前的研究,如果没有新材料的出现,不大可能有重大的创获,研究者应该注重传承,而不是一味地求创新。比如刘勰的《文心雕龙》,今天研究的人很多,如果能把刘勰提到的作家作品认认真真地读透,把《文心雕龙》文本钻研透彻,在研究中把它传承下去,就是很了不起的,不能抱着一鸣惊人的心理去琢磨实现大的突破。明清时期不一样,有大量的材料没有人去整理研究,有很多空白点,需要人去垦荒。所以做学位论文在明清时期很容易找到题目。但是研究明清时段,不能眼睛只盯着明清,应该系统地阅读先秦汉魏以降的书,前面的基础越牢靠,对后面的认识越真切深刻。如明代的诗话,大量地论述前代的诗歌,如果不读前人诗歌,或者读得少,明代诗话就读不透。翻看清人的文集,多是讨论经、子、史的问题,如果没有对前面上古、中古时期知识的相应储备,清代的别集就读不下去。像张舜徽先生的《清人文集别录》那真正是"辨章学术,考镜源流",因为张先生小学、史学功底好。我们虽不能至,心向往之。

以上四个方面,是我学习和研究中国文学批评史所取的路径。这条道路实在漫长,我只能说是尚在起步而已。古人说:"路头一差,愈骛愈远,由入门之不正也。"我把自己的"路头"说出来,就是希望得到行家和读者的批评指正,免得路头差了,误入歧途。

2011 年,我曾将此前的论文结集为《诗歌评点与理论研究》,作为庆祝我的老师黄霖先生七秩华诞文丛之一种,由凤凰出版社推出。现在这本集子收录的是自 2011 年以来公开发表的 28 篇学术论文,主要是中国文学批评史的理论与文献研究,因此取名曰《文论求实》。复旦大学中国古代文学研究中心陈尚君主任要推出一套学术文丛,承蒙不弃,将这本集子纳入其中,我心存感激! 拙稿是否会拉下这套学术文丛的整体质量,我又是诚惶诚恐的。其中一定存在许多不足和不当,恳请专家和读者批评指正。

这些论文曾在《文学评论》《文学遗产》《文献》《光明日报》《文汇报》

《文艺理论研究》《复旦学报》《上海师范大学学报》《苏州大学学报》《明清小说研究》《山东社会科学》《南京社会科学》等刊物上发表过,许多编辑老师都给予我多方面的指导和帮助,在此一并表示由衷的感激!感谢上海古籍出版社黄亚卓女史为拙稿费心费力!我只能以更勤奋的工作来回报大家的关爱。

2017 年 6 月 30 日写于复旦大学光华楼

目　录

中国文学的渊与源

2015年9月22日《光明日报》"文学遗产"刊载了刘毓庆、徐志啸两位先生关于"中国文学的源头是什么"的对话,是难得一见的真正的学术争鸣,读来很有兴味,颇受启发。真理越辨越明,可能我们离这个问题的准确答案不远了。

就这个问题本身来说,答案并非是泾渭分明、截然对立的,关键是对"源"这个比喻词的理解,两位先生在无意之中存在了分歧。源的初文为🔲,意为泉水从山崖渗出。从这个意义出发,把中国文学比喻为一条水流,它的源头应该是很细小微弱,如所谓的滥觞,只能浮起个小酒杯。郦道元《水经注·江水一》说:"江水自此已上至微弱,所谓发源滥觞者也。""源"字引申为开头、起始。徐志啸先生说:"中国古代神话是很丰富的,神话是西方文学的源头,而中国文学的源头可能不仅仅是神话,还有口头文学。"就是从这个意义上来追溯中国文学的源头的。

与"源"相关的一个字是"渊",通常联合组词"渊源"。刘毓庆先生在争论时说:"就像河流,我们说它是源头的时候,它一定有一个'水渊',六经就是中国文学的水渊。"这是用另外一个比喻词"渊"代替"源"了。渊的本字为🔲,像深潭有水之形。刘毓庆先生就是从这个意义,即深渊的意义上,指出六经是中国文学的"源头"的。

其实两位先生并不在一个意义层面上探索中国文学的"源头",各有其合理之处,都能够从历史中寻找依据来证明自己的观点。在中国文学批评上,特别是刘勰的《文心雕龙》,就兼容了二家的看法。刘勰专立《宗经》篇,提出各种文体都是发端于经典,经典为后世文章确立了原则("文能宗经，体有六义"。）经典对后世文章的沾溉与影响，"可谓太山遍雨，河润千里者也"。特别是刘勰在《宗经》篇末说："**渊**哉铄乎，群言之祖。"这正是刘毓庆先生所谓"六经就是中国文学的水渊"的直接依据。但是刘勰所谓的"宗经"不是说后世的文学滥觞于经典。

刘勰在《原道》篇里说："人文之元，肇自太极。……谁其尸之？亦神理而已。"把人类文明追溯到浑沌初开时期，说得有点儿神秘。又说："自鸟迹代绳，文字始炳。炎、皞遗事，纪在《三坟》，而年世渺邈，声采靡追。"所谓的"声采靡追"，就近乎徐志啸先生所谓的神话之前人类尚未开化的阶段。刘勰在《明诗》篇里追溯最早的诗歌是《吕氏春秋》记载的"葛天乐辞"，《通变》篇追溯最早的"咏歌"是《吴越春秋》记载的黄帝时《弹歌》。刘勰在《时序》篇里把文学的源头追溯到《帝王世纪》和《列子》分别记载的唐尧时的《击壤歌》《康衢谣》，显然这些文献都是逸出"六经"之外的，正是徐志啸先生所谓的口头文学和神话。南朝沈约《宋书·谢灵运传论》说："歌咏所兴，宜自生民始也。"也可以作为徐说的旁证。因此我说刘、徐二先生的观点在古代文学批评史文献中都可以找到依据，特别是同时都糅合在刘勰《文心雕龙》中，因为在古人那里是并不矛盾的。

我这样讲，并非是说现在这场争论没有意义。恰恰相反，这场争鸣，不只是具体的学术观点的辨析，更是当前文史研究的学术理念之争，反映出当前学术范式的某种转向。传统文学史上，"宗经"观念发生很大的影响，经典滋润并规范着后世的各体文学。到了"五四"新文化运动时期，经典的权威性遭到质疑和否定，经典对中国文学的影响这个话题自然而然地消解了。事实虽然存在，但是存而不议。因此，今天方铭、刘毓庆先生重新提出这个话题，强调中国文学的一个本然的特征，当然是有意义的，特别是在当前"国学热"的背景下。

文学起源于神话，这是一个西方式的命题，与进化论相结合，百余年前传到中国并运用于对中国文学史的阐释。今天对诸如此类"以西释中"的模式进行检省，也是有意义的。问题是，这个命题之所以能贯彻到中国文学史的阐释中，说明它与传统文学并非毫无契合度。国人正是在这个理论的启发下，努力发掘过去被斥为"子不语怪力乱神"的神话传说。今天我们需要更多地结合中国自己的文论传统对这些搬来的命题加以修正、改造和重释，正如黄霖先生所说，要"从世界性中抓住特殊点"，"从多元性中找出融合点"，而不是轻易地把 20 世纪里从西方借鉴而来的命题范畴抛弃了事。其实有些范畴命题抛弃也是抛弃不了的。比如"中国文学"一词，现在我们把诗、词、文、小说、戏曲纳入一个系统，在一本书里叙述。而在中国传统里，这五者从来就没有在一本书、一个系统里出现过。目录书里小说与诗文归入不同门类；一个作家即使兼备各体，但其文集也不会通通把它们包罗进去。如吴敬梓的《文木山房集》就不收《儒林外史》。我们今天研究"中国文学"，是依据现代的文学观念回溯传统，把传统里符合现代所谓"中国文学"内涵外延的成分挑剔出来？还是按照《论语》中那个"文学"的概念的自然发展来框定文学的内涵和外延呢？依前者去做，有问题；依后者去做，有困难。正确的途径可能还是二者兼顾。归根到底是，如何认识与处理中国文学作为世界文学的一个重要组成部分，它与欧洲文学的同与异。过去强调的是趋同，甚至丧失自我地趋同，当然是失误；今天多强调的是别异，当然很重要，但如果否定各国文学存在共同性、相通性而执拗地别异，可能也会产生失误。文史研究的"去西方化"如何更理性、更稳健，还是摆在我们面前的一个问题。

（载 2015 年 10 月 29 日《光明日报·文学遗产》）

从汉代宾客之盛衰谈班固
《答宾戏》之主旨

《答宾戏》是班固的一篇重要作品,刘勰《文心雕龙·杂文》曰:"班固《宾戏》,含懿采之华。"①萧统《文选》"设论"类收录了该文。

对于班固《答宾戏》的主旨,龚克昌先生阐释说:"作者通过宾主之问答,力图揭示无功、有功的分别,在于弘道与否,以此说明自己不汲汲于富贵功名,笃志于为文著述,无怨无悔的心志。"②周启成先生等解说:"班固才盖当世,而章帝雅好文章,因而班固颇得宠信。章帝每有巡狩,就献上赋颂;朝廷每有大议,就使质难公卿。但官运不通,位不过郎。有感于东方朔、扬雄怀才不遇而作《答客难》《解嘲》,因而模仿他们而作此文。"③这两种解释之间实存在明显的差异,前者的解释侧重于说明笃志为文、无怨无悔的心志;后者则谓主旨是模仿东方朔、扬雄,抒写怀才不遇之感。这都是本于《答宾戏》前的小序,但未能作全面深入的理解,故而出现了偏差。

《答宾戏》前的短序曰:"永平中为郎,典校秘书,专笃志于儒学,以著述为业,或讥以无功。又感东方朔、扬雄自喻,以不遭苏(秦)、张(仪)、范(雎)、蔡(泽)之时,曾不折之以正道,明君子之所守,故聊复应焉。"④这段文字又见于班固的《汉书·叙传》,是作者的自序,当为可信。关键是对它如何解释。龚克昌先生抓住的是序中"专笃志于儒学,以著述为业"

---

① 刘勰著、范文澜注:《文心雕龙注》,人民文学出版社1958年,第255页。
② 龚克昌:《全汉赋评注·后汉》,花山文艺出版社2003年,第311页。
③ 周启成等:《新译昭明文选》,三民书局2014年,第2233页。按,周先生的解释是依据《后汉书·班固传》。
④ 萧统编、李善注:《文选》,上海古籍出版社1986年,第2015页。

一句;周启成先生则着重在"感东方朔、扬雄自喻,以不遭苏、张、范、蔡之时"一句。若反复推敲全文,可知该文主旨其实是在于"折之以正道,明君子之所守"。对于"东方朔、扬雄自喻,以不遭苏、张、范、蔡之时",班固是明确否定的,故而作此文"折之以正道",表明"君子之所守",也即为什么他能"笃志于儒学,以著述为业"。正确理解班固《答宾戏》的关键有二:一、班固《答宾戏》与东方朔《答客难》、扬雄《解嘲》之间是什么关系? 班固是否与东方朔、扬雄有同样之"感"? 二、对于苏秦、张仪、范雎、蔡泽等宾客游士,班固是什么态度? 是否感慨不遭其时?

一、从东方朔《答客难》、扬雄
《解嘲》到班固《答宾戏》

班固《答宾戏》与东方朔《答客难》、扬雄《解嘲》之间存在文本的"互文性",《答宾戏》中主人对宾的回答,也可以理解是对东方朔、扬雄的回答。

东方朔在武帝时上书陈述农桑耕战、富国强本之策,而不见用,因此作《答客难》以发牢骚。开篇客以苏秦、张仪一当万乘之主,而身居卿相之位以诘难。东方朔"喟然长息,仰而应之",回答的要点是此一时彼一时,时异世改,不可同日而语;若苏秦、张仪生活于当今之世,也是无能为力,所以应该修身自得,等待时机。若遇到时机,他也会像乐毅、李斯、郦食其"说行如流,曲从如环"①。如果说东方朔感慨遭遇了天下太平、四海一家的盛世而没有纵横驰骋的机会的话,那么扬雄则是遭逢哀帝之时,丁明、傅晏等外戚与佞幸董贤结党营私,卖官鬻爵,他只能全身远害,淡泊自守,以至落拓不振。扬雄在《解嘲》中极力渲染仕途的危险,"一跌将赤吾之族","言奇者见疑,行殊者得辟"②,"攫挐者亡,默默者存,位极者高危",正是对哀帝时黑暗政治的揭露。此时"县令不请士,郡守不近师",士处于无关紧要、可有可无的地位。

---

① 萧统编、李善注:《文选》,第 2003 页。
② 萧统编、李善注:《文选》,第 2006、2009、2010 页。

虽然东方朔和扬雄对"今世"的描述互有不同,但是他们都流露出对"士无常君,国无定臣"的战国时代的向往,希望能获得"得士者强,失士者亡"的价值肯定。这显然违背了大一统的汉帝国的利益,不符合明帝、章帝时汉室中兴的国家要求。所以班固《答宾戏》"折之以正道",就是要纠正东方朔和扬雄这种错误的价值观。《答宾戏》中的主人也是采用今昔对比的手法,但他口中的战国时代,是"王途芜秽,周失其驭,侯伯方轨,战国横鹜,于是七雄虓阚,分裂诸夏,龙战虎争",在此纷争扰乱之世,士人"因势合变","据徼乘邪,以求一日之富贵,朝为荣华,夕为憔悴"①,侥幸得福,祸亦随之。这不是君子立身行事的法度。而主人口中的"方今大汉",扫除芜秽,铲平荒榛,同源共流,禀养太和,是盛美的皇代,一片太平盛世景象。很明显,班固与东方朔、扬雄对"大汉"与"战国"的认识是截然不同的。东方朔和扬雄笔下的战国,是游士充满机会的时代;因为时代的原因,东方朔与扬雄对于汉世的认识也有不同:东方朔笔下的汉世则是贤与不屑无以区别,万物各得其位,让人无所作为;扬雄笔下的汉世则是无所厕足、动辄得咎,是"不可为之时"。班固则完全颠覆了他们的今昔观,赞美所处的时代是"皇代",而战国则是乱世,借主客问答来批评他们"处皇代而论战国,曜所闻而疑所觌",用今天的话说,就是价值观的错误。范晔《后汉书·班固传》说班固此文作于章帝时期,"自以二世才术,位不过郎,感东方朔、扬雄自论,以不遭苏、张、范、蔡之时,作《宾戏》以自通焉"②,"自通"说显然不符合《答宾戏》的主旨。洪迈批评班固《答宾戏》等是"屋下架屋,章摹句写"③,也非公正之评。

班固《答宾戏》为了确立自己"笃志于儒学,以著述为业"的合理性,辨析了"客"所谓应该及时立德立功,而以著作为余事的问题。《答宾戏》中的"主人"列举了从舜时的贤臣皋陶到汉初的张良,"言通帝王,谋合神圣",建策立功,这些都是"俟命而神交,匪词言之所信",并不是像战国的游士凭借骋辞游说而得。其次如陆贾、董仲舒、刘向、扬雄等人著书立说,

---

① 萧统编、李善注:《文选》,第 2017—2018 页。
② 范晔:《后汉书》,中华书局 1965 年,第 1373 页。
③ 洪迈:《容斋随笔》,中华书局 2005 年,第 90 页。

究圣人之壶奥,照耀后世,立言亦足以不朽,仅次于前举立功之人。而伯夷、柳下惠、颜回、孔子等太上立德,坚守志向,安贫乐道,"真吾徒之师表也",是士人的典范。班固在这里完全是立足于儒家的根基,为士人指出了在当时的出路:建策立功,靠的是"俟命而神交",不可妄为;可以努力的是立德与立言。立德与立言,即使暂时暗昧,而终究可以彰显于后世,这才是"君子之真"。至于若伯牙、师旷、王良、扁鹊等人专精于一技,班固也不愿意置身于他们的行列。他自己的立命之处,正在于"笃志于儒学,以著述为业",即立德立言。班固既为皇代中的士子指出了人生出路,又找到了自己安身立命之处,与东方朔、扬雄文中的主人仅仅反击客之"病甚",不知权变,不明大道,也是不同的。

东方朔和扬雄都对苏秦、张仪等游士宾客表达了倾慕之意。东方朔《答客难》中,客曰:"苏秦、张仪壹当万乘之主,而身都卿相之位,泽及后世。"东方先生曰:"(苏秦、张仪)身处尊位,珍宝充内,外有仓廪,泽及后世,子孙长享。"①《解嘲》中扬雄一口气列举文种、范蠡、百里奚、乐毅、范雎、蔡泽等先秦六位游士宾客和汉初娄敬、叔孙通、萧何等皆是"万乘师","为可为于可为之时",矫翼厉翮,恣意所存,建立不世之功。但是至班固的《答宾戏》,则贬斥游士宾客"非韶夏之乐""非君子之法"。在班固眼中,"道不可二",而游士宾客们背离了儒家之道,因而最终都落了个囚身灭宗的可悲下场。为什么他们对待游士宾客的态度有如此大的差异呢? 这与游士宾客在汉代地位的升降、班固对待策士宾客的态度有关②。

二、西汉宾客之盛衰

战国乱世,游士具有举足轻重的地位,在政治斗争中扮演着重要的角

① 萧统编、李善注:《文选》,第 2000、2001 页。
② 在《战国策》和涉及战国的文献里,"游士"与"宾客"是通用的,前者侧重于出计策、谋献略,后者侧重于"说行则留,不行则去"的自由身份。至汉代则"策士"稀见,多用"宾客"一词以指称,故后文也径用"宾客"。

色。游士不事生产,身份自由,说合则留,不合则去;同时他们本身没有实在的力量,只有依靠虑事定计,不治而议,打动人主,才能发挥作用。因此他们游走于各国之间,纵横捭阖,玩诸侯于股掌之中,大有"士存则国存,士亡则国亡"①的权势。战国四公子,齐之孟尝君、赵之平原君、魏之信陵君、楚之春申君,"方争下士,招致宾客,以相倾夺,辅国持权"②。若冯谖本是贱士,而孟尝君待以上客之礼。虽然宾客的成分复杂,如荀子所谓"今之所谓士仕者,污漫者也,贼乱者也,恣睢者也,贪利者也,触抵者也,无礼义而唯权势之嗜者也"③,但是成百上千的宾客,足以构成一股强大的政治势力,是政权的不安定因素,所以秦国曾要下逐客令,驱逐游士宾客。

　　事实上最后大乱天下、推翻大秦帝国的正是宾客的力量。田儋、田横"皆豪,强宗,能得人",在陈涉王楚后自立为齐王,田横自刎后,五百宾客随之自杀,刘邦惊叹曰:"田横之客皆贤。"④项梁、项羽叔侄早期避仇吴中时,"阴以兵法部勒宾客及子弟"⑤,这是项羽江东军的骨干。张耳早年是战国魏公子信陵君的宾客,因为妇家丰厚,他也招致了千里客。"高祖为布衣时,尝数从张耳游,客数月"⑥。汉高祖刘邦豪爽任侠,本来也是宾客起家。《史记·高祖本纪》载:"善沛令,辟仇,从之客,因家沛焉。"⑦后沛地百姓杀沛令而立刘邦为沛公。刘邦敬仰战国公子能养士,"及即天子位,每过大梁,常祠公子"⑧。受战国养士之风的濡染,他也广聚天下英才,萧何、曹参是最早的拥立者。楚人陆贾"以客从高祖定天下,名为有口辩士,居左右,常使诸侯"⑨;刘邦的同乡世交卢绾,"及高祖初起沛,卢绾

①　刘向:《说苑》,中华书局 1987 年,第 185 页。
②　司马迁:《史记》,中华书局 1959 年,第 2395 页。
③　荀子著、王天海校释:《荀子校释》,上海古籍出版社 2005 年,第 222 页。
④　司马迁:《史记》,第 2457 页。
⑤　司马迁:《史记》,第 296 页。
⑥　司马迁:《史记》,第 2572 页。
⑦　司马迁:《史记》,第 344 页。
⑧　司马迁:《史记》,第 2385 页。
⑨　司马迁:《史记》,第 2696 页。

以客从"①;沛人任敖,"及高祖初起,以客从"②;周苛自卒史从沛公为客,从入关破秦,刘邦立为汉王后,以周苛为御史大夫③。刘邦正是依靠这些著名的宾客在义军中发挥骨干作用最终而一统天下,建立了大汉政权。

刘汉取代嬴秦后,各地拥众自立的势力,依然是威胁中央政权的隐患,因此也先后被铲削,如上引逃入海岛的田横。又如陈豨,"少时,常称慕魏公子。及将守边,招致宾客,常告过赵,宾客随之者千余乘,邯郸官舍皆满。豨所以待客,如布衣交,皆出客下"④。陈豨宾客盛多,擅兵于外,后来真的反叛了,自立为代王,被高祖斩杀。剿灭这些乱世枭雄,建立稳固的专制政权之后,大汉帝国才真的如东方朔《答客难》所谓"天下震慑,诸侯宾服。连四海之外以为带,安于覆盂,天下平均,合为一家"。在"率土之滨,莫非王臣"的稳固大一统的帝国里,游士宾客失去了身份的自由,似乎无用武之地。典型的游士、游侠的时代一去不复返了⑤。

但是,汉初文、景帝时期分封同姓诸侯王,同样为游士宾客留下了一定的生存空间,给汉初政权的稳固制造了新的隐患。《汉书·邹阳传》曰:"汉兴,诸侯王皆自治民聘贤。"⑥汉初各地的诸侯王,依然怀有战国四公子招贤纳士,以相倾夺,登基大宝的美梦。吴王濞招致四方游士,齐地邹阳、吴地严忌、淮阴枚乘等俱仕吴,皆以文辩著名;这些宾客没能劝阻吴王叛乱,就离开吴国而从梁孝王游。梁孝王贵盛,亦善待文士,司马相如、羊胜、公孙诡、邹阳之属,四方豪杰游士莫不招至门下。淮南王、衡山王、楚元王、济北王等无不以师友之道待士,帐下宾客奔竞杂沓。这时的宾客依然像战国游士那样"不任职而论国事",虽然不担任实际吏职,但皆奉若上宾。枚乘"久为大国上宾,与英俊并游,得其所好"⑦,景帝召拜他为弘农都尉,他都不乐意,以病去官,复游梁。司马相如辞赋不为景帝所喜

① 司马迁:《史记》,第 2637 页。
② 司马迁:《史记》,第 2680 页。
③ 班固:《汉书》,中华书局 1962 年,第 2094 页。
④ 班固:《汉书》,第 1891 页。
⑤ 余英时:《士与中国文化》,上海人民出版社 2003 年,第 53 页。
⑥ 班固:《汉书》,第 2338 页。
⑦ 班固:《汉书》,第 2365 页。

好,便离开京都而从梁孝王游。这不是个案。

诸侯王身边的宾客,为主人献谋略,出计策,排难解纷,一如战国时的策士。吴王、楚王、淮南王等相互联结,叛乱朝廷,既遭到宾客如邹阳、严忌、枚乘等的阻谏,也定当有宾客参与其中谋略规划,最终闹出"七国之乱"这样的大事。事后,公孙玃为济北王说梁王;梁孝王求为汉嗣而不得时,害怕被诛,送邹阳千金,"令求方略解罪于上者"①,可见景帝时诸侯王身边的宾客与战国的策士一样,为主人上下游说,排难解纷,实则搅扰得天下不得安宁。

武帝继位后,宾客在朝廷和地方诸侯中依然很有势力。司马迁在《史记·魏其武安侯列传》中就反复点出在窦婴与田蚡倾轧争斗中宾客趋势附利的种种表现。宾客势力招致了武帝的反感。"自魏其、武安之厚宾客,天子常切齿"②。自公孙弘之后,李蔡、严青翟、赵周、石庆、公孙贺、刘屈牦相继为武帝朝丞相,"丞相府客馆邱虚而已",意思是像窦婴、田蚡当权时宾客大盛的局面再也没有出现。汉武帝的政策是为散在天下的宾客提供了晋升朝廷的通道,通过州郡举孝廉茂才、朝廷问策贤良文学等方式,将分散于诸侯间的宾客聚拢至朝廷,或为天子宾客,或为郡县各级官吏。《汉书·严助传》曰:"郡举贤良,对策百余人,武帝善助对,繇是独擢助为中大夫。后得朱买臣、吾丘寿王、司马相如、主父偃、徐乐、严安、东方朔、枚皋、胶仓、终军、严葱奇等,并在左右。是时征伐四夷,开置边郡,军旅数发,内改制度,朝廷多事,屡举贤良文学之士。"③多事之秋,正是用人之时,所以武帝时从乡举里选到天子策问,开辟了士人进入朝廷政治中心的通道。董仲舒在贤良对策中提出太学养士的措施:"养士之大者,莫大乎太学。太学者,贤士之所关也,教化之本原也。"他提出的办法是让诸列侯郡守二千石各择贤明的吏民贡于朝廷,这样"天下之士可得而官使也"④。本来诸侯王所养皆诸子辞赋之士,董仲舒提出"罢黜百家,独尊儒

---

①　班固:《汉书》,第 2353 页。
②　司马迁:《史记》,第 2946 页。
③　班固:《汉书》,第 2775 页。
④　班固:《汉书》,第 2513 页。

术",以儒家敦厚醇雅的经术来抑制纵横辨说的士风,不任职而妄论国事的游士被"得而官使",纳入了专制制度的官僚体系中,这样便改造了过去的游士宾客之风,使天下游士宾客多入其彀中。

当然,一种措施的实行,其效果并非是立竿见影的。武帝时养士的风气依然存在,宾客依然是强大的政治势力,甚至是政治动乱的制造者。天子之宾客若严助之辈经常与大臣公卿在朝廷辩论大事,如吾丘寿王诘难丞相公孙弘,严助诘难丞相田蚡,宾客一般善于辞令,结果是"大臣数诎"①。更令朝廷反感的是,宾客还在继续蛊惑诸侯王叛乱。淮南王谋反,在他的王国之内有宾客伍被等的怂恿谋划,在朝廷里竟然也有天子宾客严助的勾连内应。武帝曾告诫严助"具以《春秋》对,毋以苏秦从横"②,意思是放下纵横策士那一套,归心于《春秋》儒经,忠心于朝廷,可严助作为天子宾客,竟然与淮南王交私论议。"及淮南王反,事与助相连,上薄其罪,欲勿诛,后不可治,助竟弃市"③。特别是武帝末年,戾太子起兵谋反一事,也与宾客有关。《汉书·戾太子传》曰:"使通宾客,从其所好,故多以异端进者。"④戾太子"遂部宾客为将率,与丞相刘屈牦等战长安中",结果是"诸太子宾客皆诛,其随太子发兵以反,法族之,吏士刻掠者皆徙敦煌",宾客如此胡作非为,武帝对之痛恨,责以严惩,是情理之中的事。《后汉书·郑众传》载:"汉有旧防,蕃王不宜私通宾客。"⑤大约就是武帝后期鉴于戾太子之乱而新定的制度。

主父偃的悲剧可谓是汉武帝时期宾客命运的一个缩影。早年学长短纵横之术,被齐地诸儒生所排摈,穷困潦倒。他所言"丈夫生不五鼎食,死即五鼎烹"⑥,正是一副战国纵横家的嘴脸,于是倒行逆施,晚乃学《易》、《春秋》、百家言。从长短纵横术转向儒家经典,应该是武帝时期多数游士宾客的共同道路。后得到武帝的信任,依从其计,"尊立卫皇后及发燕

---

① 班固:《汉书》,第 2775 页。
② 班固:《汉书》,第 2789 页。
③ 班固:《汉书》,第 2790 页。
④ 班固:《汉书》,第 2741 页。
⑤ 范晔:《后汉书》,第 1224 页。
⑥ 司马迁:《史记》,第 2961 页。

王定国阴事，偃有功焉。大臣皆畏其口，赂遗累千金。或说偃曰：'太横！'"①燕王、齐王之死，都与主父偃脱不了干系，被公孙弘斥为"首恶"，结果武帝"乃遂族主父偃"，落得可悲的下场。

汉武帝采用两手对待游士宾客，一手软一手硬，一面打开选拔官吏的通道，让士人有入仕为官的途径，将自由的游士宾客编入严整的官僚体系中；一面是采用极端严厉的手段诛灭游士宾客。东方朔《答客难》所谓"尊之则为将，卑之则为虏；抗之则在青云之上，抑之则在深渊之下；用之则为虎，不用则为鼠"的感慨，不是凭空虚拟，而是有现实基础的。经过武帝这两手，此后的宾客率皆无赖之人；而且"养士"也不再是流行的风气。大将军卫青就曾说："彼亲附士大夫，招贤绌不肖者，人主之柄也。人臣奉法遵职而已，何与招士！"②司马迁也反复讥讽游士宾客乃势利之交③。宣帝时，杨恽被免为庶人，居家，治产业，起室宅。安定太守孙会宗，有智略，写信警戒杨恽不当治产业，通宾客。杨恽不听，结果因有怨望之词而被诛。汉代甚至出现过宾客犯法主受连坐的法律④。可见，当建立了专制秩序之后，就不容许宾客在其中纵横捭阖，威胁政治结构的稳定了。扬雄《解嘲》所谓"当今县令不请士，郡守不迎师，群卿不揖客，将相不俯眉。言奇者见疑，行殊者得辟。是以欲谈者卷舌而同声，欲步者拟足而投迹"，正是对西汉中后期政治高压下宾客政治衰落的写实。

随着宾客生存空间被挤压，宾客自身也是每况愈下，真的是沦落为鸡鸣狗盗之徒耳。汉成帝不亲政事，贵戚骄恣，交通宾客，藏匿亡命，导致京都治安混乱；"赵季、李款多畜宾客，以气力渔食闾里"⑤。这些宾客不能够左右上层政权，只能够凭气力干一些劫财越货、鱼肉乡里的勾当了。西汉末年，一方面朝臣"志但在营私家，称宾客，为奸利而已"，另一方面，朝廷又在不断地制裁游侠养客，如哀帝时高密豪族郑崇，多交通宾客，被下

---

① 班固：《汉书》，第2803页。
② 司马迁：《史记》，第2946页。
③ 参见司马迁《史记·张耳陈余传》《郑当时传》之"太史公曰"。
④ 《汉书·何武传》："(戴)圣子宾客为群盗，得，系庐江。圣自以子必死。"清人凌扬藻解释说："此盖汉法连坐，其子之宾客为群盗，故子系庐江。"（《蠹勺编》卷二十一《通志》）
⑤ 班固：《汉书》，第3268页。

狱，穷治而死①；辛庆忌的长孙与平帝从舅卫子伯相善，两人俱游侠，宾客甚盛，结果王莽将辛的家族全部诛杀②。唯独王莽"交结将相卿大夫，救赡名士，赈于宾客，家无余财"，让在位者推荐他，游谈者为他说项造舆论，于是"虚誉隆洽，倾其诸父矣"③，终而成为窃国大盗。扬雄正是在此政治环境中，"早创《太玄》，有以自守"，既明哲保身，也表现出不同流合污的超然。

三、东汉"崇儒抑侠"与班固《答宾戏》

两汉之交出现了新的乱世，又为宾客的滋生繁盛提供了政治土壤，宾客豪强又纷纷出现。但是这时的宾客，不像西汉初年多诸子辞赋之士，而是多报仇杀掠的豪强。陶希圣曾著文列举了：赤眉的先驱者吕母密聚客，规以报仇；困光武于邯郸的王郎是赵国的豪侠；天水的隗嚣多宾客；更始皇帝刘玄也是结客报仇的侠士，刘玄的族弟刘伯升也是结客的大侠；光武帝起兵后，刘植、耿纯、岑彭、吴汉、臧宫、王霸、祭遵、傅俊等都率宾客归汉④。历史好像是在重新演绎一遍似的。在乱世之中，群雄逐鹿，光武帝本身就是依靠宾客的力量重新夺取大汉的江山的，这正如刘邦之任侠好宾客，取得天下。依靠豪侠宾客可以在乱世中夺取天下，但是治理天下必须依靠儒士经术而非宾客豪强，"马上得之不可以马上治之"的道理，历代统治者都是明白的。因此一旦后汉的江山稳固之后，面对"建武之初，雄豪方扰，虓呼者连响，婴城者相望"⑤的局面，光武和后来的明帝、章帝都大力推崇儒学，抑制豪侠。刘勰曰："及明、章迭耀，崇爱儒术，肆礼璧堂，讲文虎观。"⑥这种情况也正如武帝之"罢黜百家，独尊儒术"。在崇儒的同时，也自然地需要重新抑制豪侠宾客，虽然东汉后来的政治格局上并

①　班固：《汉书》，第 3257 页。
②　班固：《汉书》，第 2998 页。
③　班固：《汉书》，第 4040 页。
④　陶希圣：《王莽末年的豪家及其宾客子弟》，《食货》1937 年第 5 卷第 6 期。
⑤　范晔：《后汉书》，第 872 页。
⑥　刘勰著、范文澜注：《文心雕龙注》，第 673 页。

未能真正抑制豪强大族,但是在前期,崇儒抑侠是基本的人生价值观。一方面是豪侠宾客势力的萌动崛起,一方面是国家在政治措施和思想文化上强力贬抑豪侠宾客。建武二十八年"捕诸王宾客,死者千余人"①。明帝永平十三年,楚王英之狱,"自京师亲戚,诸侯州郡豪杰,及考案吏,阿附相陷,坐死徙者以千数"②。这种维持大一统的中央集权不得不采取的强硬手段。

又如东汉开国功臣伏波将军马援,在陇西依隗嚣时曾"宾客故人,日满其门",但是振旅还京师归附朝廷后,他上书请允许宾客屯田上林,将这些不事生产的豪侠转变为自食其力的耕作劳动者。马援在建武初年就预见到诸皇子并壮,不防微杜渐,而广通宾客,门庭如市,必然会招致灭顶之灾,后来果不其然。侄女婿王磐在京师交结诸侯,马援告诫说:"今若京师在长者间用气自行,陵折者多,必用亡身。"③马援的侄子"并喜讥议,而通轻侠客",他诫侄子书曰:

> 吾欲汝曹闻人过失,如闻父母之名,耳可得闻,口不可得言也。好论议人长短,妄是非正法,此吾所大恶也,宁死不愿闻子孙有此行也。汝曹知吾恶之甚矣,所以复言者,施衿结褵,申父母之戒,欲使汝曹不忘之耳。龙伯高敦厚周慎,口无择言,谦约节俭,廉公有威,吾爱之重之,愿汝曹效之。杜季良豪侠好义,忧人之忧,乐人之乐,清浊无所失,父丧致客,数郡毕至,吾爱之重之,不愿汝曹效也。效伯高不得,犹为谨敕之士,所谓刻鹄不成尚类鹜者也。效季良不得,陷为天下轻薄子,所谓画虎不成反类狗者也。迄今季良尚未可知,郡将下车辄切齿,州郡以为言,吾常为寒心,是以不愿子孙效也。④

龙伯高敦厚谨慎,是儒家人格的典范;杜季良豪侠好义,是乱世豪杰,马援

---

① 袁宏撰、周天游校注:《后汉纪》,天津古籍出版社1987年,第224页。
② 范晔:《后汉书》,第1430页。
③ 袁宏撰、周天游校注:《后汉纪》,第224页。
④ 范晔:《后汉书》,第844页。

对二者的褒贬态度非常鲜明。这正说明东汉政权建立后，社会从乱向治，人生理想和人格典范也相应地从豪侠转向了儒士，这种转向是与国家意志相适应的。这就是班固《答宾戏》的社会文化背景。

再看坎壈失志的冯衍，他在《显志赋》里列举了大量的古代人物，而态度也是显有不同的：

> 美《关雎》之识微兮，愍王道之将崩；拔周、唐之盛德兮，捃桓、文之谲功。怨战国之遘祸兮，憎权臣之擅强；黜楚子于南郢兮，执赵武于溟梁。善忠信之救时兮，恶诈谋之妄作；聘申叔于陈蔡兮，禽荀息于虞虢。诛犁钼之介圣兮，讨臧仓之诉知；媺子反于彭城兮，爵管仲于夷仪。疾兵革之寖滋兮，苦攻伐之萌生；沉孙武于五湖兮，斩白起于长平。恶丛巧之乱世兮，毒纵横之败俗；流苏秦于洹水兮，幽张仪于鬼谷。澄德化之陵迟兮，烈刑罚之峭峻；燔商鞅之法术兮，烧韩非之说论。诮始皇之跋扈兮，投李斯于四裔；灭先王之法则兮，祸寖淫而弘大。援前圣以制中兮，矫二主之骄奢；镒女齐于绛台兮，飨椒举于章华。摛道德之光耀兮，匡衰世之眇风；褒宋襄于泓谷兮，表季札于延陵。撫仁智之英华兮，激乱国之末流；观郑侨于溱洧兮，访晏婴于营丘。日曈曈其将暮兮，独于邑而烦惑。夫何九州之博大兮，迷不知路之南北。驷素虬而驰骋兮，乘翠云而相伴；就伯夷而折中兮，得务光而愈明。款子高于中野兮，遇伯成而定虑；钦真人之德美兮，淹踌躇而弗去。意斟愖而不澹兮，俟回风而容与；求善卷之所存兮，遇许由于负黍。轫吾车于箕阳兮，秣吾马于颍浒。闻至言而晓领兮，还吾反乎故宇。①

冯衍标举的理想社会是周、唐（尧）之盛德，对于齐桓、晋文之逞谲功而霸，战国以降权臣之擅强遘祸，兵革苦攻年年不断，他都持鄙夷斥责的态度。文中铺陈了黜楚子、执赵武、禽荀息、诛犁钼、讨臧仓、沉孙武、斩白

---

① 范晔:《后汉书》，第994页。

起、流苏秦、幽张仪、燔商术、烧韩书、诮始皇、投李斯等等,表达的是对僭越礼制,犯上作乱,尚功任力,巧诈纵横的谴责。馌女齐、飨椒举、褒宋襄、表季札、观郑侨、访晏婴等等,则表达了对忠信救时者的礼赞。而伯夷、务光、伯成子高、善卷、许由等隐士,正是冯衍心目中的真人,冯衍钦慕其德美,表达了隐世以独善的志向。可见冯衍这篇《显志赋》,虽多坎壈不平之气,但在人生价值观上与当时的"崇儒抑侠"主流思想是一致的。

这种对历史人物进行分类,加以褒贬而表达志向的叙写方式同样表现在班固的《答宾戏》中,班固花费大量笔墨列数了战国游说之徒为"衰周之凶人",予以贬抑,又列举了从皋陶到汉张良等建策展勋为"立功"之人,从陆贾到扬雄等"立言"之人。但是功不可以虚成,名不可以伪立。这些古人都不是班固标举的最高典范。"若乃伯夷抗行于首阳,柳惠降志于辱仕,颜潜乐于箪瓢,孔终篇于西狩,声盈塞于天渊,真吾徒之师表也。"班固提出真正的人生典范是伯夷、柳下惠、颜渊、孔子之类"立德"之人。真正的"立德"之人,"时暗而久章",暂时晦暗,终久必然能彰显于世。这又呼应了《答宾戏》开篇班固所谓"专笃志于儒学,以著述为业"人生志向。这就是班固"所守"的"正道"。

再看班固《汉书》与司马迁《史记》对游侠作出截然不同的评价。司马迁首先为游侠列传,称赞他们"言必信,行必果"的品格,同情他们的不幸遭遇。但是在班固之父班彪看来,"道游侠则贱守节而贵俗功"正是司马迁大敝伤道的罪过之一。班固《汉书》虽然列有《游侠传》,但是他站在儒家礼法上贬斥游侠"背公死党之议成,守职奉上之义废","以匹夫之细,窃杀生之权,其罪已不容于诛矣。……惜乎不入于道德,苟放纵于末流,杀身亡宗,非不幸也!"班固在《汉书》中表露出"崇儒抑侠"的人生价值观,与《答宾戏》是一致的。一直到东汉末年,荀悦依然抨击游侠、游说、游行"德之贼也",可见这的确是汉代一个突出的社会问题。

四、结　　语

通过梳理汉代宾客之盛衰和"崇儒抑侠"价值观的形成,我们再来看班固《答宾戏》的主旨。汉代大一统政权建立后，有不少人依然做着"诸侯放恣，处士横议"的美梦，但是策士宾客的存在，直接威胁到中央集权的统一和稳定，于是朝廷采取严加诛灭和开通仕途两种路径以消纳之。至东汉再兴，豪强宾客再度蠢蠢欲动，朝廷采取"崇儒抑侠"的措施。"崇儒抑侠"既体现在班固《汉书》中，也表现于《答宾戏》。《答宾戏》花费大量笔墨铺排战国游士宾客"福不盈眦，祸溢于世"的悲剧，否定游说之徒非君子之法；立功则须"俟命而神交"，不可妄动。立言可以"用纳乎圣德，烈炳乎后人"；而伯夷、柳下惠、颜渊、孔子等儒家圣贤才真正是"吾徒之师表也"，坚守正道虽然暂时沉潜晦暗，终将彰显于后世。这既是为作者"专笃志于儒学，以著述为业"确立合理的思想根基，也是为当时的士人指出了"立德"、"立言"的正道。如果仅仅将它理解为"自通"，则是本末倒置，掩盖了班固的基本意旨。

（载《中国社会科学院研究生院学报》2018 年第 2 期）

“潘岳两次婚姻说”辨疑

西晋潘岳善于哀诔之文，传世有几种悼念亡妻杨氏的作品，凄怆哀婉，是“悼亡”的名篇，于是关于潘岳的婚姻状况也就引起了文学史家的兴趣。然而由于年代久远，文献散落，就存世的文字来看，关于潘岳婚姻的记载有凿枘之处。如杨氏的侄子杨经（字仲武）英年早逝后，潘岳作《杨仲武诔》①，其中明确记载：“而子之姑，余之伉俪焉，往岁卒于德宫里。丧服同次，绸缪累月。苟人必有心，此亦款诚之至也。不幸短命，春秋二十九，元康九年夏五月己亥卒。”后文又说：“德宫之艰，同次外寝。惟我与尔，对筵接枕。自时迄今，曾未盈稔。”意即姑侄相继去世，时间未间隔一年，因此可以肯定潘岳妻杨氏去世在元康八年（298）。潘岳的《悼亡赋》（《文选》未收）一般被认为是悼念亡妻杨氏之作，首二句：“伊良嫔之初降，几二纪以迄兹。”意思是杨氏与他结婚，到去世时将近 24 年。向上推算，则他们结婚是在 274 年左右，这时潘岳已经 28 岁。但是潘岳的《怀旧赋》开篇说：“余十二而获见于父友东武戴侯杨君。始见知名，遂申之以婚姻。”②意谓潘岳 12 岁的时候，就得到父执辈东武戴侯杨肇的赏识，许以婚姻。潘岳 12 岁就被许以婚姻，到 28 岁才结婚，这不合常理。

日本学者兴膳宏先生首先提出疑问：“尽管可以想见岳自十二岁时与杨肇见面，瞩望将来不久即与其女草订婚约，而结婚却远在十五年之后。虽因父去世而要服丧，但为何迟至此时，今不详。”③兴膳宏先生面对这个

---

① 按，此文收入萧统《文选》，上海古籍出版社 1986 年，第 2445 页。
② 按，此文收入萧统《文选》，上海古籍出版社 1986 年，第 730 页。
③ 兴膳宏：《潘岳年谱稿》，原载 1974 年《名古屋大学教养部纪要》，见兴膳宏著、戴燕选译《异域之眼——兴膳宏中国古典论集》，复旦大学出版社 2006 年，第 14 页。

问题只说"今不详",近年来,国内的学者试图对这个"不详"的问题加以解释,寻求合理的解答,如胡旭、王海兵先生《潘岳三考》怀疑《悼亡赋》中"二纪"之"二"为"三"之误讹①。这样就把他们结婚的年龄再往前推12年,似乎比较合理,但这只是提出"怀疑",缺少证据。

在2005年"文选学"国际学术研讨会上,王晓东先生提出"潘岳两次婚姻说"②。此说的主要文献依据是《艺文类聚》中挚虞的《新婚箴》和潘岳的《答新婚箴》。他认为二人赠答是就潘岳再婚而言的,推测说:"潘岳与《杨仲武诔》提及的仲武之姑杨氏成婚之前,尚有一次婚姻。"

其实,挚虞的《新婚箴》和潘岳的《答新婚箴》,都不是新材料。陆侃如先生《中古文学系年》将它们系于泰始八年(272)③,即他认为的潘岳娶杨肇女儿的那一年,时潘岳新婚;兴膳宏先生则系于杨氏去世后,在《潘岳年谱稿》里将它们编在元康九年,即潘岳妻子去世的第二年,并提出"同某氏女再婚"的疑问。可能是这一疑问启发了王晓东先生的"再婚说"。如果潘岳第一次婚姻不是杨氏,那么就与《怀旧赋》中所谓12岁受到杨肇的赏识而许以婚姻不一致了。于是王先生大胆地推测潘岳"他的元配很可能也是杨肇的女儿",这样说来,潘岳有两次婚姻,先后都是娶杨肇的女儿,王先生称为"大杨氏"、"小杨氏"。尽管这种先后娶人家的姐妹为妻在历史上不乏其例,但潘岳是不是如此? 从现有的文献中完全看不出来,只是推测之词。潘岳先后写过十余篇与妻子、妻族杨氏有关的诗文,没有任何一处能够看出潘岳先后娶了杨氏姐妹。如果真的有这样的关系,在大量的文字中无一处流露出来,倒是很奇怪的。

最近,顾农先生发表了《潘岳的婚姻史与相关作品》,认同"潘岳两次婚姻说"并作了修正,指出王晓东先生提供论据都可以做出另外的解释,潘岳的第一任夫人不是杨肇的女儿,"为何许人,现在无从知悉"④。但若不是杨肇的女儿,那么潘岳《怀旧赋》中提到自己12岁得到杨肇的赏识

① 胡旭、王海兵:《潘岳三考》,《江苏教育学院学报》2002年第9期,第83—87页。
② 王晓东:《潘岳的婚姻及其相关作品献疑》,《中国文选学》,学苑出版社2007年,第330—339页。又见王晓东《潘岳研究》,上海古籍出版社2011年,第34—41页。
③ 陆侃如:《中古文学系年》,人民文学出版社1985年,第652页。
④ 顾农:《潘岳的婚姻史与相关作品》,《文学遗产》2013年第4期,第62—69页。

而许以婚姻该怎么解释呢？如果这个许诺后有变故而不果，那杨肇又怎么可能在若干年后又把自己的女儿嫁给丧妻的潘岳呢？这些疑点并没有解决。

上述种种矛盾和疑点，都迫使我们去重新检视潘岳的诗文，对"两次婚姻说"也不能盲目地相信，而应该立足于文献考辨去审视它。萧统《文选》中收录潘岳的《怀旧赋》、《寡妇赋》和《杨仲武诔》、《悼亡诗三首》，文字是可靠的，对潘岳婚姻状况的记述是前后合榫，没有矛盾的。《怀旧赋序》曰：

> 余十二而获见于父友东武戴侯杨君。始见知名，遂申之以婚姻，而道元、公嗣，亦隆世亲之爱。不幸短命，父子凋殒。余既有私艰，且寻役于外，不历嵩丘之山者，九年于兹矣。今而经焉，慨然怀旧，乃作赋。①

东武戴侯杨君，是指杨肇，潘岳的岳父。据潘岳的《杨荆州诔》，杨肇卒于咸宁元年（275）。"九年于兹矣"，可见《怀旧赋》作于太康五年（284）。杨肇之子杨潭，即潘岳的内兄，卒于咸宁四年（278）②，所以潘岳说："不幸短命，父子凋殒。"前后记载都能呼应。最关键的是《怀旧赋序》第一句，潘岳称12岁时得到父执辈的杨肇的赏识，许以婚姻。赋正文里说："余总角而获见，承戴侯之清尘。名余以国士，眷余以嘉姻。"正是一样的意思。

大约过不了几年，潘岳与杨肇的女儿就结婚了。据《离合诗》，杨氏名"容姬"。按照当时的习惯，男子约17岁，女子约15岁，便可成婚，潘岳和杨氏年龄差不多，相差不会太大。这一点可以从潘岳《寡妇赋》的记载得到证明。《寡妇赋》云：

---

① 董志广校注：《潘岳集校注》，天津古籍出版社2005年，第90页。
② 潘岳《杨仲武诔》说杨潭之子杨经卒于元康九年，春秋二十九，八岁丧父。据此推算杨潭卒于此年。

乐安任子咸有韬世之量，与余少而欢焉！虽兄弟之爱，无以加也。不幸弱冠而终，良友既没，何痛如之！其妻又吾姨也，少丧父母，适人而所天又殒。①

任子咸，即任护。《文选》李善注引贾弼之《山公表注》曰："杨肇次女适任护。"杨肇至少有两个女儿：长女嫁潘岳；次女嫁任护，任护大约17 岁左右就结婚，20 岁就去世了，留下一女，小名泽兰②。杨肇的两个女儿分别嫁给潘岳和任护，可知潘岳和任护年龄差距也不会太大，这与潘岳《寡妇赋》里说任护"与余少而欢焉"、逾于兄弟之爱的记述是合拍的。如果按照目前有的研究者的说法，潘岳和杨氏结婚时已 28 岁，而杨氏才14 岁，那么杨氏妹妹的丈夫任护与潘岳的年龄也会相差十几岁，形如父子，那怎么能说"与余少而欢焉，虽兄弟之爱，无以加也"？王晓东先生《潘岳的婚姻及其相关作品献疑》说潘岳作《寡妇赋》不会早于晋武帝太康元年（280）冬。太康元年时，潘岳已经 34 岁，而任护刚弱冠（20 岁）卒，两人相差这么大，怎能说"与余少而欢焉"呢？

潘岳与杨容姬结婚以后，虽然有过分别，但是恩恩爱爱，夫妻感情甚笃。到了元康八年（298）潘岳 52 岁时，妻子杨氏去世了，年约 47、48 岁。次年杨氏的侄子杨经也死了，潘岳作《杨仲武诔》（已见上引）记载得非常清楚，该文收入《文选》，是值得信赖的。这样去梳理一下，可见关于潘岳和杨氏婚姻的记述是头绪清晰，没有问题的。

问题出在《悼亡赋》。因为《悼亡赋》开篇二句曰："伊良嫔之初降，几二纪以迄兹。"嫔谓亡妻，初降谓结为婚姻。二纪为 24 年。这二句说到潘岳写《悼亡赋》时，妻子杨氏嫁来已经近 24 年了。从元康八年（298）上推24 年，在咸宁元年（275）左右，时潘岳已经 28、29 岁，这便与《怀旧赋序》记载相矛盾。因此，胡旭先生曾怀疑"二纪"是"三纪"之误。

其实《悼亡赋》这一篇文章本身的真实可靠性，是值得怀疑的：

①　董志广校注：《潘岳集校注》，天津古籍出版社 2005 年，第 95 页。
②　潘岳《为任子咸妻作孤女泽兰哀辞》："泽兰者，任子咸之女也。"董志广校注《潘岳集校注》，第 164 页。

第一，萧统《文选》收录了潘岳的《怀旧赋》、《寡妇赋》、《哀永逝文》、《悼亡诗》，唯独没有选录这篇《悼亡赋》，不是很奇怪的事吗？从情感意蕴和辞采艺术来说，《悼亡赋》毫不逊色，为什么萧统没有选呢？传世《悼亡赋》残句最早见于《艺文类聚》卷34，《北堂书钞》卷93也选了一句。

第二，即使这篇《悼亡赋》是真实的话，也只是一个残篇，而非全文。颜之推《颜氏家训·文章第九》曰：

> 陈思王《武帝诔》，遂深"永蛰"之思；潘岳《悼亡赋》，乃怆"手泽"之遗：是方父于虫，匹妇于考也。①

颜之推指出文章的瑕疵，列举两个例子。曹植《武帝诔》中曰："潜闼一扇，尊灵永蛰。"颜之推批评曹植不该把父亲去世比作昆虫的蛰伏。后一例子是说潘岳悼念亡妇的赋中不该用"手泽"一词，因为据《礼记·玉藻》"父没而不能读父之书，手泽存焉尔"，手泽是专指父亲所遗留之物，不能用于夫妻之间。但是查传世的《悼亡赋》无此句，可见传世的《悼亡赋》是个残篇。潘岳文章残佚的不止一篇。刘勰《文心雕龙·指瑕》曰："潘岳为才，善于哀文。然悲内兄，则云'感口泽'；伤弱子，则云'心如疑'。"心如疑，是指潘岳《金鹿哀辞》中"将反如疑"一句；但"悲内兄，则云'感口泽'"，无从查考，可见潘岳有悲内兄（当指杨潭）之文，然已佚失。

第三，甚至我们有理由怀疑这篇《悼亡赋》是南朝人拟作的。如其中"入空室兮望灵座，帷飘飘兮灯荧荧"等句与潘岳的《悼亡诗》《哀永逝文》中一些语句非常相近。"遭两门之不造"、"垂明哲乎嘉礼"，文字与挚虞《新婚箴》"今在哲文，遭家不造"也具有相关性。即使《悼亡赋》出自潘岳之手，从这文字的相关性，可以推知挚虞《新婚箴》是作于潘岳的妻子杨氏元康八年（298）之后，而不能作为潘岳28岁左右再婚的依据。

今贤提出"潘岳两次婚姻说"，唯一的根据是挚虞和潘岳的赠答《新婚箴》。其实对于这二篇文章不可呆看。先引出二文：

---

① 王利器集解：《颜氏家训集解》，中华书局1993年，第280页。

挚虞《新婚箴》

今在哲文,遭家不造。结发之丽,不同偕老。既纳新配,内芬外藻。厚味腊毒,大命将夭。色不可耽,命不可轻。君子是惮,敢告后生。①

潘岳《答挚虞新婚箴》

先王制礼,随时为正。俯从企及,岂乖物性。女无二归,男有再聘。女实存色,男实存德。德在居正,色在不惑。新旧兼弘,义申理得。然性情之际,诚难处心。君子过虑,爰献明箴。防微测显,文丽旨深。敬纳嘉诲,敢酬德音。②

有人据"敢告后生"一句认为当指潘岳年富力强之时,作为"再婚"说的依据。其实挚虞生年虽然不能确考,但与潘岳年岁相仿,不管在什么时候都没有资格称潘岳为"后生"。这一赠一答的两篇文章,读起来倒更像是游戏笔墨。就像稍后孔稚圭的《北山移文》,王运熙先生曾推测说:"《北山移文》只是文人故弄笔墨、发挥风趣、对朋友开开玩笑、谑而不虐的文章。"③不能真的理解为孔稚圭写此文讽刺周颙出仕。后世如朱庆馀的《闺意·上张水部》"洞房昨夜停红烛",张籍的《节妇吟·寄东平李司空》"恨不相逢未嫁时",也是这一类游戏笔墨,其中有另外一层含义,即以婚姻关系比喻仕途。挚虞《新婚箴》的真实意旨可能是在警戒潘岳从一个政治势力转向另一个政治势力,将会遭遇不测;而潘岳的《答新婚箴》的意思一方面说身不由己,另一方面说自己立德不败。联系二人的性格和经历来看,赠答《新婚箴》主旨为政治隐喻完全是可能的,《晋书》本

① 严可均:《全上古三代秦汉三国六朝文》,中华书局 1958 年,第 1904 页。
② 董志广校注:《潘岳集校注》,第 143 页。
③ 王运熙:《孔稚圭的〈北山移文〉》,见《王运熙文集》(2),上海古籍出版社 2012 年,第 64 页。

传谓挚虞"素清贫",潘岳"性轻躁,趋世利"①;构陷愍怀太子的文章出于潘岳之手,而时挚虞入秘书监,挚虞完全可能是借《新婚箴》对潘岳提出警戒。如果真的照字面意思理解是挚虞劝潘岳不要续弦沉迷女色,哪有在人家刚刚"遭家不造"的时候就诅咒他"大命将夭"的?

持"潘岳两次婚姻说"的研究者面临的一个工作,是潘岳的悼亡和关乎妻族的诸多作品在大杨氏、小杨氏或者杨氏、非杨氏之间如何分配的问题。其实,所谓的"潘岳两次婚姻",不过是推测甚至想象出来的,特别是"第一任夫人"完全无从说起,只是因为前后的一段时间对不上而虚填起来这么个人物,因此在分配诗文吟悼对象的时候,大多数还是分给了后面的那个一起生活时间长的"杨氏"。王晓东先生的文章把《金鹿哀辞》分给了前面的第一任杨夫人,并很慎重地怀疑《内顾诗》二首是潘岳于泰始二年(266)随父赴琅琊内史任,来到琅琊,不堪新婚离别之苦,遂登高临远而作,意即《内顾诗》"内顾"的可能是第一任大杨氏。顾农先生的文章则把王晓东先生的怀疑坐实,认为《内顾诗》是潘岳为第一任夫人写的,"应作于潘岳新婚之后不久远游他父亲潘芘任职处琅琊之时"。其实没有什么依据,只是以为诗中"绝域"就是指较远的琅琊,从诗人一生的行踪来看,琅琊是最远的了,故而有此结论。这也是没有力量的推测之辞。现先引出《内顾诗》二首:

　　静居怀所欢,登城望四泽。春草郁青青,桑柘何奕奕。芳林振朱荣,渌水激素石。初征冰未泮,忽焉衫绤绤。漫漫三千里,苕苕远行客。驰情恋朱颜,寸阴过盈尺。夜愁极清晨,朝悲终日夕。山川信悠永,愿言良弗获。引领讯归云,沉思不可释。

　　独悲安所慕?人生若朝露。绵邈寄绝域,眷恋想平素。尔情既来追,我心亦还顾。形体隔不达,精爽交中路。不见山上松,隆冬不

①　房玄龄等:《晋书》,中华书局1974年,第1427、1504页。

易故。不见陵涧柏，岁寒守一度。无谓希见疏，在远分弥固。①

　　关于二诗的创作背景，没有多少外证材料，只能基于对诗歌本身的分析。陆侃如先生《中古文学系年》将二诗系于太康七年(286)潘岳转怀令，是可信从的。潘岳《在怀县作二首》之二曰："我来冰未泮，时署忽隆炽。"与《内顾诗》之一"初征冰未泮，忽焉衫绤绤"二句相应，吟咏的都是初至怀县的时节。潘岳此前在河阳时，离黄河近，《河阳县作》有"洪流何浩荡"、"登城望洪河"等句；但怀县离黄河较远，《在怀县作二首》之一有"登城临清池"句，与《内顾诗》中"登城望四泽"也是相呼应的。《内顾诗》之一曰"静居怀所欢"，《在怀县作二首》之二"小国寡民务，终日寂无事"，也就是"静居"的意思。此时潘岳40岁，所以《内顾诗》有"人生若朝露"的慨叹。如果说《内顾诗》作于远游琅琊之时，那时潘岳还是20岁左右的青年人，心高气傲(曾挞辱孙秀，招致晚年灭门之灾)，不大可能发出"人生若朝露"的感慨。综合起来看，《内顾诗》还是以作于转任怀县令后不久为恰当。

　　至于《金鹿哀辞》中的幼女金鹿，也没有理由说是"大杨氏"所生，因为按照王晓东先生的说法，"晋武帝泰始九年左右，大杨氏卒；一年后，潘岳续娶小杨氏"，"《金鹿哀辞》作于晋武帝泰始九年(273)左右"②。这一年，潘岳27岁。但《金鹿哀辞》曰："良嫔短世，令子夭昏。既披我干，又剪我根。块如瘣木，枯荄独存。"潘岳把自己比喻为"瘣木"、"枯荄"③，这似乎并不是年轻的潘岳的口气。而在大家都一致认为是悼念元康八年(298)去世的杨氏的《悼亡诗三首》之三中有"落叶委埏侧，枯荄带坟隅"。50余岁的潘岳悼念亡妻，心气衰微，故自比为"落叶"、"枯荄"，这与《金鹿哀辞》中自比为"瘣木"、"枯荄"是一样的，差不多作于同一时期。应该是在元康八年杨氏去世后不久，幼女金鹿也夭折了，故作《金鹿哀辞》，所

---

①　徐陵编、吴兆宜注：《玉台新咏笺注》，中华书局1985年，第82页。
②　王晓东：《潘岳的婚姻及其相关作品献疑》，《中国文选学》，第333、334页。
③　郭璞注《尔雅·释木第十四》："瘣木，谓木病尫伛、瘿肿，无枝条。"中华书局1985年影印《丛书集成初编》本，第108页。

以金鹿还是这个元康八年(298)去世的杨氏所生。既然潘岳任何诗文的指涉对象都不是所谓的第一任夫人,那么提出"两次婚姻说"对于研究潘岳诗文又有多少意义呢? 这是可想而知的。

最后归总一下结论:潘岳一生只经历过一次婚姻:即在 12 岁时得到父执杨肇的赏识,随后不久,与杨肇大女儿杨容姬结婚。两人年岁相差不大,情爱甚笃。他们夫妇生有二女一子,弱子和小女儿先后夭折①。大女儿至潘岳被刑时已经出嫁②。夫妻俩曾有过短暂的分别,但是"在远分弥固",伉俪情深,共同生活了约 35 年。至元康八年(298),杨容姬去世,潘岳撰写了若干篇《悼亡诗》和《哀永逝文》,情思悲怆,感人至深,在当时和后世得到人们的传颂。但是,由于残篇甚至是伪作的《悼亡赋》文字的误导,加之误读了挚虞、潘岳二篇本旨在隐喻仕途的《新婚箴》,今贤推想出"潘岳两次婚姻说"。不论"两次婚姻"是娶了大、小杨氏,还是一他姓、一杨氏,都不能圆通地解释涉及潘岳婚姻关系的材料。

这个话题本来是由外国学者引起的,人家提个疑问,打个问号,我们就把它坐实,画上了句号。这种跟着人家跑的学风,实在是要不得的! 尤其是研究中华传统文化,需要有自主意识。对于外来学说——不论是东洋还是西洋的,都要多加检视,不能盲目相信。

---

① 参见潘岳《金鹿哀辞》和《伤弱子辞》,董志广校注《潘岳集校注》,第 161、162 页。

② 房玄龄等:《晋书·潘岳传》:"兄弟之子,已出之女,无长幼一时被害。"中华书局 1974 年,第 1507 页。

刘勰《文心雕龙》的"文德"论

清代章学诚在《文史通义·文德》中说:"古人论文,惟论文辞而已矣。刘勰氏出,本陆机氏说而昌论文心;苏辙氏出,本韩愈氏说而昌论文气,可谓愈推而愈精矣。未见有论文德者,学者所宜深省也。"①在章氏看来,似乎刘勰的《文心雕龙》没有论及"文德"问题。其实,《文心雕龙》虽然没有为"文德"立目,但是通观全书,不仅《程器》篇专门论述这一问题,在其他各篇,特别是文体论部分,都涉及"文德"问题;而且刘勰的"文德"论具有独特的内涵,可惜目前"龙学"界对此问题较少探讨②,尚值得进行深入的剖析。

一

"文德"是中国传统文史学术的一个基本问题,可以追溯到《论语》所谓"有德者必有言,有言者不必有德"(《宪问》)。孔子一方面指出"德"是"言"的基础,另一方面又认为"言"与"德"是可以相背离的。王充《论衡·书解篇》对孔子"文德"论作了发挥,曰:"夫文德,世服也。空书为文,实行为德。着之于衣为服,故曰德弥盛者,文弥缛;德弥彰者,人弥明。大人德扩,其文炳;小人德炽,其文斑。"这里"德盛"则"文缛"云云,就是本于孔子的"有德有言"论。东汉后期,学术分化,王充《论衡·超奇》划

---

① 章学诚著、叶瑛校注:《文史通义校注》,中华书局1994年,第278页。
② 相关的文章有张福勋《刘勰论"文德"》,《集宁师专学报》2002年第6期;张利群《刘勰〈程器〉中的作者"文德"论》,《广西师范大学学报》2002年第4期;梁淑辉《从〈文心雕龙·程器〉看写作主体的德才修养》,《传承》2010年第12期。

分出"儒生"、"通人"、"文人"和"鸿儒"四类。其中"采掇传书以上书奏记者为文人",地位在鸿儒之下、通人之上。"文人"作为东汉一个群体的分化和独立,更以范晔《后汉书》首次在正史中列《文苑传》为标志。

东汉灵帝时设立鸿都门学,给那些"造作赋说,以虫篆小技见宠于时"(《后汉书·杨赐传》)的文人晋身朝廷创造了机会,这些鸿都门士"以词赋小技掩盖经术"(叶适《习学记言》卷二十六),遭到传统鸿儒士人如蔡邕、杨赐、阳球等人的激烈抨击,这些文人所遭到的抨击,除了出身卑贱外,就是品行不端。《后汉书·阳球传》载阳球奏罢鸿都文学,斥责鸿都文学乐松、江览等人"皆出于微蔑,斗筲小人,依凭世戚,附托权豪,俯眉承睫,徼进明时"。正是基于现实中儒士与文士的这种冲突,基于儒士抨击鸿都门士品行不端而形成的舆论力量,曹丕才下了"观古今文人,类不护细行,鲜能以名节自立"(《与吴质书》)的断语,"文人无行"于是成为对文人的基本评判,在社会上流行①。至于"文人无行"的原因何在,各家看法略有不同:萧子显谓是因为文人"自知情深,在物无竞,身名之外,一概可蔑",过于清高而"取忤人世";姚察和颜之推则认为是由于文人常常恃才傲物,凌慢侯王,憎蔑朋党,故而容易招致忌讳和祸端②。

"文人无行"论是将孔子所谓"有言者不必有德"这一"或然判断"绝对化,变为"必然判断",于是真理就走向了谬误。刘勰对"文人无行"这个颇为流行的"定论"就很不以为然,在《文心雕龙·程器》里专门予以批驳。对于世人盲目认同曹丕和韦诞的"文人无行"论,刘勰感叹:"吁,可悲矣!"他列举司马相如等16人之疵病,承认"文士之瑕累"的确存在,紧接着用辩驳的口气说"文既有之,武亦宜然",并列举了上从管仲、下至王戎等"将相"的"疵咎",指出这些"无行"的将相因为"名崇"而"讥减";而

---

① 如,《三国志·魏书·王粲传》引鱼豢《魏略》录韦诞苛刻评论建安文人:"仲宣伤于肥戆,休伯都无格检,元瑜病于体弱,孔璋实自粗疏,文蔚性颇忿鸷,如是彼为,非徒以脂烛自煎糜也,其不高蹈,盖有由矣。"沈约《宋书·颜延之传》:"好读书,无所不览,文章之美,冠绝当时;饮酒不护细行。"《宋书·武三王传》:刘义真"聪明爱文义,而轻动无业业。"……曰:"灵运空疏,延之隘薄,魏文帝云鲜能以名节自立者。"魏收《魏书》列传文苑第七十三载:"杨遵彦作《文德论》,以为古今辞人皆负才遗行,浇薄险忌,唯邢子才、王元景、温子昇彬彬有德素。"

② 分别见萧子显《南齐书》列传卷十七赞,《梁书》列传卷四十四赞和颜之推《颜氏家训·文章》。

文人贫贱且处于下位,故多招致非议,可谓是遭遇双重的不幸。刘勰为那些穷贱而遭讥讽的文人叫一声委屈!同时又列举了忠贞的屈原、贾谊,机警的邹阳、枚乘,淳孝的黄香,沉默的徐幹等为文人正名,反激出"岂曰文士,必其玷欤"的诘难。

　　值得注意的是,即使是在《程器》篇里列举了16位文人的疵病,刘勰并没有认为这些疵病给文学创作带来不良的影响。《体性》篇在论述"吐纳英华,莫非情性"时列举12位文人来说明风格决定于性情,其中有六位就是在《程器》篇有疵病的:司马相如之疵是"窃妻而受金",但"长卿傲诞,故理侈而辞溢";扬雄之疵是"嗜酒而少算",但"子云沉寂,故志隐而味深";班固之疵是"谄窦以作威",但"孟坚雅懿,故裁密而思靡";王粲之疵是"轻脱以躁竞",但"仲宣躁竞,故颖出而才果";潘岳之疵是"诡祷于愍怀",但"安仁轻敏,故锋发而韵流";陆机之疵是"倾仄于贾、郭",但"士衡矜重,故情繁而辞隐"。六人的文风决定于他们的情性,而不是德行。特别是对于王粲,《程器》和《体性》用语一致,"躁竞"是王粲之疵病,也是他的性格特征,但这造就了他"颖出而才果"的文风,似无贬义。显然,刘勰在论述作家成就高下和文章风格时,不是着眼于他们的德行。

　　刘勰在这样一部"深得文理"的论文著作中,驳斥并抛开"文人无行"论,对于矫正世人苛责文士的偏颇和错误,还文人以公道,提高文人的社会地位,是有积极意义的。联系六朝时一些当政者对文士的实际态度来看,刘勰此举更有矫正时弊的意义。谢灵运是公认的文章作手,诗赋一出手,马上传遍京师。但是到了朝廷之后,"文帝唯以文义见接,每侍上宴,谈赏而已"(《宋书·谢灵运传》)。宋文帝束缚于"文人无行"的成见,并没有重用他。而他"自谓才能宜参权要,既不见知,常怀愤愤"(同上)。正是这种不幸的遭遇,使得谢灵运性格褊激。而后世史家,则常颠倒因果,谓他是文士,性格褊激,故而不受重用。就在《文心雕龙》撰成后不久的大同五年,梁武帝曾经对庾肩吾说:"卿是文学之士,吏事非卿所长,何不使殷不害来邪?"(《南史·殷不害传》)统治者对文人的成见可谓深矣!从某种意义上说,正是这种成见造就了文人的"无行"。刘勰驳斥、抛弃这种"文人无行"论,不恰是对文人的精神松绑和洗冤正身吗!

二

刘勰撇弃了"文人无行"论，那么是否如章学诚所说，刘勰没有论及"文德"呢？显然不是的。刘勰在《程器》篇赞曰："瞻彼前修，有懿文德。"他实际上是很重视"文德"的；不过，刘勰的"德论"论不同于当时人纠缠于文人的行检，而是具有更为深广的内涵。具体来说，表现在这样几个方面：

（一）**"成务"与"荣身"**：刘勰所谓的"文章"，不只是诗歌辞赋，而是"五礼资之以成，六典因之致用，君臣所以炳焕，军国所以昭明"（《序志》）的经邦纬国之文；同样，他所谓的"文人"，绝不是"务华弃实"的近代辞人，而是"贵器用而兼文采"的"梓材之士"（《程器》）。因此，他非常重视文人在现实政治生活中的实际才干。《程器》篇云："盖士之登庸，以成务为用。"学文应该"达于政事"，文人应该成为国家的栋梁之材，撰作文章应该服务于筹划军国大事，这就是"成务"。刘勰所论文章如诏、策、檄、移、章、表、奏、议等多是政治生活中的实用文体，因此对于"成务"他格外的重视。刘勰的"成务"观念表现在对各类文体的要求之中。如《谐讔》论述"谐"与"讔"这两种看似俚俗的文体，他也强调有益时用，"大者兴治济身，其次弼违晓惑"；他赞美优旃、优孟之诵辞饰说"抑止昏暴"，发挥了讽诫的意义。《书记》篇泛论谱、籍、簿、录等各种笔札杂名，这些文体在生活中很重要，但又是一般文学论著所不涉及的，刘勰说它们"虽艺文之末品，而政事之先务也"。《议对》篇所论的是讨论朝廷政务的文体，作者可以各执异见，但一定要达政体、明治道，做到"事深于政术，理密于时务"，能发挥"熔世""拯俗"的功能，而不能迂阔地舞笔弄文，不切实际地高谈阔论。刘勰感慨地说："难矣哉，士之为才也！或练治而寡文，或工文而疏治。"既练达于政事又善于作文的通才，是很急需、很难得的。这可以与《程器》篇的"梓材"论相互参照。刘勰还列举了孔融等"不达于政事"的反面典型。孔融任北海相时，"高谈教令，盈溢官曹，辞气温雅，可玩而诵"，但"论事考实，难可悉行"（《三国志·魏书·崔琰传》引司马彪

《九州春秋》)。刘勰在《诏策》篇里说："孔融之守北海,文教丽而罕施,乃治体乖也。"批评孔融不达于治体,不能成务。《明诗》篇批评东晋的玄言诗人"嗤笑徇务之志,崇盛忘机之谈"。《程器》篇谓司马相如、扬雄等"有文无质",没有实际的才干,只能写些"劝百讽一"的辞赋,"所以终处乎下位"。可见刘勰论人,重点是处理现实政治事务的识见和才能。

《论说》篇曰:"进有契于成务,退无阻于荣身。"作家撰著文章若能够成就事务,在现实政治生活中发挥实在的作用,本身就是作家的荣耀,同时还给作家带来"荣身"的机会。如西汉文帝十五年,朝廷举贤良能直言极谏者,"对策者百余人,唯错为高第,由是迁中大夫"(《汉书·晁错传》)刘勰在《议对》篇品赏曰:"观晁氏之对,验古明今,辞裁以辨,事通而赡,超升高第,信有征矣。"同时还称赞公孙弘对策被天子擢为第一。在《诸子》篇,他称赏先秦诸子"并飞辩以驰术,餍禄而余荣矣。"《时序》篇曰:"杜笃献诔以免刑,班彪表奏以补令。"可见文章足以荣身。在《论说》篇,他遗憾地说:"敬通之说鲍邓,事缓而文繁;所以历骋而罕遇也。"在他看来,冯衍(字敬通)仕途不得志,是因为《说鲍永书》《说邓禹书》文辞繁杂啴缓,不能打动接受者,也就失去了"荣身"的机会。

"进有契于成务,退无阻于荣身"二句,与《程器》篇"穷则独善以垂文,达则奉时以骋绩"相呼应,成务即奉时骋绩,荣身还具有独善垂文的意思。有些作者虽不能做到"成务""骋绩",但可以立言不朽。"立言不朽"的思想在《文心雕龙》中随处出现,如《征圣》篇赞曰:"鉴悬日月,辞富山海。百龄影徂,千载心在。"圣人虽往,但他们的思想精神通过经典流传于后世。刘勰自己也怀着"立言不朽"的期望,《序志》篇提出"君子处世界,树德建言",赞曰:"文果载心,余心有寄。"都是希望著作成为荣身不朽的方式。在《诸子》篇里,刘勰对"独善以垂文"阐述得较为充分:

　　诸子者,入道见志之书。太上立德,其次立言。百姓之群居,苦纷杂而莫显;君子之处世,疾名德之不章。唯英才特达,则炳曜垂文,腾其姓氏,悬诸日月焉。……嗟夫,身与时舛,志共道申,标心于万古之上,而送怀于千载之下,金石靡矣,声其销乎!

联系《序志》篇"岁月飘忽,性灵不居,腾声飞实,制作而已"云云,刘勰有着强烈的生命紧张感,担心君子没世而名德不彰,因此即使处时不顺,也要怀抱道义,寄予文辞,通过文章以扬名后世。"身与时舛,志共道申"正是"退无阻于荣身"的意思。

　　刘勰的"成务""荣身"论,本源于儒家"穷则独善其身,达则兼济天下"(《孟子·尽心上》)的出处观,是他的"文德"论的核心内涵。

　　(二)"名儒"而非"险士":《程器》篇曰:"瞻彼前修,有懿文德。"刘勰在"文体论"部分评论作家时重视人的品德,阐述文体写作规范时也对作家品德提出要求。《奏启》篇曰:

> 观孔光之奏董贤,则实其奸回;路粹之奏孔融,则诬其衅恶:名儒之与险士,固殊心焉。

孔光是西汉大臣,在王莽授意下,奏劾哀帝的佞幸董贤,列举事实,证成其罪;路粹承曹操之旨,奏劾刚正不阿的孔融,罗织罪名,置之死地。同样是两篇奏疏文,一出于义正,一出于奸回,刘勰说"名儒"之与"险士",心性品德是不同的。这句评论就鲜明地体现了刘勰的"文德"论,即真正的文士应该是"名儒",而绝不能做"险士"。值得注意的是,在《程器》篇列举"古之将相,疵咎实多"时刘勰说"孔光负衡据鼎,而仄媚董贤",这是否与《奏启》篇称赞孔光为"名儒"相矛盾呢?范文澜就说:"孔光虽名儒,性实鄙佞。彦和谓与路粹殊心,似嫌未允。"[1]我认为刘勰并非自相矛盾。刘勰论"文德",着重在作者撰写文章时的立场和态度,而不在于平日行为是否有瑕疵,不能因为孔光早年谄媚董贤,而否定他后来《奏劾董贤疏》的正义立场。

　　何为"险士"?像路粹这样撰写文章,罔顾事实,诬陷成罪,当然是"险士"。刘勰在《奏议》篇还指出"世人为文,竞于诋诃,吹毛取瑕,次骨为戾,复似善骂,多失折衷",这也是"险士"所为,需要树立礼义规矩,予

---

①　范文澜:《文心雕龙注》,人民文学出版社 1962 年,第 433 页。

以纠正。《檄移》篇说陈琳《为袁绍檄豫州》"奸阉携养,章实太甚;发丘摸金,诬过其虐",也是"多失折中"的,难称"名儒"。《情采》篇所说的诸子之徒,"心非郁陶,苟驰夸饰,鬻声钓世",为文而造情,也未尝不可说是"险士",对于这类文人、这样的创作态度,刘勰是给予严重贬斥的。

何谓"名儒"? 虽然刘勰未作解释,但通览《文心雕龙》,他强调文士的忠信品德和謇谔之风。具有这种品德的文士,立诚不欺,吐词謇谔,可称得上"名儒"。"祝"是祷神之辞,应该"修辞立诚,在于无愧",即本乎忠信;"盟"是盟会之辞,刘勰说"信不由衷,盟无益也。……后之君子,宜存殷鉴,忠信可也,无恃神焉"(《祝盟》)。"说"是辨士说辞、上书的一种文体,陆机《文赋》曾说过"说炜烨以谲狂";刘勰批驳陆机之论,阐述"说"体曰:"自非谲敌,则唯忠与信。披肝胆以献主,飞文敏以济辞,此说之本也。而陆氏直称'说炜晔以谲诳',何哉?"上书说辞之类的作者应该怀有"忠""信",披肝沥胆,忠诚不二,不能心存诡谲。《奏启》篇里,刘勰称赞晋代刘颂的《除淮南相在郡上疏》和温峤的《上太子疏谏起西池楼观》"并体国之忠规矣",是筹谋国事的忠贞的规谏。刘勰所论之文,多是朝廷政治生活中的实用文章,因此这些文章的作者尤其应该具有忠信的品格。即使是铭、箴、诔、碑之类警戒过失、累述功德的文章,作者也应该具有忠信的品德,如"箴全御过,故文资确切"(《铭箴》);"属碑之体,资乎史才"(《诔碑》),这都是对作者忠信品德的要求。

作家"忠信",但不是"乡愿"。与忠信品德相呼应的是文士"批逆鳞"的鲠直謇谔精神。《论说》篇赞美范雎、李斯的说辞"虽批逆鳞,而功成计合,此上书之善说也"。"批逆鳞"本于《韩非子·说难篇》,喻臣下敢犯颜直谏。战国争雄,辩士云涌,士人议政的精神极为高涨。至汉代天下一统,郦食其、蒯通等士人遭遇迫害,士人的精神遭到削斫,即使有人上书陈说,也不过是"顺风以托势","喻巧而理致","莫能逆波而溯洄矣"(《论说》)。这是为刘勰所慨叹的。在《奏启》篇里,刘勰花费不少笔墨来提倡作者应该具有刚直方正的精神。"奏"是一种弹劾大臣、绳愆纠谬的文体,作者应该正直而有勇气。刘勰说:"位在鸷击,砥砺其气,必使笔端振风,简上凝霜者也。"(《奏启》)这是弹劾奏疏的准则。他还从《诗经》《礼

记》中的讥弹文字确立"奏劾严文"的经学根基。最后归结说:"必使理有
典刑,辞有风轨,总法家之式,秉儒家之文,不畏强御,气流墨中,无纵诡
随,声动简外,乃称绝席之雄,直方之举耳。"撰写劾奏的作家应该不畏强
权,不含糊模棱,切直方正。所谓"总法家之式,秉儒家之文",即忠信仁
爱与严厉切直相结合,这才是劾奏文的作者所应具备的品格。论"启"体
时,刘勰重在"谠言",即切直的言辞,并说:"王臣匪躬,必吐謇谔。"人臣
应该不考虑个人的私利,言辞正直,切中要害。

　　奏、启、说、议、对等文体一般是臣下对君上而作。刘勰指出创作这些
文体的作家,既要"忠信"还要具有鲠直謇谔精神。这与他的"成务"论是
一致,也是对儒家弘毅义勇精神的发挥。即使是其他的文体,刘勰认为作
家也应该具备切直刚正的精神,只有具备这种精神,文章才有"风轨"、
"风矩",有力量,才能发挥"规益"、"讽诫"的意义。

　　(三)"身挫凭乎道胜":文人往往是"有高世之材,必有负俗之累"
(《越绝书·越绝外传记范伯》)。特别在衰乱之世,文人命运更为蹭蹬。
刘勰在《文心雕龙》中对于处于逆境、遭遇坎坷的文人寄予深切的同情,
同时也称赏他们或渊默持守,或发愤哀鸣的精神,这是"文德"说的题中
之义。《才略》篇论东汉的冯衍"雅好辞说,而坎壈盛世,《显志》《自序》,
以蚌病成珠矣"。《后汉书·冯衍传》说他"常务道德之实,而不求当世之
名",在盛世里却命运舛背,然而他发愤以表志,创作出了优秀的作品。
"蚌病成珠"恰为妙喻。在《杂文》篇里,刘勰列举了班固、崔骃、郭璞、庾
敳等的"对问",这些作品表达的是作者在乱世厄运中渊默玄静、持守正
道的人生态度。刘勰将这种态度概括为"身挫凭乎道胜,时屯寄于情
泰":虽然躬逢乱世,遭遇挫折,但心中有道,足以战胜逆境,超越得失,泰
然处之,化郁结为文章。这是一种非常可贵的精神境界。刘勰在《文心雕
龙》中多次提到"发愤以表志"(《杂文》),"发愤以托志"(《才略》)。他
著此书,"耿介于《程器》"(《序志》),未尝没有"发愤以表志"的深刻意
味①。"身挫凭乎道胜"的精神至宋代时又得到新的振作,如苏轼《吾谪海

---

　　① 刘永济论《程器》说:"全篇文意,特为激昂,知舍人寄慨遥深,所谓发愤而作者也。"见
《文心雕龙校释》,中华书局2010年,第171页。

南子由雷州被命即行了不相知至梧乃闻其尚在藤也旦夕当追及作诗示之》说："平生学道真实意,岂与穷达俱存亡。"黄庭坚《再次韵兼简履中南玉三首》(其一)云："句中稍觉道战胜,胸次不使俗尘生。"或许不能说苏、黄就是受到刘勰的影响,但是他们对作家超越性的精神境界的强调是一致的。

三

综上所述,刘勰在否定了社会上通行的"文人无行"论后,提出了新的"文德"论,即:"士之登庸,以成务为用",达则奉时以骋绩,穷则独善以垂文;奉时骋绩时,应心怀忠信,具有切直謇谔之风;独善垂文时,能够道胜情泰,发愤以表志。

新的"文德",就是一种新的人生价值观。为什么刘勰在《文心雕龙》里提出这种新"文德"论呢? 他在《序志》篇里自言:"耿介于《程器》。"他有什么样的感慨蕴含其中呢? 这需要我们联系刘勰的身世和时代来回答。

晋宋嬗代以后,出自素族的武人刘裕掌握了政权,统治阶级内部结构有了一定程度的调整,传统的世族大姓如琅琊王氏、阳夏谢氏的地位有所下降,而辅弼刘裕建立政权的武人家族迅速崛起。刘勰曾祖辈刘穆之(刘秀之的从叔)在刘裕举义后不久即投奔受署,辅弼刘裕成就大业;伯祖刘秀之在宋文帝、武帝时期也屡建军功。在刘宋时期,东莞刘氏凭借军功跻身于朝廷,可谓之"强宗",不同于东晋时期的传统士族。东莞刘氏在刘宋一朝颇为显赫,然到萧齐时陡然衰落,如穆之、秀之叔侄在刘宋时先后为丹阳尹;刘秀之被征为左仆射,卒后赠侍中、司空,权贵盛矣! 到了刘秀之的孙子刘俊时,"齐受禅,国除"(《宋书·刘秀之传》),不再承袭爵位了。萧齐代宋时,刘勰约十四五岁,父亲死得早,失去袭爵的机会而"家贫"(《梁书》本传)。他笃志好学,试图干禄从政,立身扬名。刘勰重视"成务""达于政事"的实际才干,与他的这种出身有关系。他的祖上就是凭借务实的军功起家的,不同于传统士族的世袭。

刘勰重视"成务"才能,是对传统士族政治、士人主宰文坛的状况的抨击。魏晋时期,随着士、庶分化,士族掌握政权,在道德文化上表现出优越感。士族阶层认为他们出身于高贵的世家,具有卓越的禀赋,德才兼备,从而确立了任官当以德为主、有德者必有才的价值观。这"就意味着士族由于德行、才能俱全,因此才得以身居高官显职。……既然士族持续的位居高官显职,是由于德才兼备之故,于是士族就成为德才兼备的代表者"①。按照士族阶层的这个逻辑,"文人无行",理应被排斥于士族所把持的高官显职之外,所以当时的高门士人虽然能够作文,也很少以文人自居。但是刘勰则否定了士族阶层的逻辑,在《程器》篇他辩难说"古之将相,疵咎实多",说文人也多品德高尚者,这否定了士族阶层的道德优越感,为文人争取了地位。刘勰在这个问题上的见解,更接近于东汉王符提出的"人之善恶,不必世族;性之贤鄙,不必世俗"(《潜夫论·论荣》)。在六朝时期,这具有矫正时弊的积极意义。

刘勰强调"成务",实在是击中了上层士族的要害。《明诗》篇所谓"嗤笑徇务之志,崇盛忘机之谈",不仅是东晋玄言诗人的状况,两晋宋齐时的上层士人也是如此。孙绰诮刘惔云"居官无官官之事,处事无事事之心"(《晋书·刘惔传》),准确地概括了上层士人的行为和精神状态,占据要职,却不理事务。王戎曾官居中书令、尚书左仆射、司徒,阿衡朝政,但据《晋书》本传,他"慕蘧伯玉之为人,与时舒卷,无蹇谔之节。自经典选,未尝进寒素,退虚名,但与时浮沉,户调门选而已"。当国家和寒素的命运掌握在这些人手上,其前途可想而知了。刘宋时期,皇室倾轧,祸端丛生,像刘义庆这样的皇室"以世路艰难,不复跨马"(《宋书》本传)。到了梁朝,"士大夫皆尚褒衣博带,大冠高履。出则车舆,入则扶持。郊郭之内,无乘马者"(《颜氏家训·涉务篇》),乃至指马为虎。国势衰微不振的原因,未尝不在于此。联系这样的社会现状,再来看刘勰论"文德"重"成务"、尚"蹇谔",其讽时救世的用意是非常明显的。这大约就是刘勰"耿介于《程器》"的原因吧。今人往往惑于现代的"纯文学"理论,对于刘勰

---

①   林童照:《六朝人才观念与文学》,台湾文津出版社1995年,第63、64页。

的这层用意,或漠然不见,或予以批评,批评他重政治轻文学显得保守。这不能不说是埋没了刘勰的苦心。

（载 2015 年第 1 期《文艺理论研究》,人大复印资料《文艺理论》2015 年第 5 期转载）

刘勰论鸿都门学发微

一、"鸿都门学"事件

"鸿都门学"是东汉后期灵帝时重要的政治文化事件,在当时引起上层士大夫的激烈抨击,范晔《后汉书》曾有零星的记载,后世论者时有置辞。时至今日,学界对该历史事件的是非与影响,也有不同的评论。

灵帝刘宏是典型的末世之主,昏聩荒淫,胡作非为。他是肃宗玄孙,世袭解渎亭侯。桓帝崩,无子,于是迎他入朝继位,时才12岁。他宠信宦官,残害忠良,外戚窦武和名士陈蕃、李膺、杜密、范滂或自杀,或拷虐致死,史称"第二次党锢之祸"。灵帝在位20年,受宦官摆布,是东汉朝廷最为黑暗的时期,终于导致黄巾起义的爆发。诸葛亮《出师表》所谓"亲小人,远贤臣,此后汉所以倾颓也",就是指东汉桓、灵时期。范晔《后汉书·灵帝纪》将他与秦二世并论。就是这样一位昏君,"时好辞制"。《后汉书·何皇后纪》载,刘协母王美人遭何皇后酖杀,"帝愍(刘)协早失母,又思美人,作《追德赋》《令仪颂》"。不仅如此,他"善鼓琴,吹洞箫"(谢承《后汉书》),"好书"(卫恒《四体书势序》),还"自造《皇羲篇》五十章",是一位爱好文艺却无治国才能的皇帝。

在陈蕃、李膺与宦官的斗争中,京师太学生站在名臣士大夫一边,持危言核论,激浊扬清,制造舆论,给予支持,招致灵帝和宦官的厌恶。至灵帝熹平元年(172)六月皇太后窦氏崩,"宦官讽司隶校尉段颎捕系太学诸生千余人",党锢之祸扩大到太学生头上,实际上是宦官进一步清除异己力量。之后的光和元年(178)二月,地震,始置鸿都门学生。鸿都是洛阳的门名,内置学,其实就是要取代当时的太学。鸿都门学,"颇以经学相

招,后诸能为尺牍词赋及工书鸟篆者,至数千人,或出典州郡,入为尚书侍中,封赐侯爵。"①范晔《后汉书·五行志》记载:

> 灵帝宠用便嬖子弟,永乐宾客,鸿都群小,传相汲引,公卿、牧守,比肩是也。

便嬖子弟,指宠臣亲信的子弟、宦官的养子之类。永乐宾客,指灵帝母永乐太后"与朝政,使帝卖官求货,自纳金钱,盈满堂室"(《后汉书·董皇后纪》)的那些买官得爵的小人。"鸿都群小"与他们并列,也是一些品行不端、行径卑劣的蝇营狗苟之辈。《后汉书·蔡邕传》载:

> 初,帝好学,自造《皇羲篇》五十章,因引诸生能为文赋者,本颇以经学相招,后诸为尺牍及工书鸟篆者,皆加引召,遂至数十人。侍中祭酒乐松、贾护,多引无行趣执之徒,并待制鸿都门下,憙陈方俗间里小事,帝甚悦之,待以不次之位。……光和元年,遂置鸿都门学,画孔子及七十二弟子像。其诸生皆敕州郡三公举用辟召,或出为刺史、太守,入为尚书、侍中,乃有封侯赐爵者。士君子皆耻与为列焉。

这些出身微贱的文士,凭借辞赋、尺牍、书画等才能,攀附宦官势力,而能得到皇帝的优待,授以高官。这激起了世族经师儒士的强烈愤慨。《后汉书》记载了阳球、杨赐和蔡邕反对鸿都门学的文字。据《后汉书·阳球传》,阳球"家世大姓冠盖",拜尚书令,曾奏罢鸿都文学,曰:

> 伏承有诏敕中尚方(中尚方,官署名,掌官内营造杂作。)为鸿都文学乐松、江览等三十二人图象立赞,以劝学者。……案松、览等皆

---

① 袁宏:《后汉纪》卷二十四《后汉孝灵皇帝纪中》,《四部丛刊》初编缩印明刊本。

出于微蔑，斗筲小人，依凭世戚，附托权豪，俯眉承睫，徼进明时，或献赋一篇，或鸟篆盈简，而位升郎中，形图丹青。亦有笔不点牍，辞不辩心，假手请字，妖伪百品，莫不被蒙殊恩，蝉蜕滓浊，是以有识掩口，天下嗟叹。臣闻图象之设，以昭劝戒，欲令人君动鉴得失，未闻竖子小人，诈作文颂，而可妄窃天官，垂象图素者也。今太学、东观足以宣明圣化，愿罢鸿都之选，以消天下之谤。

然而书奏不省。光和五年（182），有虹蜺昼降嘉德殿前，曾为帝师的杨赐和议郎蔡邕入对，都直指鸿都门学。杨赐曰：

今妾媵嬖人阉尹之徒，共专国朝，欺罔日月。又鸿都门下，招会群小，造作赋说，以虫篆小技见宠于时，如驩兜、共工更相荐说，旬月之间，并各拔擢，乐松处常伯，任芝居纳言。郤俭、梁鹄俱以便辟之性、佞辩之心，各受丰爵不次之宠，而令搢绅之徒委伏畎亩，口诵尧舜之言，身蹈绝俗之行，弃捐沟壑，不见逮及。冠履倒易，陵谷代处，从小人之邪意，顺无知之私欲，不念《板》《荡》之作，虺蜴之诚。殆哉之危，莫过于今。（《后汉书·杨赐传》）

蔡邕上封事，其第五事曰：

臣闻古者取士，必使诸侯岁贡。孝武之世，郡举孝廉，又有贤良、文学之选。于是名臣辈出，文武并兴。汉之得人，数路而已。夫书画辞赋，才之小者，匡国理政，未有其能。陛下即位之初，先涉经术，听政余日，观省篇章，聊以游意，当代博弈，非以教化取士之本。而诸生竞利，作者鼎沸。其高者颇引经训风喻之言；下则连偶俗语，有类俳优；或窃成文，虚冒名氏。臣每受诏于盛化门，差次录第，其未及者，亦复随辈皆见拜擢。既加之恩，难复收改，但守奉禄，于义已弘，不可复使理人及仕州郡。

儒士们义正辞严地晓以利害,情绪愤激地予以抨击,实际上形成了儒学士人和鸿都门士之间的直面冲突,或者说是传统的儒家经学与新起的书画辞赋之学的冲突。这些以德行经术为根基的儒学士人为什么会如此激烈地抨击鸿都门学呢? 综合而言,有这样几个原因:

1. 东汉正宗的学术是儒家经义之学,这是儒学士人安身立命的根基;鸿都门士则是以擅长书画辞赋甚至小说而邀获宠幸的。鸿都门学的设立,必然损害正宗的太学,因此应当废止。阳球所言"今太学、东观,足以宣明圣化,愿罢鸿都之选,以消天下之谤",确切地点出了鸿都门学与太学之间彼消此长的对立关系。

2. 鸿都门学士出身低微,攀附当时同样出身低微而得到皇帝信任的宦官,而儒学士人多是诗礼世家,却遭到党争禁锢,被排斥在政治权力中心之外,他们与阉宦之间形成了不可调和的矛盾,不能容忍这些卑贱俗学之徒与宦官结合形成左右皇帝的势力,据高位,占要津。阳球斥责乐松、江览等皆"出于微蔑,斗筲小人",依附权贵而蝉蜕浊秽,打破了士人晋升的正常秩序,因此"有识掩口,天下嗟叹",无法容忍。杨赐也贬斥郄俭、梁鹄等人"便辟之性、佞辩之心",却获得丰厚的爵位和宠爱,导致缙绅之徒,委伏畎亩,弃捐沟壑。这是冠履倒易、陵谷代处,是传统社会秩序的颠覆。蔡邕说,"汉之得人",或郡举孝廉,或有贤良、文学之选,而鸿都门士"虚冒名氏",不学无术,"不可复使理人及仕州郡"。

3. 鸿都门学设立后,榜卖官爵,内嬖鸿都,并受封爵,政以贿成,严重扰乱了汉代的政治秩序。范晔《后汉书·崔骃传》:"灵帝时,开鸿都门,榜卖官爵,公卿州郡,下至黄绶,各有差。其富者则先入钱,贫者到官而后倍输,或因常侍、阿保别自通达。"卖官鬻爵是汉灵帝时严重的政治问题,也是导致政权崩溃的重要原因。

4. 在儒学士人看来,治国之本在经学,而非书画辞赋。蔡邕所谓"夫书画辞赋,才之小者,匡国理政,未有其能",即是此意。鸿都门学之下流是"连偶俗语,有类俳优",阳球说:"未闻竖子小人诈作文颂,而可妄窃天官,垂象图素者。"凭借几篇无关痛痒的辞赋就能够被"图象立赞",这是儒学士大夫所无法容忍的。宋人叶适说:"及灵帝末年,更为鸿都学,以词赋小技掩盖经术。不逞趋利者争从之，士心益蠹，而汉亡矣。"①非常深刻地揭示了这种斗争是"经术"与"词赋小技"之间的斗争，关系到汉代的存亡。

二、刘勰论鸿都门学

"鸿都门学"是东汉末年朝廷的一场闹剧，后人对之进行严厉的抨击。范晔《后汉书》不仅引录了阳球、杨赐、蔡邕等人废止鸿都门学的奏疏，而且在《五行志》中严厉地斥责灵帝朝"政以贿成，内嬖鸿都，并受封爵，京都为之语曰：'今兹诸侯岁也。'"齐梁时任昉《为范尚书让吏部封侯表》曰："鸿都不纲，西园成市。"他们都是把"鸿都门学"视为荒唐昏聩的政治事件。而从文学角度最早评述该事件的，是刘勰。刘勰《文心雕龙·时序》曰：

> 降及灵帝，时好辞制，造《羲皇》之书，开鸿都之赋，而乐松之徒，招集浅陋，故杨赐号为驩兜，蔡邕比之俳优，其余风遗文，盖蔑如也。

汉末董卓之乱，朝廷的辟雍、东观、兰台、石室、鸿都等处所藏典籍文章多失散焚毁，鸿都辞赋没有流传下来，故而刘勰说："其余风遗文，盖蔑如也。"刘勰这里所述"杨赐号为驩兜，蔡邕比之俳优"等等，都只是依据范晔《后汉书》而罗列他人的评论，似乎他自己并没有直接发表什么看法。刘勰是不是仅仅沿袭陈说，没有自己认识呢？《文心雕龙·序志》说："及其品列成文，有同乎旧谈者，非雷同也，势自不可异也。有异乎前论者，非苟异也，理自不可同也。"他对鸿都门学的态度与杨赐、蔡邕的"旧谈"相同，是因为"势自不可异也"。

但是，阳球、杨赐、蔡邕对鸿都门学的抨击，主要还是着眼于政治问

---

① 叶适：《习学记言序目》，中华书局 1977 年，第 364 页。

题,立足于儒学士大夫的政治立场;刘勰虽然对鸿都门学也极端贬斥,而他是从"品列成文",即文学理论家的角度看问题的。虽然鸿都遗文业已不存,刘勰未能作出具体品评,但是我们从《文心雕龙》全书依然可以看出刘勰的文学思想与鸿都门学之间的歧异。揭明这种歧异,可以更清晰地理解刘勰为什么对鸿都门学持如此鄙夷的态度。

　　1. 刘勰是站在儒学的立场论文的。尽管魏晋以后玄学兴起,士人多沾染玄风,刘勰早年曾在定林寺协助僧佑整理佛经,但是通观《文心雕龙》全书,刘勰虽不免受到道学、佛学某些因素的影响,而其思想是立基于儒学的。原道、征圣、宗经,是刘勰论文的基本思想,贯穿于《文心雕龙》之始终。刘勰所谓的"道",其内容主要是儒家之道,不过是在当时的背景下加以"玄学化",即将"道"自然化,将儒家之道上升为"自然之道";所谓"圣",是指周公、孔子等儒家圣人;所谓"经"是指儒家经典。在论述后代文学时,刘勰强调儒学是文学的根基,朝廷重儒,则"风动于上,而波震于下",对士人文风产生普遍性的积极影响。如《诏策》篇论汉代的诏体说:"文、景以前,诏体浮杂;武帝崇儒,选言弘奥。"汉武帝崇尚儒学,诏体弘奥雅正。儒学兴盛,礼乐发达,奠定了时代文章的文化基础,文能宗经,归于典雅。《时序》篇论汉代文风说:"孝武崇儒,润色鸿业,礼乐争辉,辞藻竞骛。……明、章迭耀,崇爱儒术,肄礼璧堂,讲文虎观。……中兴之后,群才稍改前辙,华实所附,斟酌经辞,盖历政讲聚,故渐靡儒风者也。"如汉宣帝在石渠阁、汉章帝在白虎观召集儒士讨论经学等朝廷崇儒的重大举措,使得当时的文章"渐靡儒风",这些都是强调朝廷重视儒学对于文风的积极引导意义。基于这样的思想立场,刘勰很自然地与蔡邕、杨赐等儒学士人持相同的态度,对黜斥太学而引召擅尺牍、工鸟篆的鸿都门学士,给予批判和唾弃。

　　2. 刘勰论文人,重视"达于政事"的实际才能。《程器》篇提出:"士之登庸,以成务为用。……安有丈夫学文,而不达于政事哉?"扬雄、司马相如等人"有文无质",只善于辞赋,而没有实际的经邦纬国才能,"所以终乎下位也",地位不高,是理所应当的。除了扬雄、司马相如外,刘勰还列举了孔融等"不达于政事"作反面典型。孔融任北海相时,"高谈教令,盈溢官曹,辞气温雅,可玩而诵",但"论事考实,难可悉行"①。刘勰在《诏策》篇里说:"孔融之守北海,文教丽而罕施,乃治体乖也。"批评孔融不达于治体,不能成务。刘勰论文,重视文章的经世功能。《序志》篇说:"文章之用,实经典枝条,五礼资之以成,六典因之致用,君臣所以炳焕,军国所以昭明。"国家礼义制度的颁布施行,需要文章来发挥作用;内政外交等重大事务,需要通过文章来显明和确立。《征圣》篇提出"政化贵文""事绩贵文"和"修身贵文";而鸿都门士不学经术,无经世实才,所擅长的只是尺牍、辞赋、小说、书画,正如蔡邕所言,"夫书画辞赋,才之小者,匡国理政,未有其能",然而却夤缘攀附,得到高官厚禄。对于这样的文人及其创作,刘勰当然是不齿的。刘勰曾祖辈刘穆之(刘秀之的从叔)在刘裕举义后不久即投奔受署,辅弼刘裕成就大业;伯祖刘秀之在宋文帝、武帝时期也屡建军功。在刘宋时期,东莞刘氏凭借军功跻身于强宗。刘勰自己也主张"君子藏器,待时而动。……摛文必在纬军国,负重必在任栋梁。穷则独善以垂文,达则奉时以骋绩"(《程器》),后来在梁朝时,出为太末(今浙江衢州)令,政有清绩,实践了他"奉时以骋绩"的抱负。这样一位具有强烈经世精神,且具有一定政治才能的人,怎么能容忍鸿都门学士卖弄小技,就虚窃高位呢!

　　3. 刘勰论文人,敬重"名儒"鲠直謇谔的品格,贬斥"险士"的卑劣,因而鄙薄鸿都门学士人格的卑污。《文心雕龙·奏启》篇曰:

　　　　观孔光之奏董贤,则实其奸回;路粹之奏孔融,则诬其衅恶:名儒之与险士,固殊心焉。

　　孔光是西汉大臣,在王莽授意下,奏劾哀帝的佞幸董贤,列举事实,证成其罪;路粹承曹操之旨,奏劾刚正不阿的孔融,罗织罪名,置之于死地。同样是两篇奏疏文,一出于义正,一出于奸回,刘勰说"名儒"之与"险士",心性品德是不同的。何谓"名儒"?虽然刘勰未作解释,但通览《文

---

　　①　陈寿撰、裴松之注《三国志·魏书·崔琰传》引司马彪《九州春秋》,中华书局 1959 年,第 371 页。

心雕龙》,他强调文士的忠信品德和謇谔之风。具有这种品德的文士,立诚不欺,吐词鲠直謇谔,可称得上"名儒"。刘勰称赞文士"批逆鳞"的鲠直謇谔精神。《论说》篇赞美范雎、李斯的说辞"虽批逆鳞,而功成计合,此上书之善说也"。在《奏启》篇里,刘勰花费不少笔墨来提倡作者应该具有刚直方正的精神。"奏"是一种弹劾大臣、绳愆纠谬的文体,作者应该正直而有勇气。刘勰说:"位在鸷击,砥砺其气,必使笔端振风,简上凝霜者也。"这是弹劾奏疏的准则。论"启"体时,刘勰重在"说言",即切直的言辞,并说:"王臣匪躬,必吐謇谔。"人臣应该不考虑个人的私利,言辞正直,切中要害。刘勰在《奏启》篇特别提到:

> 后汉群贤,嘉言罔伏。杨秉耿介于灾异,陈蕃愤懑于尺一,骨鲠得焉。

杨秉就是上面提到的与鸿都门学士展开斗争的杨赐的父亲,"世笃儒教"[1],在桓帝时曾上疏直谏,不纳,而以病乞退。陈蕃可谓是"党人"的领袖,在桓帝朝曾上疏谏桓帝"封赏逾制",灵帝即位初,与大将军窦武谋划铲除宦官,事败而死。刘勰称赞二人是"骨鲠得焉",敬佩他们鲠直刚毅的精神。杨赐去世后,蔡邕先后为他撰写四篇碑文,其中有"攘灾兴化,蟊贼不臻"等语,其中应包括杨赐和蔡邕等谏阻鸿都门学事,刘勰称赞说:"观《杨赐》之碑,骨鲠训典"。熹平六年(177),侍中祭酒乐松、贾护等多引无行趣执之徒,待制鸿都门下,喜陈方俗闾里小事,灵帝很高兴,授之高位。时有雷霆疾风、地震、冰雹、蝗虫等灾害。蔡邕奏上封事,条陈宜所施行七事,《后汉书》本传全载其文,其中第五事即上节所引"夫书画辞赋,才之小者,匡国理政,未有其能,……但守奉禄,于义已弘,不可复使理人及仕州郡"云云,是直接讽谏皇帝不应该授予待制鸿都门下的无行之辈以高官。刘勰在《文心雕龙·奏启》中特别品评了蔡邕这篇著名的奏章,说:"蔡邕铨列于朝仪,博雅明焉。"可见,在杨赐、蔡邕等儒学士人与宦

---

① 蔡邕:《太尉杨秉碑》,邓安生《蔡邕集编年校注》,河北教育出版社 2002 年,第 97 页。

官、鸿都门学士的斗争中,刘勰是态度鲜明地站在儒学士人一边的,激赏他们忠亮鲠直的人格精神;而"便辟之性、佞辩之心"的鸿都门学士,倾侧奸回,刘勰直斥为"浅陋",是属于"险士"之流。

4. 刘勰论文尚雅忌俗,而鸿都门学士所擅长者,仅为尺牍、辞赋、书画、小说,喜陈方俗间里小事。刘勰对于这些"方俗间里小事","造作赋说","连偶俗语,有类俳优"即世俗化、庸俗性的文学,是持轻蔑不屑态度的。受"宗经"思想的影响,刘勰对于民间通俗文学的态度较为保守。《乐府》篇说:"若夫艳歌婉娈,怨诗诀绝,淫辞在曲,正响焉生!"汉乐府民歌多歌咏男女恋情,魏晋以后诗人常有拟作,但刘勰将它们贬斥为"淫辞",表现出对民歌的轻视态度。他感慨世人趋俗,大都喜好新奇,听雅乐则昏昏欲睡,听俗曲便欢呼雀跃,因此而"诗声俱郑"。王运熙先生说:"刘勰鄙视汉乐府民歌和鸿都门文人,是有着共同思想基础的。"[①]《谐谑》篇对于东方朔、枚皋的谐辞也多予贬斥,并说:"至魏文因俳说以著笑书,薛综凭宴会而发嘲调,虽抃笑衽席,而无益时用矣。"其实魏文帝曹丕著笑书,就是在鸿都门学士开创的风气的影响下而出现的,但刘勰认为这些都是没有实实在在的用处,不值得重视。他所看重的,"大者兴治济身,其次弼违晓惑",而不能"但谬辞诋戏,无益规补"。而鸿都门学士那些逢迎宦官、巴结皇帝的"连偶俗语,有类俳优",当然是没有什么讽诫内容,自然就得不到他的尊重。

综合来看,刘勰对鸿都门学的抨击,已经不是政治立场的是非问题,而是基于儒家文学观念,基于他对文人与文学的理论认知,所作出的考量。通过对刘勰态度的分析,可以更清楚地了解他的文论观念。

三、鸿都门学的文学影响与再评价

刘勰评论鸿都门学,轻蔑地说:"其余风遗文,盖蔑如也。""鸿都之赋"一篇都没有流传下来,"遗文""蔑如",是可以理解的。但是,是否"余

---

① 　王运熙:《从〈乐府〉〈谐谑〉看刘勰对民间文学和通俗文学的态度》,《王运熙文集》(3),上海古籍出版社 2012 年,第 65 页。

风"也"蔑如"呢？显然并非如此简单。鸿都门学在汉魏间实际上是产生了影响的，它在汉代重经学的文化背景中营造了"阉宦尚文辞"[1]新传统，特别是经过曹操的张扬，实现了汉魏文化的转变。在当时的政治背景里，鸿都门学没有任何积极意义，但是它将最高统治者的注意力由经术转向文艺，促动了辞赋、小说、书、画等文艺的发展。其关捩所在，即曹氏父子。

灵帝光和元年（178）朝廷置鸿都门学，妖异数见，灵帝派中常侍曹节、王甫向蔡邕、杨赐等人问消弭灾异的办法，上引杨赐、阳球等人罢鸿都门学的奏议就是在这个背景下写成的。蔡邕在奏议中直陈："尚方工技之作，鸿都篇赋之文，可且消息，以示惟忧。"据《后汉书·蔡邕传》记载，蔡邕条陈章奏后，"帝览而叹息，因起更衣，曹节于后窃视之，悉宣语左右，事遂漏露。其为邕所裁黜者，皆侧目思报"。阳球上疏奏罢鸿都门学，"书奏，不省。时中常侍王甫、曹节等，奸虐弄权，扇动外内。球尝拊髀发愤曰：'若阳球作司隶，此曹子安得容乎！'"（《后汉书·阳球传》）可见，就是曹节、王甫等人从中作梗，阻挠蔡邕、阳球等罢黜鸿都门学的建议，鸿都门学士在朝廷中就是得到曹节、王甫等人的引荐支持而发达起来的。而斗争的结果是蔡邕坐直对抵罪，杨赐以帝师仅得幸免。光和元年（178），曹操二十四五岁，任朝廷议郎。对于朝廷的这场斗争，曹操是不可能不知晓的。曹操的祖父曹腾是桓帝朝的宦官，父亲曹嵩"灵帝时货赂中官，及输西园钱一亿万，故位至太尉"（《后汉书·曹腾传》），就是一位便嬖子弟，行径颇似鸿都门学士。曹操"唯才是举"的人才观，其实是承续灵帝以来的社会价值观的新变。儒学士人与鸿都门学士之间的冲突，从社会价值观来看，实在是"德"与"才"的矛盾。儒学士人重视的是"世德"，高门守礼之家秉承的德性；而鸿都门学士展露的是才艺，他们通过才艺获得上层的赏识并授予官职。曹操的求贤令曰："今天下得无有被褐怀玉而钓于渭滨者乎？又得无盗嫂受金而未遇无知者乎？二三子其佐我明扬仄陋，唯才是举，吾得而用之。"[2]显然是重才艺而轻德性，这正是自置鸿都

---

① 陈寅恪：《书〈世说新语·文学类〉钟会撰四本论始毕条后》，《金明馆丛稿初编》，上海古籍出版社 1980 年，第 48 页。

② 见严可均校辑：《全上古三代秦汉国六朝文》，中华书局 1958 年，第 1063 页。

门学之后的新的社会价值观。曹操欣赏鸿都门学士出身的梁鹄①，曹植同博学有才章、擅长书法的邯郸淳品校文艺、纵论古今，曹操、曹丕之礼遇"建安七子"，无不表现出对文艺的偏好、对文人的重视。今人已多有阐述，不须赘论。李谔《上隋文帝书》云："魏之三祖，更尚文辞，忽君人之大道，好雕虫之小艺。下之从上，有同影响，竞骋浮华，遂成风俗。"②虽然是从反面立论，但揭示了"魏之三祖，更尚文辞"的事实，这就是汉末灵帝时期社会风气的延续。所以刘季高先生说："把擅长辞赋、诗歌、尺牍、书法的文人一律加以网罗，是他（曹操）争取中小地主阶层的方法之一。这样就在事实上继承了鸿都门学的政策，并扩大了他的影响。……鸿都门学促进了文艺方面新事物的成长。"③

　　鸿都门学给予曹魏文学的影响，刘勰显然没有意识到。刘勰论文学史，关注的是"风动于上，而波震于下"即上层文治措施对于文风的影响，至于曹魏文治措施的渊源，他并未谈及，而是直接谈"自献帝播迁，文学蓬转，建安之末，区宇方辑"，认为曹操父子爱好并擅长诗章辞赋，把流离迁徙的文人笼于翼下，在那样风衰俗怨的时代，造就了建安文学的兴盛。至于为什么曹操爱好并提倡的是诗章辞赋，而不是经术，原因当然是多方面的。但鸿都门学造成的社会风气的转变，未尝不是众多原因之一，怎能说"余风""蔑如"呢？

　　后世人们谈论鸿都门学，一般采取与杨赐、蔡邕、范晔、刘勰相近的态度，有的加以引申。引申的一个方向是讨论"经术"与"文章"孰轻孰重的问题。如北宋司马光《上哲宗乞置经明行修科》曰："熹平中，诏引诸生能文赋者，待制鸿都门下。蔡邕力争，以为辞赋小才，无益于治，不如经术。自魏晋以降，始贵文章而贱经术，以词人为英俊，以儒生为鄙朴。下至隋唐，虽设明经、进士两科，进士日隆而明经日替矣。"他指出汉代重经术，

---

　　①　卫恒《四体书势序》："曹公取荆州，募求梁鹄，使在秘书，以勒书自效，常悬著帐中，及以钉壁玩之。魏宫殿题署，皆鹄所书。"

　　②　黄霖、蒋凡主编：《中国历代文论选新编》（先秦至唐五代卷），上海教育出版社2007年，第259页。

　　③　刘季高：《鸿都门学在中国文艺发展过程中的作用》，《刘季高文存》，上海古籍出版社2009年，第229、230页。

然自灵帝熹平年间置鸿都门学以后,以文章为贵而贱视经术;隋唐的科举考试,虽设明经、进士两科,但是以试诗赋为主的进士尤为受人重视,选拔人才也最多;而经术日益衰落。司马光通过这样的对比梳理,旨在请求哲宗皇帝设置经明行修科,加强经术在科举中的分量。另一个方向是认为,帝王喜好文艺是玩物丧志,容易被品行不端、趋炎附势的小人所利用,导致国破家亡。清人孙宝瑄1903年正月十六日《日记》将汉灵帝与同样喜好文艺的宋徽宗并论,说:"灵、徽皆亡国之君,而所好者如此,盖不知治天下之本,而专于艺术,亦与好声色狗马无以异也。"①这些都是旨在总结历史教训,而对于灵帝置鸿都门学持批判的态度,是没有改变的。

　　20世纪上半叶,受纯文学观的影响,有人重新评价鸿都门学。如钱振东竟然说:鸿都门学是"唯美主义——纯文艺主义。换言之,要创造纯文艺观的文学"。② 建国以后,刘季高先生在1962年4月4日的《文汇报》上发表了《鸿都门学在中国文艺发展过程中的作用》,又以阶级论观点为鸿都门学翻案,认为鸿都门学提高了文人和文学作品的社会地位,促进了文艺方面新事物的成长,在中国文艺发展过程中具有重要的积极作用。这篇翻案文章的一个内在逻辑是"凡是敌人反对的,我们就要拥护;凡是敌人拥护的,我们就要反对"。代表贵族大地主利益的封建文人反对的鸿都门学,必然是有历史进步意义的,值得我们拥护。它影响了近数十年来国内学界对鸿都门学的历史认知,人们把鸿都门学视为我国古代的第一所文艺专科学校,认为它是文学自觉的前奏,促进了汉魏文艺的繁荣,在文学思想发展过程中具有重要的转折性意义。

　　至近十余年来,学界对这个问题有了新的反思。赵国华先生提出:"对于鸿都门学的认识,显然不能单纯地理解为教育问题,或者是思想、文学艺术问题,而主要是政治问题,具体一点说是选举问题。汉灵帝重用鸿都门生,有悖于正常的选举制度,有碍于朝廷政治的进步,因而加剧了统治集团内部的矛盾,促使东汉王朝走向崩溃。"③张新科先生认为:"汉灵

---

① 孙宝瑄:《忘山庐日记》,《续修四库全书》史部第580册,第503—504页。
② 钱振东《中国文学史》,1929年自印本,第278页。
③ 赵国华:《汉鸿都门学考辨》,《华中师范大学学报》2000年第3期。

帝时期设立的鸿都门学,是为了平衡政治势力而组建的颇有特殊性的政治集团,并非文学集团;从文学地位、文学观念、文学创作及其影响来看,鸿都门学不能代表那个时代的文学风气,更不是魏晋文学自觉的前奏。"[1]曾维华先生也指出:"鸿都门学主要是灵帝出于个人对文艺的偏好和为政的随意性的产物,也是灵帝诸多荒谬行为中的一例。"[2]这些都是有益的反思,可以引发我们进一步的探讨。

　　我觉得应该把历史上的政治事件本身的性质与它产生的间接影响分开来认识。设置鸿都门学士,是昏聩荒唐的汉灵帝的一桩荒唐事,凭着个人偏好,提拔一帮品行卑污、不学无术之辈与朝廷宦官勾结,形成压制儒学士大夫、排斥异己的力量,阻碍朝政,最终导致东汉王朝的崩溃。其本身的性质是负面消极、否定性的。但是,灵帝爱好文艺、设置鸿都门学,造成社会价值观念从"经术"向"文章"的转移,从"德性"向"才艺"的转变,客观上对于曹魏时期文学的发展起了一定作用,至少是促使文艺发展的众多因素之一。所以谈论汉魏文学和文论,鸿都门学还是一个绕不开的话题,像刘勰所谓"其余风遗文,盖蔑如也"那样一笔带过,还是有失允当的。

（载《上海师范大学学报》2015 年第 2 期）

---

① 　张新科：《文学视角中的"鸿都门学"》,《陕西师范大学学报》2005 年第 1 期。
② 　曾维华、孙刚华：《东汉"鸿都门学"设置原由探析》,《东岳论丛》2010 年第 1 期。

《文心雕龙·通变》辨正

一、学界释"通变"主要有三说

《通变》是刘勰《文心雕龙》的重要一篇,位列《风骨》、《定势》之间,属于刘勰谈文章创作的部分。关于刘勰论"通变"的涵义,最早是纪昀在评点《文心雕龙》时作了解释:

> 齐梁间风气绮靡,转相神圣。文士所作,如出一手。故彦和以通变立论。然求新于俗尚之中,则小智师新,转成纤仄,明之竟陵、公安,是其明征。故挽其返而求之古。盖当代之新声,既无非滥调,则古人之旧式,转属新声。复古而名以通变,盖以此耳。①

纪昀此说,对近现代《文心雕龙》研究者产生很大影响,黄侃、范文澜、刘永济等均沿其说。郭绍虞主编《中国历代文论选》也肯定纪昀之说"深得刘勰补偏救弊的用心",但是在 20 世纪 60 年代初的文化背景里,《文论选》等将"通变"与当时的文学理论机械对应,将"通变"解释为"文学发展中的继承与革新问题"②。这种解释也影响一时,甚至有的研究者将"通"解释为继承,"变"解释为革新,"通变"就是继承与革新的统一。自 80 年代以来,越来越多学者认识到"通变"和继承革新之间不是对应关系。如祖保泉《文心雕龙解说》认为《通变》全文的意旨"不是指什么文学范畴里的继承与革新的全部规律。全文事实证明,刘氏并没有论及文

---

① 黄霖编著:《文心雕龙汇评》,上海古籍出版社 2005 年,第 102 页。
② 马茂元:《说〈通变〉》,《江海学刊》1961 年第 11 期。

学内容的继承与革新问题;他讨论文学形式方面的继承与革新,也是有重点的"①。80 年代末,牟世金发表《文律运周,日新其业——〈文心雕龙·通变〉新探》②反拨过去的解释,提出"'通变'之义,主要是'文辞气力'的表达方法的变新",并给予详细的阐释。今人或遵从此说,并引而申之。

综合起来说,关于刘勰的"通变",主要有复古、继承与创新、变新三种说法,分歧较大,甚至观点对立。这就需要我们重新斟酌审察刘勰论"通变"的主旨。

二、"通变"内涵包括"昭体"和
"晓变"两个方面

刘勰论作文应该"制首以通尾"(《附会》),"贯一"以"拯乱"(《神思》)。《文心雕龙·通变》一文除了"赞"外,分为四段,"通变"思想是贯彻始终的。

第一段论述的是"有常之体"和"无方之数"的问题:

> 夫设文之体有常,变文之数无方,何以明其然耶? 凡诗赋书记,名理相因,此有常之体也;文辞气力,通变则久,此无方之数也。名理有常,体必资于故实;通变无方,数必酌于新声。故能骋无穷之路,饮不竭之源。然绠短者衔渴,足疲者辍途,非文理之数尽,乃通变之术疏耳。故论文之方,譬诸草木,根干丽土而同性,臭味晞阳而异品矣。③

如此将"有常之体"和"无方之数"对举,在《文心雕龙》其他篇章随处可见,特别是与《通变》前后相连的两篇都有论述,《风骨》篇说:"若夫镕铸经典之范,翔集子史之术,洞晓情变,曲昭文体,然后能莩甲新意,雕画

---

①　祖保泉:《文心雕龙解说》,安徽教育出版社 1993 年,第 583 页。
②　载《文史哲》1989 年第 3 期,又见氏著《文心雕龙研究》,人民文学出版社 1993 年。
③　王利器:《文心雕龙校证》,上海古籍出版社 1980 年,第 144 页。

奇辞。昭体故意新而不乱,晓变故辞奇而不黩。"《定势》篇说:"夫情致异区,文变殊术。莫不因情立体,即体成势也。"可见"昭体"和"晓变"是创作论的重要原则,刘勰在《通变》篇开头这一段对此原则阐释得尤为详细明白。所谓"名理相因",就是前面文体论各篇"释名以彰义""敷理以举统"而阐论每一种文体的名称、特征和写作规范。每一种文体的特征和规范,是"有常"的,恒定的,需要遵守,后世作家需要借鉴、取法于各种文体的典范性作家作品(即"故实");在遵守文体规范的前提下,作家可以而且应该斟酌"新声",在"文辞气力"方面有自己的创新变化,这种创新变化是因人因时而"无方"无穷尽的。从《通变》开篇这一段话来看,"通变"探讨的是文体规范和文辞气力等问题,不涉及文章的内容,因此祖保泉说"刘氏并没有论及文学内容的继承与革新问题",是正确的;当然,即使是形式方面,刘勰反对"师范宋集"和"近附",与现代文论之所谓"继承"也不一致。

值得注意的是"变文之数无方",后文即解释为"文辞气力,通变则久",似乎"通变"就是"变",或说是"通其变"。但是在此篇后面的文字中又出现"凭情以会通,负气以适变","变则堪久,通则不乏"等句子,"通"与"变"相并列。到底"通变"是"通其变"还是"通"与"变",还是二者兼而有之呢?因为刘勰的"通变"是直接渊源于《周易》。"通变"含有歧义,这个问题在《周易》里就存在。《周易·系辞上》曰:"参伍以变,错综其数,通其变,遂成天地之文。"又说:"化而裁之谓之变,推而行之谓之通。"前者是"通其变",后者是"通"与"变",刘勰是仿《周易》用例而造成语义上的歧解。但是《周易》在单独用"变"和连用"通""变"时,含义是有差别的,单独用"变",是无方向、无定准的"变动不居",而"变"与"通"连用时,相当于"适变"的意思,即顺应某种规律和趋势的变。《周易·系辞下》说:

(易之)为道也屡迁,**变动不居**,周流六虚,上下无常,刚柔相易,不可为典要。**唯变所适**,其出入以度,外内使知惧。

很显然,这段文字中"变动不居"和"唯变所适"的意思是有明显的差异,前者是变而无常,后者是变而不失其常。《周易》说:"变通配四时","变通莫大乎四时。"四季的变化虽然现象多样,但有其内在的规律,这是通变,而不是变动不居。《定势》篇说近代辞人,率好诡巧,违背一切正则的"讹势所变";《指瑕》篇说"情讹之所变",都是属于前一个"变"的意思,而不是"通变"、"适变"的意思。《周易·系辞下》论"通变"说:"刚柔者立本者也,变通者趣时者也。"刘勰直接将这句话搬用到《镕裁》篇说:

> 情理设位,文采行乎其中。刚柔以立本,变通以趋时。立本有体,意或偏长;趋时无方,辞或繁杂。蹊要所司,职在镕裁。

联系《周易》这二句来理解刘勰的"通变",有两个要义:一是"立本",一是"趋时",二者缺一不可,没有"立本"的变,就是"变动不居"的讹变;没有"趋时",则是僵化守陈,更谈不上通变。所以,刘勰在谈"通变"时,总是二者并提的,除了《通变》篇第一段和上面我们已经列举《风骨》、《定势》二例外,还如《定势》说"此循体而成势,随变而立功者也";《议对》说"采故实于前代,观通变于当今"。我们不能将"通变"仅仅理解为"观通变于当今",而忽略了"采故实于前代"也是"通变"固有的内涵,否则就无法圆融地理解《通变》全篇的意思。刘勰在《颂赞》篇里描述"颂"这种文体在后代如何因为不遵守"有常"之体,不"采故实于前代"而讹变的,这是"变而失正",是"通变"的反面例子,可以用来说明"通变"不等于创新变化。"颂"这种文体的规范是"颂主告神,故义必纯美","颂惟典雅,辞必清铄"。自《商颂》以下,文理允备,其中《时迈》一篇,"周公所制,哲人之颂,规式存焉"。颂的文体规范这时已经确立了,体现在《时迈》中。但至《左传·僖公二十八年》记载众人诵说"原田每每"和《吕氏春秋·乐成》记载孔子始用于鲁,鲁人鬷诵之曰"麛裘而鞞,投之无戾"云云"直言不咏,短辞以讽",这是"野诵之变体,浸被乎人事矣"。这是一变。"及三闾《橘颂》,情采芬芳,比类寓意,乃覃及细物矣"。这是再变。汉代扬雄《赵充国颂》、班固《安丰戴侯颂》、傅毅的《显宗颂》、史岑的《和熹邓后颂》，"或拟《清庙》，或范《駉》《那》，虽浅深不同，详略各异，其褒德显容，典章一也。"这是"还宗经诰"，重新合乎颂体规范，所以得到刘勰的肯定。至于班固的《车骑将军窦宪北征颂》、傅毅的《西征颂》，"变为序引，岂不褒过而谬体哉"。这是颂体之再谬。至马融之《广成颂》《上林颂》，"雅而似赋，何弄文而失质乎！"这是颂体的三谬。到了西晋陆机的《汉高祖功臣颂》"褒贬杂居"，竟然在颂体有贬意，刘勰批评说此篇颂"固末代之讹体也"。"颂"体从《商颂》之"义必纯美"到陆机《功臣颂》之"褒贬杂居"，看似是创新变化，但在刘勰看来，正是一个"讹"的过程。这是"变"，而不是"通变"。所以说刘勰的"通变"，包含着对"设文之体有常"的遵守这一方面的内容。文体规范可以触类而长，引而申之，但是基本原则不能违背。

三、"昭体"须师范"汉篇"

《通变》篇第二段说：

> 是以九代咏歌，志合文则。黄歌《断竹》，质之至也；唐歌在昔，则广于黄世；虞歌《卿云》，则文于唐时；夏歌雕墙，缛于虞代；商周篇什，丽于夏年。至于序志述时，其揆一也。暨楚之《骚》文，矩式周人；汉之赋颂，影写楚世；魏之篇制，顾慕汉风；晋之辞章，瞻望魏采。榷而论之：则黄、唐淳而质，虞、夏质而辨，商、周丽而雅，楚、汉侈而艳，魏、晋浅而绮，宋初讹而新。从质及讹，弥近弥澹。何则？竞今疏古，风末气衰也。今才颖之士，刻意学文，多略汉篇，师范宋集，虽古今备阅，然近附而远疏矣。夫青生于蓝，绛生于蒨，虽逾本色，不能复化。桓君山云："予见新进丽文，美而无采；及见刘、扬言辞，常辄有得。"此其验也。故练青濯绛，必归蓝蒨；矫讹翻浅，还宗《经》诰。斯斟酌乎质文之间，而櫽括乎雅俗之际，可与言通变矣。

这里论自黄帝至宋初的创作风气，从黄帝到商周的文风是由质朴趋于华丽,这是文辞气力的变,而"序志述时"的文体之"常"是一致的,符合"刚柔以立本,变通以趋时"的原则,是正确的"通变"。

而自楚汉以降的后世文章演变却产生了问题。与上面所言"通变"有两个原则相呼应,对这个问题刘勰是从"采故实"和"观通变"两个方面来说明的。"楚之《骚》文,**矩式**周人;汉之赋颂,**影写楚世**;魏之策制,**顾慕汉风**;晋之辞章,**瞻望魏采**。"这是近似于"采故实"。联系《文心雕龙》全书来看,这里的"影写"、"顾慕"、"瞻望"等取法乎近,附近而疏远,刘勰对此是有贬意的。如:

> 敬通杂器,准矱戒铭,而事非其物,**繁略违中**。(《铭箴》)
>
> 班彪、蔡邕,并敏于致语。然影附贾氏,**难为并驱耳**。(《哀吊》)
>
> 自桓麟《七说》以下,左思《七讽》以上,枝附影从,十有馀家。或文丽而**义暌**,或理粹而**辞驳**。(《杂文》)
>
> 自《连珠》以下,拟者间出。杜笃、贾逵之曹,刘珍、潘勖之辈,欲穿明珠,多贯鱼目。**可谓寿陵匍匐,非复邯郸之步;里丑捧心,不关西施之颦矣**。(《杂文》)
>
> 然而懿文之士,未免枉辔;潘岳《丑妇》之属,束晳《卖饼》之类,尤而效之,盖以百数。(《谐隐》)
>
> 夫自六国以前,去圣未远,故能越世高谈,自开户牖。两汉以后,体势漫弱,虽明乎坦途,而类多依采,此远近之渐变也。(《诸子》)
>
> 至如李康《运命》,同《论衡》而过之;陆机《辨亡》,效《过秦》而不及,然亦其美矣。……虽有日新,而**多抽前绪**矣。(《论说》)
>
> 观《剧秦》为文,影写长卿,**诡言遁辞,故兼包神怪**。(《封禅》)
>
> 至于邯郸受命,攀响前声,**风末力寡**,辑韵成颂;虽文理顺序,而**不能奋飞**。(《封禅》)

刘勰在文体论部分"原始以表末"时,对于这些因袭模拟、取法乎近,都有贬斥的意味。同样,在《通变》篇刘勰指出"晋之辞章,瞻望魏采"等等,也是批评各代文章未能遵有常之体,未能正确地"采故实于前代"。

因为未能遵有常之体，未能采故实于前代，只取法乎近人，而导致在"观通变于当今"上也出现问题，文风讹变，而非通变。所谓"楚、汉侈而艳。魏、晋浅而绮，宋初讹而新。从质及讹，弥近弥澹"云云，就是不能正确"通变于当今"，导致文风一代比一代浮艳，乃至于意味浅淡，辞采讹滥。刘勰把这种文风不竞的责任归咎于"竞今疏古"、"近附远疏"，也就是没有正确地处理好"故实"和"通变"、"前代"与"当今"问题。所以，不能抛弃了"采故实于前代"仅仅根据"观通变于当今"而把"通变"理解为变化创新，文风"从质及讹"，正是当时的新变，刘勰对之是持批判态度的；"竞今"就是求新求变，但是刘勰不客气地批评了这种"疏古"的竞今。刘勰把"竞今疏古"的错误道路具体描述为"多略汉篇，师范宋集"，提出纠正这种错误道路的办法是"还宗经诰"，在质文、雅俗间斟酌考校。

刘勰主张征圣宗经，因此提出"还宗经诰"是容易理解的；他认为当时的文风"将遂讹滥"（《序志》），因此批评"今才颖之士""师范宋集"，也是很自然的。他为什么不满于"今才颖之士"之"多略汉篇"呢？正面的说，为什么刘勰主张多"师范""汉篇"呢？他不是已经说过"汉之赋颂，影写楚世"，"楚汉侈而艳"，似乎对汉代文风也有微词吗？过去研究者较少追究这个问题。对于"汉篇"，一般解释为"主要指刘向、扬雄等作家所作的风格比较质朴刚健的散文，而不是指那些艳丽的辞赋"。我认为，若联系文体论的文字来看，《通变》篇提出的"汉篇"，是指多种文体的"常"即文体规范，形成于汉代，并出现了诸多典范的篇章，师范"汉篇"，就是学习、遵循"有常之体"，即是"通变"论之"立本"或"采故实"的一面。试看文体论部分：

《铭箴》篇论"铭"这种文体，"蔡邕铭思，独冠古今"，是铭体的典范。冯衍、崔骃、李尤的铭，各有缺点。"箴"这种文体"唯《虞箴》一篇，体义备焉"，至扬雄稽古，"始范《虞箴》，作《卿尹》、《州牧》二十五篇。……信所谓追清风于前古，攀辛甲于后代者也"。后来到潘勖、温峤、王济、潘尼等的继作，鲜有克衷，各有所偏，都有缺点。

《诔碑》篇论"诔"这种文体，鲁哀公诔孔子，"虽非睿作，古式存焉"。汉代傅毅、苏顺、崔瑗的诔文"观其序事如传，辞靡律调，固诔之才也"，也是诔体的典范。曹植的诔则"体实繁缓"。西晋的潘岳"专师孝山，巧于序悲，易入新切，所以隔代相望，能徽厥声者也"。碑文则以蔡邕为典型。"才锋所断，莫高蔡邕"。后来的温、王、郗、庾，"辞多枝杂"。

《哀吊》篇论"哀辞"，"霍嬗暴亡，帝伤而作诗，亦哀辞之类矣"，这是哀辞的规范之篇。东汉时崔瑗的《汝阳主哀辞》"始变前式"。"履突鬼门"，怪而不辞；"驾龙乘云"，仙而不哀，属于体式之"变"。"吊"这种文体，贾谊《吊屈原文》"体周而事核，辞清而理哀，盖首出之作也"，是吊体的模范之作。而司马相如《哀秦二世赋》，全为赋体；扬雄《反离骚》"辞韵沈膇"。班彪、蔡邕的吊文，虽然模范贾谊，但"难为并驱"。

《杂文》篇先论《对问》体，自宋玉《对楚王问》后，东方朔、扬雄、班固、崔骃、张衡、崔寔、蔡邕、郭璞"迭相祖述"，都创作出高卓的名篇。而曹植、庾敳的模仿之作，或"辞高而理疏"，或"意荣而文悴"，均有偏极。再论《七发》体，枚乘首唱之作，"信独拔而伟丽矣"，是此体的高标。继踵者有傅毅、崔骃、张衡、崔瑗、陈思、仲宣，各有风格。自桓麟至左思，又有十余家相影附，然"或文丽而义暌，或理粹而辞驳"，每况愈下。第三为《连珠》体，扬雄为首创者，"辞虽小而明润"，而杜笃、贾逵、刘珍、潘勖等的拟作是邯郸学步、东施效颦。只有陆机之作，才算上乘。

《论说》篇述"论"这种文体，汉代"石渠论艺，白虎讲聚，述圣通《经》，论家之正体也"。张衡《讥世》，颇似俳说；孔融《孝廉》，但谈嘲戏；曹植《辨道》，体同书抄。魏正始以后"务欲守文"，李康、陆机有论的名篇，亦不及汉人。

《议对》篇论"驳议"这种文体，"自两汉文明，楷式昭备"，驳议的楷式至两汉而完备。吾丘寿王等四家驳议，"虽质文不同，得事要矣"；张敏等六家驳议，"事实允当，可谓达议体矣"。至西晋，傅咸"属辞枝繁"，陆机虽有锋颖，"而腴辞弗剪，颇累文骨"。又论"对策"这种文体，晁错等五人的对策"并前代之明范也"，是这种体制的范型，"魏晋以来，稍务文丽，以文纪实，所失已多"，体制规则也逐渐迷失。

综合起来看，刘勰评述各种文体的历代流变，除了颂、赞、祝、盟、封禅几种特殊文体定型于先秦，诏、策、章、表等文体因为朝廷专职或制度的原因（如"两汉诏诰，职在尚书"，"自魏晋诏策，职在中书"；"后汉察举，必试章奏")各有其胜,诗、赋体制的历代演化情况复杂以外,上面列举的各种文体的体制规范都是在汉代完备的,每种文体的典型作家、典范作品也都出现在汉代。虽然后世也曾出现了若干中规甚至精美的作品,只是"后发前至"(《铭箴》)、"隔代相望"(《诔碑》),也还是以汉代为典型的。这就是刘勰在《通变》篇提出"师范""汉篇"的用意。或许《通变》篇所谓"疏古"的"古"还可以进一步上推到先秦经典,而"远疏"的"远"就是指"汉篇"。所以第二段在论趋新之变的时候,还是归结到"有常之体"上。

四、"循环相因"不是正确的"通变"

《通变》第三段列举"广寓极状"的五个例子并作评论:

> 夫夸张声貌,则汉初已极。自兹厥后,循环相因,虽轩翥出辙,而终入笼内。枚乘《七发》云:"'通望兮东海,虹洞兮苍天。"相如《上林》云:"视之无端,察之无涯,日出东沼,月生西陂。"马融《广成》云:"天地虹洞,固无端涯,大明出东,月生西陂。"扬雄《校猎》云:"出入日月,天与地杳。"张衡《西京》云:"日月于是乎出入,象扶桑于濛汜。"此并广寓极状,而五家如一。诸如此类,莫不相循。参伍因革,通变之数也。

这一段文字的意思本身或许不难理解,但是刘勰对于"广寓极状,而五家如一"是持什么态度? 是示人以法,还是借以批判? 研究者分歧很大①。的确,仅仅从这段文字本身来看,刘勰是褒是贬? 态度暧昧。我觉得需要联系刘勰《文心雕龙》全书,特别是联系论骚赋、论夸张和对这五人的具体评论来理解。

首先,刘勰对"夸张声貌"本身是不否定的,《文心雕龙》就列有《夸饰》专篇,《诠赋》篇说荀子、宋玉的赋"遂客主以首引,极声貌以穷文",后

---

① 　纪昀、范文澜、刘永济、王运熙等先生认为刘勰是以正面肯定的态度举例说明文辞气力的变化;陆侃如、牟世金、詹福瑞等先生认为是所举五例正是刘勰批判的对象。

六字即这段第一句"夸张声貌，则汉初已极"的意思。刘勰用"循环"、"因循"也不具有明显的褒贬，如《史传》篇说"班固述汉，因循前业"，褒贬态度是不鲜明的。再看"轩翥出辙，而终入笼内"一句，有论者拿此句与《宗经》篇"百家腾跃，终入环内"相参，意即千变万化，却有法度可循。但是，刘勰用"轩翥"都是强调"奋飞"的意思。如《辨骚》篇论《离骚》"轩翥诗人之后，奋飞辞家之前"；《夸饰》篇以可定的口气说"轩翥而欲奋飞，腾踯而羞局步"；《封禅》篇说"虽文理顺序，而不能奋飞"，对于"不能奋飞"是怀有遗憾的。相互参照来看，显然《通变》篇"终入笼内"就是"局步"，不能"奋飞"的意思，也就是不能"自铸伟辞"（《辨骚》）。所以从用语上看，这一段中刘勰是有否定态度的。

其次，刘勰提出五家的先后顺序是枚乘、司马相如、马融、扬雄、张衡，若依时间顺序应该将马融与扬雄对调，刘勰不是依据时间顺序来说明此五人一个继一个踵事增华，而是要说明枚乘为首创，司马相如、马融、扬雄、张衡都是"影附"、"因循"枚乘，跳不出框框。刘勰评论这五个人的赋，枚乘首唱《七发》"信独拔而伟丽矣"（《杂文》），评价最高；司马相如的《上林赋》"繁类以成艳"，也算是辞赋英杰十家之一；马融的《广成赋》"弄文而失质"（《颂赞》），已有贬抑；扬雄的《羽猎赋》"鞭宓妃以饟屈原，……虚用滥形，不其疏乎！"（《夸饰》）真可谓一个不如一个。特别是张衡，刘勰在《诠赋》篇里虽肯定他的《二京赋》"迅发以宏富"，也是辞赋英杰十家之一，但恰恰是在《夸饰》篇里，刘勰批评了他在《通变》篇里提到的张衡《西京》一赋"海若游于玄渚"等句"验理则理无可验，穷饰则饰犹未穷矣"。刘勰在《通变篇》列举张衡《西京》赋"日月于是乎出入"二句和"海若"等句一样，也正是"验理则理无可验，穷饰则饰犹未穷矣"。联系《夸饰》篇来看，刘勰的褒贬态度是非常鲜明的。《通变》篇这一段是专举"夸张声貌"的例子，在《夸饰》篇里，刘勰说司马相如"诡滥愈甚"，扬雄、张衡"虚用滥形"，毛病都是"甚泰"。既然刘勰的具体评价是如此，怎么可能对这种"循环相因"持肯定态度呢？如果这是示人以"通变"正法的话，不是和《文心雕龙》其他部分相矛盾吗？刘勰的文学观念不至于如此的错乱。

再者，"夸张声貌"本身属于"文辞气力"方面，刘勰是主张创新的，怎么可能会肯定"循环相因"呢？联系《辨骚》篇来看，刘勰所肯定的"取镕《经》意，亦自铸伟辞"是"通变"，"循环相因"正好是"自铸伟辞"的反面。刘勰在《辨骚》篇说"驱辞力"、"穷文致"的正确方法是"凭轼以倚《雅》《颂》，悬辔以驭楚篇"，并特别提到"亦不复乞灵于长卿，假宠于子渊矣"。如果说刘勰肯定司马相如、马融、扬雄、张衡等的这种"循环相因"，不是在称赞"乞灵于长卿"就是"通变"正法吗？

最后，刘勰论"夸张声貌"这一段的褒贬态度到底如何，还可以联系《通变》本篇的上下文来看。前面一段用"青生于蓝，绛生于蒨"的比喻来说明"虽逾本色，不能复化"的道理。司马相如、马融、扬雄、张衡四人在文辞上因循枚乘，就是"虽逾本色，不能复化"，汲深绠短，后继乏力，出不了新意。后面一段，刘勰又说："若乃龌龊于偏解，矜激乎一致，此庭间之回骤，岂万里之逸步哉？"司马相如等人在辞赋夸张上面"饰羽尚画"，不就是"龌龊于偏解，矜激乎一致"吗？刘勰说他们"虽轩翥出辙，而终入笼内"，意思也即是"庭间之回骤，岂万里之逸步哉"。刘勰在这里列举的因循五例，就是"文辞气力，通变则久"的反面失败的例证。为什么汉赋作家穷极钻砺，还是"终入笼内"，"五家如一"呢？这不是说他们创新得不够，而是说，仅仅在文辞气力上追新求奇，向近代人学，是行不通的，必须要"昭体"，遵"有常之体"，并"还宗经诰"，所以刘勰在《通变》篇后段归结说"参伍因革，通变之数也"，并提出"宜宏大体"和博览、精阅、拓衢路、置关键等方法。

《通变》篇与《文心雕龙》其他四十九篇一样，是首尾一贯、文意如环的，只有认识到刘勰对司马相如等人夸张声貌、循环相因是持否定贬抑态度的，只有认识到刘勰论"通变"处处兼顾"昭体"和"晓变"，而不是片面强调一面，解读《通变》乃至整个《文心雕龙》才能圆融无碍，否则就会扞格不入。

（载复旦大学中国古代文学研究中心辑刊《中国文学研究》2014年第2期）

《文心雕龙》析疑三例

近年给学生讲授"《文心雕龙》精读"课程,留意于刘勰《文心雕龙》里学界颇有歧解的一些语句,反复玩味,千虑一得。不揣孤陋,撰此拙文,求正于"龙学"大家。

一、"不专缓颊,亦在刀笔"辨义

《论说》篇述"说"体云:

> 至汉定秦楚,辨士弭节,郦君既毙于齐镬,蒯子几入乎汉鼎;虽复陆贾籍甚,张释傅会,杜钦文辨,楼护唇舌,颉颃万乘之阶,诋戏公卿之席;并顺风以托势,莫能逆波而溯洄矣。夫说贵抚会,弛张相随,不专缓颊,亦在刀笔。范睢之言疑事,李斯之止逐客,并顺情入机,动言中务,虽批逆鳞,而功成计合,此上书之善说也。至于邹阳之说吴梁,喻巧而理至,故虽危而无咎矣。敬通之说鲍邓,事缓而文繁;所以历骋而罕遇也。

"不专缓颊,亦在刀笔"二句,范文澜解释说:"谓不仅口说,落于笔札者,亦得称说。"[1]把"缓颊"解释为口头言说,"刀笔"解释为书面笔札。现代的"龙学"研究者大多都是沿袭此解,如陆侃如、牟世金注:"刀笔,这里指书写,即下面说的'上书'。"并翻译二句为"不仅仅是婉言陈说,也要

---

① 范文澜:《文心雕龙注》,人民文学出版社 1962 年,第 353 页。

书写成文。"①周振甫译为"劝说不是专靠口舌,也用笔墨。"②王运熙、周锋先生翻译为"不仅仅是口头陈说,也有写成文字的。"③把"刀笔"解释为书写成文字,本于《后汉书·刘盆子传》"其中一人出刀笔书谒欲贺",李贤注曰:"古者记事,书于简策,谬误者以刀削而除之,故曰刀笔。"似乎是有依据的。

但是,若把"缓颊"与"刀笔"解释为口头言说与书面笔札,放回到《论说》这一段里,文义是不顺畅的。如果这句前面所谈的是口头言说,后面所述的是书面笔札,那么这句承前启后,过渡自然。可这段前面所述陆贾、张释、杜钦、楼护四人,后面所述范雎、李斯、邹阳、冯衍四人,并非前者是口头言说,后者是书面笔札。前面四人中如杜钦就有《说王凤》等文传世,后面四人如范雎上秦昭王书,本来是口头言说,记载于《战国策》和《史记》。也就是说,这一段论"说"体,没有明确分出口头和书面两类,中间插入"不专缓颊,亦在刀笔"谈口头、书面的分别,突兀得很。《论说》这一段的主要意思是谈"说"体的"张"与"弛"的问题,如果把"不专缓颊,亦在刀笔"理解为口头言说与书面笔札,那么这一段文义就显得杂乱,而不符合"制首以通尾"(《附会》)的要求。

再看"不专缓颊"二句之前,是提出"夫说贵抚会,弛张相随",之后数句就在谈"说"体的"弛张相随":范雎、李斯"批逆鳞"是"张",邹阳的"喻巧而理至"、敬通的"事缓而文繁"是"弛"。前后之间插入"不专缓颊,亦在刀笔"句,若是谈口头与书面之分别的话,恰好隔断文意,文气也不顺畅,可见,"不专缓颊,亦在刀笔"不能如此理解。

那么,"不专缓颊,亦在刀笔"二句该如何理解呢?"缓颊"一词,不只是口头言说的意思。《史记·魏豹列传》:"汉王闻魏豹反,方东忧楚,未及击,谓郦生曰:'缓颊往说魏豹。'"《汉书·高帝纪》略同,这是"缓颊"的最早出处。"缓颊"最初就是用于辨士游说的场合。刘勰论"说"体用"缓颊"一词,当是本于《史记》《汉书》。《汉书》张晏注曰:"缓颊,徐言引

---

①　陆侃如、牟世金:《文心雕龙译注》,齐鲁书社 1981 年,第 241 页。
②　周振甫:《文心雕龙选记》,中华书局 1980 年,第 117 页。
③　王运熙、周锋:《文心雕龙译注》,上海古籍出版社 2010 年,第 90 页。

譬喻也。"徐言,即缓慢地说;引譬喻,借譬喻委婉曲折地说。《论说》篇这一段中"喻巧而理至""事缓而文繁",都是呼应"缓颊",不过一成功,一失败而已。

"刀笔"本来的确是指书写工具,但有时也指法律案牍,如《史记·李斯列传》:"(赵)高曰:'高固内官之厮役也,幸得以刀笔之文进入秦宫,管事二十余年。'"刀笔之文即指法律案牍。称法律案牍为"刀笔之文",取其严厉之意,刀笔就是笔铦如刀的意思。《奏启》篇赞语的"笔锐干将,墨含淳酖"可以借来解释《论说》篇的"刀笔"。所以"不专缓颊,亦在刀笔"的意思是,"说"这种文体,不只是从容委婉,也有严酷锐利的。这样解释,和上下文都能紧密地相契合:从容委婉,就是"弛",邹阳、冯衍是也;严酷锐利就是"张",范雎、李斯是也。整段文理协调,文气通顺,都是在围绕说体"弛张相随"展开论述,而且"不专缓颊,亦在刀笔",即"说"体不只从容委婉,也会严厉犀利,还是关键的一句。

过去也有学者认识到把"刀笔"仅仅解释为书面文字的不妥。如吴林伯解释说:"本篇言辨说直陈利害,情辞或严厉而不缓和,此之谓张。……有时不专缓和,还需要严厉。"①我认为这个解释是贴切刘勰本意的。但吴先生把"缓颊"仅仅解释为"缓和",说:"《说文》:'颊,面旁也。'彦和以谓辨士之颜面。辩说不专缓和颜面,即不一味用弛。"还不够确切。加之吴先生的解释尚未得到"龙学"界的充分重视,故而提出来再作辨析。

二、"思表纤旨,文外曲致"指什么?

《文心雕龙·神思》后段曰:

> 若情数诡杂,体变迁贸,拙辞或孕于巧义,庸事或萌于新意;视布于麻,虽云未贵,杼轴献功,焕然乃珍。至于思表纤旨,文外曲致,言

---

① 吴林伯:《文心雕龙义疏》,武汉大学出版社 2002 年,第 229 页。

所不追,笔固知止。至精而后阐其妙,至变而后通其数。伊挚不能言鼎,轮扁不能语斤,其微矣乎!

这一段以"至于"为界阐述两层意思。纪昀眉批曰:"补出刊改乃功一层(周按,指"焕然乃珍"前数语),及思入希夷,妙绝蹊径,非笔墨所能摹写一层(按,指"至于"后数语),神思之理,乃括尽无余。"纪昀解释得不是很清楚,容易引起歧义。后近数十年来,"龙学"专家对"思表纤旨,文外曲致"的解释存在明显的分歧。范文澜先生《中国通史简编》修订版第二编说:"即使讲到微妙处("言所不追"处),也并无神秘不可捉摸的感觉。"祖保泉先生谓是指"文思微妙,非言语所能曲尽"①;杨明先生谓:"说神思之事太微妙了,有些东西是语言所不能表述的,我也只能说到这儿为止。但是写作高手是能够掌握、发挥其中妙处和规律的。"②但王元化先生的《释〈神思篇〉杼轴献功说》解释说:"艺术作品含有诱导读者想象活动的机能,作家往往在作品中对于某些应该让读者知道的东西略而不写,或写而不尽,用极节省的笔法去点一点,暗示一下,这并不是由于他们吝惜笔墨,而是为了唤起读者的想象活动。这种在文艺作品中经常出现的现象,用刘勰的话说,就是'思表纤旨,文外曲致,言所不追,笔固知止'。"③范文澜等先生的解释是说,刘勰认为构思的道理有粗精之分,粗者可言,而精者难表,于是只就可说的部分来说明;至于不可言说的部分,只有作者去不断尝试、操练,在实践中体会与掌握了。而王元化先生解释为,刘勰说的是作家应该善于运用语言的暗示功能,故意在艺术作品中留下空白,唤起读者的想象。或许因为王元化先生的解释颇有现代文艺学的意味,在古代文论学界发生了较大的影响④,但并不能切理厌餍心,如

---

① 祖保泉:《文心雕龙解说》,安徽教育出版社1993年,第527页。

② 杨明:《文心雕龙精读》,复旦大学出版社2007年,第107页。此外如穆克宏先生《思理为妙神与物游——刘勰论艺术构思》等文章都采取此种解释。

③ 王元化:《文心雕龙讲疏》,上海古籍出版社1992年,第105—106页。

④ 如吴观澜《一个从玄学向美学转化的论题——论"言意之辨"对〈文心雕龙〉的影响》(《学术研究》1987年第1期)、兴膳宏先生《〈文心雕龙〉隐秀篇在文学理论史上的地位》(《北京大学学报》1996年第3期)都基于王元化先生的解释。

周明、胡旭二先生的就曾提出过置疑①。

　　笔者细审《神思》篇此段文字，并联系《文心雕龙》全书来考察，认为范文澜等先生的解释为确切。兹在前贤研究的基础上，略加阐述。

　　"思表纤旨，文外曲致"云云，是由"至于"领起，文意与前数句关系较远，而与后面"至精而后通其数"等句一脉贯通，谈的是一个内容，所以要联系起来看。联系"伊挚不能言鼎，轮扁不能语斤"二语来看，"思表纤旨"显然是指构思的微妙道理，而不是指艺术作品中暗示的部分。查考六朝时期的文论，使用"伊挚言鼎"的典故不多，但运用《庄子·天道》"轮扁语斤"的典故，比比皆是，而其所指，基本是一致的。如陆机《文赋》曰："若夫丰约之裁，俯仰之形，因宜适变，曲有微情。或言拙而喻巧，或理朴而辞轻，或袭故而弥新，或沿浊而更清，或览之而必察，或研之而后精。譬犹舞者赴节以投袂，歌者应弦而遣声。是盖轮扁所不得言，亦非华说之所能精。"陆机此论显然影响了刘勰《神思》篇那一段。"因宜适变，曲有微情"，近乎刘勰所谓"情数诡杂，体变迁贸"。陆机最后说"盖轮扁所不得言，亦非华说之所能精"，意即创作时的"因宜适变"，是理论所难以显言的。沈约《与陆厥书》论音韵说："韵与不韵，复有精粗，轮扁不能言，老夫亦不尽辨此。"萧子显《南齐书·文学传论》阐述"今之文章""略有三体"后说："三体之外，请试妄谈。若夫委自天机，参之史传，应思悱来，勿先构聚。言尚易了，文憎过意，吐石含金，滋润婉切。杂以风谣，轻唇利吻，不雅不俗，独申胸怀。轮扁斫轮，言之未尽，文人谈士，罕或兼工。""三体"是可谈的，而"委自天机"之微妙，难以具论。故而萧子显引用"轮扁斫轮，言之未尽"来说明"文人"和"谈士""罕或兼工"。联系萧子显的来看刘勰之论，意思非常清楚，"文人"可以通过长期的创作实践"至精""至变"而"阐其妙"、"通其数"，而"思表纤旨，文外曲致"，即构思的精微妙理，是"谈士"所论的对象。

　　联系当时人的用例来看，文论家引用"轮扁语斤"典故时，都是在说明文章创作的道理的精微之处，是难以言说的；而不是说文艺作品要"略

---

① 周明、胡旭：《文心雕龙·释疑》，《江苏教育学院学报》2006 年第 1 期。

而不写,或写而不尽",用暗示的笔法唤起读者的想象活动。刘勰所谓的"思表纤旨,文外曲致,言所不追,笔固知止",是指构思和运用言辞之外纤微妙理,非文字所能传达的,因此就搁笔不写了。

刘勰把作者思维和写作的道理分为可以言说和不可以言说,在《文心雕龙》全书其他篇章也可以得到印证。如《总术》篇说"不剖文奥,无以辨通才",强调论文要细析文理,但《风骨》篇又说"然文术多门,各适所好,明者弗授,学者弗师",即"随手之变"的文术,是无法通过言辞讲授而习得的。《序志》篇说,论文须"振叶以寻根,观澜而索源";同时又说:"虽复轻采毛发,深极骨髓,或有曲意密源,似近而远,辞所不载,亦不可胜数矣。"联系这些文字来看刘勰"思表纤旨,文外曲致"所指,就是"明者弗授,学者弗师","似近而远,辞所不载"即作者创作文章在构思时的微妙心理,其道理难以运用言辞加以表述,故而刘勰"言所不追,笔固知止"。

把作者思维和写作的道理分为可以言说和不可以言说两部分,是六朝时期文论家较为普遍的思想。除了上引陆机以外,如葛洪《抱朴子·尚博》:"文章微妙,其体难识。夫易见者粗也,难识者精也。夫唯粗也,故铨衡有定焉。夫唯精也,故品藻难一焉。吾故舍易见之粗,而论难识之精,不亦可乎?"葛洪将文章的微妙之理分为"粗"和"精",他自信地要舍粗而论精。范晔《狱中与诸甥侄书》说自己30多岁后做学问读书"往往有微解,言乃不能自尽",对于文章,"自谓颇识其数,尝为人言,多不能赏,意或异故也"。自己明白文章的道理,说出来后,引不起别人的共鸣。正是在这样的背景中,刘勰在《文心雕龙·神思》中才着力于阐述可以言说的神思之状,至于神思的微妙之处,实在难以言说的,他只能按下不表,引导读者通过亲身的实践去"阐其妙""通其数"。

由于受到王元化先生解读的影响,不少学者将《神思》篇的"思表纤旨,文外曲致"与《隐秀》篇的"隐也者,文外之重旨者也"联系起来,谓刘勰这二句都是在论文章的含蓄,甚至将它们放到"意境"发展史去考察。其实"思表纤旨,文外曲致"与"隐也者,文外之重旨者也"所指涉的对象,是截然不同的。"思表纤旨"是指构思的微妙之处,而"文外之重旨"才指涉文本的特征。即使是"隐也者,文外之重旨者也",就刘勰的本意来看,是指"隐义以藏用"(《征圣》),是"观辞立晓,而访义访隐"的《春秋》所开创的一种文章表述方式,与后世诗文讲究"言已尽而意无穷"、"含不尽之意现于言外"还是有一定差异的。特别是在六朝时期,审美风尚追求的是"期穷形而尽相"(陆机《文赋》),而非意境之美。刘勰《物色》篇所谓"巧言切状,如印之印泥,不加雕削,而曲写毫芥,故能瞻言而见貌,即字而知时也";钟嵘《诗品序》所谓"指事造形,穷情写物,最为详切",才是六朝时期较为普遍的审美取向。

三、"逐物实难,凭性良易"之所本

刘勰《文心雕龙·序志》赞语曰:

> 生也有涯,无涯惟智。逐物实难,凭性良易。傲岸泉石,咀嚼文义。文果载心,余心有寄!

关于"逐物实难,凭性良易"二句,"龙学"家的解释也多歧出。如陆侃如、牟世金先生解释说:"要钻研事物的真相,那的确很困难;假使只凭个人的好恶,自然比较容易了。"[1]李曰刚先生《文心雕龙斠诠》解释说:"谓以短促之寿命,追逐无涯之知识,实在困难,但凭天赋之才情,抒写自然之灵感,毕竟容易也。"将"逐物"理解为"追逐无涯之知识"。蒋祖怡先生则谓"逐物实难"句系指"穷尽物理为难"之意。[2] 吴林伯先生《文心雕龙义疏》说:"本篇'逐物'指彦和之汲汲求仕。……外物虽可逐,然不必有得,故逐之难也。彦和从政莫由,故叹其难耳!"周锋先生翻译为"追求外物实在困难,凭着天性去做就较容易"[3]。"逐物"一词,牟注指出为"理解、掌握事物"意,张灯先生解释说:"两句实指:写作事业本就极其艰辛,掌握规律则可较显容易。这样训解,可显得文顺意畅,也契合彦和的

---

①　陆侃如、牟世金:《〈文心雕龙·序志〉译注》,《文史哲》1962 年第 1 期。
②　参见詹锳《文心雕龙义证》,上海古籍出版社 1989 年,第 1938 页。
③　王运熙、周锋译注:《文心雕龙译注》,上海古籍出版社 2010 年,第 250 页。

基本观点吧！"①最后一种解释完全没有道理，因为刘勰在此篇最后的"赞语"不再是论什么文章规律，而是谈论人生。但若解释"逐物"为"追求知识""穷尽物理"，也是不确切的。因为刘勰从来不否定"追求知识""穷尽物理"，如在《议对》篇他说："郊祀必洞于礼，戎事必练于兵，佃谷先晓于农，断讼务精于律。"

"逐物"二句的意思是什么呢？先要考察此二句之所本，我认为刘勰此二句本于陆机《豪士赋序》"循心以为量者存乎我，因物以成务者系乎彼"而颠倒其文。陆机《豪士赋序》开篇曰：

> 夫立德之基有常，而建功之路不一。何则，循心以为量者存乎我，因物以成务者系乎彼。存夫我者，隆杀止乎其域；系乎物者，丰约唯所遭遇。落叶俟微风以陨，而风之力盖寡；孟尝遭雍门而泣，而琴之感以末。何者？欲陨之叶，无所假烈风；将坠之泣，不足繁哀响也。是故苟时启于天，理尽于民，庸夫可以济圣贤之功，斗筲可以定烈士之业。故曰：才不半古，而功已倍之。盖得之于时势也。

"因物以成务者"即刘勰所谓"逐物"，因为"系乎彼"，"建功之路不一"，"不一"就是没有定数，故而刘勰说"逐物实难"；"循心以为量者"即刘勰所谓"凭性"，因为"存乎我""立德之基有常"，故而刘勰说"凭性良易"。所以"逐物"是建立功业的意思，建立功业需要"得之于时势"，故而是困难的；"凭性"用陆机文章的话就是"立德"，用刘勰《序志》篇的话就是"树德建言"的意思，且重点偏于"建言"。"树德建言"，循心凭性即可，不须借助外力，故而"良易"。后面"傲岸泉石"四句都是顺着"凭性"即"树德建言"的意思说下来的，文意顺畅。②

我这样解释，从《文心雕龙》和刘勰的身世都可以得到旁证。在《程

---

① 张灯：《〈文心雕龙·序志〉疑义辨析》，《天津师大学报》1995 年第 4 期。
② 其实，怀有"逐物实难，凭性良易"感慨的，并非只有陆机和刘勰，唐代如李翱《寄从弟正辞书》曰："贵与富，在乎外者也，吾能不知其有无也，非吾求而能至者也，吾何爱而屑屑于其间哉！仁义与文章，生乎内者也，吾知其有也，吾能求而充之者也，吾何惧而不为哉！"这就是"逐物实难，凭性良易"的意思，可帮助我们对于刘勰本意的理解。

器》篇刘勰说："穷则独善以垂文，达则奉时以骋绩。"这是基于儒家的出处观。"达则奉时以骋绩"，也就是"逐物"。和陆机满腹牢骚一样，刘勰深沉地感慨曰："嗟夫，此古人所以贵乎时也。"对于东汉冯衍"坎壈盛世"（《才略》），他抱有同情，赞其《显志赋》和《自序》"蚌病成珠"。"穷则独善以垂文"就是"凭性良易"，就是"建德树言"，刘勰在《文心雕龙》中一方面强调"士之登庸，以成务为用"（《程器》），另一方面处处表现出对"立言不朽"的深切期待。除了《序志》"文果载心，余心有寄"一语外，《才略》篇曰："一朝综文，千年凝锦。"《诸子》篇曰："嗟夫，身与时舛，志共道申，标心于万古之上，而送怀于千载之下，金石靡矣，身其销乎？"这不就是"逐物实难，凭性良易"吗？

刘勰感慨"逐物实难"，即建功之路没有定数，是有其现实背景的。刘勰曾祖辈刘穆之（秀之从叔）在刘裕举义后不久即投奔受署，辅弼刘裕成就大业；伯祖刘秀之在宋文帝、武帝时期也屡建军功。虽然不同于东晋时期的传统士族，但在刘宋时期，东莞刘氏凭借军功跻身于世族大姓。东莞刘氏在刘宋一朝颇为显赫，然到萧齐时陡然衰落，如穆之、秀之叔侄在刘宋时先后为丹阳尹；刘秀之被征为左仆射，卒后赠侍中、司空，权贵盛矣！但到了刘秀之的孙子刘俊时，"齐受禅，国除"（《宋书·刘秀之传》）。萧齐代宋时，刘勰约十四五岁，父亲死得早，加之失去袭爵的际会，因此是"家贫"。他笃志好学，试图凭此干禄从政，立身扬名。但是在萧齐时期，曾有功于刘宋并在刘宋时期快速崛起的东莞刘氏，很快就家道中落，入仕而无门。"逐物实难"，就是有着这种身世经历的刘勰的现实感慨。这种感慨在《文心雕龙》里有鲜明的反映：一方面刘勰具有建功立业、扬名不朽的强烈愿望。如《程器》篇曰："君子藏器，待时而动。……摛文必在纬军国，负重必在任栋梁。穷则独善以垂文，达则奉时以骋绩。"《诸子》篇曰："君子之处世，疾名德之不章。唯英才特达，则炳曜垂文，腾其姓氏，悬诸日月焉。"另一方面他对于达官贵士在文化上也享有特权表示愤慨。如《史传》篇曰："勋荣之家，虽庸夫而尽饰；迍败之士，虽令德而常嗤。"《程器》篇慨叹"将相以位隆特达，文士以职卑多诮"。这些都典型地反映出一个出身于家道中落的世族大家的文士心态。所以刘勰在齐末用心于

"凭性"论文,"树德建言"。而至梁代齐时,可能朝廷有意起用在齐代受到压抑的家族,刘勰先后做过中军临川王萧宏记室(掌章表书记文檄)、车骑仓曹参军,出为太末(今浙江衢州)令,政有清绩,实践他"奉时以骋绩"的抱负。这个时候,他大约是不会发出"逐物实难"的感慨的。这一点也可以旁证《文心雕龙》是作于齐末,而非梁初。

（载《文心学林》2015 年第 1 期）

五言是"于俳谐倡乐多用之"吗？

挚虞的《文章流别论》是研究中古文学与文论的重要文献，可惜原书散佚，只能通过后人的辑补，略窥其貌。其中有一段辨析五、七言诗体的，很具有理论价值，今人频频引述，作为立论的依据。然而今人引述的这段文字是有讹误的。以讹传讹，得出了似是而非的结论，需要重新给予校核。

今人常依据严可均的《全上古三代秦汉三国六朝文》引述挚虞《文章流别论》中这样一段文字：

> （1）《书》云："诗言志，歌永言。"言其志，谓之诗。古有采诗之官，王者以知得失。（2）古之诗有三言、四言、五言、六言、七言、九言。古诗率以四言为体，而时有一句二句杂在四言之间，后世演之，遂以为篇。（3）古诗之三言者，"振振鹭，鹭于飞"之属是也，汉郊庙歌多用之。五言者，"谁谓雀无角，何以穿我屋"之属是也，**于俳谐倡乐多用之**。六言者，"我姑酌彼金罍"之属是也，乐府亦用之。七言者，"交交黄鸟止于桑"之属是也，于俳谐倡乐世用之。古诗之九言者，"洞酌彼行潦挹彼注兹"之属是也。不入歌谣之章，故世希为之。夫诗虽以情志为本，而以成声为节。（4）然则雅音之韵，四言为正；其余虽备曲折之体，而非音之正也。（序号为笔者所加，下同。）

严可均此书主要是取材于明梅鼎祚的《文纪》和张溥的《汉魏六朝百三家集》，张溥《汉魏六朝百三家集》曾旁采了梅鼎祚的《文纪》，现查上引挚虞《文章流别论》的这一段文字，也赫然存在于张、梅二书中，文字相同,可见是大家相互转抄,而其始作俑者是万历间的梅鼎祚。梅鼎祚《西晋文纪》卷十三辑录了挚虞的《文章流别论》,并注:"以上见《艺文类聚》《北堂书钞》《太平御览》。"严可均抄录自梅书,注其原始出处为《艺文类聚》卷五十六,但并没有核校原文。

其实,《艺文类聚》卷五十六的原文并非如此,查《宋本艺文类聚》(上海古籍出版社 2013 年影印)卷五十六引挚虞《文章流别论》曰:

> (1)《书》云:"诗言志,歌永言。"言其志,谓之诗。古有采诗之官,王者以知得失。
>
> (2)诗之流也,有三言、四言、五言、六言、七言、九言。古诗率以四言为体,而时有一句二句杂在四言之间。后世演之,遂以为篇。古诗之三言者,"振振鹭,鹭于飞"之属是也。
>
> (3)五言者,"谁谓雀无角,何以穿我屋"之属是也。六言者,"我姑酌彼金罍"之属是也。七言者,"交交黄鸟止于桑"之属是也。九言者,"泂酌彼行潦挹彼注兹之属"是也。夫诗虽以情志为本,而以成声为节。
>
> (4)然则雅音之韵,四言为言。其余虽备曲折之体,而非音之正也。

梅鼎祚、张溥、严可均等书所谓五言、七言"于俳谐倡乐世用之"的字样都不见于《艺文类聚》。那是从哪里来的呢？ 原来是摘自《太平御览》,并发生了拼接的讹误。《太平御览》卷五八六引《文章流别论》曰:

> "诗言志,歌永言。"古有采诗之官,王者以知得失。(3)古诗之四言者,"振鹭于飞"是也,汉郊庙歌多用之。五言者,"谁谓雀无角,何以穿我屋"是也,乐府亦用之。六言者,"我姑酌彼金罍"是也,乐府亦用之。七言者,"交交黄鸟止于桑"是也,于俳谐倡乐世用之。古诗之九言者,"泂酌彼行潦挹此注兹"是也,不入歌谣之章,故世希

为之。夫诗虽以情志为本，而以声成为节。

细心的读者很容易发现，梅鼎祚、张溥、严可均所引的挚虞《文章流别论》这段文字，是把《艺文类聚》和《太平御览》中的两段文字剪断拼接起来的。(1)(2)(4)句取自《艺文类聚》，而(3)句则取自《太平御览》，并删去重复部分，构成了梅氏的(1)(2)(3)(4)句段，在这个剪接拼凑的过程中，不仅略作文字的调整，还把本来是论七言的"于俳谐倡乐世用之"几字重复误植于"五言"之下，于是就变成了"五言者，'谁谓雀无角，何以穿我屋'之属是也，**于俳谐倡乐多用之**"。其实按照《太平御览》，五言是"乐府亦用之"，七言才是"于俳谐倡乐世用之"。《文章流别论》这一段文字正确的拼接应该是：

> 《书》云："诗言志，歌永言。"言其志，谓之诗。古有采诗之官，王者以知得失。古之诗有三言、四言、五言、六言、七言、九言。古诗率以四言为体，而时有一句二句杂在四言之间，后世演之，遂以为篇。古诗之三言者，"振振鹭，鹭于飞"之属是也，汉郊庙歌多用之。五言者，"谁谓雀无角，何以穿我屋"是也，乐府亦用之。六言者，"我姑酌彼金罍"是也，乐府亦用之。七言者，"交交黄鸟止于桑"之属是也，于俳谐倡乐世用之。古诗之九言者，"洞酌彼行潦挹彼注兹"之属是也。不入歌谣之章，故世希为之。夫诗虽以情志为本，而以成声为节。然则雅音之韵，四言为正；其余虽备曲折之体，而非音之正也。

梅鼎祚的这个拼接错误，后来产生了广泛的不良影响，张溥和严可均都承袭其误，今人编撰的《魏晋南北朝文论选》《魏晋南北朝文论全编》之类著作甚至包括郭绍虞主编的《中国历代文论选》第一册等，都依据严可均的辑本而发生讹误；唯杨明先生编撰的《中国历代文论选新编》(上海教育出版社 2007 年)"魏晋南北朝"部分选录《文章流别论》分别采自《艺文类聚》和《太平御览》，而不是梅、张、严的拼接本。这才是忠实审慎的治学态度。许多学者的论文也是建立在"五言者，……于俳谐倡乐多用之"的基础上而进一步做出错误的推论,得出"五言诗在魏晋之际仍多用于俗乐歌词"、"挚虞将五言诗划入游戏之作,认为五言诗是俗"之类的结论。

从文学史上来看,五言诗虽然不像四言体那么雅正,但是在汉末魏晋时,它越来越得到文人的喜爱,逐渐代替四言,成为文人抒写情志的主要诗体样式。曹丕在《又与吴质书》中就称赞刘桢"五言诗之善者,妙绝时人"。刘桢《公宴诗》《赠五官中郎将诗》等五言诗都是在非常庄重的场合为尊敬的君主而作的,绝不是"于俳谐倡乐多用之",我们读汉末曹魏时的五言诗,公宴赠答,从军纪行,皆是志深而笔长的文人咏怀写志之作,根本得不出"于俳谐倡乐多用之"的印象。当时的文人乐府诗也普遍采用五言的形式,恰是符合挚虞所谓"乐府亦用之"的论断。就挚虞存世的诗作来看,以四言为主,有五言残篇《逸骥诗》四句,曰:"逸骥无镳辔,腾陆从长川。剪落就羁靮,飞轩蹑云烟。"抒写摆脱羁绊、绝尘远奔的志向,显然并不是"俳谐倡乐"的格调。可见,魏晋的五言诗创作实际,也不是"于俳谐倡乐多用之"。

"于俳谐倡乐多用之"一语用于汉魏晋的七言体,倒是恰当的。翻阅史书,汉魏时诸如"古人欲达劝诵经,今世图官免治生";"死诸葛走生仲达"之类的七言体童谣、俗谚时或可见。当时流行的民间故事中也有七言歌词,如《拾遗记》载汉昭帝使宫人为《淋池歌》,歌曰:"秋素景兮泛洪波,挥纤手兮折芰荷,凉风凄凄扬棹歌,云光开曙月低河,万岁为乐岂云多。"这正"于俳谐倡乐多用之"的实情。这些七言体的俳谐倡乐刚刚兴起时,是为文士所轻视的,除了挚虞外,如傅玄《拟四愁诗序》云:"张平子作《四愁诗》,体小而俗,七言类也。"视七言诗为"体小而俗",显然有轻视的意思。刘宋初的鲍照创作不少七言体,但萧子显在《南齐书·文学传论》中批评其"发唱惊挺,操调险急,雕藻淫艳,倾炫心魂"。直到唐代,据孟启《本事诗》载,李白还说过:"兴寄深微,五言不如四言,七言又其靡也,况使束于声调俳优哉。""束于声调俳优"指称的就是七言,其意思与挚虞所谓"于俳谐倡乐多用之"是相近的。所以,结合文学史实来看,挚虞所言应该是"五言者……乐府亦用之。七言者……于俳谐倡乐世用之",而非

五、七言都是于俳谐倡乐世用之。

这虽然是一则材料的辨析，但是从中可知文献考据对于文学与文论研究之重要。清人治学，提出义理、考据、辞章相结合。义理是核心，但是应该建立在考据的基础上，将一则则材料的本来面目考核正确了，真实含义阐释准确了，然后提出义理论断，才是立论稳固的。

（载《古典文学知识》2016 年第 3 期）

《钱本草》非唐代张说所作

有一篇叫《钱本草》的游戏文章，近二十年来频频被人提及，被当作树立正确金钱观的教材，尊为"千古奇文"，在《党风通讯》《公安月刊》《领导科学》等杂志上有文章提醒"为官常读《钱本草》"，"会计人员也要读《钱本草》"，"劝君读读《钱本草》"。《钱本草》文曰：

> 钱，味甘，大热，有毒。偏能驻颜，彩泽流润。善疗饥寒困厄之患，立验。能利邦国，污贤达，畏清廉。贪婪者服之，以均平为良；如不均平，则冷热相激，令人霍乱。其药，采无时，采至非理则伤神。此既流行，能役神灵，通鬼气。如积而不散，则有水火盗贼之灾生；如散而不积，则有饥寒困厄之患至。一积一散谓之道，不以为珍谓之德，取与合宜谓之义，使无非分谓之礼，博施济众谓之仁，出不失期谓之信，入不妨己谓之智。以此七术，精炼方可，久而服之，令人长寿。若服之非理，则弱志伤神，切须忌之。

文章才188字，笔调诙谐，但说出了金钱积散、取与之道，特别是其中以道、德、义、礼、仁、信、智七术对待金钱的财富观，可谓是中华优秀传统文化的一部分，对今人不无启发和警示意义。

大家都署《钱本草》的作者为唐代开元名相张说，依据的是清嘉庆年间官修《全唐文》，该文收在卷226。今人《张说集校注》也据《全唐文》"补遗"此篇。

然而，这篇《钱本草》署名张说，是有问题的。这是一篇来路不正的文字。

在现存的影宋本和明清各种版本《张说之文集》《张燕公集》中，都没有收录这篇《钱本草》。嘉庆年间的《全唐文》是依据什么收入它呢？我追溯这篇文字最早的出处是明万历年间贾三近《滑耀编》于吴应紫《孔元方传》文后附录"唐张燕公曰，孔方味甘大热"云云，无题目。康熙年间的宋荦《筠廊偶笔二笔》卷上载：

> 顺治朝，平凉府修城掘地，得石碣，一刻唐张说《钱本草》，樊厚书，书类《圣教序》；一刻皮日休《座中铭》，书类颜鲁公《多宝帖》。

宋荦还全录了《钱本草》和《座中铭》文字。所谓皮日休的《座中铭》，只是一组立身警句，不成文章，所以《全唐文》未收《座中铭》，而收入了张说的《钱本草》。所谓顺治朝出土石碣，其实疑窦重重。这种近乎游戏的文字，怎会如碑志铭颂一样勒石不朽呢？其中"取与合宜谓之义""博施济众谓之仁"等话头，更似出乎宋代以后理学家之口，不像唐人的语气。清人早已辨其是伪托之作。袁枚说：

> 沈凡民先生家藏《钱本草》一帖，文为张燕公所作，字为樊厚所书，荔菲彬所刻。一时退谷、徐诚斋、王虚舟、林吉人诸名公俱有题跋。大概以此本在《金石录》中所无，而笔法整媚，疑是后人集右军书而假托为之者，当亦褚河南《高士赞》之类，物希为贵也。（《随园随笔》卷五）

袁枚虽非考据家，但根据汪士铉（号退谷）、王澍（号虚舟）等金石书画学专家的题跋，得出结论："疑是后人集右军书而假托为之者。"王澍《竹云题跋》卷三曾记载他收藏近二十年的褚遂良《高士赞》碑，为世所未见。但此碑笔力短弱，无褚公悬崖撒手、游行自在之趣，且将永徽二年辛亥误书为"甲寅"，可以确定伪托。张说《钱本草》与所谓褚遂良的《高士赞》一样，也是伪托的。清代大学者钱大昕断案更直截了当：

此好事者所为,托之燕公(周按,张说封"燕国公");即樊厚、荔菲彬,亦恐子虚、亡是之流。然其言足以醒世,书法亦非宋以后人所能办也。(《潜研堂文集》卷32《跋钱本草》)

清代考据大家断定这篇《钱本草》并非出自唐朝丞相张说之手,而是后人伪托。晚清仁和朱氏和民国刘承幹刊刻《张说之文集》25卷、补遗5卷都没有补入这篇《钱本草》,态度是审慎的,今人则径直置于《张说集》中,未加辨析。

为什么会有这样一篇《钱本草》伪托到张说的名下呢?原来张说的确有本书名曰《钱本草》。宋人郑樵《通志·艺文略》第四著录:"《钱本草》一卷,唐张说撰。"但这是一"卷"书,而非短至188字的《钱本草》小文,成"卷"的《钱本草》书已不传于世,于是后人冒用其名改作一篇《钱本草》,托于张说名下。这是一个原因。

还有一个原因,是宋代以来的小说多载张说聚敛横财的事。让这位官财两旺的张说撰文谈财富观,或许更具有戏剧效果。钱大昕就已经指出这一点,在《跋钱本草》中他又说:

偶忆宋人小说称:"卢怀慎(案,他与张说同为开元宰相。)暴死复苏,叹云:'冥司有三十炉,日夜为张说铸横财。我无一焉。'"然则燕公亦未免"采之非理"矣,抑有慕乎"入不妨己之智"而试为之欤?聊述之以供好事者一哂。

查宋人钱易《南部新书》卷三、沈作喆《寓简》卷九、曾慥《类说》卷四十一等都有相似的记载,乃至有"张说横财""鼓铸横财"的说法。陆游《哭王季夷》有诗句"地下无炉铸横财",就是指此事。明人继续在谈论它,陈师就此还发出慨叹,说人罔利黩货,都逃不过天眼昭鉴(《禅寄笔谈》卷三)。可能就是在这种传闻之下,有人挥洒游戏笔墨,弄出这一篇托名张说的《钱本草》来。上文中,钱大昕其实已幽默地点出了《钱本草》与张说的实际人生是不一致的。今人也无法把《钱本草》与张说人生历程联系起来,或说是少年游戏之笔,或说是张说晚年被迫致仕后所作。其实倒是应该反过来说,此文与张说的人生无关。

这篇《钱本草》出现于明末清初,是与当时的社会背景有关系的。《金瓶梅》就是以活生生的人间故事揭露财色的罪恶,发人猛醒;《钱本草》则是正面的说教,但是嫁名到阎王爷都为他造钱的张说头上,不是很反讽吗?

最后想补充两点:一、文献考辨,似是在做加减法。辑佚补编是加法,多多益善;辨伪疑古是减法,把没有证据的尽量去除。人们喜欢加法,不喜欢减法,其实两者都很重要,若都做得好,就更接近历史真实。二、《钱本草》不管是谁作的,其思想都具有教育意义,在当前反腐倡廉的大氛围中,尤其值得拿来读读。本文绝没有煞风景的意思。但,现代意义是一回事,历史本相是另一回事。

（载 2016 年 3 月 11 日《文汇报·学人专刊》）

从宋钞本考察《诗话总龟》的
早期形态

　　宋代阮阅编纂的《诗话总龟》，采集诗话、小说、笔记论诗文字，分门别类加以汇纂，荟萃繁富，大量保存了今人仅见的文献，是早期诗话的渊薮。郭绍虞编《宋诗话辑佚》，就大量采辑于此书。

　　然此书的编纂情况非常复杂。最早是南宋胡仔在《苕溪渔隐丛话》里反复提及此书。胡仔引阮阅宣和五年（1123）的自序，曰："宣和癸卯（宣和五年，1123）春，来官郴江，因取所藏诸家小史、别传、杂记、野录读之，遂尽见前所未见者。至癸卯秋，得一千四百余事，共二千四百余诗，分四十六门而类之。"（《苕溪渔隐丛话》后集卷三十六）胡仔并言此书最初名为《诗总》，十卷，不载元祐以来诸公诗话。至胡仔编《苕溪渔隐丛话前集》的绍兴十八年（1148）前不久，也即阮阅《诗总》成书后的20余年，闽中"又刊《诗话总龟》，此集即阮阅所编《诗总》也"。据郭绍虞先生考证，此后尚有数次的增订，然均已不存。至明嘉靖年间，宗室月窗道人"条而约之"重新汇次刊刻前集四十八卷、后集五十卷的98卷本《诗话总龟》；同时还存有前、后集各五十卷的百卷抄本。今贤周本淳校点的《诗话总龟》（人民文学出版社1987年）就是以98卷本为底本，校以百卷本。

　　然而明代刊刻的98卷和传抄的百卷本《诗话总龟》，在多大程度上保存宋本之旧，又有多大程度的增补？过去因为无人见到更早的版本，这些问题无从探究。罗根泽先生曾猜测百卷本的前集是胡仔所见闽中刻本之旧，后集是明宗室月窗道人纂集的。但据张健先生考证，在《永乐大典》中就保存了后集的残卷，说明罗根泽先生的说法是错误的，同时也表明，后集在明初以前就已存在（张健《从新发现的〈永乐大典〉本看〈诗话总龟〉的版本及增补问题》,《北京大学学报》2006 年第 3 期）。然迄今为止,尚无人发现更早于《永乐大典》的《诗话总龟》版本和文字,因此对于此书在宋代的编纂情况尚不得而知。

笔者 2011 年暑假受复旦"光华"人文基金的资助,赴台湾中研院文哲所访学,在台湾"国家图书馆"查阅到了现存最早的宋钞本《诗话总龟》,虽然阮阅最初的《诗总》十卷不见天壤,但这部宋钞本足以让人了解《诗话总龟》的早期真实形态。

最早著录这部宋钞本的是宋末元初的方回。他在《桐江集》卷七《渔隐丛话考》里说:

> 闳休(按阮阅字)《诗总》旧本,余求之不能得,今所谓《诗话总龟》者,删改闳休旧序,合《古今诗话》与《诗总》,添入诸家之说,名为《总龟》,标曰"益都褚斗南仁杰纂集",前、后、续刊七十卷,麻沙书坊捏合本也。

方回又在同书同卷之《诗话总龟序》里说:

> 《诗话总龟》前、后、续别七十卷,改阮闳休旧序冠其首。闳休《诗总》不可得,而闳休旧序全文在《渔隐丛话后集》第三十六卷中可考。……按今《总龟》又非胡元任所见闽本《总龟》矣。今余所见序,乃见用闳休语而文甚不佳,序之尾曰"岁在屠维赤奋若",即当是绍定二年己丑书坊本也。书目引《南轩》、《东莱集》,便知非乾道五年己丑。所谓作序人华阳逸老者,书坊伪名;所谓集录益都褚斗南仁杰者,其姓名不芳。中间去取不当,可备类书谈柄之万一,初学诗者,恐不可以此为准也。

方回著录之"益都褚斗南仁杰纂集"本,后无见之者。郭绍虞先生在《宋诗话考》里说:"自方氏有此评,此七十卷本不复流传,亦未见藏书家著录,但《诗话总龟》成为明刻本之定型,则褚氏当亦与有功焉。"(28

页），上揭张健先生鸿文亦认为明本《诗话总龟》与褚斗南纂集本"有继承关系"，并认为褚斗南本应为前后集，但亦未及见此书。

台湾"国家"图书馆所藏之《诗话总龟》，为钞本，六十卷，分为前集、后集、续集，各二十卷，前集首卷首页署：

诗话总龟卷之一　　　前集
益都褚斗南仁杰　　　纂集

字体为工整楷体，每行 22 字，每则第一行顶格，后各行低一格。"太祖"、"仁宗"、"太宗"、"真宗"、"景佑"、"上"、"御"前均空一格。卷首有《诗话总龟纲目》，列书名 265 种，其中包括《东莱文集》和《南轩文集》，即是方回所提到的《南轩》、《东莱集》。与方回之著录相较，有两点差异，1. 方回说《诗话总龟》前后续别（刊）七十卷，此书分为前集二十卷、后集二十卷、续集二十卷，凡六十卷，且已包涵后来明刻本的所有门类，无逸佚迹象，疑方回所谓"七十卷"，乃"六十卷"之误。清代钱曾《虞山钱遵王藏书目录汇编》就曾著录过一部前十卷后五十卷的六十卷本。2. 方回所说的华阳逸老的序，此钞本无。除此二事外，其他记载均合，当是方回著录的绍定二年书坊本的传抄本。褚斗南，其人无考，方回谓"其姓名不芳"。查《山东通志》卷三十八《经籍志》著录："褚仁杰《诗话总龟》二十卷，青州人。"这是仅见的关于此书的著录。所谓二十卷，是指前集、后集、续集中的某一种，还是六十卷之误？亦无从查考。

这部褚斗南纂集《诗话总龟》宋钞本，是目前所知最早的《诗话总龟》版本。虽然此前各本均已不存，无从知道此钞本是如何在阮阅原本基础上纂集的，但是从方回"合《古今诗话》与《诗总》，添入诸家之说，名为《总龟》"的记述来看，此部褚斗南纂集本既包涵了阮阅的《诗总》，也合入了《古今诗话》，同时还添加诸家之说。可见褚斗南做了大量的"纂集"工作，已非阮阅之旧本。

这部宋钞本的发现，可能还不足以让我们确切了解阮阅《诗总》十卷的原貌，但通过与通行的 98 卷、百卷本比较，可以知道自明代以来的通行本是如何改变了宋本的面貌。因为正如郭绍虞先生和张健先生所说,褚氏有功于明刻本的定型,明本与褚斗南本是有继承关系的。

首先看门类。褚斗南纂集本前集分为"圣制"、"赓歌"、"御宴"、"荣遇"、"知遇"、"忠义(上下)"、"孝义"、"友义"、"宗族"、"仁爱"、"称赏"、"志气"、"述志"、"求意"、"幼敏(上下)"、"讽喻(上下)"、"诗进"、"投献"、"自荐"、"称荐"、"达理"、"博识(上下)"、"豪放"、"恬退"、"留题(上下)"、"苦吟"、"警句(上中下)"、"句法"、"琢句"、"用字"、"押韵"、"用事"、"书事"、"感事(上中下)"、"故事"、"评论(上中下)"36门;后集分为"神仙(上中下)"、"隐逸(上下)"、"释氏(上中下)"、"道士"、"艺术"、"丽人(上下)"、"佞媚"、"俳优"、"鬼神(上下)"、"灵异(上下)"、"纪梦(上下)"、"寓情(上下)"、"宴游"、"歌咏"、"唱和"、"诙谐(上下)"、"箴规"、"讥诮(上中下)"、"怨嗟"(上下)、"诗谶"(上下)20门;续集分为"雅什(上下)"、"辨疑"、"正讹(上下)"、"诗病"、"诗累"、"效法"、"体格"、"评史(上中下)"、"品藻(上下)"、"寄赠(上中下)"、"送别"、"伤悼(上下)"、"乐府"、"纪实(上中下)"、"咏物(一至四)"、"咏茶(上下)"、"饮食"、"器用"、"节候"、"技艺"、"拾遗"21门。

褚本这77门与明钞刻本相较,除了从"圣制"门中分出"御制"门,从"释氏"门中分出"道僧"门,"豪放"门明本改为"狂放"门,"体格"门改为"格致"门以外,其他均相同。这说明,明本《诗话总龟》后集五十卷,绝不是明人辑录的,南宋褚斗南本就已有了明本《诗话总龟》后集的门类。张健先生曾指出《永乐大典》本少"乐府"等七门,认为"这七门是此后为人增补的",但这七门已经存在于褚斗南本,显然并非明人增补,而是《永乐大典》所据本删削或残佚的结果。

其次看具体条目。月窗刊的98卷本删削了不少条目,周本淳先生的校点本据明钞本补入大量条目,这些条目多亦见于褚斗南本,这可以确证月窗刊刻时的确作了不少删削。褚斗南本与明钞本,有些门类的条目内容是完全相同的;如褚本"幼敏"门22条,在明钞本里分列为前集"幼敏"门18条,后集"幼敏"门4条。褚本"豪放"门18条,在明钞本里分为前集"狂放"13条,后集"狂放"5条。褚本"恬退"5条,同于明钞本后集"恬退"5 条。此外"琢句"、"用字"、"押韵"、"用事"、"书事"等门类的条目均相同。这既说明宋本与明本之间的继承关系,也可考证出明本后集的大多内容在宋本里就已存在了。

最后看内容的增补。褚斗南纂集本《诗话总龟》凡 2 132 则,除了 55 则逸出周本淳校点本之外,其他二千余则就是通行本前后集的主体内容。《永乐大典》残本、月窗刻本和明钞本,都在褚斗南本的基础上有不同的增补。

过去对于通行月窗本的整理,因为整理者先存有后集为"杂凑"、"捏合"而成的成见,对于后集的辑补并没有认真地完成。而褚本的发现,证明"前集""后集"的主体内容在宋代就已存在,价值同样重要。因此,我觉得需要重新进行《诗话总龟》的整理工作。可以以褚斗南纂集本为底本,分别校以《永乐大典》本、月窗本和明清钞本(台湾故宫博物院的"明钞本",过去校本尚未采纳)。因为阮阅《诗总》十卷原本不存,褚斗南在阮阅原本基础上纂集而成《诗话总龟》,成为后世通行本的基础,所以《诗话总龟》的正确署名应该是"阮阅原辑,褚斗南纂集",才合乎实际。

(载 2011 年 10 月 31 日《文汇报》)

吴澄《送何太虚北游序》本事钩沉

吴澄的《送何太虚北游序》是元代文学史上的重要篇章,当时苏天爵就收入了《国朝文类》,后世如清人李祖陶《金元明八大家古文选》等选本也采选该文,朱东润先生主编的《中国历代文学作品选》(简编本)选元代文章仅两篇,此为其中的一篇。然而似乎没有多少人真正读懂这篇文章,《中国历代文学作品选·解题》说:"作者以简练的语言阐述了扩大生活领域、开拓见闻的必要性,同时也抨击了老子闭塞耳目的保守态度和假游历之名而行干谒之实的卑庸之徒,这在当时可算是一种比较进步的见解。"①说得浮泛不切,似乎这只是一篇抽象的说理文。今人甚至据此文而研究吴澄的旅游观。其实这是宦游,而非今人的旅游。笔者不揣固陋,对吴澄此文所涉人事作简要的考索,以就教于方家。

何太虚是谁? 虽然吴澄文章末尾交代了"澄所逮事之祖母,太虚之从祖姑也",二人为从祖兄弟,但今天如《中国历代文学作品选》之类都没有注释清楚何太虚是什么人。其实,何太虚就是何中(1265—1332),字太虚,一字养正,抚州乐安(今江西省乐安县)人。《元史》有传,曰:"少颖拔,以古学自任,家有藏书万卷,手自校雠。其学弘深该博,广平程钜夫、清河元明善、柳城姚燧、东平王构、同郡吴澄、揭傒斯,皆推服之。至顺二年,江西行省平章全岳柱聘为龙兴郡学师。明年六月,以疾卒。"何中是元初的著名诗人、学者,但隐居不仕,只有过"龙兴郡学师"的经历。

何太虚还有一个特殊的身份,他是抗元将领的后代。他的父亲何天声、伯父何时都参与了文天祥的抗元斗争。揭傒斯《何先生墓志铭》载:

---

① 朱东润:《中国历代文学作品选》,上海古籍出版社 2008 年,第 340 页。

"父讳天声,登宋咸淳辛未进士第,官至主管刑工部架阁文字,以才略与伯兄兵部郎时齐名,文丞相建都督府,皆置幕下。"①兵败后,伯父何时削发为僧,变姓名,自号坚白道人,隐迹岭南。伯父对何太虚的名节有很高的期许,兵败的至元十八年(1281),何太虚才17岁,其父给他加冠礼,字之曰"养正",流亡在外的伯父何时作《犹子养正字说》②,其中曰:"余弟德载冠其子祖生,而字之曰养正。……祖我之生,以养我之正。则虽不幸而居腥膻污浊之宇,我之湛然清明自若也。谁谓山下之泉不至于海哉!……千里寄《字说》,以觊其不坠吾门户也。祖生勉之!"伯父的这一番立身名节道义的勉励,对他一生的出处有着深刻的影响。何太虚曾经撰作一篇《跋黄君适安所藏先伯父手笔》,对伯父和父亲参与文天祥抗元斗争一事,有较为详细的记述和阐论:

> 近阅家中旧书,得庐陵文信公与先伯父见山翁书,盖丁丑(1277)五月也。知己之音,于是绝矣。自丙子(1276)九月事败,先伯易姓名在汀。书来,庐陵信公在梅循间,先伯犹在汀也,彼此不相闻,独以义相属。未几,信公开督兴国,家君从事督府,而先伯竟隔绝不可通;又未几,信公再北,家君复留梅州,先伯竟堕身于汀,以至辛巳(1281),昉出江西;及乙酉(1285)属圹以前,卒不忍以其身负信公且负吾君。不忍负信公者,尽友道也;不忍负吾君者,尽臣道也。……呜呼,君臣朋友之义,所以扶持天地者,实在于此。若信公者,死犹生也;其不负信公者,死犹生也。向为富贵而得生者,果生也,不知其何以死哉!诚使信公守赣,先伯宰兴国,时以天下事不可为,舍而远引,亦何负者?如此而止,亦不知南士何以谢一祖十四宗于地下,何以令后世为人臣者知所死也?则其于君臣朋友之际,其所关岂浅浅哉!③

---

① 揭傒斯:《揭傒斯全集》,上海古籍出版社2012年,第453页。

② 何中:《知非堂稿》卷七,《北京图书馆古籍珍本丛刊》第94册影印清钞本,书目文献出版社1997年,第502页。后引何中文字均据此本,仅随文注卷数和页码。

③ 何中:《知非堂稿》卷九,第517页。

　　前一段是叙述父亲和伯父自宋末德佑二年(1276)抗元失败后,迄至元二十二年(1285)伯父逝世这十年间他们不屈节投降,不辜负君友的感人故事。后一段是就君臣朋友的忠义展开议论。伯父何时去世,他作《挽词》,其中有句曰"穆陵亲擢士,公不愧诸贤"①,颇为伯父不负宋室感到自豪。可知何太虚从他的父辈事绩中接受了忠义观念。后来他在出处问题上的犹豫,与此不无关系。

　　关于何太虚"北游"之始末,还要从元初的文化政策说起。蒙元入主中原,遭到南方士众的激烈反抗。元朝大一统之后,歧视和压迫"南人",导致南北情绪的对立。在世祖至元后期,政策有所调整,开始启用南方士人。江西南城县人程钜夫,较早以南宋官吏子弟的身份投靠蒙元政权。至元二十三年(1286),官居集贤院直学士的程钜夫来江南访贤,先后荐举了20馀人,其中包括赵孟𫖯、谢枋得、吴澄、揭傒斯等,多为江西籍,多安置在朝廷的各部院②。这时,何太虚隐居乡间,受业于刘辰翁和谢枋得③,致力于古学。谢枋得、何时与文天祥都是宋宝佑四年(1256)理宗亲擢的进士④,都是抗元志士。至元二十五年(1288)十一月底,福建行省参政知事魏天佑依元廷之令,将谢枋得强行押往大都,第二年不屈而死。何太虚作《别谢提刑》,其中有句"宜窕千蛾眉,已奉他人娱。主恩天罔极,苟生岂良图";"逝者魂魄在,九京共徜徉";"出门即远道,死生永相望"⑤。杨镰先生说这是"提前作出的悼词"⑥。这时何太虚24岁,从诗中可以看出这位宋遗民的后代对故国的忠诚,对新的异族政权的鄙夷。

　　但是,与刘辰翁、文天祥、谢枋得等前辈立志抗元不同,行辈晚了一代的吴澄、何太虚、揭傒斯等人,已经失去了反抗元朝的现实基础和勇气,面

---

①　何中:《知非堂稿》卷三,第457页。

②　王树林:《程钜夫江南求贤所荐文人考》,《信阳师范学院学报》1996年第2期。

③　《元故聘君高圌先生何公隐士世系行述》:"至元癸未(二十年,1283),始受业于刘会孟门。……又拜叠山谢先生于双桐驿,笃叙世好,言契心同,叠叠勉进焉。(何中《知非堂稿》卷七,第505页。)

④　何中《知非堂稿》卷一《别谢提刑》自注曰:戊子十一月二十四日,拜叠山先生于双桐驿。盖先伯见山同丙辰理宗亲擢也。先生叙旧好,言同心焉。明日中,赋二诗为别。

⑤　何中:《知非堂稿》卷一,第431页。

⑥　杨镰:《元代文学编年史》,山西教育出版社2005年,第157页。

对异族新朝,是"出"还是与"处"? 这个矛盾引起他们的心灵冲突,似乎尤为激烈。一方面,江西是反抗蒙元斗争最为激烈的地区,前辈的抗争行为给这些年轻人心中压上了道义的包袱;另一方面,新的大元朝廷上有乡贤程钜夫的大力援引,新朝廷在向他们频频招手。何去何从? 的确是两难的事。何太虚的从表兄吴澂,至元二十三年(1286)底被程钜夫举荐至大都,随即以母老辞归;大德六年(1302)因董士选力荐,再入京师,次年又南归。真可谓"两征两起",这就体现出了他的心灵挣扎。

至大元年(戊申,1308),程钜夫参与修《成宗实录》,借此机会要罗致南方文士于门下。何太虚与揭傒斯这两位江西籍文士就是这一年北上进京的。何太虚《与熊天慵辩(春、王)正月书》说:"伏自戊申之秋,奉违尊训,寒迫饥驱,劳劳四方。"①就是指这年秋天至大都。《元故聘君高圃先生何公隐士世系行述》记载得更为详细:"至大初,先生以程公钜夫、元公明善皆在朝,携所著书一至京师,见承旨姚公端夫、王公肯堂。于时元公率官属言之太史公。"②吴澂的《送何太虚北游序》,就是写于至大元年(1308),时吴澂已南归,在江西抚州家居,故而是"送"何太虚"北游"。

吴澂为什么要写这篇赠序与表弟何太虚论"游"呢? 这要从两方面来解释。

从何太虚一面来看,父辈是抗元名将,不屈服于异族统治。像他这年轻一辈是继续采取与新政权不合作的态度,穷居乡里,困厄一生? 还是抓住"朝中有人"的好机会,出仕新朝,从而施展抱负? 这不能不说是梗阻在他心头的矛盾。如1290年甘泳去世,何太虚作《甘咏之挽词二首》,其中曰:"南州馀此士,北客识高贤。""安知名一世,不忍负初心。"③1297年,刘辰翁去世,何太虚作《刘太博挽词》曰:"恳欵忧危国,从容友大臣。竟孤婴曰志,遂作绮园身。名节非无寿,乾坤更有人。堂堂天下士,何必

---

①　何中:《知非堂稿》卷八,第514页。
②　何中:《知非堂稿》卷七,同前,第503页。又,第416页何中《知非堂稿自序》曰:"至大戊申如析津。"元大都旧称为析津。
③　何中:《知非堂稿》卷三,第460页。

画麒麟。"①"不忍负初心"、"堂堂天下士,何必画麒麟",既是赞颂甘泳和刘辰翁,也未尝不是何太虚的自我期许和宽慰。又,何太虚《正月五日吾族诸老儒服纵游》诗曰:"儒服吾宗老,南冠故国人。""有计能兴汉,无辞可美新。……斜川同日月,漉酒正须巾。"②表现出如陶渊明那样归隐田园、不事新朝的志愿。但是何太虚这样的饱学之士,面对新兴的政权,既不能如刘辰翁那样坚决地不合作,也难以如陶渊明那样一味地保持恬淡,读书人思有用于当世,年轻的何太虚也有用世的愿望。《读史三首》其一曰:"所贵英雄人,岂甘草中伏。……举头见青天,天边有鸿鹄。"③当时有一位叫涂汉(字云章)的读书人北游了,何太虚作《送涂云章北游》,其中有句曰:"良时难再得,振衣起蒿莱。"④这不是也流露出他自己的志愿吗?他就是这样处于"进"与"退"、出仕与隐居的两难选择中。这时恰逢程钜夫的招引,于是何太虚的从表兄吴澂作了《送何太虚北游序》,以坚定何太虚北游出仕的志愿。

从吴澂一面来看,吴澂(1249—1333)年龄比谢枋得小二十五岁,比刘辰翁、文天祥小十余岁。虽然世代以儒为业,但祖、父辈在南宋时没有做官,不像谢枋得、何时与文天祥那样有"理宗亲擢"的荣耀,他没有沾濡赵宋的多少恩泽。宋咸淳七年(1271)吴澂省试落第,乡居授徒,不久南宋覆灭了。至元二十三年(1286),少年时的好友程钜夫来江南访贤,吴澂先后两次被强征出仕,两次都到了大都,后还是以母老辞归了。这时的吴澂还是"要以不仕保持节操,从而自拔于流俗"⑤。到了至大元年(1308),朝廷再次以从仕郎、国子监丞召吴澂入大都,官职虽小,但国子监丞掌管教育国子生的重任,这是一个为南方士人铺就进身之阶的大好机会。当时刘岳申在《送吴草庐赴国子监丞序》中就说:"方今出宰大藩、入为天子左右大臣者,皆世胄焉。以故中州之人,虽有杰然者,不在是任;

---

① 何中:《知非堂稿》卷三,第460页。按,南宋德祐元年,刘辰翁除太学博士,时人或称之"太博须溪",何太虚也以赵宋官衔称之。

② 何中:《知非堂稿》卷三,第456页。

③ 何中:《知非堂稿》卷一,第432页。

④ 何中:《知非堂稿》卷二,第453页。

⑤ 方旭东:《吴澂评传》,南京大学出版社2005年,第326页。

然则南士愈不敢望矣。使先生以道教胄子，他日出宰大藩与为天子左右大臣者，皆出先生之门，是犹先生之志得而道行也。此世道生民之福也。"①也就是说，这不是屈身异朝，而是大行吾道的机会。吴澂正是基于这种认识，接受了朝廷的征辟，次年入京。

也就是在至大元年（1308），何太虚得到了程钜夫的招引，那么，吴澂作《送何太虚北游序》勉励何太虚入京，是很自然的事情。而且，《送何太虚北游序》不是空泛地讲道理，其中的一些思想观念，从吴澂、何太虚两方面都可以找到针对性：

一、何太虚在《正月五日吾族诸老儒服纵游》中说"斜川同日月，漉酒正须巾"，意思是说要像陶渊明那样归隐田园，吴澂在《送何太虚北游序》中则说："陶渊明所以欲寻圣贤遗迹于中都也，然则士何可以不游也？"就是针对何太虚这种隐居情绪而发的。

二、吴澂在文中劝勉何太虚北游的一个重要理由是："若夫山川风土、民情世故、名物度数、前言往行，非博其闻见于外，虽上智亦何能悉知也？"这其实是当年程钜夫劝勉吴澂的理由。至元二十三年（1286），程钜夫来江南访贤，勉强吴澂出仕，吴澂以老母辞。程钜夫曰："诚不肯为朝廷出，中原山川之胜，可无一览乎？"公诺之。② 吴澂现在又借程钜夫的话来劝勉何太虚。

三、吴澂在《送何太虚北游序》中对"方其出而游乎上国也，奔趋乎爵禄之府，伺候乎权势之门，摇尾而乞怜，胁肩而取媚，以侥幸于寸进"等丑陋行径表达轻蔑与唾弃。这是他的一贯思想。如大德四年（1300）吴澂复董士选书曰："迩年，习俗日颓，儒者不免苟求苟得，钻刺百端，媚灶乞墦，不以为羞；舐痔尝粪，何所不至。"③这是对当时蝇营狗苟之辈的讽刺。因此可知吴澂的《送何太虚北游序》，不像一般的赠序，难免敷衍；而是真实地基于吴澂的人生观、政治观，于何太虚也有具体针对性。

---

① 刘岳申：《申斋集》卷一，景印文渊阁《四库全书》第1204册，第174页。
② 危素：《临川吴文正公年谱》，《四库全书存目丛书》影印明刻本，史部第82册，第428页。
③ 吴澂：《吴文正集》卷十一，景印文渊阁《四库全书》第1197册，第132页。

不过,何太虚虽然勉强北游入都,但并没有得到一官半职,而是停留两个月左右的时间就南归了。揭傒斯《何先生墓志铭》说:"广平程公鉅夫、清河元公明善,负天下知人之鉴,皆器遇之。至大初,二公及柳城姚公燧、东平王公构,皆在朝,遂北入京师,以文章自通,会诸权臣用事,内外翕翕,居两月,天大雪,竟不别而去。"揭傒斯《送何太虚南归》:"穷秋乍到深冬别,来己俄然去忽然。"①秋来冬去,匆匆两月。揭傒斯以兄事何太虚三十馀年,记载是可信的。两人同被招致于程鉅夫门下,何太虚两个月后就返乡了,而揭傒斯则由布衣授翰林国史院编修,从此步入仕途,光宗耀祖,两人此后的命运便有了云壤之隔。两人在大都分别之时与之后,都有诗歌酬答。揭傒斯有《重饯何太虚》、《不寐呈何太虚》等诗表达朋友离别相思之情。何太虚《酬揭曼硕赠别》曰:"来日君还在我前,归时我独占君先。"②来与归,先与后,两相对比,透露出二人不同的出处观。又《寄揭曼硕》曰:"名都许当达,一官子难逊。……勖子振清风,余今愧幽钝。"③揭傒斯后来的确是发达了,而何太虚依然是幽钝困踬。不久,揭傒斯的父亲揭来成去世,朝廷特赐谥贞文,揭傒斯奉敕回乡立碑,何太虚作《遇揭曼硕有赠》,末二句曰:"知是高情难去住,此身谁是自由身!"④可谓意味深长!

何太虚的南归,在当时的朝廷还引起了小小的震动。除了揭傒斯有多首诗歌往还酬答外,官为同知制诰兼国史院编修的袁桷作《送何太虚归山中》。时持天下文衡的鲜卑族作家元明善作了一篇《送太虚南归序》,恰可与吴澂的文章对读。元明善《送太虚南归序》曰:

> 余昔问道于抚乐山草庐隐者吴先生。先生姻弟何君太虚因与予友,而太虚清厉警敏,工诗善书,闭门研经,口不谈当世事。后余去江西而官于京师也,太虚常寄余所为文,而吴先生两征两起,今又征矣,而太虚之隐益深,道益进,声光焯耀于人。余每言其懿于吴先生,而

① 揭傒斯:《揭傒斯全集》,第 453 页、59 页。
② 何中:《知非堂稿》卷五,第 486 页。
③ 何中:《知非堂稿》卷一,第 443 页。
④ 何中:《知非堂稿》卷五,第 487 页。

吴先生亦复乐其幽潜自信,方相与叹之。

今年秋,太虚忽揖余于门。推问其所从来,曰:"吾主于内相程夫子。吾又念君,而定为远游也。"余私谓太虚亦有意于时耶? 亟言诣太史公而书以上其实。太史公方瞻予书,上之中书,而太虚晨忽来别,曰:"吾今南归。归而读吾书,以求吾所志。"嗟乎,贤者其不可测耶? 方其来也,余揣之以浅近之情,故欲推之于群人所趋之途;欻然其归也,又告余以隐者之事。嗟乎,贤者果不可测哉! 虽然,余亦有以知也。其始也,以南北分裂久矣,一旦廓而一家,山川风土之殊,人物都邑之盛,将以质吾之书,进吾之识,所谓卿大夫士之位,将有以质吾之才也。尝试来之,暨览暨历,浚其所未深,奎其所未高,悉其所以富乎吾也,所谓卿大夫士不吾必也,吾何与谚谚焉日下趋而丧吾之素哉! 此其所以不再月而浩乎其去不留也。

虽然,太史公大贤也,宰相信其言,而又政化日新,用事不以楷梯,而太虚之归也,或将不得遂其隐者之事矣。于其行,与之酒,序其所以,而书以赠。①

该文恰可以作吴澂《送何太虚北游序》的参证和补充。元文说何太虚是吴澂的姻弟,说何太虚"清厉警敏,工诗善书,闭门研经,口不谈当世事",与吴文所言"太虚以颖敏之资,刻厉之学,善书工诗,缀文研经,修于己,不求知于人,三十馀年矣。口未尝谈爵禄,目未尝睹权势"等恰相呼应;元文述何太虚南归前告辞说"归而读吾书,以求吾所志",也恰与吴澂所告诫的"有意于行吾志"相一致。元文所谓"山川风土之殊,人物都邑之盛,将以质吾之书,进吾之识",也正是吴文所谓"若夫山川风土、民情世故、名物度数、前言往行,非博其闻见于外,虽上智亦何能悉知"的意思。元文提到"吴先生两征两起,今又征矣",就是指至大元年(1308)吴澂第三次被征,"授从仕郎、国子监丞,朝命行省敦遣"②,于次年三月离家进

---

① 何中:《知非堂稿》卷七,第501页。按,此文原不载撰者,据同卷《元故聘君高圃先生何公隐士世系行述》,可知作者为元明善。
② 路剑:《吴澂年谱》,《抚州师专学报》1992年第2期。

京。元明善还在文中叙述了他向太史公举荐何太虚,正在层层上报时,何太虚突然提出要南归。个中原因,元明善只字未提,而揭傒斯在《何先生墓志铭》中说"会诸权臣用事,内外翕翕",似乎是事出有因,但又说得影影绰绰。

何太虚为什么北游二月就南归呢?原因应该是多方面的。揭傒斯所谓的"会诸权臣用事,内外翕翕",应该是当时北方贵胄对南方士人的猜忌和无礼。这在当时是比较普遍的,如大德五年(1301),董士选推荐吴澄任仕郎同知制诰,兼国史馆编修官。当第二年八月吴澄抵达大都时,官职已经被他人取代了。董士选抗章上言此举"似失朝廷崇儒重道之意"。可见当时的蒙元朝廷并非真正地礼遇南方文士。何太虚"禀性孤特,不肯苟合于人",大约无法容忍朝廷对南方士人的这种轻慢无礼。何太虚南归最根本的原因,还是在于从父辈继承下来的精神遗产。与吴澄、揭傒斯都不同,何太虚的父辈是抗元名将,他称赞伯父何时"穆陵亲擢士,公不愧诸贤",那么自己怎能坦然地屈身侍奉新朝呢?如果新朝能够礼遇南方文士的话,他或许可以借此弘道正学,以华化夷。面对"诸权臣用事,内外翕翕"的朝廷,他远离纷争,抽身南归,才是最明智的选择。

正如何太虚《读罗时翁〈燕山行稿〉》所言,"人间官不直一钱,归来添得诗一篇"①。一生不仕的何太虚留下了一部《知非堂稿》。但他作为抗元名将的后代,在元初的这一段曲折心史,未曾得到剖白。本文借钩沉吴澄《送何太虚北游序》的史事,揭示何太虚的身世和他短暂北游的矛盾复杂心情,折射出南方文士特别是抗元将士的后代,在元初的尴尬境地和踌躇心态,或许是不无意义的吧!

(载《文学遗产》2017 年第 1 期)

---

① 何中:《知非堂稿》卷四,第 469 页。

白居易与明代吴中诗坛

　　明代吴中诗歌具有自己的特色和传统，即使在受到占主流地位的中原诗风的影响，甚至主动靠拢中原诗坛时，吴中诗人也并没有完全丧失自己的特色和传统，而是带着自己的诗学基因，迎接自北方而来的格调复古诗学，实现南北诗学的相"剂"。晚明随着格调复古诗学逐渐失势，被压抑的吴中诗学传统得到恢复和张扬，激发活力，引领诗坛踏上新途。

　　明代中期的主流诗学是以格调复古相号召，推崇格高调古的汉魏盛唐诗歌，不作开元、天宝以下人物，不读大历以后诗书①，因此白居易是被排除在他们的诗学眼界之外的。如前、后"七子"中，李梦阳、何景明、李攀龙等领袖竟然只字未提及白居易、元稹，可见他们是以"宋无诗"一样的独断论，排斥和否定了白居易、元稹的诗歌存在。这是格调复古派的主流态度。

　　其实对于元白诗歌，一开始就有褒贬两种不同的声音，褒之者如张为《诗人主客图》赞誉白居易为"广大教化主"，贬之者如杜牧在《唐故平卢军节度巡官陇西李府君墓志铭》中痛斥"自元和已来，有元、白诗者，纤艳不逞，非庄人雅士，多为其所破坏。流于民间，疏于屏壁，子父女母，交口教授，淫言媒语，冬寒夏热，入人肌骨，不可除去。吾无位，不得用法以治之"。白居易诗歌本身具有多样性、复杂性，引起后人的不同评价，在宋代也是毁誉参半。苏轼《次韵张昌言喜雨》云："爱君谁似元和老，《贺雨》诗

---

　　①　明代格调诗学的理论先导是南宋的严羽。严羽《沧浪诗话·诗辨》曰："汉魏晋与盛唐之诗，则第一义也；大历以还之诗，则小乘禅也，已落第二义矣。"明代后期，孙鑛一直坚持复古派的诗学观念，其《与余君房论文书》曰："自空同倡为盛唐汉魏之说，大历以下悉捐弃，天下靡然从之。此最是正路，无可议者。"

成即谏书。"元和老,即指白居易。苏轼主张诗歌要像唐代白居易作《贺雨诗》那样,起到讽谏时政的作用。苏辙谓白居易"达"于道,说:"盖唐世士大夫达者如乐天,寡矣!"(《书〈白乐天集〉后》)黄庭坚称赞白居易"蔼然君子"(《跋自书乐天〈三游洞〉序》)。对于杜牧的贬斥,宋人叶梦得在《避暑录话》中作了纠正,一方面反诘:"乐天讽谏、闲适之辞,可概谓淫言媟语耶?"另一方面指谪杜牧诗"纤艳淫媟,乃正其所言而自不知也"。但宋人又多批评白居易诗歌的卑俗。如张戒《岁寒堂诗话》就说白居易诗歌"其词伤于太烦,其意伤于太尽,遂成冗长卑陋尔"(卷上)。魏泰《临汉隐居诗话》说:"白居易亦善作长韵叙事,但格制不高,局于浅切,又不能更风操,虽百篇之意只如一篇,故使人读而多厌也。"至明代早期,格调派的先驱李东阳在《怀麓堂诗话》中依然批评白居易"令老妪解之,遂失之浅俗,……而弊一至是!"后来的前、后"七子"中李梦阳、何景明等从"惜格"的立场对白居易不置一喙,将它排斥在学诗的眼界之外。

但是,对于这位做过苏州刺史且多有惠政的白居易的诗文,吴中诗人却有着特别的偏好。从刊刻的情况来看,宋代时白居易的诗文集在吴地就有两种刊本,一为吴门大字本,一为吴郡守李伯修谏议所刻①。明代的版本,有正德 8 年(1513)无锡华坚兰雪堂铜活字《白氏长庆集》七十一卷,嘉靖 17 年(1538)苏州钱应龙刻《白氏文集》,万历 34 年(1606)嘉定马元调刊刻《白氏长庆集》等,后一种有娄坚作序。

元明之际,吴中才子高启就喜爱白居易其人其诗。高启《次韵春日漫兴四首奉酬外舅达翁》"老去风情似乐天",就是直接借用白居易《题峡中石上》"诚知老去风情少"句。高启《效乐天》抒写知足不辱、恬淡静退的情怀,便是引苏州刺史时的白居易的"达道"为同调。当然,高启诗歌正如缪天自所云,"自古乐府、《文选》《玉台》、金楼诸体,下至李(白)、杜(甫)、王(维)、孟(浩然)、高(适)、岑(参)、钱(起)、郎(士元)、刘(禹锡)、白(居易)、韦(应物)、柳(宗元)、韩(愈)、张(籍),以及苏(轼)、黄(庭坚)、范(成大)、陆(游)、虞(集)、揭(傒斯),靡所不合,此之谓大家"

---

① 万曼:《唐集叙录》,中华书局 1980 年,第 241 页。

（朱彝尊《明诗综》卷九引），效法白居易，只是高启诗歌之一体，而不是主要特点。明初诗歌沿袭元人风气，效仿白居易诗，时有其人。但是随着格调派的兴起，诗歌取法越来越严，门径越来越窄，白居易诗歌便逐渐被排除在格调复古派视野之外。但在吴中地区，白居易诗歌依然是人们阅读和取法的对象。如成化、弘治年间沈周的诗歌，文徵明评曰："其诗初学唐人，雅意白傅，既而师眉山为长句，已又为放翁近律，所拟莫不合作。"（《沈先生行状》）钱谦益也作出相似的评论，谓其诗"出入于少陵、香山、眉山、剑南之间"（《石田诗钞序》）。与沈周同时的吴宽，尤其喜爱白乐天诗。他《校白集杂书六首》其二曰："苏州刺史十编成，句近人情得俗名。垂老读来尤有味，文人从此莫相轻。"又《夜读白乐天诗集二首》其一："何物灯前消夜长，一编入手坐焚香。俚言却许朱弦和，真味似将玄酒尝。前辈任他为李杜，近时知己得王杨。从今谢绝闲宾客，晤语惟容白侍郎。"吴宽觉得白居易诗俚俗但有趣味。稍后，弘治、正德年间的"吴中四才子"，唐寅诗不避俚俗，多率性豁达语，并有题《效白太傅自咏》三首。祝允明称他"放（仿）白氏，务达情性，而语终璀璨"（《唐子畏墓志铭》）。祝允明自己也被人们称为"元白再来身"。[1]　与他们同时，还有如长洲人王涣，"诗宗白傅，晚喜陆放翁、范石湖，然皆自出机杼，不拘拘体裁，而奇思奕奕"（文徵明《东川军民府通判王君墓志铭》）。

　　随着明代中期占据主流地位的格调复古诗学影响日益扩大，吴中诗风也难免受其浸蚀。徐祯卿早年持论，"于唐名家，独喜刘宾客、白太傅，沈酣六朝。……登第之后，与北地李献吉游，悔其少作，改而趋汉魏盛唐，吴中名士颇有'邯郸学步'之诮"。[2]　与徐祯卿中年以后改弦易辙不同，王世贞是早年服膺格调派诗学，后期有所反省。王世贞论诗，主张南北相"剂"[3]，早年在与李攀龙等交友时，他有意识地呼应并提倡格调，以弥补

---

　　① 王锜《别后歌丽制不觉引满大醉醉中成四绝句奉纳》其一赞祝允明："人言元白再来身，我道奎中降下神。谁遣玲珑唱新曲，江南添得十分春。"
　　② 钱谦益：《列朝诗集小传》，上海古籍出版社1983年，第301页。
　　③ 王世贞《黄淳父集序》曰："淳父能剂矣。夫辞不必尽废旧而能致新，格不必步趋古而能无下，因遇见象，因意见法，巧不累体，豪不病韵，乃可言剂也。今吴下之士与中原交相诋，吴习务轻俊，然不能不推淳父之精深；中原好为豪，亦不能以其粗而病淳父之细者。淳父真能剂矣。"

吴人的卑俗平易。在《徐汝思诗集序》中，他称赞盛唐诗歌，说："盛唐之于诗也，其气完，其声铿以平，其色丽以雅，其力沉而雄，其意融而无迹，故曰盛唐为则也。"盛唐是诗歌的准则。紧接其后，他又批评说："今之操觚者，日哓哓焉窃元和、长庆之余似而祖述之，气则漓矣，意纤然露矣，歌之无声也，目之无色也，按之无力也，彼犹不自悟悔，而且高举而阔视，曰'吾何以盛唐为哉'！"这里正是从"气""力""意""声""色"等格调诗学的角度与盛唐相映照而否定师法元和、长庆的诗歌道路，矛头所指正是唐寅、祝允明等吴中才子影响下的吴地诗风。其弟王世懋《艺圃撷余》说："生平闭目摇手，不道《长庆集》。如吾吴唐伯虎，则尤《长庆》之下乘也。"更为直率地袒露了他们提倡格调诗学的用意所在，用意就在"惜格"，以汉魏盛唐高格古调补救吴中诗人学元稹、白居易，学苏轼、陆游的卑俗滑易。王世贞在《艺苑卮言》卷四中说：

> 张为称白乐天"广大教化主"，用语流便，使事平妥，固其所长，极有冗易可厌者。少年与元稹角靡逞博，意在警策痛快，晚更作知足语，千篇一律。诗道未成，慎勿轻看，最能易人心手。

谆谆告诫之言，正是为吴中后学而发。但就在王世贞倾心于北方诗学的同时，华亭人何良俊直言不讳地表达了对白居易的喜爱。他所谓"四友斋"的"四友"就是自己与庄子、维摩诘、白居易为友。他坦言："余最喜白太傅诗。"①正是因为有这些吴中诗人的坚守，后期王世贞的转向才有所归依。

王世贞后期诗学观念有所改变，不仅爱读《元白长庆集》，且创作了不少效法长庆体的诗篇。《秋日官舍无事携〈元白长庆集〉阅一遍题此二绝句后置之箧中矣》其二有"不是通江少时谪，千年佳句一生孤"句，称赞元稹、白居易的通、江唱和诗是"千年佳句"。《弇州四部稿》卷十五有《偶成齿发吟作长庆体示伯龙子念君载》，其中有云"先民有遗言，及时当行

---

① 何良俊：《四友斋丛说》，中华书局1997年，第226页。

乐。稍往忽已空,未来畴能度。营为醇醲腐,精恐佳丽凿。惝恍出世言,渺茫长生药。成证聊自暖,齐物终妄作。事事能娱人,破了亦无着。语罢当更愁,愁来又成错。"又卷三十八有《即事效长庆体》有句曰:"斋时自托阇黎钵,饭罢闲敲窣堵钟。唯有山僧知此趣,雨前茶绿解相供。"这些诗歌抒写悟道的超脱和自适的趣味,显然近似于白居易后期融入佛理的一些闲适诗;语言的流畅平易也是二者的共同特征。王世贞爱读《元白长庆集》,多作效"长庆体",与他晚年喜爱苏轼诗文一样,体现出对吴中文学传统的回归。

　　事实上,当格调复古派弊端日益暴露时,诗坛的取径就朝着上溯六朝和下探元、白、苏、陆这两个方向发展①。"公安派"走的道路是后者,标尚白居易、苏轼的率真坦易。袁宗道酷爱白居易、苏轼,袁宏道《与李龙湖》称"韩、柳、元、白,诗之圣也",袁中道《东游日记》批评"近日学诗者,才把笔,即绝口不言长庆",并谓如《琵琶行》,"使李、杜为之,未必能过";元、白也有警策处。(《珂雪斋近集》卷三)钱谦益《陶仲璞遁园集序》曰:"万历之季,海内皆诋訾王、李,以乐天、子瞻为宗。其说唱于公安袁氏,而袁氏中郎、小修皆李卓吾之徒,其指实自卓吾发之。"(《牧斋初学集》卷三十一)吴中诗人对白居易的偏好,显然通过袁宏道等人而与"性灵诗学"合流,成为一种具有了发散性影响的诗学审美趣味,乃至"宁为轻俗之功臣,不作李、王之奴隶"②。吴中文人对元白的喜好,本来是遭受格调复古派排斥和挤压的,现在终于站在了格调派的对立面,构成了一股强劲的否定性力量。略晚于王世贞的南通人范凤翼,立足于格调诗学,在《拙存堂逸稿序》中称赞如皋人冒起宗诗"格""调""气"之高,并不免遗憾地感慨说:

----

　　① 其实格调派的后续者也在做自我调整,拓宽诗歌路径,如胡应麟说:"元和而后,诗道浸晚,而人才故自横绝一时。若昌黎之鸿伟,柳州之精工,梦得之雄奇,乐天之浩博,皆大家才具也。今人概以中晚束之高阁,若根脚坚牢,眼目精利,泛取读之,亦足充扩襟灵,赞助笔力。"(《诗薮》卷四)

　　② 张师绎:《合刻元白长庆集序》,《月鹿堂文集》卷一,《四库未收书辑刊》影印清道光六年蝶花楼刻本。

乃近来操觚者转欲橐篇元和、长庆,而兼宋、元萎蕧之习,使崆峒、仲默、元美、于麟诸公当之,未有不极加诋娸者。

不管其态度如何,诗坛路径转向元和、长庆,是不争的事实。其实这位范凤翼也作过一些效法长庆体的诗篇。效仿长庆体,是晚明诗歌创作的一个突出现象,许多诗人都有效、拟"长庆体"的诗篇,尤以吴中文人为盛。"嘉定四先生"中,娄坚、程嘉燧、李流芳都有效"长庆体"的诗篇。如娄坚《丙午除夕效长庆体》云:

今秋仍作白门行,也为江山也为名。莫向境中分厌恋,但于身外置枯荣。归来懒慢偏多暇,老去轻安是寡情。渐过拥垆被褐日,柳条梅蕚看春生。(《吴歈小草》卷七)

又如程嘉燧《儿病起戏效长庆体》:

欲过东城水竹邻,未离蓬户已逡巡。风光埋没余三月,意味潲除向二旬。拟豁酒肠仍带结,将舒笑口尚含嚬。直愁亲旧相憎厌,羞涩几成一俗人。(《松圆浪淘集》移居卷八)

明代很少有诗人真正继承了白居易、元稹的讽喻诗歌传统,他们效仿白诗的重心在于表达闲适悟道、洒然超脱情怀,风格流畅平易,不失去机趣的"长庆体"。

关于"长庆体",后人理解多有歧异。有的把"长庆体"等同于元和体。白居易《余思未尽加为六韵重寄微之》曰:"诗到元和体变新。"自注:"众称元、白为千字律诗,或号元和格。"有的把白居易的《长恨歌》《琵琶行》之类的长篇歌行称为"长庆体"。其实联系明代"仿""拟"长庆体的诗歌体制来看,歌行、七律、排律、五古各体均有,而以七律、歌行为主。明人理解的"长庆体"实际上是指《元白长庆集》所代表的那种富有理趣、多用虚字、浅切平易的诗歌风格,并不在于诗歌体裁特征。

对于"长庆体",历代都有贬斥,如宋末刘克庄《后村诗话》说"长庆体太易,不必学"。清代纪昀评白居易七律《余杭形胜》曰:"此所谓长庆体也,学之易入浅滑。"但是对于吴人来说,这并不是严重的缺点。何良俊说:"余最喜白太傅诗,正以其不事雕饰,直写性情。"①王世贞对白居易的态度不免依违,但也肯定白居易诗歌所长在于"用语流便,使事平妥"(《艺苑厄言》卷四)。吴中诗人不嫌白诗的率直浅切,而激赏之处则在白居易的达道见理和其诗歌的趣味。明末绍兴人陶奭龄《读乐天诗》所谓"诗靡钩棘句,胸无柴棘人。随行有乐事,落纸皆天真。……达生苟如此,旷古鲜其伦"(《今是堂集》卷八),可以代表吴人对白居易诗歌的共同认识。白居易的《卯时酒》铺写酒醉时"去矣鱼返泉,超然蝉离蜕"的超凡脱俗的乐趣,何良俊评曰:"非止言酒,兼见理性。"(《四友斋丛说》)董其昌论白居易曰:"白太傅,唐之达人。出处之际,大有渊明之概。读《长庆集》,足以动悟。"(《容台集》别集卷一)所谓"达人",即通达于道,超越了世俗的善恶、是非和爱恨。浙江乐清县布衣诗人在《与梅季豹》中说:"唐元、白长庆体,序事如画,彼亦自云'理太周,意太切。理周则词繁,意切则言激'。然风趣未尝不濯濯可人也。"②欣赏元、白"长庆体"的风趣,并有仿作。明末欣赏白诗者多称赞白居易诗歌"几几乎近于道矣"③,"不当以诗观之,当以偈观之也"④。这种认识,对白居易诗歌来说,是不全面的,至少不能涵盖白居易的整个人生和诗歌创作的全貌。他们推崇白居易的"达",某种意义上说,是为了在明末复杂的党争政治环境中化险为夷,求得一己的安宁。

相比而言,娄坚对白居易的认识显得更为卓异而深刻。在《白氏长庆集序》中,他说:"观白公之所以自见其意者,尤在于讽喻乐府诸篇,则夫以声调格律而论其高下者,亦未为深知之者也。"这既击中了格调复古派的要害,因为格调复古派漠视白居易,就是依据声调格律论高下的;也纠

---

①　何良俊:《四友斋丛说》,中华书局 1997 年,第 226 页。

②　何白:《汲古堂集》卷二十七,四库禁毁书丛刊影印明万历刻本,第 177 册,第 356 页。

③　余绍祉:《廓如上人诗集序》,《晚闻堂集》卷九,四库未收书辑刊影印清道光十七年刻本,第 6 辑,第 28 册,第 492 页。

④　祝世禄:《复王别驾》,《环碧斋尺牍》卷四,明万历年间刻本,据中国基本古籍数据库。

正效法元白者的偏失,明代效法长庆体的诗歌是规避白居易讽喻乐府诸篇的。娄坚接着说:"世徒知论公于出处之际,盖进而几于大用者屡矣,而公每徊翔容与,终于乞身以行其志,虽以牛、李之相轧,公居其间,颇不为李所容,而卒能不受其祸,以是为达人之高致;而至于公之忠诚鲠亮,敢于劘上而切于论事,必不能以一毫之媕阿少徇乎人者,虽时见于言语文章,而世能知之者鲜矣!"①世人津津乐道的是白居易厕身于牛、李党争之中而不受其祸,视此为"达"。若过于看重白居易人生这一方面,难免会养成依违委随、逆来顺受的不良人格,娄坚更看重的是白居易忠诚鲠亮的一面,推崇白居易早年敢于劘上而切于论事的正言谠论,也即白居易讽喻诗歌的精神传统。娄坚的这一认识在士风颓丧的晚明,显得尤为卓异。这与娄坚的个性思想有关。程嘉燧《题子柔杂怀诗卷后》说:"子柔为人,和顺详雅,而至于持论是非,独侃侃无少徇。平生恬于荣利,恶心菲食,而好求当世之务。晚既逃于寂矣,其忧天悯人之意,老而愈至。"其经世精神与白居易早年"多询时务","多求理(治)道"(《与元九书》)是一致的。程嘉燧同文又说:"余谓自古感遇讽刺之作多矣,至以律诗含讽喻剀切忠厚,则未有若子柔诸诗歌也。"意谓娄坚的《杂怀诗》蕴含剀切忠厚的讽喻之旨。程嘉燧说娄坚有《杂怀诗三十篇》"秘而不出",娄坚《吴歈小草》卷五有《苦雨杂怀十首》,其十云:"雉堞尚多隤,沟塍安在哉!纵令勤长吏,难望起汙莱。卒岁复何赖,斯人殊可哀。还闻市中侩,谈笑利天灾!"②从中可以感受到娄坚对于百姓遭遇天灾的同情,对于市侩利用天灾盘剥百姓的痛恨。

　　当然,晚明是多种诗学观念交锋纷争的时期。吴中诗人对白居易的偏爱并不能够彻底改变世人对白居易诗歌的褒贬。像陆时雍、王夫之等上溯汉魏六朝的论者,对白居易均有微词,陆时雍《诗镜总论》谓"元、白好尽言耳","尽言特烦"。王夫之《薑斋诗话》批评白居易"本无浩渺之才,如决池水,旋踵而涸"。但是,就像江进之《雪涛小书》所谓"诗之境界,到白公不知开扩多少",吴中诗人对元白诗风的赏爱,对于明末清初诗

---

① 娄坚:《白氏长庆集序》,《学古绪言》卷一,影印文渊阁《四库全书》本。
② 《四库禁毁书丛刊》影印清康熙刻本,第49册,第88页。

坛学宋风气的兴起，也具有开疆拓宇、导夫先路的意义。胡应麟就曾说过："大抵南宋古体当推朱元晦，近体无出陈去非。此外略有三等，尤、杨四子，元和体也。……"（《诗薮》杂编五）所谓的"尤、杨四子"，即陆游、尤袤、杨万里、范成大。胡应麟认为这"南宋四大家"的诗风是与"元和体"相近的。明末清初人学宋诗，主要就是学"南宋四大家"，而不是苏轼、黄庭坚。朱彝尊曾批评说：

　　今海内之士，方以南宋杨、范、陆诸人为师，流入纤缛滑利之习。（《沈明府不羁集序》）

虽然朱彝尊的态度是否定的，但其所言，当是较为普遍的现象。康熙初吴之振、吕留良、吴自牧、黄宗羲等人编选《宋诗钞》，偏重于南宋的陆游、杨万里、范成大等人。这部《宋诗钞》选其他人诗，通常为一至两卷，而选范成大诗 3 卷、陆游诗 6 卷、杨万里诗 9 卷。联系前引胡应麟所谓"尤、杨四子，元和体也"来看，可以说，吴中诗人对白居易的偏爱，接引了明末清初的尊宋诗风，促使人们对与"元和体"比较一致的"南宋四大家"诗歌的接受。

（载《嘉定文派与明代诗文研究论集》，上海古籍出版社 2015 年版）

冯复京《说诗补遗》浅论

冯复京(1573—1622),是晚明有名的学者。"少而业《诗》,钩贯笺疏,嗤宋人为固陋,著《六家诗名物疏》六十卷"①,这部《诗经》学著作,于万历 33 年(1605)刊刻后,反响强烈,多有称引。又撰《明常熟先贤事略》,有抄本和刻本传世。但从文学史的角度说,冯复京是默默无闻的,远不如其二子冯舒、冯班声名远播。其实冯复京有一部论诗著作《说诗补遗》传世。《复旦大学图书馆善本书目》著录:"《说诗补遗》八卷,明冯复京撰,旧抄本,四册。"可惜此书仅以抄本存世,流传不广,后世少有人提及。直至吴文治主编《明诗话全编》(江苏古籍出版社 1997 年)和周维德集校《全明诗话》(齐鲁书社 2005 年)将此书标点收录,这部 400 年前的诗话著作才重见天日,为人所知。可惜,至今尚无专题研究的论文。笔者在翻阅馆藏抄本后,撰此小文,作粗浅的阐述,以期抛砖引玉。

《说诗补遗》撰成于泰昌元年庚申(1620),时冯复京 47 岁。书末有长子冯舒跋云:

> 先君子以庚申之夏入南都。……时方著是书,逾月,不肖归,至冬而书成。先君子敕不肖曰:"吾之此书,可谓目空千古,起九原而质之,必也其瞑目乎!"

这种独立不倚的理论自信,在卷二第 1 则中表述为"当求此心之是非,而不可徇前人之是非也",让人联想起严羽《答出继叔临安吴景仙书》

---

① 钱谦益:《冯嗣宗墓志铭》,《牧斋初学集》,上海古籍出版社 2009 年,第 1378 页。

自许"仆之诗辩,乃断千百年公案,诚惊世绝俗之谈,至当归一之论。其间说江西诗病,真取心肝剖子手,……李、杜复生,不易吾言矣"云云,都表现出指摘诗坛弊端,揭示诗学本质,指明理论出路的自觉和坚定。当然,在不同诗学思想经过了一番激烈交锋的万历、天启之际,冯复京的诗学理论在各派别之间不能毫无取舍和偏向,总体来看,他承接了前后"七子"的基本诗学理论,并做出一定的调整,可谓是复古格调诗学的后劲。

一、"总论诗道,格律、才情二者而已"

明代后期的诗坛,复古派"格调"论和公安派"性灵"论相互消长。公安三袁"独抒性灵,不拘格套",但落入俚俗而嚣肆;钟惺试图矫正,但幽深孤峭,不免荒寒鬼趣。往往是旧弊未除,新弊又生,贻人口实。当时格调派并没有绝迹,复古派"末五子"之一胡应麟(1551—1602),撰著《诗薮》,提出"体格声调"与"兴象风神"相济为用,旨在救"格调"之偏,给予冯复京以直接的影响。与冯复京同时的许学夷(1563—1633),撰著《诗源辨体》,重在梳理各种诗体的演变轨迹。冯复京的《说诗补遗》卷一为总论,卷二至卷八纵向梳理自上古至晚唐诗歌历史的发展流变,不仅大量引述和辨析严羽、高棅、李攀龙、王世贞、胡应麟的相关论断,而且总的诗学理论根基,就是建立在自严羽、高棅以降的复古格调派上的。《说诗补遗》卷二曰:

> 总论诗道,格律、才情二者而已。非制之以格律,则如樵歌牧唱,可谐里耳,而惭大雅之奏;非运之以才情,则如禺马俑人,仅肖枯骼,而绝生动之机。然精于格律者,熔裁本体,而离方遁圆,则才情之秀逸也;寓于才情者,孚甲新意,而谢华启秀,则格律之神变也。二者不相为用,而可与言诗者,吾未之见也。

冯复京明确提出"诗道"在于格律和才情相兼。格律是李(梦阳)、何(景明)、王(世贞)、李(攀龙)等复古派的共同主张,即所谓的"格古调逸";至于"才情",王世贞就颇为重视,他说:"才生思,思生调,调生格。思即才之用,调即思之境,格即调之界。"(《艺苑卮言》卷一)诗人有才情方有诗思,诗思之抒发,需要合乎一定的格调规范。"公安派"论诗,要摆脱格套的束缚,称情而言,任凭才气的驰骋。之后的复古派在一定程度上吸收了其合理因素,尊格调而不废才情,胡应麟讲究以格调控御才情。冯复京所谓的格律、才情二者相兼的"诗道",正是发扬吴地重才情的文化传统,直接承续王世贞、胡应麟所论。他把"格调"置于"才情"之前,说"非制之以格律,则如樵歌牧唱,可谐里耳,而惭大雅之奏",正是针对袁宏道所谓的"独抒性灵,不拘格套"而发的。江盈科的诗歌当时就"为薄俗所检点",袁宏道曾自省"余诗多刻露之病"(《叙曾太史集》),"公安派"后期,袁中道更是反思"性灵说"的弊端在于"间入俚易"(《答须水部日华》)。在冯复京看来,纠正这种俚俗的弊病的途径,在于"制之以格律"。"非运之以才情,则如禺马俑人,仅肖枯骼,而绝生动之机"这一句,则是对"格调"论的自我纠正。复古派如李梦阳主张刻意古范,字拟句模;李攀龙的乐府诗"似临摹帖耳"(王世贞《艺苑卮言》卷七),为了追求格调高古,而以消隐诗人主体情怀和个性为代价,恰是暴露了"格调"论的局限,所以冯复京提出"运之以才情"。如果能做到"格调"和"才情"相济为用,则既能够尊体合格,又能够自如变化,萌创新意。

"格律"是冯复京《说诗补遗》的理论核心。他说:"予能辨诗格,不喜解诗义。"(卷六)整部《说诗补遗》很少涉及对具体诗篇意旨的阐释,而是着力在"辨诗格"。

冯复京所谓"格律"的含义,有这样几方面意思:

一、指诗歌的基本体制规范。如律诗要求中间两联骈对,方为合格。但是王维、孟浩然五律第二联多"十字直下者",如王维《送贺遂员外外甥》颔联"苍茫葭菼外,云水与昭丘";《辋川闲居赠裴秀才迪》颔联"倚杖柴门外,临风听暮蝉",都是不对偶。这种情况在孟浩然五律中更为常见,如孟浩然《游精思观回王白云在后》颔联"回瞻山下路,但见牛羊群";《武陵泛舟》颔联"莫测幽源里,仙家信几深"。冯复京指摘说:"律诗体最紧严。王律诗第二联有十字直下者,……孟浩然尤多此类。五律止于八句,若作此体,则全首但有两句作对,非所以为律也。""律诗第二联多不作骈对,非正格。"(卷七)孟浩然的《晚春》:"二月湖水清,家家春鸟鸣。林花扫更落,径草踏还生。**酒伴来相命,开樽共解酲**。当杯已入手,歌妓莫停声。"冯复京批评说:"第三联亦十字直下,尤不可训。"(卷七)诸如此类不合格律的现象,"皆变格之不可学者"。对于孟浩然诗歌这种不合律的现象,王世贞比较宽容,在《艺苑卮言》卷四中品评说:"虽格调非正,而语意亦佳。于鳞乃深恶之,未敢从也。"李攀龙的《唐诗删》未选孟浩然的这些诗篇。冯复京说:"王(世贞)、李(攀龙)二公取舍不同,若论格调,则于鳞自是卓识。"显然更认同李攀龙的态度,这正是基于严守格调的立场。

二、指各体诗歌的审美风格典范。每一种诗体在其成熟期都形成了独特的审美风貌,即优秀作品所共同呈现的风格特征。后世作诗学古,应当追求典范诗篇的审美风格。如五言绝句,冯复京认为其风格要"包裹万汇,委曲百折,于二十字之中,俊逸清新,和婉蕴藉,紧势游刃,深衷厚味。体不觉其寂寥,节不伤于局促,斯尽善矣"(卷一)。五绝以何逊、庾信诸作为"正始","若李翰林之飞扬而少含蓄,王右丞之高旷而薄滋味,其犹未至乎!"(卷一)

其实,冯复京的这个论断,对诗体风格的演变缺少正面认识,正暴露了复古派"范古为高"的理论褊狭。在他之前的高棅曾肯定地说:"五言绝句,开元后李白、王维尤胜诸人。"同时的许学夷梳理各种诗体的"初变"、"再变",之后的王士禛《唐人万首绝句选凡例》说:"五言绝句,李太白气体高妙。"都能够正确认识到诗歌体制风格的演化,但冯复京却以齐梁诗作为典范准则,来衡量后世的诗人诗作。他论古诗曰:"古诗浑厚典则,蕴籍和平。李翰林之狂率,杜拾遗之刻露,皆非诗之正也。使谓为李杜体,可以师法,岂不误哉!"同样暴露出复古理论的固执和偏颇。

三、指诗体发展至不同阶段,在各个时代所具有的风格特征。冯复京在《说诗补遗》中经常运用"齐梁调""盛唐格"等话头,就是指诗歌的时代风格特征。如五言绝句的风格要求是"音韵谐美,兴趣悠长"(卷一),据此,他批评陈子昂《赠乔侍御》"汉庭荣巧宦,云阁薄过功。可怜聪马使,白首为谁雄","气太锐逸,……不合**盛唐格**"。王翰的五律《子夜春歌》"春气满林香,春游不可忘。落花吹欲尽,垂柳折还长。桑女淮南曲,金鞍塞北装。行行小垂手,日暮渭川阳",重在物色描写,风格清绮,冯复京称为"纯**齐梁调**。王维的《洛阳女儿行》绮艳柔美,也被他品评为"齐梁调"。

冯复京论诗,着力在论诗格,能够"细细擘分"(卷五),直指病痛。如指擿沈佺期《夜宿七盘岭》末联"浮客空留听,褒城闻曙鸡","听""闻"字犯。沈佺期的七言排律《遥同杜员外审言过岭》:"天长地阔岭头分,去国离家见白云。洛浦风光何所似,崇山瘴疠不堪闻。南浮涨海人何处,北望衡阳雁几群。两地江山万余里,何时重谒圣明君。"冯复京批评说:"非直'洛浦'、'崇山'、'涨海'、'江山'地理猥积,而'何所似','入何处','何'字又相犯。"(卷五)诸如此类细细剖析文本的例子,比比皆是,把较为抽象空洞的"格调"落实到具体的造句用字、运典押韵上,示人以法,有迹可寻。

冯复京引入"才情",以与"格律"相济为用。他曾依据"才情"概述诗史演变,说:

> 周、汉之诗,写性抒灵,故可以动天地,感鬼神。魏晋至盛唐之诗,使才仗气,故可以震心魂,骇耳目。中晚之际,趋名场之青紫,如赴火之蛾;乞藩镇之稻粱,如舔砒之犬;以性情之真境,为名利之钩途,此《颂》寝《风》息之故也。下逮今日,……山人卷卷以糊口,禅衲献偈以润钵。……佞谄腾涌,讳避猥多。……吁可悼也。生斯世也,而欲为古人之诗,非介情特立、高才冠伦者能乎哉?

自先秦至晚唐的诗史,是从"写性抒灵"转而"使才仗气",转而趋名乞利的过程。特别是晚明时期,山人名士盛行一时,诗歌成为"饷馈的文学",成为邀怜求宠的工具。因此他呼吁诗人须"介情特立、高才冠伦",才能"为古人之诗"。很显然,"介情特立、高才冠伦"就是冯复京"才情"论的独特内涵,与公安派所谓"独抒性灵"有着明显的区别。

冯复京算得上是一位"介情特立"的人物。名家之子,高自期许,却蹭蹬失意,满腔悲怨,歌哭无端。钱谦益《冯嗣宗墓志铭》曰:

君形容清古，风止诡越，翘身曳步，轩唇鼓掌，悠悠忽忽如也。性嗜酒，酒杯书帙，错列几案，歌呕少倦，则酌酒自劳，率以为常。数踏省门，不得举，咏左思诗"冯公岂不伟，白首不见招"。往往被酒高歌，至于泣下。尝之白门，日旰辄登雨花台，纵饮恸哭，哭罢复饮，饮已复哭，人不知何所为也。

登雨花台纵饮痛哭，恰似当年阮籍登广武山的一声慨叹。钱谦益的铭文曰："阮籍死矣，哭声千年。君字嗣宗，其哭亦然！"冯复京的个性情怀与阮籍有几分相似。阮籍是他心目中"介情特立、高才冠伦"的诗人典范，在《说诗补遗》中给予高度的推举：

步兵萧条高寄，脱落世尘，想其作诗，何意雕篆，自尔神情宏放，栖托深微。……鄙哉子昂，腐儒措大，乃轻唐突耶。（卷二）

昔者，阮步兵以高迈不羁之性，丁赘旒运谢之时，自放杯筋，混沿仕牒，出处语默，杳然难究。《咏怀》诸作，言在衿带之下，情亢云霄之表。比兴神归，风雅节会。浑朴逊于汉，而独启玄风；藻绘减于魏，而自领冲趣。百代而下，其惟陶彭泽乎！盖二君襟期宏远，故异曲同工也。彼陈子昂者，俯首牝朝，志干利禄，褊躁丧仪，怀璧贾罪，其品视阮熏莸殊类。（卷五）

他将阮籍和陶渊明并列，正面映衬，称赞他们襟期宏远、高迈不羁，也就是才情之高卓。而以武后时期登上诗坛的陈子昂作反面对比。过去论者常把陈子昂的《感遇诗》和阮籍的《咏怀诗》联系起来看，但冯复京从诗人才情和诗歌风格两个方面对它们做出截然对立的褒贬：

予谓《咏怀》寄托深微，《感遇》兴趣衰索。《咏怀》出于达士之胸襟，《感遇》杂以兔园之腐气：其致不同也。《咏怀》气调音响，在汉魏之间，而泠然自善。《感遇》气调音响，居六朝之后，而有意于镂削：其格不同也。玉石淄渑，居然自别，拟非其伦，莫甚于此。（卷五）

　　所谓"其致不同",是根据阮籍和陈子昂两人不同的"才情"立论的;所谓"其格不同",则是指《咏怀》与《感遇》格调的不同,他认同李攀龙所谓"陈子昂以其古诗为古诗,弗善也"的看法,指出陈子昂的《感遇诗》或"学究史断",或"句皆拙呐",或"腐俗可憎",全不合古。从冯复京对阮籍和陈子昂的评论,大体可以明了他所谓"介情特立、高才冠伦"的内涵。

　　冯复京秉承严羽的"诗有别才"说,意识到诗人作诗与学人治学是各不相同的才能。他列举汉代梁鸿、朱穆、王逸、赵壹等"人品学术,焜耀至今。其所为诗,皆讦直鄙拙,甚至全不成语"(卷二);"何承天通历数,本非诗人,所作《铙歌》十五首,荒陋之极……"(卷三);颜延之诗"多窘缚不荡,生割棘吻",比不上谢灵运诗歌之"天趣蟠郁",正是因为"诗有别才,固应谢客独擅元嘉尔"(卷三)。

　　论诗重视"才情",贯穿《说诗补遗》之始终。他说:"夫缘情有作,感遇之道万殊"(卷一),"诗之生于人心者,未尝息也;溢于才情者,未尝减也。"(卷八)意思是人心一日未息,才情一日未灭,天地之间即一日不能无诗。在具体品评时,也注重才情。称赞苏武《留别妻》"言情入神"(卷二),甚有才情;遗憾孔融"才气凌压建安,而襟情之咏,尺有所短"(卷二)。曹植"才高八斗""思捷才俊",一直为世人所仰慕,但王世贞批评说:"子建天才流丽,虽誉冠千古,而实逊父兄。何以故?才太高,辞太华"(《艺苑卮言》卷三)。冯复京则不同意王世贞的论断,驳斥说:"然子建天资藻赡,若枉其才为朴茂,历其气为沉郁,则未得国能,先失故步。"(卷二)他盛赞曹植诗歌或悲壮或凄婉,或萧远或忠厚,"至于《赠白马》七首,字字肺肝流出,伤心滴泪,真所谓悲惋宏壮,情事理境,无所不有,置之枚、李间,亦未可议其优劣"(卷二),正是着眼在"才情"的高卓。

二、"诗恶乎学?""学古而已"

　　明代的复古诗论,古体学汉魏,近体学盛唐。但因为字拟句模,步趋形似,丧失真我,而招致公安派的批评,如袁宏道就在《叙小修诗》中给予复古模仿论以激烈的抨击。学还是不学,向谁学习?在晚明时期诗坛上似乎成为一个问题。冯复京还是秉持坚定的"学古"论。《说诗补遗》卷一第 2 则曰：

> 灵趣雄才，得自天授。精思妙诣，必以学求。然天授之奇者，不可以不学；学力之至者，未必不可以胜天也。

这是一段比较通达的论断，似在调和复古派与"性灵"派之间的冲突，或者说是合二者之长，去二者之偏。先天禀赋的才趣，是诗人的一种潜质，还需要后天的学习将这种潜质发挥出来；即使是天资不足的人，通过后天的学力，也可以得到弥补。他的论述重点还在于"学力"，于是紧接着第 3 则曰："或曰：'诗恶乎学？'予应之曰：'学古而已。'"诗人学习什么呢？向谁学习呢？学习古人，学习古代典范作品的"轨度"。整部《说诗补遗》都非常注重对于各体诗歌法度规则的探讨，旨在示人门径。

在万历后期，诗坛曾出现"诗何必古选，文何必先秦"（李贽《童心说》）和"盛唐人曷尝字字学汉魏软"（袁宏道《叙小修诗》）的驳诘。这是提醒诗人毋陷入食古不化、机械模拟的泥淖，本身是有积极意义的。但是，学诗是否要从学古入手，答案显然是肯定的。冯复京站在复古派的立场，尤其强调"学古"的重要性，而且似乎是有意要与李贽、袁宏道等人辩驳，他在《说诗补遗》中指出，一部诗歌史，就是后人向前人学习的过程："盖张（协）、陆（机）学子建（曹植）者也，颜（延之）、谢（灵运）学张、陆者也，徐（陵）、庾（信）学颜、谢者也。"（卷五）后世诗人无不沉浸在前人遗产中得到沾溉和滋养。具体来说，如曹操《陌上桑》、《秋胡行》等乐府诗"并调亦自己出，然不失为古"。曹植既"天授灵质，匠心独妙"，又"宪章古人，几于具体"（卷二）；陆机诗，"其源实出陈思，但不得其神韵，而得其丽词"（卷三）。优秀的诗人都是"拟议以成其变化"，并非完全师心自用。

冯复京还特别指出李白、杜甫诗歌与六朝的关系。李白"长篇《送魏万》、《赠韦太守》，虽邕以才气，实本六朝"（卷六）；"太白'明月出天山，苍茫云海间。胡风几万里，吹度玉门关'，正从'胡风吹朔雪，万里度龙山'化出也"（卷三）；"李意致翩翩，亦多出六朝，但李才大耳"（卷六）。

李白学习六朝，但能以才气运之，故而自具豪放杰出、神奇天纵的本色。他评杜甫诗，"《渼陂西南台》，字字作康乐体，今人不能读也。'男儿生世间'，近六朝语。'献凯日继踵'，得乐府意"（卷六）；又谓杜甫《乐游园歌》"天门晴开㲹荡荡"、《月圆》"委波金不定"等句，全出于汉武帝定郊祀之礼，司马相如等所作十九章之歌（卷二）。曹植的《白马篇》《杂诗》痛快悲烈，"老杜五言古诗，其源盖出于此，但杜加之粗野耳"（卷二）。庾信的《和张侍中述怀》三十韵，"词笔老练，便是杜陵长篇之祖"（卷四）。

当然，"学古"不是剽掠摹拟。李攀龙曾引述《周易·系辞》中"拟议以成其变化"的说法，冯复京进一步提出"不拟之拟，神矣哉"，并遗憾李攀龙"能言之而不能至耳"（卷一）。李攀龙拟议有余，变化不足。冯复京提出"今之为诗者，盖亦有八病焉"，第一病就是"好古法者，专务剽摹"（卷一）。可见，对于刻板模拟古人，步趋形似，冯复京是否定的。这正是复古派的自我纠正。对于前人皎然所谓"三偷"，他也不以为然，指出："非沉思曲换，去故就新，天趣横生，高唱郁起，而可以成家者，未之有也。"（卷一）去故就新，天趣横生，就是"拟议以成其变化"的"不拟之拟"，既遵守轨度，又寄予才情，不失自己的面目。

在《说诗补遗》卷一中，冯复京提出：

> 诗有恒体，予既备著之矣。神用之妙，可得而诠。一曰达才，二曰构意，三曰澄神，四曰会趣，五曰标韵，六曰植骨，七曰练气，八曰和声，九曰芳味，十曰藻饰。

所谓"诗有恒体"，即诗歌各种体制的规范法度，即他所强调的"轨度"，后世诗人需要不断地"学古"，模拟前人的典范之作，达到对诗歌"恒体""轨度"的掌握。掌握恒体之后，应该进一步追求"神用之妙"，每个人根据自己的才情，在"拟议"之后而"成其变化"。他的这一段话，直接导源于刘勰《文心雕龙·通变》所谓"设文之体有常，变文之数无方"的论断。"神用之妙"的十则，就是无方可执的"变文之数"。"达才"相当于刘勰所谓"因性以练才"（《文心雕龙·体性》），根据个人禀赋的偏善，而在某种体制和风格上发展,成为别具一格的"名家"。"构意"相当于刘勰所谓"为情而造文"(《文心雕龙·情采》),"窥意象而运斤",刻肾镂肠,窥情钻貌,把内在情意逼真贴切地表现出来。"澄神"相当于刘勰"率志委和","清和其心,调畅其气"的"养气"论。"会趣"的"趣"同于严羽的"兴趣""别趣"说,指"涵泳《风》《骚》,徘徊光景"而产生的高情逸兴涵容于诗中。"标韵"是指"色象音声之外"的雅致远韵。"植骨"来源于刘勰的"风骨"之骨。他说:"节度紧严者,诗之筋也;词句丰茂者,诗之肌也;情理精实者,诗之髓也;事义鲜美者,诗之色也。兼此四者,则精神悦泽,而骨鲠植立矣。"(卷一)"练气",既是指诗人的精神风貌,也作品"清和而隐厚,滂沛而陡举"的流灌首尾的正气。"和声"重在音韵之美,"藻饰"重在辞采之美,"芳味"是指作品余味曲包,有无穷的余味留于言外。这"神用之妙"的十则,是在学古、模习诗体规则之后,根据个人才情的变化生新。这"神用之妙"的十则,又可说是胡应麟所谓"兴象风神"的具体化。胡应麟《诗薮》内编卷五曰:

> 作诗大要,不过二端:体格声调、兴象风神而已。体格声调,有则可循;兴象风神,无方可执。

刘勰《文心雕龙·通变》曾把文章创作分为"设文之体有常"和"变文之数无方",胡应麟和冯复京在此启发下把诗歌创作分为有规则可遵循的"恒体""轨度"和无方可执的"神用之妙"。前者需要通过不断的学古、模拟而习得和掌握,后者则是根据个人才情的灵活变化,是"不拟之拟",在精神气象上与古诗相通。冯复京提出"神用之妙",与胡应麟提出"兴象风神"一样,都是对格调复古派的自我修正,把学古从形似上升到神似,从唐摹晋帖的亦步亦趋,上升到精神气象的相通。

三、杜诗"变调"说

冯复京《说诗补遗》卷二至八,历时性地梳理了先秦至唐的诗体演变史。其中有几处是诗体演变关捩所在。卷二论曹植说:"学汉则出之思议,稍谢天成。变魏则绚以词华,遂掩素朴。"是文章升降之渐。卷三论谢灵运改变玄言诗风的意义说:"呜呼,不有灵运特起,宇宙其无诗乎! 比之乃祖再造晋室,其功更伟矣。"至谢朓以降,"气韵皆渐入唐矣"(卷三)。卷五论沈佺期、宋之问曰:"诗至沈、宋,诚古今变格之极也。……二公先驱,诚可谓艺苑功人,无惭风雅者矣。"论唐诗曰:"诗至于唐,古今盛衰之大界也。""本六朝之藻赡,而加之以雅饬者,初唐之法也。刊初唐之浮华,而畅之以才气,主之以风神,究竟之以变化者,盛唐之制也。初唐味浓,盛唐格正。初唐锻字丽密,意尽言中。盛唐寄兴闲远,趣在言外。大历诸子,一味清空流转,非惟失盛唐之化境,并美大失之矣。晚唐途辙愈分,人材日下,而诗亡矣。""卢仝之狂纵,太白之乐府为之也。昌黎之怪拙,子美之古诗为之也。陈(师道)、黄(庭坚)之枯瘦,子美之近体为之也。有储(光羲)、王(维)率直之五言古,张谓坦明之七言古,自然有元(稹)、白(居易)长庆之诗。有常建之鬼语,自然有李贺锦囊之句。有(孟)浩然清短之格,自然有(孟)郊、(贾)岛寒苦之弊。"(卷五)冯复京对诗歌史走势的认识和评价,与复古派的态度基本是一致,都没有超出严羽《沧浪诗话·诗辨》所谓"以汉魏晋盛唐为师,不作开元、天宝以下人物"所划定的范围。

值得注意的是,他对杜诗的评论。"子美集开诗世界"(王禹偁《日长简仲咸》),杜甫诗歌对于中晚唐、宋元诗风都有着直接而深刻的影响。宋代秦观《韩愈论》称杜甫诗"集大成",明初高棅《唐诗品汇》标举杜甫五七言古律为唯一的"大家",明代复古派的代表人物李梦阳和李攀龙都以学杜闻名。陈束《苏门集序》说弘治年间的诗坛"力振古风,尽削凡调,一变而为杜",说的就是李梦阳学杜给予诗坛的影响。但是,李梦阳、李攀龙二人本具有北方气质贞刚的禀赋,片面发展、放大了杜诗重拙粗豪的一面,在当时也激起人们的批评。若何景明有意识地提倡初唐七言歌行,就是以初唐歌行之音节婉转来矫正李梦阳学杜而调失流转的毛病。吴地的蔡羽直接说"少陵不足法",其立言之微指是针对"李献吉以学杜雄压海内,窜窃剽贼,靡然成风"①的诗坛弊端,王嗣奭批评李攀龙诗歌"读至十余首,'天地''风尘','百年''万里',屡出可厌"(《管天笔记外编》卷下),也即王夫之《薑斋诗话》卷二所批评的"张皇使大,反令落拓不亲"。所以明代中后期的诗坛逐渐出现了杜诗"变调"说,谓杜诗乃盛唐之变调。② 明代的杜诗"变调"说有两个向度,一是反拨和清算宋诗,将宋诗弊病的源头追溯至杜甫。二是对李梦阳、李攀龙学杜而失之粗豪的警觉。冯复京《说诗补遗》也持杜诗"变调"说,其用意也包括这两个方面,而以第一点为主。

　　冯复京持杜诗"变调"说,并不主张学诗者学杜甫,主要着眼于两方面原因,一是杜甫所处为乱离时代,而今代际明盛;时代治乱不同,不可勉强。《说诗补遗》卷六曰:

　　　　子美之诗,大都作于天宝乱离之代,陇蜀漂泊之秋。故眷念阙庭,悲怀骨肉,关塞干戈,艰难老病,苦心怨调,凄断营魂,非直才性所近,亦适会其时耳。……今代际明盛,朝野欢娱,自有太平之音,何必再陈刍狗,无疾呻吟哉? 学杜者先须识此。

万历时期能否说是"代际明盛,朝野欢娱"? 恐怕这里不免虚饰之辞。但是明代的确存在如谢榛《四溟诗话》所说"今之学子美者,处富有而言穷愁,遇承平而言干戈,不老曰老,无病曰病,此摹拟太甚,殊非性情之真也"的现象。上引冯复京的文字未尝没有现实针对性。

　　二是明确将杜甫与盛唐区分开来,认为"宋人种种魔境,皆此公作导师。故诗至子美,实唐之终而宋之始也"(卷六)。杜甫气勃笔苍,遭遇乱世,创造了千古未备之格,不同于盛唐之深婉浑雅,因此,"后人学老杜,又未若学盛唐也"(卷六)。

　　冯复京对杜甫诗歌的品评辨析尤为细致,具体指出了杜甫诗歌"变调"之所在。他说:"杜诗佳处,有雄壮语,痛快语,秀丽语,苍老语,忠厚

① 　钱谦益:《列朝诗集小传》,上海古籍出版社 1983 年,丙集第 307 页。
② 　参见拙文《杜诗"变调"说》,《杜甫研究学刊》2008 年第 1 期;收入拙著《诗歌评点与理论研究》,凤凰出版社 2011 年。

语,平典语。累处有粗豪语,村俗语,险瘦语,庸腐语,鬼怪戏剧语,强造生涩语。……所以利钝杂陈,泾渭并泛,终不失为大家。古今不可无一,不可有二。"(卷六)就各体来说,新题乐府"三吏""三别"等诗,"沉着痛快中,时出鄙态露语";纪行诸诗,本乏佳致。五言古,一以沉着痛快为主,气愤脉张,悲伤怨怒,乃害古也。七言歌行,若"况复秦兵耐苦战,被驱不异犬与鸡"(《兵车行》),"岂闻一绢直万钱,有田种谷今流血。"(《忆昔》)则怨诽而乱,乖敦厚之本教。杜甫的五七言律诗,多为世人称道。但冯复京说:"予谓律之神化,乃是人巧之极,妙夺天工,从心不逾,周旋自中。若瘦硬生涩,巧稚颠纵,以为神化,非予所知也。"(卷六)他辨析杜甫五言律,分为雄浑精丽、奇拔清峭二品,对于后一类,则严加裁汰。七言律允为大家,但"有异体劣调,生拗崎险,懈怠草率,如枯骸占诀者。苏、黄、陈宗派,全为此老所误"(卷六)。至于杜甫的绝句,严羽《沧浪诗话·诗评》就指出:"五言绝句,众唐人是一样,少陵是一样。"杜甫绝句多对偶,甚至如律诗中间二联,庄严整饬,而缺少婉转流动之美,明人多有批评。如高棅《唐诗品汇》就把杜甫绝句放在"羽翼"目中,意谓落入中晚唐格调。冯复京则径直说:"五、七言绝,世谓子美一无所解。"总体来说,在冯复京看来,杜甫诗歌骨多肌少,气锐神伤,痛快之极,实多刻露,气骨才力有余,而和平酝籍不足,既有盛唐的秀句丽句,又多粗句村句,奇险怪俗,直接影响了韩愈诗歌的险句诨句,"宋诗有如载手骂詈者,亦其流弊也"(卷六)。

对韩愈、元稹以下乃至于当时的胡应麟,特别是宋人的杜甫论,冯复京都不以为然。他辩驳后感慨地说:"子美之诗岂易言哉? 正索解人不可得,此之谓乎!"似乎杜诗"变调"论是他的独家自得之论。其实,杜诗"变调"论是当时比较普遍的看法,不过冯复京采用摘句批评的方式,一一列举诗篇、诗句,辨析得更为具体、更为细致。他所谓"后人学老杜,又未若学盛唐也",说得更斩钉截铁。而其最终目的,既是黜斥宋人以文字、才学、议论为诗的"歧途",也是对复古派的格调主张在李梦阳、李攀龙诗歌实践中出现偏失的纠正。

四、临 终 遗 恨?

冯复京《说诗补遗》是一部褒贬态度非常鲜明的诗话著作。对于前后七子特别是李梦阳、何景明、李攀龙、王世贞、胡应麟等人的诗学观念，他都作了辨析，可或可否，是非清晰。对于当时的公安派和竟陵派，他也态度明确地加以贬斥。全书的最后一则，冯复京说："今王（世贞）、李（攀龙）降为袁中郎，而诗亡矣！呜呼，予岂好辨哉！吾愿一代诸公或屈首簿书，或营精举业，或勒修戒行，或绝意干谒，勿事此道。以不朽大业付与积学大才，自足生活，可也。"（卷八）面对"公安派"登上诗坛的境况，发出"诗亡"的感叹，劝世人勿事此道。又如卷一谓："凡近世所谓'清'者，辐辏篇章。凡才短而思清者，靡不寄径乞灵，自谓穷高跨俗，而全盛气象，如汉官威仪者，失之远矣。"近世所谓"清"者，正是针对钟惺《简远堂近诗序》之"诗，清物也"而发。冯复京接过复古派的旗帜，重新提倡汉魏盛唐，正是为了矫正竟陵派的清寒幽峭。

出于拯救诗坛、恢复大雅的使命感，冯复京对于中唐以降特别是宋代诗歌给予过于激烈的抨击。《说诗补遗》卷八论唐宋之变曰："诗至晚唐，而气骨尽矣，故变而之苏、黄。"他接续严羽以降对宋诗的贬抑，在《说诗补遗》中处处表现出对宋人诗作、诗论的贬斥。如卷一曰："予尝谓：谈诗者若胸中留一宋人见解，则是膏肓之疾，和、缓莫救。"卷三曰："诗道至宋一世，病热醉梦，无烦具述。"卷六曰："宋人沾沾李杜，实不识李杜。……然予得一读杜诗捷法，但看宋人诗话所甚口赞叹者，非老杜极佳之诗，即系其极恶之诗，以此参之，十不失一。"又曰："宋人不解诗，尤不解古诗，以其数典忘祖。"这些都是出于门户之争，难免意气用事，对于当时刚刚兴起的学宋风气不无抵触，但并不能正面认识宋诗的特点。

问题在于，《说诗补遗》末有冯复京二子冯舒、冯班的跋语，其中说到冯复京临终前对《说诗补遗》关于中晚唐诗的评述有遗恨。冯舒署于天启三年（1623）八月中秋后四日的跋曰：

先君子以庚申之夏入南都，不肖以是岁秋觐于长干里，僦室甚隘，后有废圃，狐鸣鬼啸，白昼如夜。先君子有句云："座上有心听贾《鹏》，斋前无地种萧《杨》。"盖实纪也。时方著是书，逾月，不肖归，至冬而书成。先君子敕不肖曰："吾之此书，可谓目空千古，起九原而质之，必也其瞑目乎！"持论如是，诳语之狱空矣。逾年而先君子归北山旧圃，更敕不肖曰："前所著尽，颇亦未尽。汉魏六朝，无遗憾矣。初、盛两唐，自谓精确。所恨者中晚之间，立言未真耳。"不肖曰："何谓？"先君子曰："汝亦知唐诗之体所自分乎？历观唐人诸集，人所恒见者，如元、白、韩、柳之类，有乐府、律诗之名，未闻别古、律、五、七言而铢铢较之也。体之判若泾渭，则高棅俑焉耳。今遽谓诗有定格，至以一字一韵指为失粘，为拗体，与唐人何与哉？夫中晚之不得为初盛，犹魏晋之不得为两京，而谓初盛诗存，中晚诗绝，将文心但存苏、李，而世宙遂止当途乎？此何待知者而辨也。故初盛有初盛之唐诗，以汉魏律之，愚也。中晚有中晚之唐诗；以初盛律之，亦愚也。凡今之人，守琅琊之《卮言》，尊新宁之《品汇》，习北海之《诗纪》，信济南之《删选》，谓子美没而天下无诗，虽夜郎蛇汉，夏虫语冰，未足为喻也。吾书第八卷，尚守故说。天假吾年，庶有以新天下之闻见乎？"

提命未几，山颓木坏，呜呼痛哉！记易篑前一日，尚取《薛能集》读之，意有更定，不能捉笔。呜呼痛哉！

不肖含血抆泪，聆所遗言。先君子曰："《说诗》一书，虽有遗憾，然一生目力尽在是矣，世无解人，盍亦流通以俟之乎？意不尽言，慎勿改也。"遗训在耳，终古铭心，因录副墨，感而述此，以志先君子之遗恨。

冯舒作此跋时，其父冯复京去世才约一年半。从其中记述可知，冯复京临终前似乎从复古的迷梦中醒悟过来，一改前论，提出："中晚有中晚之唐诗；以初盛律之，亦愚也。"真是通达之论。冯班似乎还担心后人不相信其兄的记述，又补记曰：

先君是书，家兄跋语皆实录也。然病榻尝诏班曰："王、李、李、何，非知读书者。吾向尝为所欺，汝辈不得尔。"则凡言王、李者，皆往时语也，读者其详之！

其实，冯班的这几句补记，更让我们怀疑其兄冯舒跋语记述冯复京临终遗恨的真实性。我们知道，冯舒、冯班是不惜余力地提倡中晚唐诗的，并在明清之际发生了影响。冯舒所记述其父临终对中晚唐诗歌认识的转变，似乎违背了冯复京的一贯见解，而更合乎冯舒、冯班自己的诗学主张。一般来说，"三年无改于父之道"（《论语·学而》），更何况子女怎能轻易地扭曲父亲的临终遗言！那么，是这对"直""狂"①的兄弟因为个人的理论预设而有意无意地扭曲了其父临终的诗学表述，还是其父临终诗学观念的转变，启发了二冯对中晚唐诗学的重视和提倡呢？这可能是永远也难究其实的诗学公案了。

（首都师范大学文学院"中国明代文学学会年会"论文，收入《中国诗歌研究》第十三辑）

---

① 　陈望南以"直""狂"二字概括二冯的性格，冯舒"直"而冯班"狂"，见氏著《海虞二冯研究》，中山大学出版社 2011 年，第 30 页。

彭士望的诗集、诗论与诗作

彭士望(1610—1683),字达生,号躬庵,又号树庐,江西南昌人。明崇祯甲申之难后,曾依袁继咸、史可法、杨廷麟参加反清复明斗争,后避难宁都,依魏禧兄弟,居翠微峰,以遗民自居,为"易堂九子"之一。"易堂九子"以魏禧为中心,以古文名于世,然未尝不能诗,其中彭士望就尤有诗名。目前学界对于"易堂九子"的研究,多集中于魏禧兄弟,研究彭士望则仅关注其文章①,尚未涉及其诗歌。

一、《耻躬堂诗钞》的抄本与刻本

彭士望避兵隐居后,曾自颜其堂曰耻躬堂,"知所以耻以励无耻也",他的诗文集名为《耻躬堂集》,或题作《彭躬庵集》。据彭士望《与陈元孝书》、《复张一衡书》、《复高学使书》等,他的诗文已成帙四十卷,约二千页,以贫无赀,刻仅十一,主要以抄本形式传世。然至乾隆年间,他的集子被列入《军机处奏准全毁书目》,遭到禁毁。至晚清咸丰二年,由他的七世孙彭玉雯刊刻了《耻躬堂文钞》十卷、《诗钞》十六卷②。卷首有彭玉雯咸丰元年(1851)的按语说:

> 先躬庵《耻躬堂诗集》,中年自订者十卷,晚年续订者六卷,与

---

① 相关学术论文仅秦良《彭士望的文论和散文批评》、《论彭士望的散文》,分别载《江西教育学院学报》2001 年第 5 期、2002 年第 4 期。
② 彭士望《耻躬堂文钞》十卷、《诗钞》十六卷,清咸丰二年刻本,《清代诗文集汇编》第 32 册影印;《四库禁毁书丛刊》集部第 52 册影印山东图书馆藏咸丰二年刻本,《诗钞》仅六卷,应为残本。

《文集》四十卷并行于世。历年久远，版多残废，并印本亦无存者。道光甲申，玉雯谋诸从祖父昆季辈，辑刊《文钞》十二卷；丁酉复汇入《易堂九子文钞》中，公诸海内。十余年来，操觚家争先快睹，固已不胫而走矣。独《诗集》终不可得见。戊申，从叔凤书令山西夏县，寄回诗集一部，系就原刻抄录者。敬读一过，如见先人馨欬。但其中脱略舛错，不可枚数。因穷二年之力，遍考国初诸名人集中酬赠唱和并名山大川题咏之什及朱竹垞《明诗综》所选诸篇，翻校三次，粗成完本，刊附《文钞》之后，合为《耻躬堂全集》。其有篇章不全，索解不得，语近疑似者，存之以俟参考，示不敢妄尔。咸丰元年辛亥冬月，七世孙玉雯识于吴门寓斋，时年七十有一。

从这则按语可知，彭士望中年自订其诗集十卷，晚年续订六卷。然年代久远，原版和印本均已不存。现在流传下来的十六卷本，是彭玉雯根据道光二十八年（戊申，1848）的一部抄本，遍考清初文献"翻校三次"而编定刊刻的一部"完本"。

然而，到底彭玉雯做了怎样的"遍考""翻校"工作？这咸丰二年刻本是不是"粗成完本"呢？这是需要我们覆核的。查彭玉雯提到的朱彝尊《明诗综》，第七十九卷选彭士望诗三首，均见于刻本《耻躬堂诗钞》卷一，但文字均有差异：第一首《小姑山》，刻本《耻躬堂诗钞》题作《小姑》；末句"独立本无党"作"独立又何党"。第二首《湖上独眺》，《明诗综》为五言绝句二十字："湖水尚如昨，楼台望已稀。可怜相识燕，犹向旧家飞。"而刻本《耻躬堂诗钞》是一首五言律诗，后尚有二十字："树尽供樵牧，垣颓接鼓鼙。西山青百里，郭内见崔嵬。"第三首《雨眺寄山中人》，刻本《耻躬堂诗钞》题作《雨中寄山中人》。既然存在这些明显的文字差异，可见，刻本《耻躬堂诗钞》这三首诗既不是彭玉雯据《明诗综》辑补进去的，彭又没有据《明诗综》作文字上的校订，那么彭玉雯《按语》所谓"遍考……及朱竹垞《明诗综》所选诸篇，翻校三次"从何说起呢？再看清人的明诗总集，如卓尔堪的《明遗民诗》选彭士望诗十四首，其中《晚眺》和《雨涨》二诗，不见于刻本《耻躬堂诗钞》。

刻本《耻躬堂诗钞》卷首有彭士望署"康熙三年仲冬月"的自序,作者自称"此予年谱,亦交谱、游谱也",比较详细地介绍诗人的行迹。其中说:"戊子正月,宁都友人多难,复返会城,值兵起。偏究人情,为《画龙》、《江水送春》三绝句。"然刻本《耻躬堂诗钞》卷二只有《画龙》二首绝句,无《江水送春》绝句。《自序》又说:"辛卯夏五月,游广陵,同三茅山道士(张仲符)、钱塘卓子(姚名志卓)班荆野寺(主福缘庵僧德宗),归山作《庑下吟》十首。"此《庑下吟》十首,亦不见于刻本。此外,彭士望在《与方素北书》里提到"为《冬心诗》三十首"。而事实上,刻本《耻躬堂诗集》卷十一收入"《冬心诗三十首》(存二十七首)",又"补遗二首",凡29首,佚失一首。可见,彭玉雯整理的咸丰二年刻本《耻躬堂诗钞》决不是他自称的"完本",彭士望相当数量的诗篇还遗佚于此刻本之外。

笔者在上海图书馆查阅到彭士望诗集的两种清抄本,一题《耻躬堂集》,八卷,四册;一题《耻躬堂诗》,十二卷,三册。两者书名略异,然都是彭士望的诗集。八卷本曾为近人于右任收藏,钤有"于氏世家"、"半哭半笑楼主"、"关中于氏"等印。第七卷卷首有于右任1931年的题词:"崛强余生老更坚,先生之诗真如其人。于右任,廿年四月。"十二卷本无印章题识。两书均每半页8行,行22字,前之彭士望自序均同。

先且不看具体诗篇的多寡,八卷、十二卷抄本与咸丰二年的十六卷刻本,存在一些显著的文字差异。第一,卷首的《耻躬堂诗集自序》有一句,刻本作"辛卯夏五月,游广陵,同三茅山道士(张仲符)、钱塘卓子(姚名志卓)班荆野寺(主福缘庵僧德宗),归山作《庑下吟》十首",两抄本均作"辛卯夏五月,游广陵,**同虞山蒙叟(钱名谦益)**、三茅山道士(张仲符)、钱塘卓子(姚名志卓)班荆野寺(主福缘庵僧德宗),归山作《庑下吟》十首"。"虞山蒙叟(钱名谦益)"八字,在咸丰二年刻本里被芟除了。第二,《序》末两抄本均署"旃蒙大荒落仲冬月南州遗民彭士望撰",刻本则改为"康熙三年仲冬月南州彭士望撰"。旃蒙大荒落,是乙巳年。仅署甲子而不署清室年号,显然是明遗民彭士望的真实口吻,而咸丰二年刻本改为"康熙三年"(实应为四年),并删去"遗民"二字。第三,两抄本文字都不避清朝皇帝的讳,如"玄"、"弘"等都不缺笔,不改字。刻本中凡遇"玄"改均为元,"弘"均改为"宏"。第四,两抄本每遇指称明朝皇帝的"君"、"主上"、"天王"、"三后"、"先皇"、"先帝"、"孝陵"(朱元璋陵墓)、"烈皇"(崇祯帝谥)等都于其上空一格,而这种现象未出现在刻本里。据以上几点可知,抄本还保持着作为明朝遗民的彭士望手稿的原初形态。而刻本对这些有可能会招致政治灾难的地方都加以修改。

接下来比较刻本、抄本收录诗篇的差异。彭士望诗集都是按编年纂辑的,八卷本起于明崇祯十三年(1640,庚辰),止于康熙二年(1663,癸卯);十二卷本起于同一年,止于康熙十年(1671,辛亥)。据彭士望《复邹讦士书》(《文钞》卷四),他的诗文稿多是由儿子缮录的。此二抄本应该是彭士望不同时期的两种自编诗稿的传抄本,八卷本其实就是十二卷本的前八卷。因此,本文主要以十二卷本《耻躬堂诗》抄本与咸丰二年的十六卷刻本相对照。通过对照发现,十二卷本抄本与十六卷刻本的前十二卷,编年、诗篇次序完全相同,但是抄本中大量的诗篇,为刻本所漏收,或说删削了;而刻本前十二卷所录诗篇,均见于抄本。

卷　次	编　年	抄本诗数 题/首	刻本诗数 题/首	刻本删诗数 题/首
卷一	1640—1647	81/108	37/45	44/63
卷二	1648—1649	23/134	13/25	10/109
卷三	1650—1652	53/102	26/43	27/59
卷四	1653—1655	43/69	15/29	28/40
卷五	1656—1659	85/112	46/57	39/55
卷六	1660	55/77	32/49	23/28
卷七	1661	56/70	34/45	22/25
卷八	1662—1663	69/89	31/41	38/48
卷九	1664—1665	79/123	43/87	36/36
卷十	1666—1667	58/82	27/41	31/41
十一	1668	29/59	24/52	5/7
十二	1669—1671	43/53	27/36	16/17
合计	32 年	674/1078	355/550	319/528

从这个表格的统计可以看出,早期传抄本《耻躬堂诗》十二卷的诗篇总计 674 题 1 078 首,而到了刊刻《耻躬堂诗钞》时,被大量删削,删去了 319 题 528 首,十六卷刻本前十二卷诗集实际收诗 355 题 550 首,几乎芟除了一半。上面提到刻本失收的《江水送春》绝句、《庑下吟》十首,均见于抄本中。《冬心诗三十首》,刻本少一首,抄本凡三十首,不缺。因此,咸丰二年的刻本绝非"完本"。

那么,十二卷抄本的诗篇怎么会被大量删削、刊刻的呢? 这有两种可能:

一是彭士望晚年请友人删润诗稿或者自己删削诗稿,而抄本则是早年流传出去的未删稿。彭士望以编年的方式编定自己的诗集,视之为"年谱,亦交谱、游谱也"(《自序》)。他于康熙二十二年(1683)去世,十六卷刻本的最后一卷编至这一年,是彭士望病终前自订的。而十二卷抄本终止于康熙十年(1671),八卷抄本终止于康熙二年(1663)。在康熙二年和十年或此后不久,八卷本和十二卷本分别传抄出去了,而至彭士望晚年编订自己的诗集时,做了大量删削,因此出现了抄本收诗多,刻本收诗少的现象。这不是凭空推测。魏禧在《与彭躬庵》信里就说:

> 吾兄(按,指彭士望)富于学问,游历名山大川,交士大夫,诗固不得不多。然古人以诗多名后世,自杜少陵外,所传无几。弟今于尊诗体未裁净者,概欲芟除;事关名义,不妨稍存一二,见意而已。①

魏禧不认为诗歌以多为贵,拟将彭士望诗集里"体未裁净者"芟除。所谓"事关名义",是指彭士望在明清易代之际入杨廷麟、史可法幕,参与抵抗清军及其后所写的诗篇,对于这些诗篇,魏禧也主张作删削,"不妨稍存一二,见意而已"。

二是晚清道光末,彭玉雯得到了时为山西夏县县令的从叔彭凤书寄回的诗集,"其中脱略舛错,不可枚数",彭玉雯删去了脱略严重、不可辨

---

① 魏禧:《与彭躬庵》,胡守仁等校点《魏叔子文集》,中华书局 2003 年,第 304 页。

认的诗篇,那些最具有政治性、现实性的诗篇也被删削了。如彭士望自己多次提及的《冬心诗三十首》,在当时交游中流传,影响甚大,彭士望不可能自己删去它。但在咸丰二年的刻本里,题《冬心诗三十首》,题下注"存二十七首",后又有《补遗二首》,然尚少一首,不足三十之数。现从两抄本里,补上这缺佚的一首诗,曰:

> 举世皆妇人,送国直儿戏。创守三尺孤,万国尽披剃。节义能一死,诗书容何济?可怜赵氏土,血食竟无地。古今奇耻辱,山川愤灾异。倏已二周纪,谁为一吐气。但思骨灰飏,肝胆碎磨砺。而我妄衣食,滔天蒙恩泪。终期革裹尸,死则鬼为厉。(钞本卷十一)

《冬心诗三十首》咏叹历史,议论古今的治乱兴废。其他诗篇不大直接触及现实政治,唯独此首不同,如"可怜赵氏土,血食竟无地"等句,显然是在感慨朱明的灭亡。《冬心诗》编在第十一卷,作于1668年,上据明亡的1644年正好二纪。此诗说"倏已二周纪,谁为一吐气",也是悲叹明朝为异族所灭,而无人吐气复国。特别是最后一句"死则鬼为厉",抒发了诗人忠于故国、立志报仇的情怀,这是触犯清廷忌讳的,所以彭玉雯在编入刻本时便删去了此一首。

咸丰二年的刻本,将钞本中这类具有政治性、现实性而又可能触及清廷忌讳的诗篇芟除的,不在少数。而事实上,对于身处易代之际、亲自参加反清复明斗争的彭士望来说,这些被芟除的诗歌是更有价值的,更有利于后人对这位遗民诗人遭际和情怀的理解。如顺治二年(1645),彭士望赴广陵,入史可法幕,参与抗清。临发前有诗《送王乾维归江西,有怀欧阳宪万从督师河上,时余将报聘之维扬》:"君又南归我北行,伊人河上正从征。三山已觉春将晓,八表空令恨未平。可有人能收朔漠,何须身自立勋名。时平但乞茅茨老,共拥图书当百城。"(钞本卷一)其时史可法督师扬州,阻挡清兵渡江,所以诗中意气还甚为激越,有"功成不受赏,长揖归田庐"的气概。至扬州后,作有《奉送楚藩宗臣华堞使命宣谕》诗,曰:"原自高皇得此身,维城板荡见宗臣。麻衣长带冰天雪(崇阳为先皇持服,不去衰绖），翰墨能生僻徽春。汉有一侯终去吕，楚虽三户定亡秦。何时为报收京阙，莫待汾阳异姓人。"（钞本卷一）颈联坚贞慷慨，可谓是志士之诗。彭士元在扬州，向史可法建议用高杰、左良玉，以清君侧，未被采纳，不久史可法牺牲，南明小朝廷内相互倾轧，事已不可为，彭士望于是辞归。六月经过江西的盱江，作《盱江漫述》云："何处山川不画成，却怜芳草渐闻兵。麻姑有药难医世，缑史无家莫听笙。得此可能兴一旅，问谁先自坏长城。茫茫行道空相感，未必梁园聚客星。"（钞本卷一）如画般美丽的山河被铁骑所践踏，诗人有大势已去的悲感，其中"问谁先自坏长城"，是对大明朝臣党争误国的斥责。此外如《庑下吟》"请观今日谁天下，深耻斯民为倒悬"（钞本卷三）；《停舟五首》之一"村城百万血为泥，在昔长平此倍之。掠妇军前充塞北，童奴天下半江西"（钞本卷三）等等具有较高社会内涵和思想意义的诗篇，刻本都删去不收。同时刻本也删去了大量写景咏物、怀人悼亡、应答酬赠的诗篇。特别是一些歌咏农村山野俗物俗事的诗篇，也多被删削，如抄本中的《憎蚊》、《驱牛行》、《跛婢》、《绝蔬》，均不见于刻本。《犬德诗》凡六首，赞美老狗之德，分列于钞本卷五、卷九、卷十，全不见于刻本。目前若要整理出完整的彭士望诗集，就不能仅仅依据咸丰二年彭玉雯刊刻本，而应该参考清钞本，将前十二卷被芟除的 319 题 528 首诗篇补入进去，以恢复其原貌。

二、彭士望的诗歌理论与创作

彭士望论文章，重视实用，以"实"和"真"矫正晚明以来士人文化"虚"和"伪"的弊害。在《与方素北书》中他说："隆（庆）、万（历）以来，则道学伪；（天）启、（崇）祯以来，则文章、气节、操守伪。独事功不可伪耳。其有不伪者，则虚美相高，徒慕曾参孝己之行，而无益于天下安危之大计，辇上倒施，用者不实，实者不用。"（文钞卷一）八股帖括之学，导致士人埋首故典，死读书，做人和为学相分裂，朝廷"无一真实可用之人"，最终无救于君国之存亡。因此当意识到大明国祚不可恢复后，彭士望僻居山间，读书讲学，旨在对症下药，"反伪而救之实"，造就人才，以同归于实用。

在《与谢约斋书》里，他提出"以实药医虚证，洗万古之奇辱，白一代之酷冤，拔举世人膏肓之锢疾"（文钞卷一）。这是面对异族入侵、亡国篡统局面，彭士望开出的一剂文化药方，他自己，甚至包括魏禧等其他易堂诸子，都是基于此来思考问题的。

所谓的"实"，表现在文章学上，是重视文章的经世实用功能；表现在诗学上，则是强调诗歌背后之诗人的人格、胸襟和识力。在《与黄复仲书》里，他说："顾古今人为文章，万径千溪，莫可殚诘，吾惟取其真实有用者，以求益身与世之不逮。"（文钞卷三）他《与魏冰叔书》说："吾辈今日立言，明悉理事，指陈利弊，将救世觉民之为急。"（文钞卷二）这虽然主要是论文，与诗歌也相通。彭士望在《与胡致果书》里提出："文者虚器，诗者感兴之端倪，中无以实之，则必不适于用。"（文钞卷三）并在此信里从人格标准来评论李白和杜甫：

> 太白惟《嘲鲁儒》，游下邳（按指《经下邳圯桥怀张子房》）、祢衡鹦鹉洲（按指《望鹦鹉洲悲祢衡》）诸诗，心眼杰出。求其可实用者，自不得不推少陵。而少陵尝高比稷、契，夫以布衣流离，主上一旦拔置为谏官，侍从左右，肃宗兵兴时，李辅国、鱼朝恩辈谗构两宫，逼挟诸大帅，俾不得用其方略，以致败绩。此当立殿陛，以死争之，而噤不一言，独于房琯之谪，则殚力申救。琯画策分建诸王诚善；乃用车战败陈陶，死义军四万人；纵琴工董庭兰出入门下，颇以贿闻，区区薄谪，岂足云过，而甫以私旧，故廷争之，安在其为稷、契也！

彭士望论文学是将"文"与"人"打并为一。这里不只是论杜诗，不是仅仅将杜甫作为一个诗人来对待，而是视之为朝臣，衡鉴其立朝建言的是与非。其实杜诗是彭士望心中的一座高标，他"老惟屈、杜是知心"（卷十五《读骚有感》）。但是，他从一种更高的文学理想出发，对杜甫也略有遗憾。《读杜诗》云：

> 杜甫晚年诗渐弱，皆因穷迫损天真。丈夫不肯下颜色，自然万古

宜长贫。既不能强又不弱,得失悲喜徒纷纷。公忘自赋《丹青引》,终日坎壈缠其身。(刻本、钞本卷五)

杜甫《丹青引》末二句"但看古来盛名下,终日坎壈缠其身",似乎已经看透了"高才无贵仕"的人生宿命,但他晚年的诗歌叹老嗟卑,也不免颓唐。宋大儒朱熹《跋杜工部同谷七歌》就曾批评说:"其卒章叹老嗟卑,则志亦陋矣。人可以不闻道哉!"彭士望也是从诗人胸襟人格、闻道识理的高度来苛责杜甫的。同样的意思,还出现在彭士望的《独漉堂诗序》里:

> 古人诗之集大成者,必推杜陵,其大者无间然矣,而集中丐求得失,喜而奉诔,怒而讥调,如是者时亦有之。(《文钞》卷六)

彭士望《与李梅公少司马书》还对于韩愈迫于穷饿,在文章中哀号过情表示遗憾。他如此苛刻地批评杜甫、韩愈,显然是有他的现实用意的。在这篇序里,他说:"诗者,性情之物,世徒以色泽声调为之,此伪体日浸淫乎天下,而其真者累千百人不一遇也。"(《文钞》卷六)伪体和虚症盛行,导致朝廷士人"官日益尊,识日益卑,胆日益薄,才日益愚,身日益孤"(《文钞》卷一《与方素北书》)。而熏陶、成就天下人才,薪火相传以兴大业,是彭士望等"易堂"诸子授徒讲学的基本意旨。因此他论诗,偏重于诗人不为外物和境遇所左右的内在器识人格,将宋人标举的人格"不俗"论和经世致用相结合。也是从这一角度出发,他菲薄当时颇负盛名的吴伟业。他在《独漉堂诗序》中说:"今人诗,吾甚闵吴梅村。梅村抚今伤昔,俯仰留连,其忧惭悼悔之意,时时逗露,欲览者知其由来,而华美太尽,终不及杜。"(《文钞》卷六)又《读虞山梅村诗集有叹》云:

> 党人倾国论难平,吾少犹曾漫识荆。早贵名高嗟晚节,风流江左误柔情。诗篇老去空垂涕,史策书来未忍听。珍重役人哀役死,鱼熊儿诵要分明。(刻本卷十五)

吴伟业身为二臣,晚年虽有悔恨之意,然患得患失,不能明于取舍,于大义有亏,故其诗品也有缺欠,正应了彭士望所谓"其人之本不立,而文章所以终归无用也"(《文钞》卷四《复邹讦士书》)。彭士望曾入杨廷麟幕,杨牺牲后,彭士望倾资赎救并抚养其子;寄居易堂时,虽贫困之极,然开口笑言,若无忧戚,晚年好与僧道隐士交游,而绝迹于权贵之门。这是身体力行,诠释了他所标尚的诗人品格。

如果说"实"是强调诗歌的人格根基的话,"真"则是要求诗歌做到内、外呼应,文、人一致。明代中期的复古"格调"派,存在着刻意范古,字拟句模的毛病,以丧失"真我"为代价;万历时期"性灵"派则摆脱格套,独标性灵,其弊端则是尚俗尚艳,也会产生不良的影响。彭士望强调诗歌之"真",则是折中于二者之间。《客湖上与范小范论诗》曰:"牡丹莫尚胭脂假,画史谁知槃礴真。秋水秋风今古尽,庄生新哑不能云。"《意不尽又成四绝句》之一曰:"折腰龋齿妆成好,妖态惟迷冀与宫,千载孟光真国色,自将椎髻奉梁鸿。"之二曰:"实学虚心让古人,古人佳处在能真。文章变化同山水,要领无多且细论。"(刻本、钞本卷七)这三首绝句的意旨都是说作诗的要领在于称心而言,自然而然,不矫揉做作,是诗人的人格境界、心灵状态的真实显现。另外在《叶文庄公集序》里他说:"盖自然而文者,文之宗;无意于文之工者,工之至。"(《文钞》卷五)也是同样的意思。这就与模拟古人、拘于陈腐格套的格调派划开界限;但也不同于性灵派的主张,因为彭士望处处强调诗文创作应"本于至性正学,以真气高识出之"(《文钞》卷六《顾耕石先生诗集序》)。这种对于诗人品性、学识的重视,是性灵派所缺乏的。在明清易代那样特殊的环境里,诗文要做到"真",是多么的不容易!彭士望则认识到"其真者"多出于"不幸志与时违,才为命敌"的"穷士"(《文钞》卷四《复张一衡书》)。在乱世中惟有不求闻达的这些穷而在下者,才做到"人、文如一",以真气贯之。

明末清初江右诗文风气,还存在复古的余绪,如艾南英、陈弘绪、徐世溥都未能走出格调拟古的藩篱,彭士望对他们都有批评(见《复邹讦士书》)。面对现实困局,彭士望重视经济实用,故能脱离模拟复古的牢笼,《冬心诗》之一云:"儒生不识时,诵读不论世。如医守成方,如匠执古制。

世界一死局,岂复知活意。"(刻本、钞本卷十一)讽刺的是拘执于古而不知新变的俗儒。明代学者,他称赞王阳明、顾宪成、唐顺之的文章摆脱依傍,行云流水,而自然合度。针对李攀龙的"视古修辞,宁失诸理",他反其言而提出:"视理修辞,宁失诸古。"因为"文与诗,固未有舍理与识与法,而可以传后而行远者也"(《文钞》卷四《复友人书》)。在《叶文庄公集序》里又说:"盖自成其文章者也,诗不必其似杜,而无不可为杜;文不必似欧,无不可以为欧。"杜甫、欧阳修之所以能成为诗文大家,在于他们用诗文真实表达各自的性情识见,自然成文,后时诗文作家总有古人影子在,必然低人一头。彭士望这里所论是有现实针对性的。在《萧氏世集序》里他就说:"今世人为诗必称杜,文必称韩、欧,嘉(靖)、隆(庆)名人更驰骛秦、汉,虽本朝职官郡县名,亦以《史》、《汉》更之;诗禁用唐以下故实,必求肖初盛,薄中晚,语宋辄以为笑。悲夫!尽弃己之身,而效窃他人之形似,得为其子孙仆隶,欣欣有荣幸焉,是其人已无志识,顾安得有文章乎!"(《文钞》卷五)当然,彭士望并没有将古人一概打倒的意思,他也并非废法度而不用,而是要在"理识"和"法度"之间摆正孰轻孰重、孰先孰后的关系。至于学习古人的法度,应该平日含咀《三百篇》、汉魏名家,熟读精思,以求其用意与法之所在,初学作诗时,务必肖其体格、意法及字句之微,如立古人于前,无謦咳影响之弗似;既似之后,应该出我之所自得,与古人争胜,久之纯熟,则不见古人,但用我法,纵横变化,惟意所从。这种学古而能化,从"求似"而生新的诗学观,也是清代桐城派如姚鼐等的基本态度,鉴于"易堂"诸子与清代"桐城派"的密切关系,或许其间存在相承相通的一脉。

彭士望对于自己的诗文理论是非常自信的,多次在与友人、后辈书信里称道自己《冬心诗》里论诗的一首。诗中有曰:"文畏言班马,诗畏言汉唐。直自露心膈,不欲为闭藏。亦必求实用,不欲为虚张。"(刻本、钞本卷十一)这六句凝练而贴切地概括出他自己的诗文主张。彭士望晚年足迹限于南方,加上其诗文集在乾隆年间遭到禁毁,他的诗文理论在清代的影响是有限的。但平情而言,在诗歌理论相对沉寂的清代前期,彭士望的诗论是有特点的。

　　彭士望一生创作了一千余首诗,是"易堂九子"中作诗最多的一位。套用他《与魏冰叔书》里对"文人之文"与"志士之文"的区别,可以说他的诗大多数属于"志士之诗",特别是他亲身参与抗清斗争时期的诗篇,如1646年春,彭士望刚依魏禧于宁都不久,抗清名将杨廷麟邀请他赴赣州,受命湖东。彭士望作《丙戌五月之官湖东留别山中诸子》曰:"长揖别君去,登车怀古人。东征劳士马,西顾蹇王臣。试问今何世,谁能更有身。行藏吾道在,莫自负千春。"(钞本卷一)颇有壮士一去无回、视死如归的气概。彭士望耳闻目睹清兵屠杀赣州城和在江西福建一带的肆掠,他以"诗史"般的笔触描绘了当时的凄惨景象,如《以事上督府宿雩都道中》前四句曰:"兵火村余一二家,驱车向暝见篱花。青茅塞道人无迹,白骨填郊鬼欲哗。"(钞本卷一)又《春祀日有感》曰"四海嗷嗷痛哭频,堂高万里几曾闻。今朝亲听孤嫠泣,多少新亡尚未收。"(钞本卷三)这样的诗篇发扬了汉乐府和杜诗的真精神。《赋得梨园留万代衣冠》秉承杜甫《观公孙大娘舞剑器行》和高启《陈芳卿弟子陈氏歌》的笔法,叙写经历亡国变故的梨园乐人流散街头的凄惨,抒发诗人的亡国之恨,其中曰:"似幻似真一戏场,斯人千载镜兴亡。""帝京天乐重开杳,触目何勘易损神。""中原文献今安在,反藉俳优抵掌传。"(钞本卷三)具有沉重的时代悲剧感。这种悲剧美感、悲凉氛围,笼罩其诗歌,构成彭士望诗歌的基调,但是这种悲剧性,不是个人的叹老嗟卑,不是寒蛩哀鸣,而是家国兴废、黎庶哀苦在诗人心头的折射。魏禧对彭士望的诗歌就颇为称道。魏禧《与彭躬庵》说:

　　　　吾兄诗于古人题无不备,而至性昌言,随处喷薄,则自成一家。至于君国之际,哀伤流涟,虽饮食游戏,绘写虫鸟,亦自有不平之气,痛刻之情,满于言里。此宋郑亿翁之情也。然而文采规矩,过之十舍。①

　　魏禧把彭士望比为宋末的郑思肖,说他有"不平之气",就是黄宗羲

————————

① 魏禧:《与彭躬庵》,胡守仁等校点《魏叔子文集》,中华书局2003年,第303页。

所谓的"厄运危时,天地闭塞,元气鼓荡而出"(《谢皋羽年谱游录注序》)。彭士望在"世变"中的诗歌,不论是写景咏物、怀友悼亡,还是抒情写意之作,无不有兀傲迈俗的"不平之气"充塞其间。如顺治十二年(1655)农历五月十八日,彭士望客文水,作《雨中放歌》,诗曰:

> 于嘻哉,天穿地坼双足蹐,一隙风檐拥书读。读书得意与谁论,古人履我慰幽独。为言世坏五十年,猴冠虎冠气相续。庙堂糟粕称经纶,草野何从问风俗。千秋富贵亦驹影,不满百年徒逐逐。党人窜械在封强,既快私仇同覆悚。为我谓庄周不必辨,屈原不必哭,颜夭不必身,孙刖不必足。大易之言准天地,无平不陂往不复。截蛟断虎须其人,鱼沫乌啁何刺促。我闻顿醒沉酣中,一洗尘污十年目。倏忽罢云开日光,已照千村万村屋。(钞本卷四)

诗中发大议论,既抨击晚明朝政之窳败,党人之纷争,导致世坏五十年,同时诗人相信天地的准则是无平不陂,无往不复,终将拨云雾开日光,迎来新世界。如此在诗中发议论,具理识,是彭士望诗歌的一个特点。《冬心诗》三十首,就是一组对历代政治、文化进行议论和反思的诗歌,陈田谓"皆中当时之症结"[1]。如其中一首前数句曰:"秦俗弃诗书,宋朝繁议论。明廷谨资格,以此俱不振。尧舜治天下,文具示宽畀。明人非科目,孔孟不能进。"(刻本、钞本卷十一)这就是彭士望在《自序》里所谓"诗好言事"特点,是在摆脱复古格调框框后,秉承杜甫、韩愈以降和宋诗重视理识的特征。此外,彭士望的诗歌多用虚词,以古文之气游走其中,也是与宋诗相近。彭士望《魏叔子诗集序》说:"吾易堂诗,独尚理识,每用古文法,自写性情,以发抒其怀抱,不汲汲求肖于汉、魏、三唐。"用这几句来概括他自己诗歌的特征,也是准确的。

(载《文学遗产》2013 年第 4 期)

---

① 陈田:《明诗纪事》,上海古籍出版社 2002 年,第 3209 页。

吴应箕《甲乙遗诗》考

吴应箕(1594—1645),字次尾,号楼山,安徽贵池大演(今石台大演乡)高田人。曾参加复社,起草《留都防乱公揭》揭露讨伐阮大铖。清兵破南京后,在其家乡坚持抗清,被执不屈,英勇就义,他是晚明著名的文学家和抗清英雄。著作有《读书止观录》、《东林事略》、《启祯两朝剥复录》传世,诗文集有其后人所辑《楼山堂集》。

关于《楼山堂集》的刊刻流传,今贤章建文先生《吴应箕研究》有较为详细的梳理。大致来说,吴应箕生前,于崇祯十二年(1639)自刻了《楼山堂集》十二卷;顺治二年抗清失败就义后,诗文散落,其复社社友张自烈、刘城等多方搜集,后遇吴应箕之子吴孟坚(字子班),"又采掇细碎人之"(李时《楼山堂集跋》),自顺治十一年(甲午,1654)谋梓,顺治十五年(戊戌,1658)秋才付梓完工,刻成《楼山堂集》二十七卷。至康熙二十五年(丙寅,1686),吴孟坚又搜集得遗文六卷遗诗一卷(遗诗为崇祯十六癸未年所作)合编,重新刊刻了《楼山堂集》二十七卷、遗文六卷、遗诗一卷。在乾隆年间,《楼山堂集》因有违碍文字,遭到禁毁。直到晚晴同治、光绪、宣统年间又重新刊刻,然篇目没有增加,文字也无多少差异。

正如吴应箕之子吴孟班在《楼山堂遗文》卷首所说,"余先子乙酉殉节后,生平撰著尽散"。侯方域《楼山堂集序》也说:"其死时文章散佚,而当路大臣(按,当指阮大铖)又曾上露布,著以殷顽之目。以此见者皆以为讳,甚至片言只字,毁灭之恐后。"因此,吴应箕的文字散逸不存的,当不在少数,[①]如《续修

---

① 按,章建文先生《吴应箕研究》(安徽大学出版社 2009 年版)曾据总集、题画、砚铭等辑录了若干轶文,然亦误辑了数诗句,如第 113 页《和宗子相》"醉杀江南千万山",此句本来就是明代诗人宗臣《过采石怀李白》的末句。又第 115 页《题壁诗》"韩亡子房奋,秦帝鲁连耻",这二句是谢灵运诗句,见《宋书·谢灵运传》和各种谢灵运集,均非吴应箕逸句。

四库全书》影印之《楼山堂集》,在《楼山堂文集目录》下著录"《楼山堂前集》二十七卷(已刻行世),《甲乙遗诗》一卷(已刻)",然《甲乙遗诗》一卷,后世研究明清诗集文献的学者均未提及,似乎也不存在了。

　　然事实并非如此。上海图书馆古籍部藏有一卷抄本,外封题《大明吴楼山先生诗钞》,就是《甲乙遗诗》的传抄本。这卷《诗钞》,首页首行下署"族弟筵山宾注、后学沈栖桐藏"。"筵山宾"即吴应筵,字山宾,后名非,吴应箕弟。诗中的一些注释就是吴非所为。沈栖桐,待考。《诗钞》书写工整,半页 9 行,行 23 字,录乐府 6 题 7 首,五言古 25 首,七言古 25 题 26 首,五言律 44 题 67 首,七言律 64 题 97 首,五言绝句 3 题 4 首,六言绝句 1 首,七言绝句 16 题 40 首,联句 1 首,又补各体凡 7 题 9 首,与《所欢赋》、《老娼赋》。

　　为什么说这部《诗钞》就是吴应箕的《甲乙遗诗》呢? 先看《诗钞》后面的几则序言和题识。彭而述序曰:

　　　　予之交次尾先生,自甲申始。先是,次尾刑牲(周按,此即"结社"意。)东南,牛耳天下。予闻(热)次尾名二十年。甲申板荡,辟地江左,晤先生于芜阴舟中,一见如旧识。继以所新亲之官处(虔)州寓秋浦,是为乙酉。先生乃栖我横山别业,距先生庐止一弓地,朝夕触石梁老枫下,出生平所(祖)构竟读之,益(抑)深服为天下士,大抵似蔡中郎。初至吴中,异人异书,私心自慰,先生亦雅好余所撰著,亡何,佗胄秉钧,北事鼎沸(疆场孔棘),贼溃潼关,卷甲南下,遂有武昌左良玉之事。当是时,建业草昧,乱政急行,相传妄男子有黄犊诣阙之事,为权相马士英所陷,置之犴狴。于是远近山东,良玉移檄,以关东诸侯为名,旌旗蔽江下浔阳,皖城一带烽火千里。先生谓我曰:"此非晋阳之甲也,当有所慑而来乎? 不则,非陶侃之诛王敦,乃苏峻之挟庾亮耳。"恫然(遂)有从中而起中兴自任之意。作为诗歌,声泪俱下,间复以诗作谶,且曰:"不幸而中,则国事去矣。"未几(居无何),一一如先生言。余是年秋别先生如楚,先生竟以是年誓师,未竟其志而死。余官楚时,读邸报,知先生状,曰:"壮哉悲矣! 夫下邠僭统,康乐羞臣；伯(霸)先承运，王琳兴戈，古来忠义之士何代蔑有？然强半资一命阶尺土，有籍而成耳。事之不成，则天也。先生以布衣欲为举世不(所难)为之事，是精微之见也。然而壮哉悲矣夫(悲矣壮哉夫)！"先生读书万卷，十七史罗列胸中，岂不洞悉顺逆兴亡之故，而甘心一掷！顾独念(朝廷)养士数百年，忍复与举世相雷同，当亦兴朝之所不贵也。人曰先生之所为者极难耳，先生自视则以为公孙杵白，我为其易者耳。

　　岁在戊戌，客秣陵。遗孤孟坚间关(跋涉)，谒余于回雁峰下，出先生《甲乙诗》，为予读之，感念前游，伤心陵谷，殆不禁涕泗之横流矣。抆泪援笔跋之简末，属孟坚不必镌以示人，但写数通焚之(尊公)墓门，告吾先生灵焉可也。中州盟弟禹峰彭而述拜题(下，作《九歌》卒章可也)。

此序亦见于彭而述《读史亭文集》卷二，题目正是作《吴次尾甲乙诗序》(上引括号内文字，即据此校)。

《诗钞》彭序后接着有沈士柱和冒襄的题识。沈士柱题曰：

　　呜呼，此余友楼山先生《甲乙诗》也。忆甲申罹党祸，先生顾余里舍。时匆匆出亡，舟过抗直招忌，独余与芒山、耕岩知最深。今其人已千古矣，俯仰十四年，藐孤子班出所书见示，天荒地老，国破家亡，诵遗言若在初没，予不禁涕泗之横集矣。同学弟士柱拜手题。

沈士柱(1606—1659)，字昆铜，号惕庵，芜湖人。参加复社，与吴应箕关系密切，曾列名《留都防乱公揭》，与吴应箕一同遭阮大铖迫害。南明灭亡后，继续从事反清活动，后被杀害。这则题识所谓"俯仰十四年"，即从顺治二年到顺治十五戊戌年(1658)。冒襄的题识云：

　　自癸酉迄甲申，与楼山文酒如一日也。风雨晦明，抵掌掀须，余每遇楼山于声气文章之外。海内何人不知楼山，然真知楼山者，在己卯、壬午间正少。至今日而楼山真面目见矣。丁酉仲秋,令子子班过秦淮访旧,惓惓于余,因出此册同其年、田伯诸子共观,血泪墨痕,仿佛当日抵掌掀髯时。异日合其家藏楼山诗文手札册子为双璧,日月忠孝,淋漓笔间,余得附其后,幸矣。水绘庵同学弟冒襄拜手识。

这里所提到的"其年",即陈维崧(字其年)。吴应箕与陈贞慧交谊密切,维崧乃陈贞慧之子。"田伯"即方仲德(字田伯),方以智之子,也是吴应箕的后辈。冒襄与吴应箕交往甚密,吴应箕《城南舟中》"深怀数子俱"的"数子",据吴非注,就包括冒襄。据张自烈《再告吴次尾文》,在他费力筹措资金准备刊刻吴应箕集子的时候,冒襄主动提出捐资襄助吴集的刊刻。然而冒襄的这则题识却不见于他的《巢民诗文集》,算是一则轶文。不过冒襄《巢民诗文集》提到"丁酉八月九日,余病卧秦淮,梅杓司、陈其年、戴务游、吴子班、沈方邺、周式玉、陈大匡、刘王孙、方田伯、位伯冲泥过访,谭饮榻前竟日",所记可与这则题识相呼应。特别是冒襄《赠别吴子班四首》之三末二句"有子如君真壁立,好留先业付丹青",正是叮嘱吴孟坚要把这卷《甲乙遗稿》刊刻出来的意思。

彭而述的序和沈士柱、冒襄的题识,明确交代了两点:一,吴应箕之子吴孟班在顺治十四(丁酉,1657)、十五(戊戌,1658)年间来南京拜谒父执辈,出示给他们看其父的一卷遗诗,各人留下了序言和题识。二,彭而述和沈士柱都提到此卷的书名是《甲乙诗》。另外,张自烈《芑山诗文集》卷十四有一篇作于顺治十四年孟秋的《楼山遗诗序》,其中提到"今年秋,遗孤孟坚趋见余白门,出《甲乙遗诗》视余",并称赞吴孟班"年少有挟持,能不坠先人手泽",当即指此诗卷。后来此卷在吴孟班的努力下终于刊刻了,上引《楼山堂文集目录》下著录"《甲乙遗诗》一卷",并标明"已刻",但不像著录"《楼山堂前集》二十七卷"那样标明"已刻行世",可能是虽然刊刻,而行世不广。——这也是导致后来刻本失传的原因。

康熙年间,朝廷修《明史》,吴孟班于康熙十九年(1680)携带这部已经刊刻的《甲乙遗诗》和张自烈撰写的《墓志》赴北京,拜谒潘耒,希望先父的壮举能彪炳史册,得到合理公正的书写和评价①,最终吴应箕入了《明史》列传。

既然《甲乙遗诗》已经刊刻,那么这个钞本从何而来呢?钞本卷末张皖光的题识作了明确的交代:

> 吴楼山先生,字次尾,讳可(按,当作"应")箕,安徽池阳人。明末清兵入关,先生起义恢复,事败而死。此集胡生莲伯于破篓中得之,殆将化为灰烬。民国五年丙辰,予授徒于破罡丁氏支祠,莲伯与焉,举以问予。予爱之惜之,且惧其久而不传也,因怂同学诸生拆开分抄,一日而竣,裒为此本,以备他日刊行。原本仍依旧装好,付莲伯收藏。桐城张皖光谨识。

张皖光(1882—1945),字孝生,安徽枞阳人。曾在桐城名流马其昶家当塾师。这里清楚叙述了他如何得到破败的诗集,命学生抄录而成此本,原本归还。而事实上,《甲乙遗诗》的刻本现已难得觅见,无人提起,唯此抄本,幸存人世。

此本后又经过冒襄的后人冒广生之手而最终庋藏于上海图书馆。抄本卷末最后一则为冒广生手书题识:

> 《楼山集》,粤雅堂及余同年刘聚卿均有刻本,似较此本为多,然亦似有为伍、刘两刻所无者,当取一校,并正其误字也。疚斋冒广生,年七十七岁。(后钤"水绘庵老人"朱印)

冒广生1873年生,年77岁则当为1949年。提及的刘聚卿者,乃贵池人刘世珩之子。南海伍崇曜和贵池刘世珩先后刊刻过《粤雅堂丛书》和《贵池先哲遗书》,二者均收入《楼山堂集》。冒广生的题识是说,此抄本相对于这两种《楼山堂集》,收录诗篇较少,然也有逸出伍、刘两本之外

---

① 参见潘耒《赠吴子班序》,《遂初堂集》文集卷九,《续修四库全书》影印清康熙年间刻本。

的诗,值得用来辑佚和校勘。

的确,这卷《甲乙遗诗》是有一定的辑佚和校勘价值的。先说辑佚,《甲乙遗诗》中有吴应箕三首诗,均为各种《楼山堂集》所未收,分别是:

寓楼十六夜

今夕他乡十四年,客心秋色两萧然。
也知明月家家好,迟尔楼头夜半悬。

按,《楼山堂集》卷二十六有《中秋寓楼书怀十六韵》,为五言排律。首二句曰:"暗数今宵月,旅怀十四秋。"与此诗写作背景应该相同。

莫　道

斗大双星落,长驱万骑东。
池阳存尹铎,建业好江总。
南北期年尽,山河百战空。
至今先帝泪,犹复洒西风。

题下注:"补一首。"原来《楼山堂集》卷二十五也有五言律《莫道》六首,此是六首之外的另一首同题诗。另外还有一首《王九玉、张箕畴、彭禹峰避乱来就,相与卜宅横山》,亦不见于《楼山堂集》,然章建文先生已据邓汉仪《诗观三集》卷一作了补辑,不再缀录。

值得注意的是卷末还录有一首《绝命诗》:

满目干戈出汉关,孤云飘泊在溪湾。
生难报国心常恋,死亦驱胡鬼不闲。
漫计君恩深似海,只缘名教重如山。
丹衷耿耿谁堪拟,犹在中天日月间。

并注:"相传此楼山《绝命诗》,然全集未睹,不敢辨其真伪。"顺治二年十月,吴应箕被清兵俘虏,不屈就义。据陈允衡《吴楼山先生遗像赞》,临刑前赋《绝命词》二首,有"半世文章百世人"之句,此句《楼山堂集》已辑入,当是一首《绝命词》残存之句。而彭而述《吴义士传》录了一首七言绝句"蟒衣玉带徒张皇"①,应该是另一首《绝命词》。那么此抄本的这首"满目干戈出汉关"是否为吴应箕所作,是不是吴应箕的《绝命词》,就值得怀疑了。《甲乙遗诗》抄本注"不敢辨其真伪",是比较审慎的态度。

再看此诗卷的校勘价值。吴应箕是反清复明斗争的志士,诗歌中有诸多对清兵、清廷的侮蔑性文字,自顺治十五年以来刊刻的各种《楼山堂集》,对于这些违碍文字都以方框"□"代替,这给后人的整理和阅读造成了严重的障碍。所幸的是,此卷诗钞不存在这种情况,均用本字,所以值得用来对《楼山堂集》中诗歌缺字进行校补。如:

《悲东莞》"东莞袁公平台对,自言□□五载内"(当为"灭虏"二字),"岂知□今已入□"(当为"虏"字)。

《泾上行顾子方杲》"以兹凭吊感今世,寇燹中原□□蓟"(当为"胡蹢"二字)。

《方密之画天柱峰图相赠作此还答》"此时四海尽烟埃,钩党才宽□□来"(当为"胡骑"二字)。

《无鸡行》序"□□畿辅"(当为"胡蹢"二字),"陈生酒酣慷慨泣,为言□□昨年入"(当为"逆胡"二字)。"□过犹可兵杀我"、"□去村烟未尽墟"(二空格均当为"胡"字)。

《闻□□有感》(当为"北警"二字)。

《和舆父感事》其一"嗟咄曾忧□□来"(当为"虏骑"二字),"谁料□□不大举"(当为"强胡"二字)。

其二"闻道三河大蔓□"(当为"胡"字)。

其三"□□□□苦无厌"(当为"豺狼夷狄"四字),"□□何日可成歼"(当为"虏头"二字)。

其四"□□中宵处处兴"(当为"虏骑"二字)。

① 彭而述:《读史亭文集》卷十四,章建文《吴应箕研究》第115页已辑录此七绝。

　　当然,此《甲乙遗诗》抄本在抄写中也有若干讹误,但是上面所举数例对清刻本的缺字的校补,是有价值的。

　　吴应箕《楼山堂集》一些诗篇有吴非和吴遇的注。此《甲乙遗诗》若干篇下有企石的注。此"企石"或即清代安庆人左企石,府学生,著《左企石诗古文骈体》。这些注释论及诗歌的本事和意旨,对于后人正确理解吴应箕诗是有意义的。如《封侯行》:

> 　　男儿封侯在战力,此语令人增叹息。国亡主死将军封,封侯何须见一贼。黄金有印大如斗,不杀贼奴亦相逼。呜呼,朝廷所贵非爵邑,区区意在安反侧。君不见昔人手握天子玺,丞相如有骄主色。

　　抄本有企石注:"弘光即位之初,即封四镇,高杰、刘泽清、刘良佐无尺寸之功,且多骄蹇不法,而滥于爵土,故先生有此作。"诸如此类的注释,也值得今天的研究者重视。

（载《文献》2013 年第 6 期）

从《王介人集》论王翃诗歌

一

　　王翃,字介人,浙江嘉兴王店梅里人。生于明万历三十一年(1603),卒于清顺治十年(1653),是明末清初浙江的布衣诗词作家,兼善传奇、杂剧。王翃与史学家谈迁,诗人朱一是、朱彝尊、周筼等交往亲密,与画家陈洪绶、文士王思任亦有交游,诗词得到明末文坛巨擘陈子龙的称赏。清代女诗人汪端在《明三十家诗选》中评论说:"介人诗,冲澹处似襄阳(孟浩然),深婉处似龙标(王昌龄),沉挚处亦似少陵(杜甫)。禾中诗人自清江(贝琼)、巽隐(程立本)以后,竹垞(朱彝尊)以前,此其卓然成家者也。"(二集卷七下)一个布衣诗人,能在诗史上获得如此高的地位,在明清诗坛上是少见的。

　　王翃出身于手工业者家庭,父亲以染为业。他在十七八岁时继承父业,但手书不辍。性格疏豁,时论目为狂人,每每比之于祢衡。在明末乱世中,家道衰微,后遭遇火灾,无以自存。其族弟王庭顺治六年(1649)进士,任广州府知府。王翃于顺治九年(1652)秋南至广州依附族弟,次年春北回,舟泊镇江,猝然无疾而卒。王翃的诗集,据族弟王庭的《王介人传》记述,有《春槐堂集》《秋槐堂集》,"集各诗千余首"。然而沈季友《槜李诗系》卷二十四记载:"其旧作曰《春槐堂集》,后作曰《秋槐堂集》,共千余首。"两者记载的数量有差异。这《春槐堂集》《秋槐堂集》曾遭遇厄运:顺治九年秋,王翃南下广州,经过赣州时遇盗,诗集没于水而遗失。在广州半年里,"每终夜拥被记忆",加上新作的诗歌,有二百余首。当次年买舟北还时,其稿又为鼠啮,不可缀补。所以王庭在《王介人传》里感慨"文人厄运","造物忌名"。

王翃无后,重新纂辑其诗集的任务就落到族弟王庭的肩上。王庭于康熙十一年(1672)刊刻了《二槐草存》不分卷①。卷首王庭序云:

> 嗟乎,介人之殁,于今二十年矣。其生以诗名世,殁久而不为其诗传,是予之责也。因介人先时遇盗,携有《春秋二槐堂集》,尽溺于水。朱子近修于其家觅旧稿,不可得。偶朱子锡鬯有选抄一帙,初嫌过少,欲谋梓,尚迟之。迟之既久,予且老,恐不能复待,乃近修昨又殁矣。暇日尝与徐子庚清、周子青士语及,再三叹惋,遂即取所存抄本,相与阅定梓之,聊使其有传,不致湮没焉。
>
> 嗟乎,维予与近修诸子与介人之诗相为始终者也。介人,少同予学诗,后数年有庚清,再后数年有青士,又后数年有锡鬯,皆同里巷,相与晨夕,而近修自移家来,中与介人唱和,亦十余年。于是介人先后所作诗,诸子习知之,尝与予共评论之矣,谓介人诗不齐,有沉雄悲飒似杜者,其凤所宗尚也;有和厚似王,有幽淡似韦,有浓纤诡丽似长吉、义山二李,意兴所托,不可一类求。晚年务趋奇险,致人大怪,要非老于文学不能为之。
>
> 嗟乎,方今诗家规模唐人形似,自号正宗,而负才不平者,又激而趋于宋。如介人所作,正变各殊,不离大雅。其诗之名世,合之众论,故不虚也。今存诗约二百首,未当其全什一篇,虽过少,然即此亦足以传,岂谓介人尚多遗憾哉!介人作词多,等于诗,今亦搜得其一二,将续为之梓。若介人之为人,不尽于诗与词,予既详之于传,故不复赘云。康熙十一年七月望日,弟庭记。

在这篇序里,王庭说朱彝尊曾选钞王翃诗一帙,可惜太少,后来即取所存抄本,与徐棨(字庚清)、周笮(字青士)阅定而梓之,存诗凡196首。朱彝尊选钞的原本今本已不可见。王翃的好友谈迁在《王介人传》中曾说:

---

① 《四库全书存目丛书》集部第205册据北京图书馆藏刻本影印。

"诗稿虽失,友人周公祯、朱锡鬯颇录十之七。"王庭《王介人传》说:"其诗词旧章,多散在友人处,近修为搜集之,终不得。锡鬯曾手录其诗数百首,幸今尚存。"朱彝尊在《明诗综》里多次称道"亡友王介人",《小传》云:"翃,字介人,嘉兴布衣。有《秋槐堂集》。"朱彝尊编纂的《明诗综》,刊刻于康熙四十四年(1705),录王翃诗34首,其中21首诗就不见于王庭刊刻的《二槐草存》,只有13首亦载于刻本《二槐草存》,这说明朱彝尊《明诗综》录王翃诗不是依据《二槐草存》刻本;王庭于康熙十一年的刻本也不是依据朱彝尊的钞本。王庭和沈季友都记述王翃诗篇超过千首,谈迁说朱彝尊所录十之七,肯定不止王庭所刊的196首,刻本卷首王庭《王介人传》所谓"锡鬯曾手录其诗数百首,幸今尚存",从语气看,他的刻本并不就是依据朱彝尊的钞本。这196首的刻本,录诗数量或只王翃诗歌十之一二,是一个非常不完备的本子。所以北京图书馆藏刻本《二槐草存》卷末有周翰的题识,曰:"初见疑非足本。及前后细读,方知言远先生重刻仅此耳。"言远,王庭的字。王庭的刻本,的确就仅仅是这个本子,但是这196首诗,与王翃原来的《春槐堂集》《秋槐堂集》各(或"共")千余首,都相差太远。绝不是一个足本。即使是刻本的这196首,加上《明诗综》里的另外21首,总计217首,也远不是王翃诗歌的原貌。

后来的各种选录王翃诗歌的选本,有的就是基于刻本《二槐草存》和《明诗综》而选录的,如沈季友纂辑《檇李诗系》,康熙四十九年(1710)刊刻,虽然四库馆臣称其"残章剩句,搜访靡遗;擛摭之勤,殊为不苟",但该书卷二十四录王翃诗16首,出于《明诗综》者7首,出于《二槐草存》者9首,没有新的增补。

至乾隆二十五年(1760),朱琰辑《明人诗钞正集》刊刻行世。此书卷十四录王翃诗32首,其中《君马黄》、《荒原》等若干首是第一次选录,未见于前两种选本。朱琰的选录有何依据呢? 在《小传》后朱琰说:

　　余少学诗,知有介人,读《明诗综》,介人诗存三十四首,短章居多,即《静志居诗话》所载五七言高华之句,恨不得全诗读之。后与梅里李秋锦后人敬堂交,获见《二槐草存》,敬堂又购得钞本一册,伏而诵之,命意构章,一本杜陵,间涉右丞、左司藩篱,气味、音节、色泽无一落唐以后。此启、正诗人中一大家也。余钞《明诗正集》,以介人诗合之吾乡彭若斋诗,终其卷。二公是一时作者,诗稿皆未得流传,故所钞略多。然集隘,不能不割爱,为可憾也。

原来,朱琰从嘉兴诗人李良年(字秋锦)的后人李敬堂那里见到了刻本《二槐草存》和另外一册钞本,据此而新辑了若干首。李敬堂,即李集,字绎曱,号敬堂,浙江嘉兴人。他与李稻塍还纂辑了《梅会诗选》,选录王翃诗尤多。《梅会诗选》,乾隆三十二年(1767)刊刻。其《二集》卷三、四选录王翃诗136首,其中《桃源道中》《寄牧云和尚》等十余首是第一次入选,显然是李集依据"又购得钞本一册"。乾隆年间,还有另外一位嘉兴文人许灿搜集乡邦文献不遗余力,曾辑录《梅里诗辑》二十八卷,道光三十年(1850)刊刻。许灿,字晦堂,嘉兴人。诸生。《梅里诗辑》卷三选录王翃诗151首。其中近40首是第一次入选,未见于上述各种文献。那么,许灿增选王翃诗篇的文献依据是什么呢?这似乎是一个难以考实的问题。在上海图书馆古籍部藏有善本《春秋二槐诗钞》(索书号:线善T10495),一卷,馆藏目录著录为稿本,其实应该是抄本,录诗凡三百余首,其内容是先录刻本《二槐草存》196首,再补录《明诗综》的20余首,而《明人诗钞正集》《梅会诗选》《梅里诗辑》中新补的王翃诗篇,均见于此抄本。首页书名下钤有"借青阁图书"印。借青阁,即是许灿的室号。此抄本外封题词:

> 借青阁藏,即与介人同里人也。姓许,字晦堂,有《借青阁集》行世,见《随园诗话》。此书为晦堂校过,未见刻本。

上图的这个抄本,当就是由许灿抄录的。卷首除了录有王庭的《二槐草存原序》、朱一是的《处士王君生传》和《处士王公介人墓志铭》外,还有王庭的两种《王介人传》,前者题下括号注"此传刻于《二槐诗存》之前",传文内容同于康熙十一年刻本《二槐草存》所载,惟"介人生时,常自言吾死后当仿延陵十字碑,置短石墓左,大书'有明布衣王翃介人之墓'"一句,"有明布衣",刻本作"有故布衣";后者题目下括号注"此见金氏本"。或许这个"金氏本"就是朱琰所提到的"敬堂又购得钞本一册",许灿将康熙十一年王庭的刻本,补上朱彝尊《明诗综》的20余首,再与这个抄本合在一起,重新抄录,就形成了上图所藏的许灿抄本《春秋二槐诗钞》。正如前说,清代各种选本选录王翃诗歌,不外乎基于上述三种文献,所以各种选本中的王翃诗,均见于此本。

　　但是,即使这录诗三百余首的《春秋二槐诗钞》,与王翃实际作诗一两千首,也是相差太远,远不能反映王翃诗歌创作的全貌。《春秋二槐诗钞》有十余篇《效……》、《拟……》和大量的旧题乐府诗,只能印证王庭《王介人传》中所提到的王翃"慨然以兴起绝学为己任,以汉唐作者为必可至"的诗学观念。《春秋二槐诗钞》大多数诗篇抒写的内容是思乡怀友,即物兴感。真正触及时事的诗篇仅数首,如《江亭遇旧》"老畏干戈满,愁闻羽檄频";《乱后得张子书》"万里河山经百战,十年重到故人书";《维扬逢张子》"谁料十年兵火后,故人今日在人间",从中隐约可以看到诗人经历明末乱世和国变的身影。又如陈子龙抗清失败,投水殉国。王翃作《哭陈卧子》:"天柱西崩日气衰,孤臣饮血痛无辞。生将完体从鱼腹,死有留名在豹皮。亡国自吴潮尚怒,招魂入楚赋恒悲。故人堕泪龙潭水,入梦还惊下榻时。"赞颂陈子龙死得其所,抒写哀悼之情。又有一首《与客话左宁南事》,诗曰:"长城万里羡当年,楚泽军容盖世传。三月晴风高战鼓,九江春水下楼船。韩、彭心事应难论,李、郭勋名不易全。漫道勤王师独正,江南处处起风烟。"左良玉在辽东抵抗清军,那是盖世英雄;但在南明王朝建立之初,以清君侧之名,从武昌起兵进攻南京,颇有不良野心。所以王翃说他的心事比不上汉初的韩信、彭越,功勋更不如唐代名将李光弼与郭子仪。在这三百余首诗篇中,触及时代的,仅仅这寥寥数首。

　　是明清易代、清军南下如此沉重的历史事件,本来在王翃诗中就没有留下多少痕迹?还是朱彝尊、王庭等在刊刻时有意识地淡化了王翃诗歌的现实感、沉重感?还是清人录王翃诗所据原稿钞本,本来就残佚不完整？如果没有更为完整的王翃诗集传世的话，这就是明代诗史上一桩无法定谳的公案。所幸的是，在上海图书馆还藏有一部较完整的《王介人集》。

二

　　上海图书馆古籍部藏王翃撰《王介人集》不分卷，抄本（索书号：线普长342069－71）。正文首页首行题"王介人集"，下署"古檇李　王翃著，弟庭　阅"。钤"叔彝校"、"上海王庆勋家藏过"等印。王庆勋（1814—1867），字叔彝，号椒畦，上海人。嘉、道间附贡，官岩州知府，有《诒安堂诗余》等词集传世，词风近于"浙派"。又钤"王培孙纪念物"印，曾为民国时期著名教育家、藏书家王培孙收藏，后入藏上海图书馆。

　　《王介人集》收录王翃诗1 170首，分体编排，其中五律190首、六律2首、七律142首、五排50首、七排3首、古乐府184首、四古40首、五古146首、七古42首、五绝81首、六绝20首、七绝229首、杂言41首。前述的《明诗综》、《二槐草存》以及许灿抄本的诗篇，均见于此《王介人集》。《王介人集》所录诗歌有年份可考者，最后一首为《送言远弟之广州》，王庭（字言远）是顺治六年进士，不久任广州府知府。此诗当作于顺治六年或七年初。顺治九年，王翃南下广州，诗稿遗失，此后在广州所作，未见于此《王介人集》。这部抄本《王介人集》虽不是王翃诗歌的全集，但是1 170首，最为接近前人传记记述的数量，是相对来说最为完整的王翃诗集。王庭在康熙十一年的《二槐草存序》里只说："今存诗约二百首，未当其全什一篇。"而这部抄本《王介人集》录诗一千余首，想必是在康熙十一年（1672）至三十二年（1693，王庭卒年）这约20年里辑录所得的。

　　卷首有王翃的《自序》，较为稀见，迻录于下：

　　　　吾未始学诗，而好作诗，凡欢愉愁怨，心有所感，触境遄发。窃以为有得，故若是其易也。三年而疑曰："夫诗原性情，岂鏧悦徒工哉！"已而殚心揣摩，与古优孟，自以为诗之道在是矣。五年而复疑曰："若是,拙于同面,陋比刻舟,殆有间也。"乃复朴斫六经,丹腹百家子史,取气汉魏,造格两唐,效其音而变之,入其体而离之,每命题遣意,必会理中法,简炼揣摩,以为篇章,使片词只字,皆若出乎金石。又十年而成。嗟乎,诗难言哉! 夫诗虽工,耳目不广,同于井窥,欲事远游观方,以肆吾学。两渡越江,三入白门,历淮楚邹鲁之郊,放乎燕赵,足所不及,或交其人,与上下其论,以是俱知之,归而省吾诗确如也。更十年,吾春秋四十有二,自叹筋力殊非壮年,国变之后,瑾户三月,聚生平所著,散失过半,所存四千余篇,乃略为审定,芟荆拔莠,落实怀芳。自万历丁巳,至崇祯甲申,二十八年,得诗千百篇有奇。集成,题之曰《春槐堂集》,辙欲问世,将以翼他日之复进吾疑者也。时乙酉十月,梅里王翃题。

序中自述学诗经历,就像他三十岁作《述怀》"言诗辟风雅,吐词耀华鲜"那样,颇为自负。据此序言,王翃在乙酉(即顺治二年 1645)将自万历丁巳至崇祯甲申(1617—1644),即自少年至国变时的四千余篇删削至一千余首,题曰《春槐堂集》。但抄本中也录入乙酉以后的诗篇,应该是由其族弟王翃在《春槐堂集》的基础上补辑了国变后的若干诗篇而成的,故不再题署《春槐堂集》,而题曰《王介人集》,并署"弟庭阅",即是经过王庭编纂的。

谈迁在《王介人传》里说:"介人服膺杜甫。"前引朱琰《明人诗钞正集》论王翃诗"命意构章,一本杜陵",但只有通读这部《王介人集》,我们才能真正得出"一本杜陵"的印象。王翃虽然只是一介布衣,但是蒿目时艰,笔触伸向民生的哀苦、政局的昏乱、国势的沉沦。时代的严重问题在他的诗歌中得到了表现。

(一)哀民生多艰。作为一个布衣,王翃对于社会底层人们的苦难有着更为切己的体验,特别是遇到天灾,加上人祸,百姓在死亡的边缘挣扎,激起他的深切同情,于是形诸笔端。《二槐草存》曾录七言古《忧旱》,叙写春夏间江南的旱灾,田无青苗,物价飞涨,尸满沟壑,更为凄惨的是"有司置之莫以告,犹严法令烦征徭",诗人私自叹息:"窃恐旦夕妖星高。"如此天灾人祸迟早要激起民变,引起暴乱。最后诗人期盼:"安得五日一风十日雨,使彼康衢鼓腹长歌谣。"这种民胞物与的情怀,可以说"一本杜陵"。这类诗篇,在《王介人集》中还有很多,如《官米行》、《榷叹》,谴责朝廷税收的繁重;《苦雨行》叙写江南秋天大雨成灾,但"仍闻多征求,军国输远辙",诗人指出"脂膏固有限,饥馑已殚竭",百姓已陷入绝境,无法过活,不容再肆搜刮。最后诗人感慨:"风化久失宣,忧勤动岩穴。"末句正是源自于杜甫"忧端齐终南,颏洞不可掇"(《自京赴奉先县咏怀五百字》)。

(二) **忧晚明政局**。晚明时,虽然前期的万历帝和崇祯帝兢兢业业,勤于政事,但是宦官专权、党争激烈,政局陷入混乱。王翃虽远离庙堂,但在诗歌中表达了对时局的忧思,对明末政治的反省。明神宗皇帝早年励精图治,积极改革,在王翃心中留下好印象。王翃《神庙》诗赞他"文、景同光汉,成、康继美周",誉之为汉代的文帝和景帝、周代的成王和康王。但是万历后期,党争激烈,朝纲不振。特别是万历三十九年(1611,辛亥),东林党和它的反对派南北党争空前激烈。那时王翃还是个孩童,后来他有一首五律,题为《辛亥》,咏叹党争事。诗曰:

> 殒血甘戎首,群然激异同。党人分洛蜀,封事决雌雄。法纪葭莩外,朝廷水火中。忧时方预叹,遗祸此焉穷。

此诗以北宋洛党和蜀党比拟当时的党争,党争的结果是法纪荡然,廷臣水火不容,遗留无穷祸害。后相继发生了"梃击"、"红丸"、"移宫"三大案,国势一蹶不振。王翃《痛哭》一诗悲叹曰:"痛哭当年事,持危使自平。圣心伤爱子,国法坏书生。三案终疑狱,千秋失定评。坚冰嗟所至,久切履霜情。"末二句,诗人慨叹神宗不能防微杜渐,乃至于国家陷入危难的境地。晚明政治的另一严重问题是宦官弄权,东林党人和魏忠贤宦官势力展开殊死搏斗。王翃显然是站在东林党人的立场,其《感时三首》愤慨地抨击魏忠贤阉党的胡作非为。其中第二首曰:

出入催缇骑,骚然驿路烦。追呼徒饮痛,罗织更衔冤。杨左身难
赎,崔田位自尊。仍闻起三殿,土木尽中原。

诗歌讽刺魏忠贤势力之嚣张跋扈,打击异己。杨、左,指杨涟与左光
斗,二人弹劾魏忠贤,被诬陷入狱,最后被迫害致死,王翃慨叹二人"身难
赎";而阉党的爪牙田尔耕、崔呈秀"位自尊"。天启年间,魏忠贤还在大
兴土木,修建三殿。这首诗题曰《感时》,堪称"诗史",揭露了阉党迫害东
林人士的血腥和为非作歹的罪恶。崇祯皇帝继位后,虽然惩治了魏忠贤,
镇压了阉党,但党争余孽仍在,最终导致明朝的败亡。崇祯皇帝煤山自缢
后,他作了七律《烈皇帝哀词》,首四句曰:"九重孤立感宵衣,一日忧劳总
万几。有主独堪持国运,无臣竟致失天威。"歌颂崇祯帝日理万机的忧劳,
斥责朝廷无臣,竟致失天威。末二句"千里故墟禾黍积,哀时野老泪徒
挥",面对沦陷的河山,他像"少陵野老吞声哭"(杜甫《哀江头》),老泪
纵横。

(三)愤斥叛乱和侵略。崇祯十七年(1644)农历三月十九日,李自
成农民军攻入北京,大肆烧杀凌虐,导致明朝随后的灭亡。《王介人集》
中七律《京师》,咏叹这场惊天变故:"直北天垂路不穷,伤心无计问来鸿。
兵征往岁占朱厌,日气高秋掩白虹。春塞忽惊三月火,汉家空待贰师功。
可怜京国沦戎马,四海生民鼎沸中。"诗人激切盼望北方的消息,却是"伤
心无计问来鸿",占问天象,将有剧变。果然,三月里京国沦为战场,百姓
置身于水深火热之中。后来李自成叛军在清兵红衣大炮攻击下,到处流
窜,顺治二年经襄阳入湖北。王翃作了七律《宿迁道中闻襄阳寇变》,其
后四句曰:"南国疮痍犹未恤,中原豺虎更相催。侧身天地愁无处,四海空
怀作赋才。"王翃三十岁时作的《述怀》,自序"差池屈、宋轨,庶几班、扬
肩",但是身处乱世,即使有屈原、宋玉的赋才,也是徒然"空怀"。

其实,比农民起义更可怕的是东北建州女真族的崛起。自明代万历
时努尔哈赤统一女真族以来,它成了大明社稷最为直接的威胁,但是明廷
大臣却没有意识到。如万历三十三年,重新起用李成梁任辽东总兵前将
军,主动丢弃了辽左六堡。当时边塞军备废弛,毫无战斗力,军人和百姓

一起向关内逃跑。王翃《感事四首》之一吟叹曰:"天子方垂拱,将军不备边。共传留督府,久废事屯田。国富终无日,兵资罄有年。关城闲土马,抛甲雨中眠。"万历帝后期不理朝政,王翃说其垂拱而已,皇帝懈怠,将军也"不备边",兵资告罄,江山的危殆可想而知。王翃一首五律曰:"蓟北十年来,烽烟暗不开。秋高胡马健,风急塞鸿哀。白发将生镜,黄金未上台。徒怜忧国计,长屈幕中才。"此诗以《警》为题。在将军不备边的危难时势中,身为布衣的王翃以诗歌拉响了警报。明末经略辽东的将领,轮番撤换,却少有作为,至洪承畴,几乎将整个辽东拱手让给后金。王翃《辽亡》诗曰:"狼烟一夜入东陲,经略何堪屡丧事。袖手坐观胡马入,城头犹竖受降旗。"诗中斥责投降清军的经略,或即指洪承畴。另外一首《关河》,曰:"关河不闭汗戎衣,征马长嘶苜蓿肥。万里金汤轻一掷,使臣携得玉钱归。"斥责的是一怒为红颜的吴三桂。清军入关后,在铁骑之下的江南人民的凄惨境地,屡屡形诸于王翃笔端。《乙酉》曰:"六月烽烟接地红,纷纷汗雨过腥风。胡来千里无青草,禾黍先资马腹中。"《兵后初至郡》曰:"残日荒城一棹过,白杨吹叶走寒波。伤心瓦砾高低处,歌舞无声鸟雀多。"七律《孤云》有句曰:"昨夜前军传羽檄,海门风急下天旌。"《天边》有句曰:"满地干戈思远窜,移家不厌入山深。"

王庭的《王介人传》记载了顺治二年,清兵下至江南时,严正矩任嘉兴郡理,尚未及任。时嘉兴告变,清兵准备屠城,问顽民罪。王翃与严正矩有旧。严正矩"遣一介通介人,谕吾里稍薙发,就抚安,介人从权济变,保存一方,有酌于利害重轻而为之,尚非其初心,或倔强自名好义者,欲杀介人甘心焉。于是介人之功不可掩,而心几不可白",意思是清兵在嘉兴屠城时,严正矩派人劝告王翃,晓谕乡亲们稍微剃去一点头发,以就安抚。王翃听取了严的劝告,保存一方民众,但有一些倔强的所谓的"好义者",怒而要杀王翃。王翃虽然保护了乡亲,但是蒙受了不白之冤,似乎是个投降者。这个权变之举,在王翃诗里也有反映。《漫书》五六句曰:"王风自息周威烈,胡服初更赵武灵。"前句谓华夏正统遭篡夺,后句则以战国时的胡服骑射比拟当时的剃发令。但王翃并没有投降清朝。《王介人集》中有一首七律,题为《严将请当事官余,余力辞,赋以自志》,严就是指严正矩。诗中有句曰:"避乱自能添白发,立深端不负苍天。"后一句正显示出这个布衣忠于故国的节操。当南明小朝廷在南京成立时,他作了《南都拥立》一诗:

> 斩木惊传一夜呼,甘泉烽火入燕都。铜盘露下金人泪,白水旗南赤伏符。五色成云龙有象,九苞振采凤遗雏。封狐授首天戈在,拭目宣光定鼎图。

虽然最终南明王室不竞,但王翃是怀着拥戴的心情对它抱有期望的。五六句意谓南明为皇室血统,有帝王之相。末二句期望南明王室平叛大恶,恢复神州。

(四)志士的挽歌。面对天崩地陷的时代大变局,王翃虽然是一个布衣,但他关切时局,胸中充满忧患和愤懑。顺治元年十月初十日,顺治帝向全国颁发即位诏书。在《王介人集》中有一组《禽言》诗,小序署的日期是甲申十月。序曰:

> 国事寖衰,贤才略尽,奸位者犹怡燕雀。余处布衣,君门天远,不能建言及国。然生斯世,耳目当时,又不能徒守其默。爰赋禽言十章,用宣胸臆,譬犹吠虫鸣鸟,自吟自止,法无禁于此类也。甲申十月识。

满腔忧国泪只能若吠虫鸣鸟般的,化为诗篇,聊以宣泄愤懑。组诗之五曰:

> 行不得哥哥,四邻纷纷戎马多,谁能为我挺长戟。肘左佩金杀诸贼,草莱伏者伤心人,一声入耳形沾巾。疮痍吴楚蝗燕秦,白日惨淡昏沙尘。行不得哥哥,卑飞敛翼奈我何!

王翃也怀有壮志。《漫书》诗中说"壮志不随双鬓改,百年又见一春过"。但是一介布衣,在乱世中能有几多力量?后二句"为问樵苏更何计,天涯无处不干戈",满天硝烟,寻个避世的去处也难得。《初闻》末二句曰:"寥落书生长剑在,壮心今日已寒灰。"百无一用是书生。虽然壮心似寒灰,但王翃有多首诗篇表达了对抗清志士不屈而死的哀挽和礼赞。

弘光元年,清兵先后攻克南京,杀害福王;攻破杭州,潞王投降。浙江大儒刘宗周在南明小朝廷里任左都御史,绝食而死。王翃作《挽刘念台都宪》诗曰:"苍生属望重儒珍,三十余年社稷身。一曲镜湖初赐老,千秋鼎祚忽飘尘。功羞擒虎终降将,死惜逢龙旧谏臣。从此汉家无日月,独骑箕尾列星辰。"刘宗周是晚明儒学大师,雅负朝野清望。古语曰:"天不生仲尼,万世如长夜。"王翃说,刘宗周一死,从此汉家无日月,儒家的文化传统自此沦亡。据《明季南略》载,顺治二年乙酉六月,清兵攻破杭州。刘宗周的学生王毓蓍(字玄趾)坚决不投降。"闻刘宗周举义,毓蓍喜;越数日事不就,乃为书告曰:'门生毓蓍已得死所;愿先生早自决,毋为王炎午所吊!'"(文天祥被执时,王炎午作生祭文以励其死。)随后赴水自杀。王翃作《挽王玄趾秀才》曰:"曾于南国见人龙,盘薄稽山气所钟。著远不能筹汉策,图穷无计事秦凶。哀歌此日闻孤竹,败绩何年破独松?肯向仇庭崩厥角,一生名义就从容。"末二句谓怎肯向侵略者俯首称臣?宁愿从容就义,以成就一生英名。徐石麒殉节时,王翃也有《挽徐虞求冢宰》,惜颔联残佚。在崇祯末年,王翃曾拜谒时任浙江绍兴府司理的陈子龙,诗词得到陈子龙的称誉,陈还特为之撰《王介人诗余序》。在五古《赠陈卧子司理》诗里,王翃称赞陈子龙"崇望推巨儒,足为国家桢",又说"行将宰天下,勋业回盛明",将恢复故国的心愿寄托在陈子龙身上。可惜后来起义兵败,陈子龙被俘,投水而死。王翃闻讣,作《哭陈卧子掌科》,曰:

> 天柱西崩日气衰,汉臣饮血死无辞。全归自托江鱼腹,作厉宁忘博浪椎。新谷不留孤子食,故人空赋八哀诗。华亭唳鹤今何处,触梦犹惊下榻时。

第四句博浪椎,用张良的典故。《史记·留侯世家》载,韩国被秦灭了以后,曾五世相韩的张良与客在博浪沙以大铁椎阻击秦始皇。王翃诗句谓陈子龙即使做了厉鬼,也不忘反清复明。这首诗在刻本《二槐草存》和各种选本里文字多有改动,第四句改为"死有留名在豹皮","汉臣"改为"孤臣"。这个改动也说明了王翃此诗具有触及时讳的政治内涵。

王翃是晚明布衣中的狂人,曾感叹"草草天下人,视我如赘疣"(《落日》)。就像杜陵布衣"穷年忧黎元,叹息肠内热"一样,在明清世变中,他在感愤忧思,并用"诗史"般的笔墨记载这场大动乱、大悲剧。前引王庭的《王介人传》曾记述王翃"从权济变,保存一方,……而心几不可白",今天的读者只有依据上海图书馆藏的这部收录一千余首诗的《王介人集》,对王翃的政治态度和思想情怀才能具有真正的认识;也只有依据这部钞本而不是康熙十一年刻本《二槐草存》,我们才能真正理解沈季友所谓"既遭兵乱,多感愤叹咤,见之篇章"(《槜李诗系》)卷二十四),朱琰所谓"命意构章,一本杜陵"(《明人诗钞正集》卷十四)的沉重的意义。

(载《复旦学报》2014 年第 6 期,收入《2013 年明代文学国际学术研讨会论文集》,凤凰出版社 2015 年)

少年记忆与《秋柳》诗之微旨

一、《秋柳》吟成费注笺

顺治十四年(1657)，王士禛 24 岁，八月集诸名士于济南大明湖畔，作《秋柳诗》四首，远近传唱，和者数百人，后人也多追和之作，成为清代诗歌史上一桩盛事。然而，王士禛的诗虚灵婉约，不免浮泛空滑，时人讥其"诗中无人"，早年的《秋柳》四首已流露这一特征，沈德潜就曾批评这四诗"不切秋，并不切柳"①，有脱空的毛病。甚至有人轩轾说原唱不如和作。如盛百二谓《秋柳》之众多和作，当以顾炎武、曹溶二公为最，即原唱亦不及也。顾炎武诗末"先皇玉座灵和殿，泪洒西风夕日斜"二句，曹溶诗起句"灞陵原上百花残"，意旨显然，"皆是诗中有人"②。谭宗浚比较王士禛和顾炎武二人的《秋柳诗》曰："尚书文藻剧蝉联，《秋柳》吟成费注笺。果否胜朝桑海感？悲凉翻逊顾圭年。"自注："顾亭林亦有《秋柳》诗，似指前代宗藩之沦落者。词意凄婉，似在阮翁之上。"③晚清时的吴仰贤也认为曹溶、朱彝尊、徐夜等人的和作"风格老苍，远胜原唱"④。朱彝尊《同曹侍郎遥和王司理士禛秋柳之作》五六句"亡国尚怜吴苑在，行人只向灞陵看"，徐夜《和阮亭秋柳四首》其二"美人迟暮何嗟及，异代萧条有怨思。日夕相看犹古道，汉家宫树半无枝"也直接点名叹息亡国、异代的

①　按，沈德潜《国朝诗别裁集》36 卷本(吴县蒋重光乾隆二十四年刊刻)卷四评曰："集中如《秋柳诗》，乃公少年英雄欺人语。为所欺者，强为注释，究之不切秋，并不切柳。问其何以胜人，曰：佳处正在不切也。为之粲然。"乾隆二十五年重订 32 卷本删去此评。
②　盛百二：《柚堂笔谈》卷三，《续修四库全书》影印乾隆三十四年刻本。
③　谭宗浚：《舟中读诸家诗各题一绝》，《荔村草堂诗钞》卷二，《续修四库全书》影印清光绪十八年刻本。按，顾炎武明亡后曾自署"顾圭年"。
④　吴仰贤：《小匏庵诗话》卷三，《续修四库全书》影印清光绪年间刻本。

主旨,意思更为显豁。从这些唱和诗来看,当时人从王士禛的原唱中领略到了世变兴亡之感,并作了呼应和引申。

　　然而,到底王士禛的《秋柳诗》主旨是什么? 是否有"本事"? 这似乎是一个难以索解的谜面,后人纷纷探究,而莫衷一是,然大体上是在"政治"与"美人"之间徘徊。最早是乾隆九年(1744)屈复的《王渔洋秋柳诗四首解》刊刻行世,屈复解释这四章"皆寄刺南渡之亡也"[①]。屈复虽然年辈较晚,生于康熙七年(1668),但不做清朝的官,有强烈的民族思想。他看透了南明小朝廷的内讧和腐败,所以对王士禛的《秋柳诗》作如此解读。屈复《和王阮亭秋柳韵四首》其一曰:"一枝难系王孙住,重荫东南未可论。"更是直接点明了主旨。当然这只是屈复的理解,不一定符合王士禛原诗的本旨。屈复的解释后人褒贬不一,姜恭寿赞其解"甚为平允",姚莹批其"大旨已非"。在乾隆年间,屈复的解读差点儿给王士禛诗歌带来灾难。据陈康祺《郎潜纪闻》等记载,乾隆五十二年(1787),某礼部尚书曾掎摭王士禛等人诗中"语疵",奏请毁禁,事下枢廷集议,管世铭判定语意无违碍,终免遭一劫。管世铭追纪其事云:"诗无达诂最宜详,咏物怀人取断章。穿凿一篇《秋柳注》,几令耳食祸渔洋。"[②]

　　继屈复之后,刊刻于乾隆二十四年(1759)的伊应鼎《渔洋山人精华录会心偶笔》,随文笺释,谓"娟娟凉露欲为霜"一首"可与《板桥杂记》参看";谓"东风作絮糁春衣"一首"当与庾信《哀江南赋》并读之",意即《秋柳》诗蕴含着易代世变的"沧桑之感,云亡之痛"。至嘉庆二十四年(1819),李兆元刊刻《渔洋山人秋柳诗笺》,解释第一首是"吊明亡之作",第二首"为福王作也",第三首"为南渡遗老诸公作也",第四首"专为福王故妃童氏作也",梁章钜称赞李兆元的笺注"钩深索隐,虽未必尽合渔洋本旨,而旁引曲证,要可谓之善说诗者"。但梁氏又说屈复的注解"大略与李瀛客(兆元)同",则未能深辨屈、李之异。其实屈复和李兆元的立场是有明显差异的,屈复虽然不是遗民,但带有浓厚的遗民思想,解释此四诗"皆寄刺南渡之亡也",谓王士禛作此四诗讽刺南渡小朝廷不能匡扶社

---

① 按,本文所引各家解说,均见拙编《渔洋精华录汇评》,齐鲁书社 2007 年。
② 按,史梦兰《止园笔谈》卷二、俞樾《茶香室续钞》卷十四等都记载此事。

稷;但李兆元是站在大清顺民的立场,如解释第三首曰:"好语西乌莫夜飞,则以我国家奉天承运,代明复仇,闯、献余孽,胥已歼灭,不必复效沈攸之妄兴恢复之兵,自取亡败也。"何士祁题李兆元笺注曰:"珍重西乌莫夜飞,先生托兴亦何微。若教三逆知前鉴,早向军门卸铁衣。"①概括了李兆元笺注的主旨,但这是否捉定了王士禛《秋柳诗》的本意呢? 恐怕未必。

同治年间王祖源和郑鸿都将《秋柳诗》解释为"吊明亡而作",基本上是沿着李兆元的方向,勾稽本事,牵连史迹,各作比附。至光绪十二、十四年,徐寿基的《秋柳诗诠》、高丙谋的《秋柳诗释》都否定"思明说",提出"渔洋当日实为福藩故伎郑妥娘作"的新说,他们的理由是王士禛的外孙朱晓村有《秋柳亭图》,座中绘一女子,其画幅跋语谓"文简公《秋柳诗》,为明福藩故妓作也",似乎言之凿凿。其实,朱晓村所画《秋柳亭图》更可能是在乾隆年间"文字狱"风声日紧时的一种障眼法,并不足以据此上探《秋柳诗》的本事②。

此外还有其他的种种解释,都是在上述两类解释的基础上随意引申,无足深辨。至 20 世纪 80 年代初,苏仲翔先生调停"主吊明"和"主寄怀美人"二家之说,谓二者"貌异心同,不必强为分辨,词不害意可也"③。李圣华先生的《王士禛〈秋柳四首〉"本事"说考述》考辨各种"本事"说多是附会增饰之论,认为"四诗咏柳物写心,感慨历史变幻、繁华易逝、人生多愁,呈现出一片迷蒙幻灭之感。这种伤感与明清易代有一定的关联,但我们却不必将它说成与某一特定的历史事件有关"。的确,古人解诗好穿凿附会,粘着史事。谓《秋柳四首》句句隐讽某人某事,每个意象都有深意,这样的索隐确是附会增饰之论。

---

① 见拙编《渔洋精华录汇评》第 604 页。按,"三逆"指清初吴三桂、耿精忠、尚之信起兵反叛。昭梿《啸亭杂录》卷一:"国初自定中原后,复遭三逆之乱。"

② 李圣华:《王士禛〈秋柳四首〉"本事"说考述》(《沈阳师范大学学报》2005 年第 5 期)驳斥"为郑妥娘作"的说法,理由充分,可参看。

③ 苏仲翔:《王渔洋〈秋柳四章〉会释》,《丽水师专学报》1984 年第 3 期。

二、少年记忆与"沧桑之感、云亡之痛"

问题是,我们能在多大的程度上将《秋柳四首》与明清易代的历史剥离开来? 或许不能直接说《秋柳四首》与某一特定的历史事件有关,但是诗中提到白下、洛阳、梁园等帝王之都,运用黄骢曲、永丰坊、扶荔宫、灵和殿等有关帝王生活的典故,诗中浸透了浓重的惆怅哀怨的情思,不是一再提醒我们此定非流连光景之作吗? 王士禛在《秋柳诗四首序》中自道:"仆本恨人,性多感慨。寄情杨柳,同《小雅》之仆夫;致托悲秋,望湘皋之远者。"这不是已经告诉读者诗中有"寄""托"了吗? 清代诸多的研究者从诗中也品味出了"沧桑之感、云亡之痛",或许那些本事并不可信,但是诗中寄托了家国世变丧乱的"感痛",是不容抹杀的,不能以"词不害意"来搪塞而不去探究。

撇开"本事"索隐的方法,去勾稽史料,考察王士禛作诗的历史情境和当下心境,对于理解《秋柳诗》的寄托微旨,是有帮助的。

王士禛作《秋柳诗》时 24 岁。一个 22 岁就会试中式的"早达"青年[①],为什么不能意气风发、充满豪情,而是在诗中有如许莫名的惆怅呢? 这大约不能仅仅归结为"仆本恨人,性多感慨"的性格因素,而是与他的早年经历、少年记忆有着直接的关系。

王士禛少年时居住在山东新城,亲身经历了流贼的屠杀和异族的蹂躏,王氏一门,死者十余人,凄惨的一幕幕留给他深刻的印象,他后来一再记述崇祯年间的家国灾难。据《陇首集》附载《明史·忠义列传》[②],崇祯五年十一月(1632),吴桥兵变[③],南陷新城,王士禛的伯祖王象复及其子王与夔死之,时在王士禛出生前之两年。这样的家族悲剧,他年幼时应该

---

① 蒋寅:《王渔洋事迹征略》,人民文学出版社 2001 年,第 23 页。

② 按,王士禛编校之《陇首集》于汪琬《侍御王公传》前有《明史·忠义列传》一篇,内容为王与胤的传记,然此传不见于张廷玉《明史》以及清代各种明史著述,当为王士禛私下撰写。清代唯万斯同《明史》(清钞本)之《艺文志》著录:"王与胤《陇首集》一卷。(字百斯,新城人。崇祯戊辰进士,授庶吉士,选浙江道御史。)"

③ 按,"吴桥兵变"指崇祯四年辽东盖州卫人孔有德率军援辽,至吴桥起兵叛明,攻陷临邑、陵县、商河、青城、登州等地。

有所耳闻。崇祯十五年(1642)十二月,清兵破新城,即"壬午之难",王士禛伯父王与胤的长女、儿媳,伯父王与朋和两个儿子王士熊、王士雅等十余人死之,时王士禛已八、九岁。这场惨烈的家国之难,在少年王士禛的心灵上留下了沉痛的创伤。他一生都在反复回忆那一幕幕凄惨的场景,如《古夫于亭杂录》卷三记载"从兄孤绛(按,王士纯,从伯父王与夔子),殉崇祯壬午之难"。又,《五烈节家传》记载:"壬午冬,清兵再入关,以十一月至济,二十九日驻兵。新城沦陷。十二月初一日,伯母孙孺人(伯父王与龄妻)投井死,二子士瞻、士鹄守城,士瞻死于兵。士熊、士雅,皆守城死。"在《五烈节家传》里,王士禛还特别回忆了当时亲眼目睹他的母亲与堂嫂张氏(王士和妻)对缢自杀的一幕情景:

> 壬午十二月初一日,城陷,(张氏)自经东阁中,以发覆面。初,先宜人与张对缢,先宜人绳绝不死。时夜中,喉咯咯有声,但言渴甚。士禛方八岁,无所得水,乃以手掬鱼盎冰进之,以书册覆体上。又明日,兵退,得无死。视张,则久绝矣。①

这是多么惨烈的一幕景象啊！给年方八岁的王士禛的幼小心灵蒙上了阴影,记忆深刻,多年以后细节都历历在目。王士禛在文中赞叹曰:"壬午、甲申之间,诸母而下,节烈辈出！"

一年多以后的"甲申之变",王士禛 10 岁,家庭又遭变故,伯父王与胤一家多人殉难自杀②。关于此事,王与胤在崇祯十七年甲申四月二十六日绝笔书《自撰圹志》中记述得非常清楚,当时他因为上疏劾总兵官邓玘纵兵殃民而被罢归。家居已九年,本指望养亲教子,闭门读书,以终天年,"不意京师卒破,圣主以殉社稷上升。余闻之,雪泣沾衣,即欲攀龙髯而授命,特以望九老父未有归着,欲奉之走海滨,老父以祖宗坟墓故,入舟

---

① 王士禛:《渔洋文集》卷六,《王士禛全集》,齐鲁书社 2007 年,第 1612 页。

② 按,据王士禛《诰封朝议大夫国子监祭酒先考匡庐府君行述》"初,方伯公(王士禛祖父王象晋)元配成淑人,生先世茂才公讳与龄、侍御公讳与胤、明经公讳与朋;继配张淑人,生府君而早逝。"可知王与胤与王士禛父亲王与敕是同父异母的兄弟;又据王与胤《自撰圹志》称"嗣父象贲""父象晋",王与胤当是过继给了王象晋之兄王象贲。

复返。余不敢强，相次归家，遂偕妻于氏、子士和，并命于寝室。命也如斯，可奈何！"①王士禛在《世父侍御公逸事状》里记载曰：

> 世父侍御公讳与胤，字百斯，大父方伯公次子也。……甲申三月，闻流贼陷京师，泣涕不食。买舟利津之三汊，将浮于海。闻海道梗，夜起投水，为家人所持，不死。买冰片潜服之，又不死。乃舍舟归里，笑谓家人曰："吾不死矣。"家人信之。伺少怠，夜半登楼，与孺人于氏、子廪生士和同缢死，甲申四月二十六日也。留绝命词壁间，遗命薄葬，公死时年五十六，孺人少于公一岁，士和年二十八。……公死时，士禛方年十岁，稍长，与四方贤士大夫游，恐世父之事遂湮没而无传也，既乞能言者为志表传赞。"②

伯父一家殉国而死，这是王士禛在世变中又一次亲身遭际的丧乱之痛，后来在《五侄墓志铭》等文里，他还一再提及。《分甘余话》卷四，王士禛还记述先伯父王与胤《咏梅》"南枝与北枝，不作春风格"等句，陈伯玑评曰："公忠烈之性，已见于此。"若深文周纳的话，此二句正是有违碍字句。

令年轻的王士禛悲痛的不只是伯父的殉难，更在于伯父的忠烈没有剖白于天下，没有得到新朝的认可。顺治十年六月，清廷颁诏，"赐故明殉难大学士范景文、户部尚书倪元璐等，及太监王承恩十六人谥，并给祭田，所在有司致祭"（《清史稿·世祖本纪》）。汪琬《御史王公传并赞》云："世祖章皇帝既定天下，诏礼官具甲申死难诸臣本末上之。为之临朝太息，特命赐谥，宣付史馆，甚盛典也。凡蒙赐谥者，二十有三人，而公以左降家居，独不得与，议者至今惜之。"③因为王士禛的伯父殉难时居家，已无官职，因此不在旌表赐谥之列。汪琬同文又记曰："予友王子贻上，痛从

---

① 王与胤：《陇首集》附《自撰圹志》，康熙二年王士禛校刻本。
② 王士禛：《渔洋文集》卷十，《王士禛全集》，第 1674 页；又见王与胤《陇首集》，康熙二年刻本。
③ 按，此文见汪琬《尧峰文钞》卷三十四，又见王与胤《陇首集》。

父之不得闻于朝也,以其事寓予。"正是这种悲痛、遗憾与不平,促使王士禛花费心力,请陈允衡、钱谦益、汪琬、朱彝尊、杜浚、纪映钟等撰序、传、赞、墓表和跋,甚至自作了一篇《明史·忠义列传》作为附录,并在康熙二年(1663)刊刻了伯父王与胤的《陇首集》,表彰伯父的忠烈,立传不朽①。这既是抚慰伯父亡灵,也可说是对自身心灵创伤的一次安抚。从顺治十年清廷给殉故明之难者赐谥,到康熙二年伯父《陇首集》的刊刻,正是创作《秋柳诗》前前后后的几年时间,或许我们并不能同意方功惠把《秋柳诗》(其二)"不见琅琊大道王"一句直接解释为"痛诸父也"②,但是,说伯父殉国等家庭丧乱变故在王士禛心头上一直盘旋,为《秋柳诗》的创作奠定了情感的基调,应该是符合情理的吧!

在明清世变中遭际丧亡离乱的不仅是王士禛本宗,他的元配张夫人一家也未能幸免。王士禛《诰封宜人先室张氏行述》云:"甲申之乱,公兄弟携百口南渡,侨居金陵。乙酉去金陵,转徙京口,外舅以疾殁于金沙。宜人随诸母崎岖兵间,备历艰厄,丙戌始归故里。"③岳父逃难,病死于外。丙戌为顺治三年(1646),四年以后,王士禛与张氏成婚。在创作《秋柳诗》之前,王士禛定当备悉夫人张氏一家甲申年的艰厄,加重了他的丧乱之痛。

翻阅王士禛文集,他有不少文章如《任民育杨定国传》《刘孔和王遵坦传》《孝廉申君观仲墓志铭》都记载了耳闻目睹的明末忠烈死难的悲剧④。当然我们不能说所有这些都是他的少年记忆;但是若《张先生传》记载新城人张心勿之兄"死戊寅济南之变",《刘烈妇郝氏传》记载"明崇祯四年,叛将李九成等发难吴桥,反戈而南,破山东一郡五县,杀人如草。十二月七日陷新城,刘前徽妻郝氏死之",这些发生在家乡的悲壮故事,他应该早有闻见,这构成了他少年记忆的一部分。

---

①　按,据陈田《明诗纪事》辛签卷五,至乾隆中,朝廷才赐王与胤谥节愍。
②　见拙编《渔洋精华录汇评》,第34页。
③　王士禛:《渔洋文集》卷十一,《王士禛全集》,第1691页。
④　按,清初人们对明亡的看法不完全相同。明朝的遗民一般认为满清入主中原,大明因此亡国。而一些认同清朝的人则认为明亡于李自成起义军攻破北京,崇祯帝自缢,清兵入关,是顺天应人,代明讨贼。王士禛持后一种立场。

可见，王士禛少年生活于兵荒马乱的明清易代之际，家庭屡更丧乱，特别是在 8 岁的"壬午之难"、10 岁的"甲申之变"时，亲眼目睹多位亲人殉国罹难，这些血腥惨烈的场面给他幼小的心灵留下深刻的印记，也是塑造他"仆本恨人，性多感慨"的性格的重要现实因素。我们不能说《秋柳诗》就是吟咏壬午、甲申的本事，但是少年饱经丧乱留下的创伤性记忆，构成了他睹物兴情的心理基调，致使他的《秋柳诗》中浸润了浓厚的丧亡、世变感。这种丧亡、世变感无疑是有现实基础的。

三、《秋柳》诗作的当下情境

再看王士禛作《秋柳诗》时的当下情境。在《居易录》卷五中，他回忆作《秋柳诗》的情景说："丁酉秋，倡秋柳社于明湖，即大明湖，亦名濯缨湖。二东名士如东武邱石常海石、清源柳焘公䆳、任城杨通久圣宜兄弟、益都孙宝侗仲孺辈咸集。予首倡四诗，社中诸子暨四方名流和者不减数百家。"值得注意的是，这里提到的济南附近的诸名士，他们的父祖辈都经历了晚明的政治倾轧，也亲身遭遇了农民起义军逼杀崇祯帝、清军入关肆掠的惨痛世乱。王士禛对这一点是非常清楚的，从他后来的记述中可知这是经历过惨烈世变后的一群年轻人的雅集。邱石常是二东名士，王士禛在《李烈妇胡氏传》中议论说"明季壬午、癸未间，二东妇女死者众矣。或死俘执，或死道路"[1]。妇女如此，男人死者当为数更多。清源柳焘，字公䆳，其从祖父是柳佐。据《居易录》卷二十四，"天启中，宵人造《东林籍贯》诸书，（柳佐）又与先伯祖太师公（王象乾）同列党籍"。再看任城杨氏兄弟。大明湖畔的集会，本来目的就是送杨氏兄弟归济宁[2]。杨氏兄弟的父亲为杨士聪，据《感旧集》卷十六，"甲申贼陷京师，（杨士聪）投爱女于井，趣孔夫人与姜杨氏、祝氏绤，已则仰药自杀，为防守者觉，水灌之，大

---

① 王士禛：《渔洋文集》卷六，《王士禛全集》，第 1609 页。
② 与作《秋柳诗》四首同时，王士禛有《明湖北渚亭眺望有怀海石公䆳君房圣企圣美仲孺诸君》诗，中有"深渊思结网，高翼愧张罗"；"风期隔朋侣，雨散邈关河。洒酒龙山石，吾将买钓蓑"，表达了一群年轻人迷惘惆怅的情怀。

吐复活。孔悬绝,亦苏。二妾与女死焉。"在李自成起义军攻入北京城,逼杀崇祯帝后,杨士聪殉国而死的举动与王士禛伯父王与胤如出一辙。就是这样的一批殉国就义的忠烈之士的后代,在大明国运已去的顺治十四年,在大明湖畔赋《秋柳诗》,咏叹"他日差池春燕影,只今憔悴晚烟痕"等等,叹遭逢之寥落,喻愁绪之纷如,忆昔日之秾华,感目前之冷落①。同样,其兄王士禧《秋柳和贻上》"是处经秋总怊怅,伤心不独渭桥边",也不是流连光景之作,均有难以显言的伤心处。

当然,王士禛并不是明朝的遗民,既不似顾炎武等人不出仕新朝,也不像屈复那样具有浓厚的民族情怀,把《秋柳诗》解释为讽刺南明小朝廷,只能说是屈复自己心理意识的主观投射。进入新朝之后的年轻的王士禛思考更多的是如何凭仗科举,重振门楣。

新城王氏是望族。在明代,王士禛的祖父王象晋曾任河南按察使;伯祖王象乾官至兵部尚书,年 83 岁,起为蓟辽总督。到了父辈,顿成颓势,父辈兄弟四人,伯父与龄、与胤、与朋皆成淑人所生,父与敕乃张淑人所生②。伯父王与龄死于崇祯十年(1637),与朋也死得早,伯父与胤死于甲申之变,堂兄士瞻、士和、士雅、士熊也都死于崇祯末的战乱,入清后唯有王士禛父亲这一支延续胤嗣。当顺治初朝廷甄拔人才,山东提学房之麒推举王士禛父亲王与敕时,"府君以方伯公(王士禛祖父王象晋)年八十老矣,茂才、明经二公既前殁,侍御公又身殉国难,遂绝意仕进。一赴廷对,不谒选,人即归"(《诰封朝议大夫国子监祭酒先考匡庐府君行述》)。重振门楣的重任就落在了王士禛兄弟身上。爷爷对孙辈抱有期望,多加勉励:

先方伯公有知人之鉴,年九十余,聪明不衰。尝语祭酒公曰:"汝

---

①　伊应鼎批《秋柳诗四首》其二曰:"露欲为霜",叹遭逢之寥落;"千条万缕",喻愁绪之纷如;"拂玉塘"者,对孤影而自怜也。"中妇镜"、"女儿箱",忆昔日之浓华,"浦里荷"、"江干竹",是目前之冷落。见拙编《渔洋精华录汇评》,第 34 页。

②　参王士禛《诰封朝议大夫国子监祭酒先考匡庐府君行述》,《渔洋文集》卷十,《王士禛全集》,第 1676 页。

诸子皆佳,将来成进士者三人,某某是也。幼者尤早达。"①

与其说是"知人之鉴",不如说是勉励孙辈走科第之途,夺取功名。王士禛在《诰封宜人先妣孙太君行述》中回忆祖父晚年的心境说:"甲申以后,方伯公以遗老居田间。……方伯公忧门户中落,常为不孝兄弟言高、曾以来,堂构嗣续之难,或至流涕。"②祖父叹息门户中落,心情忧伤,对孙辈殷殷期许。同文中,王士禛也回忆母亲的教导:

母谓不孝等曰:"尔祖耄耋,日望汝曹成立。汝曹下愚耶,吾无望焉尔。汝曹幸知读书,不至自暴弃,当及尔祖无恙,各自树立,慰老人暮景。傥无所及,即吾与尔父受万石之养,悔可追耶?"因泣下。呜呼痛哉! 此言犹日在不孝等胸臆间也。不孝等每自家塾归,母闻履声,辄从窗中呼之。问儿辈今日读何书,为文章当祖父意否;命列坐于侧,予之酒食。或读书塾中,夜分不归,则遣小婢赐卮酒饼饵慰劳之,率为常。不孝兄弟每会食,辄谈艺以娱母,母则大喜。洎顺治戊子长兄士禄举省试,辛卯士禛羁贯魁一经,明年壬辰兄举礼部,时方伯公尚无恙,母怡然曰:"儿辈皆有成,慰老人意,吾愿毕矣。"

正是祖父和双亲对家族中落的深切忧虑,对儿孙辈的热切期盼,激励了王士禛兄弟勤奋读书,并在科举仕途上屡屡告捷。猎取功名,晋身仕途,以期重新振兴新城王氏家族,才是王士禛兄弟在清初的真正志向③。联系王士禛年轻时的这种心志怀抱再来考察《秋柳诗》,说立意在"思明""吊明亡"或"寄刺南渡之亡",都是不确切的,不符合王士禛早年的真实心态。

---

① 王士禛:《居易录》卷十三,《王士禛全集》,第 3931 页。按,方伯公,王士禛祖父王象晋;祭酒公,王士禛父王与敕。
② 王士禛:《渔洋文集》卷十,《王士禛全集》,第 1681 页。
③ 王小舒:《明末清初山东新城王氏家族的历史选择》(《山东大学学报》2011 年第 6 期),论述了经历明清鼎革之后,王家生存态度和处世原则的变化,可参看。

四、结　语

　　"诗家寄兴本无端,笺注纷纷索解难"①。王士禛的《秋柳诗》四首"寄兴无端",后人各种的解释,不论是主"思明"说,还是主"刺讥南明"说,还是主为郑妥娘作,都是深文周纳,将无端之兴比附于某一特定的事件,求深而凿,未得其解。但是,若将《秋柳诗》四首解释为随题抒写,漫无目的,那也是不确切的。王士禛少年时亲遭家国变故,特别是亲眼目睹了丧乱时世中家庭发生的一幕幕惨剧,幼小的心灵蒙上了阴影。顺治十四年初秋,他与同样遭遇乱世、经历丧亡的一群年轻人聚集在济南大明湖,睹蒲柳霜姿,酌酒送友,沧桑之感,云亡之痛,不禁一齐袭上心头,于是赋了哀婉凄恻的《秋柳诗》四首,寄慨遥深,而羌无故实。

　　(载《山东社会科学》2014 年第 9 期,《人大复印资料·中国古代近代文学研究》同年第 12 期转载)

----

　　①　陶际清:《李兆元〈渔洋山人秋柳诗笺〉题词》,见拙编《渔洋精华录汇评》,第 603 页。

关于金和诗歌的两种文献
——兼论冯桂芬对金和的影响

金和(1818—1885),是晚清时期引起争议并发生影响的诗人。梁启超《晚清两大家诗钞题辞》将他与黄遵宪并称为"晚清两大家",诗界革命的先驱;胡适《五十年来中国之文学》称他是"代表时代的诗人"。但是胡先骕、徐英等就很不以为然,胡先骕批评金和诗"太欠剪裁,不中法度,且骨格凡猥,口吻轻薄,殊缺诗人之高致"①;徐英斥其"本无足称,特集前人之病弊,以成其丑怪"②。评论的歧异集中体现了近现代新旧诗学观念的冲突。

金和去世后,诗集先后有三个刻印本:《来云阁诗》六卷,清光绪二十一年(1895)丹阳束允泰刻本;《秋蟪吟馆诗钞》六卷《来云阁词钞》一卷《文钞》一卷,金遗、金还 1914 年铅印本;《秋蟪吟馆诗钞》七卷,梁启超1916 年精刻本。2009、2012 年,上海古籍出版社出版了胡露校点的《秋蟪吟稿诗钞》,系据国家图书馆藏八卷稿本,较此前三个刻印本增补金和诗歌近百题,共二百余首③。这是目前收录诗篇最多、最为完整的金和诗集。但金和诗歌散佚的尚有不少,据他的《然灰集序》,自戊戌(1838)后15 年内作诗两千余首,在太平天国战乱中丢弃了,"不将一字",后来凭借记忆,录得若干。又《南栖集序》云,同治初在潮州入冯五林观察幕,"制为粤风粤雅二百余篇,又先后怀人诗七十章,草稿皆在牍背",同治六年(1867)东归前被家人当废纸烧毁。可见金和诗歌散佚较多,值得继续做一番辑佚的工作。

---

① 胡先骕:《评金亚匏秋蟪吟馆诗》,《学衡》1922 年第 8 期。
② 徐英:《平秋蟪吟馆诗》,《天风杂志》1930 年第 1 期。
③ 参见胡露校点《秋蟪吟馆诗钞》,上海古籍出版社 2012 年,前言第 24 页。

我近日从两种文献中辑得金和的一些诗文,现作简要的介绍。

一、陈作霖钞本《秋蟪吟馆诗钞》

复旦大学图书馆藏古籍善本《秋蟪吟馆诗钞》,钞本,不分卷,一函一册,系清光绪十六年(1890)陈作霖素纸钞本。卷首有陈作霖的题识,云:

> 金亚匏先生向以词赋知名,与蔡子涵、孙澄之二君为惜阴书舍之都讲。予幼时心窃慕之。迩年以来,蔡、孙诗皆得略读矣,而先生之稿仅从高子安处假其《椒雨》一集及《惜阴课艺》所刊各作,录附邓林诸稿之后。兹闻翁铁梅写有全集,亟借而补钞之。展诵一过,其才气则豪迈绝伦,动作数千言,然不免粗率之病,音成变徵,亦其所遭之时然也。翁本字迹讹舛特甚,是正其十之八。馀不敢臆改者,姑仍其旧,且并裒

《秋蟪吟馆诗钞》书影

时所录者,都为一册云。光绪十六年冬十二月,陈作霖识于凤麓山房。

　　陈作霖(1837—1920),字雨生,号伯雨,晚号可园,人称可园先生。江苏南京人。有《可园文存》、《诗存》等传世。在《可园诗话》里陈作霖曾评论过金和的《兰陵女儿行》,称赞该诗"奇人奇事,得此奇诗以传之,足以不朽矣"。陈作霖在上引《题识》中清晰地交代了钞本的原委。他说金和与蔡琳(字紫函,一作子函)、孙文川(字澄之)为惜阴书舍之都讲。都讲,是旧时书院中协助经师讲经的儒生,其实他们都是惜阴书舍诸生。道光十八年(1838),陶澍在南京建惜阴书院,金和与寿昌、蔡琳、孙文川是书院的高材生,号"白门四隽"。陈作霖"少时慕之"。蔡琳有《荻华堂存稿》二卷,孙文川有《读雪斋诗集》九卷,陈作霖得略读之,而以未见金和诗集为憾。后来,陈作霖从高德泰(字子安)处假得金和的《椒雨集》和《惜阴课艺》所刊各作,录附保存。高德泰也是南京人,有《高子安遗稿》二卷等传世,在保存乡邦文献方面作出很大成绩,陈作霖《岁暮感逝诗三十四首》其中之一是悼念高德泰的,诗曰:"建业诸诗人,伤乱多遗稿。赖君收拾之,不啻连城宝。传钞纸为贵,后人获探讨。功与瘞骨同,岂独《忠烈考》!"(自注:辑有《忠烈备考》。)诗中所赞高德泰收拾建业诗人遗稿,应该就包括金和的《椒雨集》。陈作霖又听说翁长森(字铁梅)钞写有金和全集,于是亟借而补钞之。翁长森(1857—1914),也是南京人,曾辑有《金陵丛书》,与陈作霖交往甚密。他编选的《石城七子诗钞》,其中就收录了陈作霖的《可园诗存》。陈作霖发现翁长森本讹误很多,他在钞补时改正了百分之八十,但也有不敢臆改的,仍从其旧,与过去从高德泰处所得的《椒雨集》,以及《惜阴课艺》所刊各作,合钞为一册。这就是复旦图书馆藏的陈作霖钞本。时间为光绪十六年(1890)冬十二月。可见此钞本与国家图书馆藏稿钞本①,各有源流,可以相互校补。

---

　　① 周录祥《正讹补缺,弥足珍贵——论金和〈秋蟪吟馆诗钞〉稿本的价值》(载《中国文学研究》2010年第3期)谓《然灰集》《椒雨集》《残冷集》《壹弦集》《压帽集》为较工整的楷书,"确为金和手书",而自《南栖集》起为行书,笔迹不同,疑为他人所抄录。据此可知不全是稿本,而是稿钞本。

复旦图书馆藏陈作霖钞本《秋蟪吟馆诗钞》（下简称"陈钞本"）由《然灰集》《亚匏外稿》《压帽集》《椒雨集》《椒雨集补》《残冷集》《壹弦集》《南栖集》《奇零集》等9个子集组成。与胡露整理本相较，陈钞本的《然灰集》多《经扬州木兰苑》1首；陈钞本《亚匏外稿》凡7题43首，均不见于胡露整理本；《压帽集》《残冷集》《壹弦集》《南栖集》4个子集，除了个别文字有异外，录诗全同；陈超本《椒雨集》《椒雨集补》与胡露整理本为《椒雨集上》《椒雨集下》内容相同。国图藏稿钞本的《奇零集》，据胡露整理本的《前言》所说，仅录了寥寥两首，看似不全，而据陈钞本则可在整理本的基础上辑补14题17首。综合起来，陈钞本22题61首，未见于旧刻本、铅印本和今人整理本，需要重新予以辑录。

二、《惜阴书舍课艺》中的金和佚作

上引陈作霖题识中提到了"《惜阴课艺》所刊各作"提供了一条重要的线索，金陵惜阴书院的出版物是否收录金和的早年作品呢？

冯煦《秋蟪吟馆诗钞序》记述曰："予年十五从宝应乔笙巢先生学为赋，先生手《惜阴书院赋钞》一册授予。其间作者若蔡子涵琳、湘帆寿昌、杨柳门后、周还之葆濂、马鹤船寿龄、姚西农必成，并一时之俊，而尤以金亚匏先生和为魁杓。……予之知先生始此也。"冯煦（1842—1927），15岁从乔守敬（字醉笙、笙巢等）学为赋，当在咸丰六年（1856）之后，这时在《惜阴书院赋钞》中第一次读到了金和的作品。今查上海图书馆藏与惜阴书院相关的古籍有（1）《惜阴书舍课艺》三卷，冯桂芬评，宋开第刻本；（2）《金陵惜阴书舍赋抄合编》，文星阁吴耀年同治十二年（1873）刻本；（3）《惜阴书院西斋课艺》，（清）佚名辑，清刻本；（4）《选录金陵惜阴书院、浙江敬修堂论议序解考辨等艺》，（清）佚名辑，钞本。限于时间和精力，后三种尚未寓目，其中或许有与金和有关的材料。这里主要谈谈第一种，即冯桂芬评的《惜阴书舍课艺》三卷。

上海图书馆藏《惜阴书舍课艺》三卷，冯桂芬评，宋开第刻本。外封题《惜阴课艺》，钤"雪泥鸿爪""树之""陈道南印"等藏书印。陈道南，字

树之,南京人,乃现代词人陈匪石之父。此书或许就是陈匪石 1952 年任
上海市文物保管委员会编纂后贡献给上海图书馆。卷首页首行署:"惜阴
书舍课艺(戊申)。"次行署:"院长冯景亭先生评阅,江宁县教谕宋开第校
刊。"戊申为道光二十八年(1848),这年正月,冯桂芬应两江总督李星沅
之聘,主讲惜阴书院。应诸生之请,编选了院内高材生的课艺诗文。全书
选惜阴书院 30 人的诗文①,其中金和 26 篇,篇数居首;后依次是寿昌
19 篇,蔡琳 18 篇,马寿龄 11 篇,姚必成 9 篇。前三人金和、寿昌、蔡琳正
是所谓"白门四隽"中人物,而"白门四隽"另一人孙文川,此时年龄才
17 岁,没有选他的作品。

　　这些诗文多是同题之作,符合课艺命题作文的特点。全书分体编纂,
卷一为赋。第一篇选的是金和《拟杨炯浑天赋》,胡露校点本已录入《补
遗》,不知所据何书。此外还收了金和《陆贾车马鼓瑟过诸子赋》《木司直
赋》《玉簪花赋》3 篇赋文,后 2 篇胡露校点本已录入《补遗》。《陆贾车马
鼓瑟过诸子赋》算是佚文,将来重编时应当辑录。

　　卷二为诗,再按诗体分细目,收金和乐府《拟谢元晖鼓吹曲》;五言古
《拟曹子建赠丁仪》《拟陶渊明读山海经》《喜晴》《颜鲁公放生池怀古》;
七言古《拟杜工部茅屋为秋风所破歌》二首。未选金和五律。七律选金
和《竹衫》。七卷仅选一题,即金和《展上巳修褉诗》4 首。试律选金和
《赋得三品石》《赋得芰荷香绕垂鞭袖》。这 10 题 11 首中,《喜晴》《颜鲁
公放生池怀古》2 题已收入 1914 年的铅印本,《拟杜工部茅屋为秋风所破
歌二首》其二,仅见于稿本,题作《破屋行》,胡露校点本据稿本补录;其他
8 题 11 首是佚诗,应当辑录。

　　卷三,"骚"体,选金和《拟淮南王招隐士》;"七"体,选金和《七勔》;
"诏"体,选金和《拟汉武帝元朔元年举孝廉诏》;"启"体,选金和《拟梁简
文帝谢赉扇启》。"序"体,选金和《拟郦善长水经注序》,"颂"体,选金和
《拟董仲舒山川颂》。"论"体,选金和《古郡守典兵论》《张宾论》。"铭"
体,选金和《拟崔子玉座右铭》《拟卞兰座右铭》。这 10 篇文章,旧刻本、

---

　　①　当时书院诸生约 70 人。冯桂芬《陈君传》:"余之主惜阴书舍也,院生以七十人为额。"
(《显志堂稿》卷六)。

铅印本和今整理本均未收入,也应当辑录。

综合来说,《惜阴书舍课艺》刻本选入金和 26 篇诗文,其中 19 题 22 首均为佚作,需要辑补。或许有人说,这些都是课艺习作,就像当今的高考命题作文,不值得收入别集。其实也不尽然,如《拟杜工部茅屋为秋风所破歌二首》之二不就保存在国图稿本中吗?《喜晴》《颜鲁公放生池怀古》2 诗不是已收入于 1914 的铅印本吗? 金和在《然灰集自序》中明确地说过:"余存诗断自戊戌。"戊戌为道光十八年(1838),时诗人 21 岁,《惜阴书舍课艺》署戊申,为道光二十八年(1848),可见《惜阴书舍课艺》中的作品多数不见于作者自编的稿本和后人整理本,真正原因是金和在《然灰集自序》所说的癸丑(1853)陷贼后,不将一字,流离奔走,散佚了。

三、金和与冯桂芬

当然,如果辑补这些诗文仅仅是为了数量的增加,其意义还是有限的。《惜阴书舍课艺》给予我们的重要启示,是惜阴书院、冯桂芬对金和的影响,这一点目前学界还少有论及。

惜阴书院是陶澍任两江总督后于道光十八年(1838)在江宁(南京)建设的书院,取名于远祖陶侃"惜分阴"之语。当时南京已有钟山、尊经两座书院,主要是课"时文",直接为科举服务。陶澍继承金陵鸡笼山经、史、文并重的传统,增设了惜阴书舍①。惜阴书舍分经、史、词章三门命题课士,与钟山、尊经书院专门从事制举业不同。它的学生来源于钟山、尊经书院中肄业诸生能攻经文者,由书院山长、监院保送。为了节省开支,不专设监院,而是由钟山、尊经两书院监院轮次兼管。陶澍说:"今惜阴书舍专为实学而设。"(《惜阴书舍章程》)金和在《蔡紫函遗集序》中也提到陶澍"以经史词赋课诸生于实学",金和诗歌的"纪实"性就是植根于此。如道光二十二年(1842)英军围江宁,中英签订南京条约,他作《围

---

①　陶澍《惜阴书舍章程》:"溯金陵鸡笼山故事,经、史、文三学并立。今兹增设惜阴书舍。"按《宋书·雷次宗传》载,南朝宋元嘉十五年,征雷次宗至京师,开馆于鸡笼山,聚徒教授,置生百余人。

城纪事六咏》以纪其事。

　　陶澍去世后，至道光二十七年（1847），李星沅调任两江总督，次年（1848）正月聘请冯桂芬主讲惜阴书院。道光三十年（1849）冯桂芬奉父北上京师。上述的《惜阴书舍课艺》，就是冯桂芬主讲惜阴书院这一年选刻的学生课艺。冯桂芬作有《惜阴书舍戊申课艺序》①，介绍此书的编选缘由曰：

　　　　太子太保湘阴李公督江南之次年，会余服除，谒假家居，招余主惜阴书舍讲席，进之曰："此先师陶文毅公所创也，余适躐其后，文毅公于子又有文字之知，子其为我勖诸生以学，以益广公之遗泽。"余谢不敏，而不敢不勉也。既逾年，余将北行，诸生以选刻课艺请为甄择，得若干首，合十余万言，付诸梓人。

　　冯桂芬曾列林则徐之门墙，林则徐与陶澍在当时都强调经世致用的实学，冯桂芬也秉承这种精神，因此说"于子又有文字之知"，而冯桂芬掌惜阴书院的确是秉承和发扬了陶澍的实学精神。《惜阴书舍戊申课艺序》后半段，冯桂芬的一段议论，表达了他的人才观，实际上也就是他这一年主讲惜阴书院的办学思想：

　　　　于乎！人生百年，少壮二三十时，如日方升至禺中，实精气所凝聚，不以此时讲明道德经济之学，以为当时用，顾以其大有为之岁月，销磨躘坏于无益之途，终身莫之悟，则惑之甚者也！说者遂以为科目限之，则殊不然。射策始于汉，后世易以经义、诗赋、制艺，间益之明法、书算或诏诰、表判，内科代有沿革增损，要无大异，而名臣硕儒不绝于史，然则士亦贵自勉而已，何科目之限人邪！……余之谫陋，何足资诸生楷模。顾窃有志焉，愿偕诸生相劝勉于通经致用之途，不欲以流俗自画，大之考镜古今得失，匡时济世，坐言起行；小之亦作一经

―――――――――――
　　①　冯桂芬：《惜阴书舍戊申课艺序》，《显志堂集》卷二，清光绪二年冯氏校邠庐刻本。

与雅颂比烈,使天下知吾儒事业果非赀郎掾史所能为也。若徒以训诂词章沾沾自喜,岂所期于诸生哉!

这段话的要点是,人生二三十岁时,精力旺盛,应该讲明道德经济实用之学,有济世之用,而不能消磨于无用的科举时文,也不能以训诂词章沾沾自喜。虽然冯桂芬撰此文时年刚不惑,尚没有达到后来撰写《校邠庐抗议》时的高度,但是强调经世致用的精神是一贯的。冯桂芬所谓"不欲以流俗自画"云云,给金和烙下了深刻的印象,多年后在《蔡紫函遗集序》中,金和回忆惜阴书院生活还说:"益知所发奋,期大异于俗学之所趋竞。"

这本《惜阴书舍课艺》编选的文章,赋、诗、骚、七、诏、启、序、颂、论、铭,各体均有,恰恰没有八股时文,正体现出惜阴书舍"仿鸡笼遗意,分经、史、词章三门命题课士"①的课程要求,其中文章多为赋和骈体,或许与冯桂芬工骈体的文章倾向不无关系②。值得注意的是,冯桂芬"通经致用""匡时济世"的文章思想就贯彻在这部课艺选中,而且《惜阴书舍课艺》选入金和作品最多,且置于第一位,说明金和的课艺诗文契合冯桂芬"通经致用""匡时济世"的要求。咸丰十一年(1861),金和将经历太平天国之乱的纪实性诗集《椒雨集》呈示冯桂芬,冯桂芬题诗曰:

兰成北聘词多苦,子美西游诗益奇。
剪烛披吟忽怅触,钵山讲舍论文时。③

钵山讲舍,就是指惜阴书院。十多年后,冯桂芬还记得与诸生金和在惜阴书院论文的情景,并称赞"亚匏诗学则大进矣"。因此说冯桂芬"通经致用""匡时济世"的思想对金和有可能产生影响,恐不是无稽之谈吧!

---

①　陶澍:《惜阴书舍章程》,陈谷嘉、邓洪波主编《中国书院史资料》,浙江教育出版社1998年,第1697页。
②　《清史稿·冯桂芬传》:"桂芬少工骈体文,中年后乃肆力古文辞。"
③　胡露:《秋蟪吟馆诗钞》,第490页。

再看冯桂芬评选《惜阴书舍课艺》所收的金和作品，不少篇章都具有"通经致用""匡时济世"的思想精神。冯桂芬主讲惜阴书院的道光二十八年(1848)，七、八月间，江宁府发生了严重的水灾。第二年四月姚莹回乡，至江宁，还见城中门靡水迹，三四尺不等，老百姓咸相告曰某某市中以船行也①。《惜阴书舍课艺》所收金和的一些作品，就是用诗歌的形式记载了这场水灾。已收入铅印本的五古《喜晴诗》就是其中之一。未为各种金和诗集所收录的五古《拟曹子建赠丁仪》，其中曰："禾苗尽漂摇，丁男力徒竭。吾党食贫士，坐此忧心结。"也是记载这场自然灾害，表达了读书人的现实关切。《拟杜工部茅屋为秋风所破歌二首》其二，在稿本中题作《破屋行》，但《惜阴书舍课艺》中此诗题下一段小序，交代了此诗的写作背景，却未见于稿本，是一段珍贵的文字。序曰：

> 江东廿年以来，洊罹水厄。而今年之秋，江涨彪休，山流虹洞，瀄汩灢潏，尤过寻常。凡水乡鳞次之民居，固已支灶中桅，行舟短垣矣。乃八月既望，风从东来，迅猋砀骇，俄旬之间，白屋欹仄，十者而五，虽时霜载零，寒湍渐潟，而临淄十万之户，不且归无家乎？此亦郑监门所为酸鼻，而富郑公于焉棘手者也。敢陈蛙奏，效杜陵野老之歌，聊当鸿鸣。窃周雅诗人之义，体别无裁，志则殊轨。

这段描述的就是道光二十八年江宁城水灾的惨状。"郑监门"，指北宋郑侠(曾监安上门)，令画工把流民的困苦悲惨绘成《流民图》上奏朝廷，促使宋神宗废止"青苗法"；"富郑公"，指北宋庆历年间的富弼(封为郑国公)，在河北大水，难民四处流亡时积极救灾。金和在这首诗里表达了要发扬《诗经》、乐府的精神传统，像杜甫、郑侠、富弼那样，真实记录老百姓遭受水灾无家可归、受冻挨饿的苦难境况，以达天听。金和入选《惜阴书舍课艺》的几首长篇五古，真实记录了道光二十八年的江宁水灾，体现出纪事性、纪实性的特征。后来在太平天国军攻入南京城大肆破坏时，金和

---

① 姚莹：《江宁府城水灾记》，《东溟文集》文后集卷九，清中复堂全集本。

写下了诸如《痛定篇》《六月初二日纪事一百韵》等纪事诗,确立了他在近代诗史上的地位,都是在惜阴书院时期关于南京城水灾的纪事诗的写作方式的继续。金和诗歌的纪事、纪实性特征,就是奠定于惜阴书院,更确切地说,是受到陶澍"实学"和冯桂芬的"通经致用""匡时济世"精神的感召和影响。

惜阴书院诸生,如金和、张继庚、蔡琳、孙文川等在太平天国攻入南京后曾进行过机智勇敢的斗争,《清史稿·忠义列传》多记其事。冯桂芬在《张继庚传》里感慨曰:"江宁多奇士!"金和的纪事性长诗、张继庚的《金陵举义文存》、马寿龄的《金陵癸甲新乐府》《金陵城外新乐府》等以不同的形式记载了这场惨烈的内乱。这不能不说是陶澍、冯桂芬等在惜阴书院中倡导的讲究"实学""匡时济世"的文化精神在乱世中的绽放。

叶昌炽《辛臼簃诗谳》
流传、批注和索隐

叶昌炽(1849—1917)，字兰裳，又字鞠裳、鞠常，晚号缘督庐主人。原籍是浙江绍兴，后入籍江苏长洲(今苏州市)，是晚清著名的金石学家、文献学家、收藏家，有《语石》《藏书纪事诗》《奇觚廎诗文集》等传世。徐世昌《晚晴簃诗话》论叶昌炽，说他"夙不以诗名，卒后门人为刊《辛臼簃诗谳》二卷，皆七言长律，感怀时事，语多深切，宜其自秘不出也"①。叶昌炽虽然不以诗名，但是他的《辛臼簃诗谳》(下文简称《诗谳》)则是感慨晚清光绪朝政坛动荡、时局危殆的一部"诗史"，美刺对象多有实指，而又诡谲其词，隐藏主旨。在民国年间，激发了一批怀有故国之思的遗老们索隐探底的兴趣，先后有十余人对《诗谳》做过批注。这些批注对于后人阅读《诗谳》、深入领会其意旨，是不可或缺的；本身也是民国旧体诗史上的一桩公案。

一、从《诗史》到《诗谳》

关于《诗谳》一书的来龙去脉，需要联系叶昌炽的《缘督庐日记》来探其究竟。丙午年(1906)九月廿三日记载："……《辛臼簃诗史》于是乎卒业。溯自庚子迄今年已七载，作辍无恒，过于研《京》炼《都》矣。奉使前所作在京师篋衍，金和归而后可謏录。"原来《诗谳》初名为《辛臼簃诗史》，主要收录的是"奉使前所作"，自庚子(1900)至丙午七年中断断续续

① 徐世昌：《晚晴簃诗汇》卷一百七十六，《续修四库全书》影印 1929 年退耕堂刻本。

补作了一些,他期望书童金和归来后可合录在一起。奉使前,叶昌炽主要在北京清廷任职。他于光绪十五年(1889)考中进士,步入仕途,授翰林院庶吉士、国史馆总纂官等职;光绪二十一年(1895),入会典馆,二十四年(1898)加侍讲衔;二十八年(1902),擢甘肃学政。从日记来看,叶昌炽在京城任史官时每天阅读邸报,不仅及时得知谕旨,了解清廷的最新政策,而且耳闻目睹地见证了光绪朝政局动荡和内外交困的危机。如光绪二十年(1984)的中日甲午战争,二十四年(1898)的戊戌变法,二十六年(1900)的义和团运动和随着而来的八国联军入侵等重大历史事件,不仅详细地记录在《缘督庐日记》中,而且也是《辛臼簃诗史》深邃隐晦的指涉对象。

叶昌炽在丙午年(1906)十一月十八日日记载:"灯下取《辛臼簃诗史》新旧稿,与星台排比而整理之,汰除复重,共得二百四十余首,以'史'字太抗,改题曰'诗谶'。"星台,是汪寿金的号,系叶昌炽友人汪眉伯之子,与叶过往甚密。这则日记记载了他觉得"史"字太抗,太直接了,于是改题为"诗谶"。因为叶昌炽所吟咏的是身预其中的时代变局,诗歌讥刺的对象往往是朝廷命官,位高权重,牵涉到诸多的人事纠葛,所以他不能用"诗史"直笔,而是谶讳诡谲地进行暗讽。至壬子(1912)年六月,汪星台将《诗谶》清稿录完,本想以写官附名简末。但十五日潘祖年(字仲午)来,谓:"'谶'之为言隐也,作者尚讳莫如深,岂有写者转留姓氏之理!不觉失笑!"①显然,作者叶昌炽对于每首诗的确切意旨也是"讳莫如深"的。《辛臼簃诗谶》作者署名"今日烂柯叟当年鬻髦生",即叶昌炽的隐名,其意思大约是当年的穷书生,至今已饱经世事变幻。叶昌炽在《六十初度感赋》里有"一局残时说烂柯"句,也是道出这种经历风云变幻的感慨。丙午年九月廿三日日记,作七律二首,"代自叙,嫁名於葛稚川",即《诗谶》卷下之末的《书葛稚川自叙篇后》二首,这两首诗"代自叙",对"诗谶"的性质作了说明。第一首的颈联曰:

① 叶昌炽:《缘督庐日记抄》卷十四,《续修四库全书》影印上海蟫隐庐1933年石印本,下引叶氏日记,均据此本。

秽史莫疑惊蛱蜨,廋词聊比厄龙蛇。

意思是,不要说我恃才轻薄,歪曲了历史,我是用廋词谳语来吟咏时代的厄运。第二首曰:

草堂每饭不忘君,剪烛吟诗辄夜分。老去词章惭庾信,《虞初》小说续殷芸。西台集里遗民泪,东郭墦间故鬼群。琴到无弦难索解,刺讥但可出微文。

把自己与"每饭不忘君"的杜甫相比,是大清的"遗民""故鬼";并说这些诗篇都是微文讥刺,意思深隐,难以索解。

此诗集的题名为什么叫做"辛臼簃"呢? 叶昌炽有诗句曰"齑臼颜簃印借辛",王季烈注释曰:"君自暑作诗之所,曰辛臼簃。"(《缘督庐日记》卷十五)辛臼簃是叶氏的室号。但是他为什么要以"辛臼"作室号? 其中是否有深意呢? 丙午年(1906)十一月廿一日作七律一首再题《诗谳》之后,道出了其中的原委。《诗谳》最后一篇为《再题一首》,诗曰:

一枕游仙梦岂真,可怜无益费精神。莫嫌断烂凭朝报,好捉迷藏作海巡。(自注:京师崇文门官役,俗谓之海巡。)平水韵成离合体,孟坚表列古今人。小儿若见盱江碣,齑臼分明是受辛。

首联是感慨京城史馆生活真如人生一梦,创作这些诗史类的作品,其实也是于事无补。次联谓这些诗歌都是根据当时的断烂朝报而写出来的,像谜语一样隐含深意。颈联说这些诗歌有的采用"离合体",有的借古典以讽今人。尾联是取自《世说新语·捷悟》"齑臼受辛也,于字为辞",意思也是说这些诗歌用离合隐晦的手法蕴含着深意。簃曰"辛臼",就是对《世说新语》这个典故的化用。

叶昌炽对于这部《诗谳》是非常珍视的,1906年从甘肃回家乡苏州寓居木渎镇时,带上了这部诗稿。他的《香溪好》诗曰:"卜宅香溪好,归装剩谪觚。"谪觚,自注"谓《辛臼簃诗谳》"。作于这一年的《九月十五日初度感赋》曰:"梦中往事堪歌哭,身后遗编当子孙。堂构岂惟惭负荷,投簪未报是君恩。"他中年丧子,只能以《诗谳》这一遗编当作子孙流传后代了。但是由于诗歌题旨敏感,他一直没有将诗集公诸于世,只是在友朋间小范围流传。己酉年(1909)六月廿六日日记记载,秦绶章(字佩鹤)来函说孙雄征刻《道咸同光四朝诗》,秦绶章以庚子稿十余首写付之,但叶昌炽很不愿意,结果就没有收录。潘祖年曾要出资襄助他刊刻诗文集,也被他坚拒,保藏至今的稿本封面题识有"此则但写样,暂时决不刻"。一直到 1923 年才由苏州王季烈付梓刊刻,时去叶昌炽离世已六年之久①。从《缘督庐日记》可以看出,叶昌炽对于《诗谳》在不断地修改,拿他自己的话来说,用的心力"过于研《京》炼《都》矣"(丙午年九月廿三日日记),比张衡撰《二京赋》、左思撰《三都赋》还费心费力。

叶昌炽的《辛臼簃诗谳》三卷稿本,保存在上海图书馆,毛装,写于红格纸上,半页 6 行,行 20 字,四周双框,板心单红鱼尾,文字多有改动。联系他的日记,将稿本与刻本相对照,我们可以了解叶昌炽修改的一些痕迹:

1. 日记:戊戌年(1898)十一月初十日:"至佩鹤斋久谈。车中作七律二首;归后篝灯作一首,共成《甲午杂感》二十四首。不敢谓少陵诗史,亦杜牧之《罪言》也。"刻本中无题作《甲午杂感》者,查稿本,原来刻本卷上的《觏痻篇甲》在稿本题为《甲午杂诗》,又改为今题。

2. 日记:丙午年(1906)九月十三日:"作七律四首,共成《庚子纪事诗》四十四首,尚是兰州时创稿,行万里,阅半年矣。"刻本中也无题《庚子纪事诗》者,原来《觏痻篇乙》四十四首,在稿本中题作《庚子杂诗》。

3. 日记:丙午年(1906)十一月廿二日:《诗谳·观物篇》补,旧有廿二首,今日复补作七律一首,共成廿三首。但是刻本中的诗歌没有题作"观物篇"的。查稿本,原来卷上开篇的《志在扬之水卒章述我闻篇二十四首》,在稿本中原题《春明观物篇》,又自改为《宋夷门隐叟有〈谈苑〉一

①   刘效礼点校:《叶昌炽诗集》(华东师范大学出版社 2012 年)据此刻本收入《辛臼簃诗谳》。

卷,窃取其义述为短章》,至刊刻时才改为今题。如果没有稿本的话,或许
会认为《诗谳》有残缺,亡佚了《观物篇》。

4. 日记:丙午年(1906)十一月廿八日作七律一首,"追谥刘葆真太
史,即附入《诗谳》下"。戊申年(1908)十月初七日,"重改定《诗谳》,题
如《甲午三忠》《吊刘葆真》之类,显然揭破,与'谳'字宗旨背驰者,尽易
之。"刻本中的《碧血吟三首》,稿本原题作《甲午三忠诗》,又改今题。刻
本中的《汨罗咏》,稿本题作《吊刘葆真太史》。如果不依靠这个稿本,后
人无法知道刻本中的《碧血吟三首》《汨罗咏》就是日记所说到的《甲午三
忠》《吊刘葆真》,也就无法把捉它们的主旨。

5. 日记:戊申年(1908)九月廿八日:"昨仲午函,言拙诗皆曼倩之设
谳,题目如《圆明园》之类,尚嫌其说破。知言哉,助我启予,不当如是邪!
作二诗谢之。"刻本中的《昆明池》诗,在稿本中原作《圆明园》,又改为
现题。

6. 日记:戊申年(1908)十月初七日,"重改定《诗谳》,删去《慎刑
司》《银台》二首。"现在刻本中已经没有这两首诗。今贤刘效礼先生点校
《叶昌炽诗集》也未补录进去。查稿本,目录卷中《刑余》后有《慎刑司》
题,但正文裁去小半页,即删了这首诗。王立民先生曾据《缘督庐日记》
稿本首次辑录出来。① 在稿本中,卷中《融堂二首》之后有《银台》一诗,
眉批:"删。"因为刻本和今人整理本都未收录,故而现补录于此,算是对
于叶昌炽诗歌的补遗:

> 长安门外向西头,往事何堪溯爽鸠。不尽山邱零落感,谁为户牖
> 补苴谋。高轩客散谁乘鹤,跳字人来好弄猴。故籍摧烧闻夜哭,难从
> 刀笔绍箕裘。

诸如此类,都是作者叶昌炽自行改动的例子,因为诗集题目从"诗

---

① 王立民:《〈缘督庐日记〉稿本述略》,《古籍整理研究学刊》2006 年第 3 期。诗曰:"莫
言内侍各分寮,扑杀何庸爱此獠。两字主名离间狱,五刑附丽斩流条。纵非汉祸遭人蠥,已见齐
师漏竖貂。此辈家奴犹草芥,不须闭目手频摇。"

史"改为"诗谶"了,故而他努力地"虚化"诗题,隐藏作诗的主旨。虽然这样的改动并不是很多,但是为后人正确理解《诗谶》中这些诗篇提供了重要的信息。

二、三种十家的《辛臼簃诗谶》批注

叶昌炽晚年将一切手稿托付给上文提到的潘祖年和汪寿金。去世后六年即 1923 年,潘祖年刊刻了《文集》《寒山志》和《诗谶》①。《辛臼簃诗谶》三卷,已收入《清代诗文集汇编》,今天较为常见。卷首有王季烈的序。序中除论及晚清政局外,还说:

> 年丈识变几先,伤时太息,寄韩非之《孤愤》于蒙叟之"喻言",以家父之"十章"作孟坚之"九等",言婉而讽,旨显而微,所谓言者无罪,闻者足戒,风人之旨,将在于斯。……后之览者,求其事于诗中,以识有北谮人之畀;味其意于言外,知抱所南《心史》之悲,庶几得年丈当日写定此诗之微旨也夫!

王季烈与叶昌炽是同乡,也是苏州人,自称年家子。他的父亲王颂蔚(号蒿隐)是叶昌炽的挚友,王季烈虽是晚辈,但与叶昌炽也有密切交往。上引序文一方面指出这部诗集的诗歌"言婉而讽,旨显而微",即具有"谶"的特征;另一方面道出了叶昌炽对当权者的规箴讽刺,对国势危乱衰亡的悲愤,把《诗谶》比作《诗经·小雅·巷伯》和郑思肖的《心史》,是"哀以思"的亡国之音。这种认识是贴切《诗谶》内容和风格特征的。后来王欣夫也说:"先生久官京朝,蒿目时艰。长言永叹,有《小弁》诗人之旨。"②

叶昌炽的《辛臼簃诗谶》可说是吟咏晚清光绪朝政坛的一组组诗谜。刊刻后,激发了怀有故国之思的一些遗老们如朱祖谋、叶景揆等人极大的

---

① 章钰:《奇觚廎诗集序》,见《叶昌炽诗集》卷首,华东师范大学出版社 2012 年。
② 王欣夫:《蛾术轩箧存善本书录》,上海古籍出版社 2002 年,第 1071 页。

兴趣,他们通过批注来索隐诗歌所吟讽的对象,寄托对昔日帝国的垂念。而苏州的一些藏书家为汇集、保存这些批注文字,倾注了极大的心力。

(一) 单镇汇批本

民国年间,苏州人单镇(1876—1965,字束笙)曾花费心力汇辑相关人士的批注。上海图书馆藏有《辛臼簃诗谳》1923 年刻本的单镇汇批本。卷首页《辛臼簃诗谳序》下钤"吴县单氏桂阴居藏书印"阳文朱印,全书卷末钤"单镇之印"阴文朱印。卷首有己卯(1939)仲秋单镇的题识,清楚交代了他如何汇辑各家批注。我们逐层来看:

> 予于甲戌(1934 年)仲春,偶在景德路大华书肆检阅丛残,得菊裳侍讲丈《辛臼簃诗谳》一册,系顾子聪孙藏①,有朱古微侍郎暨聪孙眉批若干条②。卷首有聪孙书"甲子中元,韦斋手赠"数字③,屈指适届十年。

单镇于 1934 年(甲戌)仲春在苏州景德路的大华书肆得到了一册《诗谳》,是顾聪孙的旧藏,上面有朱祖谋和顾聪孙眉批若干条。叶昌炽晚年回苏州以后,与朱祖谋有过一些交往,从日记看,辛亥年(1911)以后交游甚为密切。朱祖谋批注不是太多,凡 38 则,后述各家过录本都采录了朱祖谋的批注,但其原本今已不可见。其次是顾彦聪的批注,凡 25 则。顾彦聪又名聪生,是苏州木渎镇绅士,其父顾肇熙任台湾道台。他曾做过苏州市木渎镇初等小学堂堂长。据后面述及的费树蔚长跋"古翁盖从聪孙假读"一语看,应该是朱祖谋从顾彦聪处借此诗卷,略作批注后归还顾彦聪。顾氏是从哪里得到这册《诗谳》呢?据顾聪孙首书"甲子中元,韦斋手赠"数字,可知是 1924 年(甲子)费树蔚所赠。查叶昌炽日记,丙午年(1906)七月以后,叶昌炽与费树蔚始有交往,但可能是年龄悬殊,过从

---

① 顾聪孙:即顾彦聪,字聪生,江苏吴县(今苏州)人。为晚清时台湾布政使顾肇熙之子,是苏州木渎镇绅士,善书法,嗜收藏。
② 朱古微侍郎:即朱祖谋(1857—1931),字古微,号彊村,浙江吴兴人。光绪九年(1883)进士,官至礼部右侍郎。著有《彊村词》。
③ 韦斋:即费树蔚(1883—1935),字仲深,号韦斋,江苏吴江同里人,著有《韦斋诗文钞》。

并不太多。单镇的题识又曰：

> 爰携是册往访费子韦斋，请其复加订补。是年除夕，韦斋以原书
> 送还，补批十之五六，附以长跋，并由张子仲炤签注数则①。……旋
> 将此册送请王君九同年暨夏闰枝太史签注数则②，均于书中分别
> 注明。

单镇于1934年得到顾聪孙旧藏本后，又携此书拜访费树蔚，请他加以订补。费氏不仅"补批十之五六"，并附以长跋，还让张志潜（1879—1942，字仲炤，直隶丰润县人）签注了数则。没多久费树蔚就病逝了。随后单镇又持此书请曾经为它作序的王季烈和夏孙桐签注数则。夏孙桐与叶昌炽的交往可追溯到光绪二十二年（1896），关系颇为密切，夏孙桐的批语是最多的，凡173条。这样，此书的批注者就有朱祖谋、顾彦聪、费树蔚、张志潜、王季烈和夏孙桐，达六人之多。

单镇在上面的题识中还说到"韦斋……附以长跋"。费树蔚长跋也见于此册空白页，其中论及叶昌炽此册《诗谳》的背景和主旨，费氏跋云：

> 菊裳侍讲丈所为《辛壬簃诗谳》，于逊清光绪一朝甲午、戊戌、庚
> 子数大政，撷拾闻见，出以廋词，而台省脞谈、中外琐事，亦附及
> 焉。……侍讲诗似多为事后追记，且有归田后删改增补，观《缘督庐
> 日记》可知。然指陈时局，臧否人物，未脱当时风气。玉堂清切，罕窥
> 机秘，俗语不实，流为丹青。知人论世，难乎其难。然而芳芳悱恻，忠
> 爱流溢，绝非中唐诗人咏事之佻纤，亦非《周秦行记》《碧云骣》之妄
> 怯③，则天下后世所共信。卷尾四诗，不啻自跋，以俳优诗体、断烂朝

---

① 张子仲炤：即张志潜（1879—1942），字仲炤，直隶丰润县人。
② 王君九：即王季烈（1873—1952），字晋余，号君九，江苏苏州人。为叶昌炽的晚辈，然交往密切。曾辑录叶昌炽《缘督庐日记》，刊刻《辛壬簃诗谳》。夏闰枝，即夏孙桐（1857—1941），字闰枝，江苏江阴人。清末授编修，民国初入清史馆。著有《观所尚斋文存诗存》。
③ 按，《周秦行记》相传作者是唐朝李德裕的门人韦瓘，内容涉及宫廷斗争等事。《碧云骣》是宋代魏泰所作，托名于梅尧臣，多讥评朝廷贵臣的阙失。

报自嘲,其未欲居"诗史"也明甚。

首句谓《诗谳》以庾词吟咏光绪朝大政,也附及当时的丛谈琐事。后几句谓这些诗歌多为追记,也有后来的增补;朝廷的机密之事,叶昌炽很难一窥究竟,有的只是不实的俗语传言,便流诸笔墨。叶昌炽自己也嘲为俳优诗体、断烂朝报,并没有以"诗史"自居,意思是叶昌炽的吟咏评泊既不能说真切,也更不能说是定论;不过他笔端流露出的悱恻忠爱之情,是天下人共见的。费氏跋又述及几家的批注云:

> 此帙行世后,予尝与庞子芝符略有考订①。又十年,而单子束笙从书肆得此册,以首叶有顾子聪孙题字,谓予手赠,乃更授予,属为加墨。予斋中旧批本已失,唯就所忆,杂书于眉。销精善忘,侍讲作意当否,不可知。……张子仲照过予,见之,亦签出数处,仲照固熟于京华旧事者。……王子君九方居忧在里,其凤昔亲炙侍讲之日多,且尝为《诗谳》序,必多识微旨。束笙可更与商略,按索而尽得之,则善矣。

费树蔚"唯就所忆,杂书于眉",作了批注,经统计凡78条。他还叙述了过去与庞树典略有考订。据叶昌炽日记,辛亥年三月初一日,"得仲午书,由费仲深介绍庞芝符助巢隐刻资二十元,可感也",但二人似乎没有多少交游。可惜庞氏的考订文字,今已难觅。此外费树蔚提到了张志潜(仲昭)。张志潜虽然与叶昌炽没有交往,但他是张佩纶之子,曾任内阁中书,对于朝廷中事有所了解,因此"签出数处"。费氏还向单镇推荐了为《诗谳》作序的王季烈(君九)。但王季烈的批注仅仅2则②。费氏作长跋作于1935年,故国之思和亡国之痛一气袭上心头,他发出了深沉的

---

① 庞子芝符:即庞树典(1868—1932),字芝符,江苏常熟人。
② 王季烈批注之略,或许出于为尊者讳的原因。1943年底王季烈本来要把叶昌炽的《日记》稿本捐给合众图书馆,但由于"对熟人有指摘处,不能示人,橥将重阅一过,再定能否赠馆"。见《顾廷龙年谱》第310页。可以想见,王季烈也不愿意让世人知道叶昌炽诗歌对熟人的指摘。

慨叹：

> 予于侍讲不数见，而侍讲颇许予出处大节，见之日记中。虽未能尽得予心，而与古翁见爱正同，展卷怅然，念两翁遭际既甚可悲，聪孙吾党之秀，亦墓有宿草矣。予与束笙俯仰人间，颇有南城十九不如之叹。贞元朝士，零落殆尽，而大定、明昌之故事，微遗山谁与传之者？此又予两人所当共勉者也。……时在共和纪元之二十四年一月，内忧外患，国且不国，使侍讲见之，不知悲愤奚似！予亦何心为故国哀耶？

费氏念叨着叶昌炽曾经的赏爱，更悲叹叶昌炽、朱祖谋在晚清国变中的遭际，朋友辈若顾彦聪死已多年，唯独与单镇浮沉人间，他发出了"人生不如意事十之八九"慨叹（按，此语最早出自西晋的羊祜，羊祜曾封南城侯）。费氏把清朝比作金代。金亡以后，其仁人志士的故事由元好问编《中州集》而得到弘扬和流传；同样将晚清的历史真相传之后人，也就是这些遗老们的责任了。在内忧外患交侵的 1935 年，费树蔚读此诗集，满心忧患，所悲愤的不再是大清逊国，而是外族列强的侵略，这与他在抗战时期的爱国情怀是一致的。①

（二）顾廷龙过录本

单镇的汇批本 1940 年借给了时任合众图书馆总干事的顾廷龙，顾廷龙过录一本。据沈津《顾廷龙年谱》记载，1940 年 1 月 25 日，"束老（周按，指单镇）并携来《辛臼簃诗谳》，朱古微、顾聪生、夏闰枝、费仲深、张仲炤、翁铜士、王君九、刘翰怡诸家批注。即乞见假传录一本"；1 月 26 日，"校《辛臼簃诗谳》"。4 月 22 日，"访单镇，还《辛臼簃诗谳》"。② 校，也就是过录的意思。此本一直收藏于上海图书馆。与上述单镇汇批本之 6 家批注相比，顾廷龙所借单镇本为 8 家，多了翁廉（字铜士）和刘承幹

---

① 按，1932 年"一·二八"淞沪抗战爆发时，费树蔚曾与人组成治安会，慰问前方将士，支援抗战，表现出爱国主义情怀。

② 沈津：《顾廷龙年谱》，上海古籍出版社 2004 年，第 107、115 页。

(字翰怡)2家,想必二家批注是以签批的形式夹于单镇原书册中,由顾廷龙一道过录于这一本上。翁廉批注的来历已难以确考,而刘承幹批注的来源,在顾廷龙过录的刘承幹跋语中交代得很清楚。刘氏跋云:

> 菊裳侍讲丈晚年曾馆余斋,几及两年,晨夕晤谈,不知所谓《辛臼簃诗谳》者。洎丈谢世后,君九学部以刻本见赠,因得披读。今年秋,于冒鹤亭京卿案上获见此本①,乃朱文直公及夏闰枝太守、顾聪生农部、费仲深太守、张仲炤学部、翁铜士刺史诸公诠注者。京卿谓余是单束笙部郎所藏,子盍补其所不及乎? 携归寻绎,自愧学识浅陋,早衰善忘,于诸公无能为役。弟诠注中稍有与事迹出入者,聊纠正一二,恃诸公皆旧识,或存或亡,气谊无间,部郎亦尝奉手,必能谅余之陋,而京卿更当有以裁之。尘露山海,所勿恤矣。己卯冬至日,承幹。

1916年5月起,叶昌炽从苏州到上海,馆于刘承幹家,为嘉业堂校刻宋版"四史",鉴别古籍。② 所以叶、刘二人是熟悉的,但是刘承幹并不知道叶有《辛臼簃诗谳》这样一部诗集。己卯(1939)秋,刘承幹在上海冒广生(字鹤亭)的案头见到了单镇的汇批本,上面已经有包括翁廉在内的7家批注,应该是此前单镇或冒广生又邀请了翁廉作了签批。因为叶昌炽晚年与刘承幹有这一层关系,冒广生邀请刘承幹"补其所不及",对这些"诗谳"进行索隐,探其意旨。刘觉得"诠注中稍有与事迹出入者",于是"纠正一二"。刘承幹的批注凡12则,有若干则是纠正费树蔚的,与他跋语一致。所谓"尘露山海",意思是补益无多,实为自谦之辞。

顾廷龙的这个过录本,是多色笔手抄的。朱祖谋的批注以朱笔,批语后标以"古"字;顾彦聪的批注以紫笔,标以"聪"字;张志潜的批注以黄笔,标以"照"字。翁廉的批注以墨笔,标以"铜"字。刘承幹的批语也是朱笔,标以"翰"字。此外还黏贴了叶景葵的若干则签批(详下)。值得注意的是夏孙桐批注,分别以墨笔、蓝笔书写,批语后标以"枝"字。墨笔批

---

① 冒鹤亭:即冒广生(1873—1959),字鹤亭,江苏如皋人。著有《小三吾亭诗文集》等。
② 郑伟章:《叶昌炽年谱简编》,《津图学刊》1994年第1期。

语文字内容完全相同于上述单镇的汇批本，而蓝笔批语文字不见于单镇汇批本。那么又是从何而来呢？

查《顾廷龙年谱》，1940 年 3 月 25 日，"录潘景郑新得《辛臼簃诗谳》（夏孙桐注），此册为张仲老手录者"；1941 年 2 月 19 日，"理案头积件，得潘景郑藏、张仲仁过录、夏孙桐笺注、叶昌炽缘督《诗谳》。先生先从单镇借得夏重注本，无此详，补录一通于眉"。① 一切都非常清楚了：原来在这一年里，顾廷龙得到了潘承弼（号景郑）收藏的夏孙桐笺注本《辛臼簃诗谳》，因为夏孙桐前后注过两次，内容有些差异，于是顾廷龙把潘景郑收藏本的夏孙桐注语又迻录到他先前过录单镇汇评的本子上。

潘景郑新得的夏孙桐注《辛臼簃诗谳》，在 1941 年的时候就已是顾廷龙"案头积件"，于是顺理成章地庋藏于当时的合众图书馆（后来的上海图书馆），一直保存到今天。这本的夏孙桐批注，是由张一麟过录的。张一麟（1867—1943），字仲仁，别号民佣，民国时期苏州名士。封底有张一麟的简短题识云：

> 潘博山以此卷嘱寄夏闰枝姊丈，且谓此事唯闰公能为之。得其复书，已注上方。原书送博山，余自录一过如右。廿五年十月民佣记。

可见批注文字是夏闰枝的，由张一麟过录②。而夏闰枝的批注，乃是潘博山通过张一麟转请夏作的。潘博山，即潘承厚。此书扉页空白处有潘承厚之弟潘承弼于 1940 年的题识，详道其中原委云：

> 此张丈仲仁手录夏闰枝先生批本《辛臼簃诗谳》一册。夏公于当日朝章国故，备悉端末，故诠释殆遍，得之昭若发矇矣。丙子（1936）秋，伯兄乞仲丈介夏公录成斯册，珍诸箧笥。越岁，胡骑蹂

---

① 沈津：《顾廷龙年谱》，上海古籍出版社 2004 年，第 109、165 页。按，引文的"先生"是指顾廷龙，系《年谱》整理者沈津的口气。
② 张一麟（1867—1943），字仲仁，别号民佣，民国时期苏州名士，著有《心太平室集》等。

蹢，篋衍狼藉，斯书遂不可踪迹矣。此盖仲文录副之本，不幸流散市廛，辗转入沪肆。余无意中观诸听涛山房，不啻获一珍珠船矣，亟收得之。他日夷氛销沉，重睹天日，得与仲文相见话旧，当持兹册，乞题数语，书此以为左券。庚辰（1940）二月十日，吴县潘承弼识于海上润康村寓庐（钤"景郑题记"阴文朱印）。

原来是 1936 年秋，潘承厚通过张一麐请熟悉晚清政事的夏孙桐为叶昌炽此诗集作诠注。第二年日本大举入侵，潘承厚一家在逃难中将夏氏批注的原书丢失了。张一麐是有心人，曾录一副本；此副本流散到上海书肆，恰巧被潘承厚之弟承弼看到并购回，才免得湮没，算是万幸。

顾廷龙过录本还黏贴了叶景葵的 5 条签批。卷末空白处有叶景葵的亲笔题识，云：

> 己卯腊尽展诵一过，愧无贡献，束笙同年与起潜兄对门而居，且于合众图书馆之初创颇承赞同披助，以后奉教之日正长，赏奇析疑，与年俱进，可预券焉。景葵敬识。（"叶景葵印"阴文朱印。）

顾廷龙、单镇、叶景葵等人是合众图书馆的创始者。从叶氏题识看，是顾廷龙（字起潜）和单镇嘱咐叶景葵批注，叶氏"愧无贡献"，只是慎重地做了若干签批。顾廷龙、单镇等作为苏州文人，对于地方先贤的这部《诗谳》的本旨怀有很大的兴趣，希望能邀约与叶昌炽同时代的人一探究竟。张元济 1940 年 11 月 14 日致顾廷龙信说："又《辛臼簃诗谳》，指陈当日时事，所可揣者，均已分见眉端批注，此外竟无可裨益，一并奉还，即乞检收。"①可见顾廷龙曾将他过录众家批注的《诗谳》借给张元济，希望张元济根据自己的见闻也作些批注，但是张元济觉得"无可裨益"，就还给顾廷龙了。

（三）王欣夫迻录十家笺注本

搜集、汇录批注的工作还在继续。苏州人王欣夫汇集迻录了十家的

---

① 《张元济书札》，商务印书馆 1981 年，第 170 页。

笺注。此本藏于复古大学图书馆古籍部。十家分别为朱祖谋、夏孙桐、叶景葵、王季烈、刘承幹、费树蔚、翁廉、张志潜、顾彦聪、沈祖绵①。他在《蛾术轩箧存善本书录》中说:"一九四三年春,余从单束笙先生镇借本传录。"②还录了费树蔚和刘承幹的题识。这十家批注,其他九家在上面所述单镇汇评和顾廷龙过录本中都可找到源头,唯沈祖绵批注的来源无从查考,虽然其批语仅4则15字。

复旦大学图书馆藏王欣夫迻录十家笺注本钤"王大隆"、"欣夫"、"王氏二十八宿砚斋藏书之印"等私印,卷末分别署"癸未二月廿五日传录"、"三月五日坐雨抱蜀庐录毕"、"五月灯下续过诸家签注毕"。抱蜀庐是王欣夫的书斋名。1943年(癸未)上半年,他用三四月的时间迻录完成。王欣夫《蛾术轩箧存善本书录》的《辛臼簃诗谶》提要对叶氏原诗和众家批注作了精到的评述,节录于此:

> 先生久官京朝,蒿目时艰。长言永叹,有《小弁》诗人之旨。至其运典之工,隶事之切,犹其余事。惜时移事往,加以词旨隐晦,读者多已不瞭其本事。于是朱古微诸老各据所知,加以笺释。诸老或身遇之,或目击之,相隔只三四十年,已多不可知。或所见各异,遑言久远。先生书曰《诗谶》,自题又有"射覆""迷藏"之喻,固不求人知。然元遗山论李义山云:"诗家总爱西昆好,独恨无人作郑笺。"于是后之笺注义山诗者,于当时朝局变迁,牛、李恩怨,各加猜测附会,安能得义山之心哉?固不如同时之阐发,其确切可信,十犹八九。便于后学,则此笺识又曷可少哉!③

王欣夫迻录十家笺注本,很快又被藏书家蒋国榜再次过录④,现藏于上海图书馆,外封署"苏曼那室藏",内封书名下钤"苏盦鉴藏金石碑版书

---

① 沈祖绵(1878—1968):字念尔,号胝民,浙江杭州人。
② 王欣夫:《蛾术轩箧存善本书录》,上海古籍出版社2002年,第1072页。
③ 王欣夫:《蛾术轩箧存善本书录》,第1071—1072页。
④ 蒋国榜(1893—1970):字苏庵,江苏南京人,著有《饮恨集》。

画之章"阳文朱印。题识和批注完全同于王欣夫本。卷末空白行有蒋国
榜(号苏盦)的题识,曰:"癸未荷月,抱蜀庐惠假,趣印霜迻录。十一日
起,至十四日讫。时骄阳渐微,蝉声在树,清课顿忘何世。苏盦。"王欣夫
五月录毕,蒋国榜于六月(荷月)就请妻子印霜又迻录了一通,可见他们
对于各家批注是多么珍视。幸运的是,这些批注今天都完好无损地保存
在图书馆,对于后人阅读叶昌炽的《辛臼簃诗谳》无疑是莫大的帮助。

三、叶昌炽诗旨索隐

对于叶昌炽《诗谳》的索隐解读,除了上述的十家批注外,郭则澐的
《十朝诗乘》解说了其中 20 余首诗,夏敬观《学山诗话》也有 3 则是对叶
昌炽诗歌的解释。联系诸家的索解,我们大致可窥探《辛臼簃诗谳》各诗
之本事和主旨。《诗谳》中的诗篇虽有的为后来追述,但所咏之事基本上
是从"甲午战争"至"庚子事变"一段时间内发生的重大的历史事件,时叶
昌炽在会典馆,或阅读邸报,或耳闻目睹,所咏者多涉及朝廷机要,非泛泛
之咏。诗歌本事主要关涉了以下三个重大的历史事件。

（一）**中日甲午战争**。120 年前的中日甲午战争,泱泱大国败给撮尔
小邦,举国震惊,也让世人更为深刻地认清了清政府的腐败无能。叶昌炽
《诗谳》里许多诗篇指向了这场屈辱、令人悲愤的战争,或讽刺将领仓皇
逃跑,或揭露军备废弛,或感慨国土分裂,或讴歌不屈的志士。《觏瘠篇
甲》原题《甲午杂诗》,是咏甲午中日战争事。其中第三首云:

> 利器何妨授太阿,伐柯未易自成柯。剂分药量泥为质,锈涩苔文
> 铁未磨。芒刃解牛期山綮,库轮引马笑登陁。千金一掷归虚牝,犀兕
> 同时弃则那!

末句用春秋时宋国华元骖乘语,实际上是讽刺花费巨资建立的北洋
水师丢盔卸甲,一败涂地。费树蔚批曰:"海军尽灭。"夏孙桐批曰:"军械
窳败。"叶昌炽《缘督庐日记》:"甲午七月初八日,得佩鹤、檠林各函,知牙

山全师尽没,吾军继进者万余人,屯平壤,观望不前。海军提督丁汝昌率六艘巡海,踪迹杳然。合肥毫无布置,时局如此,可为痛哭!"六艘巡海,踪迹杳然,正是"千金一掷归虚牝"。

战争一爆发,镶黄旗汉军都统、盛京将军依克唐阿,请愿率军赴汉城迎击日军,至奉天而平壤已失,后与日军有过几次正面交锋,都败退逃遁。还有一位定安将军,满洲镶蓝旗人,曾被任命为正白旗汉军都统,然练兵不精,临阵败北。光绪二十年(1894)十月,刑部奏谕议处分,"正白旗汉军都统定安、黑龙江将军依克唐阿,均着照部议革职。定安着暂留奉天,办理东三省练兵事宜。依克唐阿着统率所部,戴罪立功,以观后效"。① 让这样的八旗子弟率军打仗,结果早在预料之中。《志在〈扬之水〉卒章述我闻篇》其十云:

> 沈阳子弟起从龙,天作高山间气钟。都尉摸金能敌忾,乡兵制梃半驱农。胡笳马背愁风劲,密箐羊肠待雪封。未觉边衣寒似铁,狐裘毡帐拥蒙茸。

费树蔚、夏孙桐均批曰:"定安、依克唐阿。"都尉摸金,即陈琳《为袁绍檄豫州》"摸金校尉",指掠夺百姓财物的军官。乡兵制梃,指散兵游勇,武器装备只能驱赶农民,不足以制敌。最后一句化用《左传·僖公五年》晋士芮诗"狐裘蒙茸,一国三公,吾谁适从"意,比喻朝政之混乱。甲午战争爆发后,吴大澂率领湘军出关。叶昌炽于乙未年(1895)正月廿二日日记记载,"闻窀斋以电致政府,克期战胜,惊蛰前可以肃清海。盖怖其言河汉而无极";但当时湘军、楚军、淮军和东北军队相互掣肘,无统一指挥。吴大澂被调遣时,"迟不赴命",终因兵败革职。《志在〈扬之水〉卒章述我闻篇》其十一:

> 冰霜绝徼走明驼,铜柱威名继伏波。且泼云蓝临画稿,速磨盾墨

写铙歌。隍中蕉鹿寻何在,塞上虫沙化已多。记否前言留息壤,封章昨过大凌河。

前扬后抑,首联谓巡抚大人的威名可继东汉伏波将军马援,次联称他文武双全,擅书画,沙场上磨墨草檄。尾联"记否前言留息壤",正可与日记里作者"怖其言河汉而无极"相参,吴大澂口出狂言,然敌军已过辽宁大凌河。在清军节节败退时,董福祥率领甘军,入卫京师,是清廷的"心腹劲旅"。《志在〈扬之水〉卒章述我闻篇》其十四咏赞董福祥,诗曰:

羌笛声中杨柳攀,移师直下贺兰山。西州袍袢偕行日,南苑旌旟坐镇闲。千里明驼群度陇,九阍巨豹猛当关。屹然可作长城恃,稍纾群公旰食艰。

费树蔚批曰:"董福祥,奉召入都。"夏孙桐批曰:"董福祥,当日士大夫犹倚为长城。"清廷把一切的指望都寄托在董福祥身上,倚若长城。末句是对危难时刻束手无策的肉食者的讽刺。

清军战败后,1894年12月22日,邵友濂与张荫桓同为钦差大臣,出使日本乞和。次年2月1日,日本内阁总理大臣伊藤博文以中国议和代表全权不足,拒绝开议,以羞辱清廷。消息传回,国人愤懑。《志在〈扬之水〉卒章述我闻篇》其七云:

度辽翻筑受降城,东指扶桑割地盟。汉纳金缯非议款,齐输玉甗遽行成。绝秦吕相先麾客,诳楚商于始罢兵。已到神山风引去,但从海客一谈瀛。

"绝秦吕相先麾客"是《左传·成公十三年》晋侯使吕相绝秦事;"诳楚商于始罢兵"用《战国策·秦策》张仪欺楚事。费树蔚批此诗曰:"邵、张奉使日本行成,日以非全权拒之。""已到神山风引去"即谓日本蛮横拒绝张、邵的议和。第二年(1985)三月,李鸿章前往日本马关议和,途中被一日本人开枪击中脸颊,昏死过去。叶昌炽知道这一消息,乙未年三月日记曰:"初二日,得幼申柬,知合肥在长门为倭民枪伤颊际,晕绝复苏。"《觇瘠篇甲》其六咏此事:

> 络绎宫中遣御医,夔怜蚿亦蚿怜夔。长崎驿畔行人节,博浪沙中力士椎。徐福有方先蓄艾,鲍庄无智不如葵。一人瞑眩三军喜,百万金缯捄国危。

费树蔚批:"李相为日人狙击伤颊。"夏孙桐批:"合肥议和被狙击。"次句用《庄子·秋水》的典故,本谓夔蚿相互羡慕,这里却充满讽刺:堂堂的直隶总督兼北洋大臣竟然遭到倭人的博浪椎。这是何等令人愤慨的事!然而"三军喜",不用打仗了,百万金银可或许挽救国家的危亡。

根据《马关条约》,中国割让辽东半岛和台湾全岛给日本,在俄罗斯、德国与法国的干涉下,日本把辽东还给中国,但台湾沦陷了,俄国占领旅顺、大连,德国强占胶州湾,中国的主权遭到严重的损害。《觇瘠篇甲》其十云:

> 莫言人作太常斋,既食还教睨睨哇。未必楚弓真楚得,须知狐揖即狐埋。鹬忘伺后犹争蚌,虎拒当前又进豺。郅谨龟阴虽可返,南疆已自弃珠厓。

张志潜批:"三国还辽事。"夏孙桐批:"还辽东,弃台湾。"首句化用《后汉书·儒林列传》周泽的典故,意谓西方列强没有一个是清心寡欲的;次句用《孟子·滕文公》故事,谓俄、德、法三国迫使日本退还辽东半岛;但是,"未必楚弓真楚得",三国如豺虎窥伺,各有盘算,南疆的宝岛台湾已放弃了。叶昌炽对于日本占据台湾非常愤慨。据己亥(1899)八月十六日日记,礼部新修《学政全书》,问台湾是否该纂入版图,叶昌炽严正地告诉他们"不徒史例未删,即会典馆各省舆图,台湾亦未在阙如之列"。

割让台湾的协议令国人非常愤怒,台湾人不愿意做亡国奴,一度宣布独立,共推巡抚唐景崧为台湾国的总统。叶昌炽1895年三月廿五日日记记曰:"闻割台之议,唐薇卿中丞累电力争,有死不奉诏之语。"《志在〈扬之水〉卒章述我闻篇》其二十便是咏此事。诗曰:

珠厓有诏弃岩疆,慷慨城亡与共亡。黔首共和当壁兆,苍头突起义旗张。田横岛上成孤注,韩信军前请假王。千里封畿冀一叶,闰朝小劫换沧桑。

费树蔚批曰:"唐景崧为台抚,抗不割台,自称伯里玺天德(按president音译)。"夏孙桐批曰:"唐景崧。"时黑旗军领袖刘永福奋勇抗敌,终不能胜,台湾全境沦陷,《志在〈扬之水〉卒章述我闻篇》其二十一咏刘永福黑旗军的溃奔,末句沉痛感慨曰:"藕孔修罗无遁处,黑云都亦散如鸦。"

(二) 维新变法运动与帝、后宫廷斗争。甲午战争,清军惨败,惊醒了恹恹萎靡的国人,一些有识之士如康有为等提倡变法维新,重振国威。年轻的光绪皇帝采纳维新派的主张,准备施行,但变法终遭慈禧太后的强烈反对而夭折。叶昌炽的老师、乡前辈翁同龢,虽非维新派,但起初同情并支持康有为的变法主张,叶昌炽也非维新派人士,但对维新变法运动的态度与翁同龢大致相似,抱有同情;叶昌炽供职会典馆,又加侍讲衔,对于宫廷斗争内幕有直切的了解,后也形诸诗篇。《志在〈扬之水〉卒章述我闻篇》其二十四:

椒山遗宅傍城拗,谏草凄凉哭二崤。太学举旛齐伏阙,大官越俎顿忘庖。甘陵南北人分部,环海东西国有交。咫尺东林殷鉴在,祸延瓜蔓几同抄。

费树蔚批曰:"举人康有为公车上书。"夏孙桐批曰:"此似指松筠庵诸翰林上书;松筠庵翰詹屡集议,联名上疏主战。"叶昌炽可能还没有真正认识到维新变法的意义,只是用晚明东林的殷鉴来谆谆告诫,并感慨变法失败后的灾祸。

随着戊戌变法的开展，慈禧太后与光绪皇帝的斗争呈白热化，叶昌炽与翁同龢一样，站在光绪帝一边，在诗歌中对横遭慈禧太后迫害的官员寄予了同情。光绪皇帝宠幸珍妃，珍妃明慧，参预一些朝事，招致慈禧太后的猜忌，将她降为贵人。叶昌炽《钿盒》诗咏此事：

> 钿盒缠绵忆定情，蛾眉谣诼未分明。长门欲乞文园赋，织室横蒙祸水名。结绮才人袁大舍，披香博士淖方成。潇湘二女同厘降，不及从姑侄娣行。

首联叙光绪帝与二妃感情甚笃，遭人谣诼；颔联用陈皇后幽居长门宫等典故写二妃被斥；颈联以陈代宫人有文学者袁大舍和汉成帝时在宫中讲学的淖方成二故实称赞二妃之有才学。末联感慨二妃被降。费树蔚批："珍妃撄慈禧怒，被谴谪。"夏孙桐批："瑾、珍二妃。"郭则沄《十朝诗乘》卷二十二曰："述珍妃之贬。"珍妃堂兄志锐（字伯愚）遭到牵连，出为边帅。叶昌炽于甲午十月廿九日日记记曰："阅邸钞，珍妃、瑾妃以习尚浮华，屡有乞请，奉懿旨降为贵人，伯愚其将返驾矣！"《轮台》诗就是写伯愚被贬出京，诗云：

> 诏书火速下轮台，惆怅君门首屡回。许史金张原甲第，严徐东马亦清才。椒涂转为承恩误，松漠翻同谪戍哀。欲出国门还惜别，宫中密敕几传催。

费树蔚批："志锐为珍、瑾两妃兄，简乌里雅苏台都统。"夏孙桐批："侍郎志锐谪乌里雅苏台。"郭则沄《十朝诗乘》卷二十二亦解此诗为"纪伯愚远谪也"，夏敬观《学山诗话》亦谓此诗"纪伯愚远谪也"。各家解释均相同。耳闻目睹这场宫廷内斗，叶昌炽在甲午十一月初五日日记中记述了当时惊惧的心情："闻伯愚奉旨撤还，又闻宫庭种种龃龉。季孙之忧，不在颛臾，而在萧墙。可怕，可怕！"因为这场宫廷斗争中，叶昌炽并不是局外人,如果帝师翁同龢牵连进去的话,叶昌炽也难逃干系。据郭则沄《十朝诗乘》卷二十二,珍妃被贬之次年,又恢复了位号。光绪皇帝高兴,与慈禧缓和了关系。慈禧说:"其从前疏阂,必有人间之,盍言其人!"意指翁同龢离间母子关系,"德宗不忍举常熟,又无以塞慈意,适前日召见侍郎长麟、汪鸣銮,因以二人对。长、汪遂以离间两宫斥谴"(郭则沄《十朝诗乘》卷二十二)。长麟、汪鸣銮二人成了替罪羊。叶昌炽《风雷》诗对二人无罪被谴表达了深切的同情,诗曰:

> 天遣风雷下取将,去天尺五更旁皇。鼓钟宫内声闻外,贺者门前吊在堂。思过自应常闭户,蒙恩犹许放还乡。上东门畔停车处,萧寺骊歌怅夕阳。

夏孙桐批曰:"汪柳门获遣。"朱祖谋批曰:"长麟、汪鸣銮两侍郎同获严谴。"叶昌炽撰汪鸣銮墓志铭云:"公虽守温树之戒,小心翼翼,深自敛抑,而同列之忌滋益深,媒孽之益亟,而公亦不得不奉身以退矣。"[1]悲愤之情可以与《风雷》相参。接着,珍、瑾二妃的蒙师文廷式,被李鸿章姻亲御史杨崇伊参劾,革职出京。文廷式举进士,被翁同龢置为一甲第二,也属于帝党。他被劾离京,叶昌炽深感不平,作《门馆》二诗记其事。其一有"艳说宫庭充学士,敢将门馆辱先生。授经自昔延张禹,卖赋何缘荐长卿"等句,叙文廷式初为长善(字乐初)将军幕宾,课二女公子读书。其二曰:

> 果然空穴自来风,昨夜封章达帝聪。名士下场成画饼,腐儒束阁辄书空。词华无过祖君彦,道广偏师陈仲弓。不意萧君遂至此,退朝马上愧相逢。

首句说被劾去官的消息不是空穴来风,末句以明代江西人萧璁为官

---

① 叶昌炽:《前吏部右侍郎总理各国事务大臣郎亭汪公墓志铭》,叶昌炽《奇觚庼文集》卷下,《续修四库全书》影印1921年刻本。

廉慎自守称誉文廷式。费树蔚批:"御史杨崇伊劾文学士去官。"夏孙桐批:"杨崇伊劾文。"至光绪二十四年(1898),连翁同龢也被慈禧遣返原籍。叶昌炽《醴酒》诗感叹其事:

> 东海传诗渡仲翁,樽中醴酒叹俄空。太清书画宣和谱,江左文房建业宫。茧纸昭陵俘快雪,珠林秘殿畅宗风。几余玩赏诒谋在,何必危微溯执中。

朱祖谋批曰:"常熟相国被遣回籍。"此诗首句渡仲翁,为汉宣帝师,这里代指翁同龢。后几句劝慰翁师,座上客恒满,樽中酒不空,有书画清玩,足可安度晚年,何必在危险的官场倾轧中战战兢兢允厥执中呢! 其实是表达了叶昌炽本人对晚晴官场、政治的失望。叶昌炽戊戌(1898)十月二十二日日记记载阅翁同龢革职的《邸钞》后的感叹:"臣苏人也,读竟不能不为短气。窓斋咎由自取,严谴已迟至;瓶师醴酒之嫌,不意决裂至此,不如寿州之生,亦不若高阳之死也。连日读《海虞妖乱志》,适闻此变,奇哉奇哉!"瓶师指翁同龢(号瓶笙)。醴酒之嫌,从"醴酒不设"来,犹云细微的不悦。此段文字正可与《醴酒》诗相参看。

(三) 庚子事变。1900 年 6 月,八国联军入侵大沽、天津和北京,激起义和团的奋力反抗,局势不可收拾,慈禧逃至西安,联军在北京城烧杀抢掠,无恶不作。叶昌炽《辛卣簃诗谳》近三分之一的诗歌,叙写这场内忧外患交侵的事变。郭则澐《十朝诗乘》卷二十三曰:"叶鞠裳学使《觐癏篇》甲乙两集,述庚子拳祸,备详颠末,兹撮录之。"其实《觐癏篇甲》在稿本原题作《甲午杂诗》,是关于甲午战争的;《觐癏篇乙》题作在稿本原题作《庚子杂诗》,才是吟咏庚子事变的;《续童谣》的本事也为庚子事变。《觐癏篇乙》其一:"欲将左道作干城,国步蜩螗与沸羹。蚁溃宣房惟一孔,狐鸣篝火正三更。军中踯躅兼抛堵,陇上耰锄尽辍耕。尝胆卧薪非一日,从今制梃挞坚兵。"夏孙桐批:"此纪庚子事。"一本批作:"义和团起事。"郭则澐《十朝诗乘》卷二十三解此诗与后"银刀小队赤云都"、"扫地为坛启道场"、"烛天光焰忽熊熊"三首曰:"言拳匪骤起,及焚毁西仕库教堂也。"

"庚子事变"发生时，义和团和清军进攻外国使馆，德国公使克林德被清军击毙。《觀瘠篇乙》其十"戈或捗喉长狄毙，弓谁揎臂越人弯"就是咏此事。顾彦聪批曰："德国公使克林德被戕于东单牌楼。"夏孙桐批曰："德使被戕。"其十一是咏"日本使馆书记官小杉彬被戕于东堂子胡同"（顾彦聪批语）。其中有"但闻丹旆归神户，未掷金钱卜客窗"。当时京官纷纷逃散，其十六曰："筮从卿士庶人从，星纪将穷易涉冬。假作痴聋皆仗马，自求辛螫叹偾蜂。迎神安有焫蒿气，捄火难为揖让容。琐尾流离诸伯叔，狐裘相与咏蒙茸。"夏孙桐批曰："京僚不敢昌言拳匪之非，携家远避者甚多。"

随着形势的危急，慈禧和光绪皇帝两宫也间道从山西入西安，路上遇河北怀来县令吴永迎驾。其二十咏此事，末二句曰："故人信有绨袍谊，驻跸归来第一勋。"夏孙桐批曰："怀来县吴永供应有功，擢官。"时"西狩"的慈禧任命李鸿章为全权议和大臣与联军谈判。其三十五曰："峤南万里玺书征，奉命登坛若饮冰。退敌老臣无上策，偾军诸将再中兴。河山已碎难收拾，朝野交讧尚沸腾。免胄望公如望岁，愿闻割地献金缯。"讽刺李鸿章割地赔款才达成和议。夏孙桐批曰："李合肥诏议和。"但顾彦聪则不认同叶昌炽的讥刺态度，批曰："李文忠公支持危局，仅延残祚。人亡国灭，非其效欤？此作末句涉讥，未具特识。此通儒之所以难得也。"意即李鸿章的措施，在危难时刻是不得已而为之，应恕其非。

在这场战乱之中，也有一些清廷的官僚为国捐躯，可歌可颂，叶昌炽诗歌咏了几位：义和团入京时，编修刘可毅死於道。叶昌炽作《吊刘葆真太史》（刻本改题《汨罗咏》），末二句曰："月黑关山灵鬼哭，果然魑魅喜人过。"末句用杜甫《天末怀李白》诗句，以悼念这位翰林院编修刘可毅。蒙古状元崇绮，为同治皇后之父，"京师陷，西行至保阳，自经于莲池书院。子葆初，袭承恩公，留京师，阖门殉难"（郭则澐《十朝诗乘》卷二十三）。叶昌炽《童谣附录》其二："自古求仁竟得仁，登台何异聚燔薪。微臣下报先皇帝，元舅尊为国懿亲。宫掖一门通属籍，河山两界掷陶轮。莲池殉后无遗类，百口《焚椒录》里人。"就是咏赞崇绮一门为国捐躯。朱祖谋、夏

孙桐都批注曰："崇公文山。"（崇绮，字文山。）郭则澐也注曰："咏文山父
子也。"

　　叶昌炽这部影射当时政坛的《辛臼簃诗谶》，是晚晴光绪朝的一部
"诗史"。由于作者的特殊身份，他对时事的观察尤为真切，然而诗歌大
量用典，运故实讽时政，简直就是一首首诗谜谶语。虽然距今仅一百来
年，如果没有前人的批注，今人如读天书，无从窥探诗人的本旨，幸而有王
季烈、夏孙桐、顾彦聪、费树蔚、叶景葵等人索隐探底，作出批注；又有张一
麟、单镇、潘承弼、顾廷龙、王欣夫、蒋国榜等人倾注心力，汇集批注语，保
存批注本，我们今天才可能揭开一个个谜底。"身后遗编当子孙"（《九月
十五日初度感赋》），叶昌炽《诗谶》批注本有幸得以流传至今，是民国文
坛的一段佳话。

　　（原文分两部分发表于《文献》2016 年第 2 期和《中国文学研究》
2015 年第 25 辑）

"小说改良会"考探

　　"小说改良会"是 1902、1903 年在北京发起的一个文学团体,言论不多,时间短暂,影响也有限,一直未曾得到学界的关注。首先是陈平原先生在《二十世纪中国小说理论资料》第一卷《1897—1916 年中国小说理论资料编目》中著录了邓毓怡《小说改良会叙例》、籍亮侪《小说改良会公启》,但未收录正文①。最近,陈大康先生《中国近代小说编年史》引出《小说改良会叙》和《小说改良会公启》正文,编入光绪二十八年(1902)五六月②,"小说改良会"才算真正纳入研究者的视野。但是对于"小说改良会"的具体情况,陈大康先生也坦言:"限于资料的掌握,今日我们已无法得知。"笔者查阅了一些文献,在陈先生的基础上,对"小说改良会"作了略加清晰的考探,希望能有助于学界对该文学团体的了解。

一、"小说改良会"的三份文献

　　"小说改良会"的理论主张,主要通过三份文献昭揭于世,分别是署名何负的《小说改良会叙》(载《经济丛编》1902 年第 8 号)、邓毓怡的《小说改良会叙例》(载《经济丛编》1903 年第 29 号)和籍亮侪的《小说改良会公启》(载《经济丛编》1903 年第 30 号)。鉴于三篇文献尚较为稀见,现完整引录于下,并作初步考索。

---

① 陈平原:《二十世纪中国小说理论资料》,北京大学出版社 1989 年,第 553 页。
② 陈大康:《中国近代小说编年史》,人民文学出版社 2014 年,第 529—532 页。

小说改良会叙

何　负

国家之存亡乌乎由？曰在人物。人物之盛衰乌乎由？曰在思想。思想乎，其明智强健也，则人事精进，而为壮养国家之食料；其昏盲薄弱也，则人事退败，而为病死国家之微菌。欧洲旧教之弊也，路德苦之而倡新教；法国旧制之酷也，卢梭忧之而倡人权。其大挫于世而不悔者，固逆知新理渐入人人之脑中，则思想一变，而举国举世将为之转移也。夫区区一二人之言，遂能变易思想，其力且如此，则忧时之士，宜注目国人之思想为何如乎！

今中国危弱极矣，上者阘茸废事，下者愚悖长乱。海内志士，用为大恩，于是译书籍，箸报章，凡所以改良吾民之思想者，日出而月盛。余则以为救国如治疾，药饵以扶植之，不如抉去其致病之道而更易之也。吾国人之思想界，其最致衰病者何在？曰小说是已。汉唐以来，已有小说，其书多附会历史，间写神怪妖异，及儿女子之事；然文体不大远于史集，读者或鲜。近今推流扬波，种类日赜（按，当为"赜"），数居通国印刷物中最大之一部。俗情莫不崇仰古人而喜声色利禄，吾国小说率能巧摹声色利禄之状态，而又托其事于古人，是以上自王公贵人，以至乡里童妇，莫不爱好之。而弹词戏剧，又复取其事迹，饰以声音，表其形状，使樵丁农子、不识文字者，皆得览观焉。噫嘻，举四万万馀人聪明智慧之脑质，举而纳之荒怪淫邪、卑污鄙贱之小说范围中，舍此外无所知闻，无所效法，哀哉，哀哉！国安得而不垂尽也！

苟不余信，请举小说之弊中于人心、见于事迹者以征之。小说好记神怪，或升天成佛，或祝福忏凶，或学仙而得异术，或战斗而用秘宝，诡怪相眩，唯恐不奇。白莲、八卦诸会匪，屡惑于此，因以作乱。至庚子而拳匪之变，几沼中国。观其神人附体，传授宝器诸说，无一非来自小说。其证一也。

中国小说，凡传一特绝之人，其初也必身历困难，而其终荣显之也，必使以状元及第，不然即封侯拜相，与大富甲天下也。今学堂方设,科举就微,而士心犹专注于科第;国权渐尽,异族日侵,而官吏犹专营其富贵,岂非以小说之印于脑中者不易刊耶? 其证二也。

小说界中,无论为词曲体,为稗史体,十九为男女之相慕,倡妓之狭邪,仙狐之匹嫦,艳冶淫靡,穷情竭态,而大抵以白头齐寿、共享安乐为究竟。此想中人,而豪家贵族,以至卑寒下士,少者驰心于荡冶,老者溺情于荣乐,至所谓坚强磊落,国民之躯干气概,不复可睹矣。其证三也。

其余居处食息,动作交接,举凡生人之事,自有生至于老死,无一不本于小说,非可遽数。吾敢断言曰:中国近古以来操溥通教育权者,莫小说家若也。呜乎,世界物竞之公例,思想新富者国强,思想腐旧者国亡。东西强国,日进新富矣,而吾犹抱其腐旧之经说史论以为教育,已自不敌,况乎真操教育权者,犹不在经说史论,而在变本加厉之小说家乎?

虽然,小说之为物,故不可存于中国与? 是亦不然。欧美强国岁出小说以万计,适以益其文明。吾国小说界之坏,非其自坏,编著者非其人耳。苟返其道而用之,振作存立之理想,增进爱国之感情,小说亦乌可少哉! 乌可少哉!

余不量蒙昧,窃用治疾者抉去病源之义,会集同志,订定规则,思改良吾国之小说,以新国民之思想,造英杰之人物,功效所就,非所逆计焉。昔法儒福卢特耳,当鲁易十四之世,风俗昏蔽之时,独撰小说以醒其国人,论者以谓法国今日之文明,实有赖焉。昔儒之贤,虽非易及,苟海内仁人,同力共济,取蛮野奴隶之脑影被除而更新之,使微菌化为佳料,则荡荡华夏,宁无与佛兰西抗行之一日乎? 凡我同志,其共勗吾言哉! 其共践吾言哉!

该文载于《经济丛编》1902 年第 8 期,作者署名"何负",陈大康先生引录此文时没有点名作者。"何负"当即邓毓怡的笔名,邓氏字和甫,谐音"何负"。《经济丛编》中还刊载了何负《经义丛编叙》《英文学课八种序》等文。何负在《六国语言类辑》中说:"余往者从桐城吴先生游。"邓毓怡正是吴汝纶弟子。邓毓怡（1880—1929），字和甫，一字任斋，别号拙园，河北大城县人，早年入保定莲池书院，拜桐城派古文大师吴汝纶为师。在莲池书院，他不仅读传统经史，还学习外文和西方格致之学；1903年留学日本早稻田大学；不久回国，在家乡创办启智学堂；民国后任国会议员。著有《拙园诗集》《欧战后各国新宪法》等。邓毓怡是"小说改良会"发起人之一，还撰著了《小说改良会叙例》。

小说改良会叙例

大城邓毓怡拟稿

叙文已见壬寅本编第八册，兹不更录。

小说条例如左：

第一宗旨：本会小说，无论何等结构，何等体裁门类，其目的必在为国人破除腐败之习气，唤起爱国之感情。

第二结构：

甲、成书之结构：（1）编著（会员自著，或社外新稿）。（2）翻译（西文、东文各小说有裨吾国者）。（3）修改（吾国旧作少删增更易即有当本会宗旨者）。

乙、为文之结构：（1）演义（就中外古今大小实事编演之，意多主于警动鼓舞。）（2）寓言（撰造人事，或暗中影照，意多主于讽喻激射）。

第三体裁（文体之区别）：

甲、史乘体：（1）说部（章回体白话者多，成文者少，吾国旧小说多此种）。（2）外史（体例不一，唯文理工深，与说部异。吾国古小说多此种，今较少。若《儒林外史》，名虽然，实亦说部也）。（3）弹词（事近史乘，文近辞曲，吾国旧有《廿一史弹词》，今则大鼓书是）。

乙、辞曲体：（1）传奇（南北词皆可，旧书如《桃花扇》之属）。（2）戏本（以二簧为主，他调次之）。（3）歌谣（雅俚并用，雅者类乐府，俚者里曲童谣皆是也）。

丙、记录体：（1）记事（此类吾国旧小说界中甚多）。（2）记人

（如《剑侠传》之属）。（3）杂俎（以上记录体中三体文皆不计俚雅）。

第四门类（意向之区别）

甲、政治小说：政治小说非讽刺本国之政治及抄写各国之政治之谓也。盖凡天下有国，国民必各有政治思想，以有此思想，故而后荷自治之能力，备公民之资格。此等小说务以铸造国民之政治思想，其有益国家最为捷要。其小说中事迹，宜空中构造，而其意旨则以针对吾国，适于施行为主。（在吾国已有小说中，如《经国美谈》等是也。）

乙、历史小说：专就中外历史上事实，以演义体为之，以奇妙浅鲜之笔，代平正庄重之文，感人深而易者也。（在吾国已有小说中，如《三国》《列国》各演义等，但新其目的耳。）

丙、风俗小说：以小说之妙笔，发抉吾国种种恶习、种种颓风，使人入目警心，较读极痛快之论说尤为爽利醒豁。（在吾国已有小说中，如《儒林外史》之属，更求新当精密。）

丁、理想小说：借新颖奇变之笔，发明哲学理学，以求益人智慧，并启导国人高尚之思想。语怪小说附焉。（如新译《世界末日记》等是，但宜求新奇高妙。）

戊、科学小说：科学包括甚广，但如政治等，既自为一类，自宜特别出之，其余格致科学尚多。大抵以小说演之，构为人地事迹，则人易于领会。此种小说，功不在教科书下也。（在吾国已有小说中如《海底旅行》等。）

己、军事小说及任侠小说：所以作国人尚武之精神、同仇之气概。（此二种中国最多，但皆无适当之宗旨耳。）

庚、言情小说：天下无无情人，能成爱国爱群事业者。英雄儿女之情，人不能脱之范围也。但意必正大，辞必雅洁，始不蹈旧小说荡靡祸人之流弊耳。（在中国已有小说中，当以《佳人奇遇》等为佳。《东欧女豪杰》虽非此类，然其言情处尤绝。）

辛、冒险小说：中国人最富于阘茸性质，无远游进取精神者也。特设此类以药之。（在已有小说中，如《鲁滨逊漂流记》等。）

壬、杂旨小说：如一书属于两类或多类者，记录体小说多有此。

癸、他种小说：为以上门类所未包者，苟其宗旨于本会吻合，即为可用，并可于条例中酌增此类。

第五法律：

甲、意旨之宜留意者四：

一曰新富。改良者抉去旧弊，布以新绪之谓，故意旨枯涩最戒，而顽旧荒谬，尤为厉禁。

一曰正大。宗旨既在裨益国民，则意旨亦当专注于此。其以一人私心抵排倾轧之习，决不可蹈。

一曰深远。小说关系最重，以其隐操教育之权也，故看透社会某利某病，始可用意提引药石之，不可率意下笔，贻误读者。

一曰恳挚。凡用一意，必熟思何以使人易明晓，何以使人易警醒，须视此业为至要义务，不可徒以讥刺快意。

乙、文辞之宜留意者六：

一曰一律。无论文辞俚雅，全部须始终一致。

一曰团结。除短文杂志外，凡成一长幅之书，皆须有机关线索，不可散漫。

一曰明快。文辞虽深，亦不可诘屈（聱）牙，白话之书，尤须爽利。

一曰雅驯。不可轻薄狂嚣，尤不可有淫冶秽垢之字句。

一曰机趣。小说之长，全在机趣，文章诙诡之观，至要也。

一曰神气。无神则如枯木，无气则如枯鱼，不第阅者生倦，书中宗旨亦无以传达也。

以上条例为拟定初稿，以后若有应增应革，可会议酌定，且无论会中会外，凡我同志，倘赐言指正，俾得斟酌尽善，尤所厚望也。毓怡谨识。

这篇《叙例》是近代小说批评史上的重要文献。该《叙例》发表于《经济丛编》第 29 号，为"癸卯第九册"，癸卯是 1903 年，在第 29 号中载有

1903年农历闰五月的《中外大事记》。如果要编年的话，该《叙例》应编入光绪二十九年(1903)闰五月。这篇文章从结构、体裁、门类三个方面对古今中外的小说进行分类，具有重要的理论意义。

小说改良会公启(叙次见本编第八号,条例见第廿九号)
籍亮侪稿

凡人之闻言,其言而直焉,庄焉,以理喻焉,以势晓焉,喜者一,厌者百;其言而曲焉,诡焉,以情感焉,以事状焉,喜者百,厌者一。天下人之为书,无不趋人之喜,而舍人之厌,而雅正之体,往往不能达其意向,于是乎小说出焉。小说者,人情之所公好,中外古今所不能废也。

虽然,吾观中国千余年来,鬼怪异说,支离荒诞,转相煽惑,深入人心而不解者,非小说导之也耶? 荡子思妇,迷信因果,私相期会,隐然成俗而不耻者,非小说启之也耶? 外此者,如牺牲于富贵,奴隶于势利,其思想之成,萌芽于小说之影响者,盖不一而足。然而取其书读其文,其意旨词采,类能臧否群伦,穷抉世态,而通人学士,亦恒许为上下千古不可磨灭之书。如是而其及人,乃不免于败俗之害者,无他,宗旨之非也;宗旨之非无他,逞私意而不揆公是也,投私好而不求公益也。呜呼,天下无论能言若何,其言而为逞私意、投私好之言,未有不足害天下者。天下无论不能言若何,其言而为揆公是、求公益之言,未有不可利天下者。虽然,抑有难焉,敝政污俗,千状万态,愤嫉之甚,欲有以警醒之,而发言过激,使人不能堪者,有乎? 无有乎? 人民智慧,度越倍蓰,期望之赊,欲有以开启之,而托想过深,使人不能悟者,有乎? 无有乎? 是故汉宋党人之清议,本以救朝廷之失,而往往激焉而愈烈;两汉文臣之词赋,本以正人君之过,而往往讽一而劝百。凡此之类,岂其宗旨非为公耶? 然究其事效,恒与所期相谬,何与? 盖凡人著书为文,或为一国,或为一乡,或为一族,其热诚之所发,必先有愤焉、悲焉、感焉、慕焉者,主乎其中而不得其平,而其所愤、所悲、所感、所慕,又出乎其一人之目中而不无所偏。偏焉者、不平焉者,其人既不自知,而局外之人其识趣卑下者,又不及知。有知者矣,彼自以身在局外而不之言;有言者矣,此且以局外视之而不之听。天下知言者几人? 彼不言,此不听,于是其文其书,一二言之失当,致使世人引为口实;而居高位执法权者,且诬以邪说,而百计禁抑之。禁抑不足,则后之言者愈失其平而益趋于偏。由是家各一言,人各一议,出入乖舛,而莫可围范矣。

夫言论自由之世界,不能胥天下之言而纳于统一之范围,势也。而吾中国文明幼稚之时代,不能无干涉主义,以防出版之流弊,亦势也。何者? 理想欲其繁,宗旨欲其一。欲其繁则不得不任自由,欲其一则不得不用干涉。干涉之事,大者出乎国家,可以保一国之书有公言,无私言。小者出乎一社一会,可以保一社一会之书有公言,无私言。此近年以来志士杰人所为纠联同志,立约定例,而希以此利吾国人者也。

呜呼,若小说者,岂独非影响国人之一端乎哉? 近今南北各省埠,于出版诸业,用干涉主义,集会结社者,不可胜记,而独于小说阙焉罕闻,岂以为不足轻重与? 而如前所云,小说之弊,中于人心风俗者历历可数,是其所关系为何如也!

忠寅等有鉴于此,爰立斯会,期以引伸理想,统一宗旨,洗旧说之弊,而使人群习俗,焕然新焉。凡我同胞,倘不河汉斯举,而有以相助者乎? 是则窃幸者已。

这篇《公启》的作者为籍亮侪。籍忠寅(1877—1930),字亮侪,号困斋,河北任丘县人,早年肄业于保定莲池书院,也是吴汝纶的弟子,《桐城吴先生日记》由他作序。1903 年后官费留学日本,回国后曾任国会参议院议员、云南省财政厅长等职。著有《困斋文集诗集》。籍忠寅这篇《公启》的刊载时间为 1903 年农历闰五月下旬,版心下明确标识“癸卯第十册”,癸卯为 1903 年。其实,籍忠寅这篇《小说改良会公启》和邓毓怡《小说改良会叙例》都刊发于梁启超《论小说与群治之关系》之后,时间相距达半年之久。

这三篇文章的两位作者都是吴汝纶晚年的弟子,吴闿生《晚清四十家诗钞自序》列举吴汝纶弟子"其年辈稍后"者 17 人,最后两人为籍忠寅亮侪、邓毓怡和甫。这让人不能不想到"小说改良会"与吴汝纶的关系。吴汝纶是晚清桐城派古文大师,从光绪十五年(1889)起,长期主讲河北保定莲池书院。籍忠寅、邓毓怡都是吴汝纶在莲池书院的弟子。1901 年,清政府下令将书院改为学堂,莲池书院改为省会高等学堂,吴汝纶转至北京创办华北译书局,华北译书局自 1902 年农历二月十五日(3 月 24日)起出版《经济丛编》半月刊,邓毓怡出任编辑,该杂志刊载政治、经济、教育、法律、历史、文学等文章,范围甚广。1904 年 5 月改为《北京杂志》,旋即停办①。据此可知,"小说改良会"是吴汝纶在河北莲池书院的弟子邓毓怡、籍忠寅等人至北京,依托华北译书局《经济丛编》杂志而成立的文学团体②。但是随着吴汝纶的逝世,特别是籍忠寅、邓毓怡于 1903 年赴日本留学,"小说改良会"便自动解散了,似乎昙花一现,没有出现更多的成果,没有产生更大的影响。但是其中一些问题还是值得我们探讨的。

二、"小说改良会"与吴汝纶

　　"小说改良会"的发起者邓毓怡、籍忠寅都是吴汝纶的弟子,那么"小说改良会"与吴汝纶有什么关系呢?清代桐城派古文,讲究义法,标尚雅洁,忌用小说的笔调作古文。吴德旋《初月楼古文绪论》就曾说:"古文之体,忌小说,忌语录,忌诗话,忌时文,忌尺牍;此五者不去,非古文也。"作为桐城派古文的传人,吴汝纶自觉维护桐城古文的传统,严禁小说浸染古文,对小说本身是轻视的,如他在 1898 年作的《天演论序》中说:"士大夫相矜尚以为学者,时文耳,公牍耳,说部耳。舍此三者,几无所为书。而此三者,固不足与于文学之事。"吴汝纶对"说部"的这种轻视和排斥,对"小说改良会"是有影响的。邓毓怡在《小说改良会叙》中列举种种事例来申述传统小说危害人心的严重性,陈大康先生也指出"此文对传统旧小说批

---

①　参方汉奇等《近代中国新闻事业史事编年》(六),《新闻研究资料》1982 年第 4 期。

②　陈大康《中国近代小说编年史》第 530 页已经指出该杂志"封面署'北京琉璃厂中间迤南大沙陀原华北译书局发行'",但尚未将该杂志、书局的源头追溯至吴汝纶。

判之猛烈,论述之周详"。邓毓怡指擿旧小说"荒怪淫邪、卑污鄙贱"的弊端,籍忠寅历历数落旧小说的积弊,既可以认为是受到梁启超 1898 年《译印政治小说序》所谓中土小说"不出诲盗诲淫两端"的启发,也可以看作是引申、发挥了古文大师吴汝纶的态度。吴汝纶对旧小说的否定,主要是基于"文学""古文"的立场,而弟子邓毓怡、籍忠寅则是从社会文化层面论述"旧小说"对民众思想的腐蚀。

对传统积弊的否定和对欧西文明的鼓吹往往是相互呼应的。改良小说、效法欧美的口号发自于古文大师吴汝纶弟子,其实是不难理解的。吴汝纶具有开明的思想,通达的眼光,自觉地学习西方文化,主张会通中西,曾提出:"特今世富强之具,不可不取之欧美耳。"①周作人甚至在《中国新文学的源流》中说过:"今次文学运动的开端,实际还是被桐城派中的人物(按,指吴汝纶等人)引起来的。"邓毓怡(何负)在《小说改良会叙》中对"欧美小说""益其文明"功能的热切称赞,提出"思改良吾国之小说,以新国民之思想,造英杰之人物"的目标,显然就是吴汝纶"不可不取之欧美"的思想在小说领域的落实。因此"小说改良会"发起者邓毓怡、籍忠寅对中西小说作截然鲜明的轩轾,贬斥旧小说,主张借鉴欧美小说来加以改良,并非是违背了其师吴汝纶的思想意旨。相反,却是沿承了吴汝纶对旧"说部"的批评,又遵循吴氏"取之欧美"的思想,而要在小说领域开展一场改良,是在晚近外国小说大量翻译进入中国的文化大环境中,桐城派后学发出的改良小说的号召,可以视之为桐城派自身的新发展。

特别值得注意的是邓毓怡在《小说改良会叙例》中规定"文辞之宜留意"的六条原则:一律、团结、明快、雅驯、机趣、神气。当时翻译、创作新小说的人,多强调文笔的通俗,如梁启超就积极肯定"俗语文学",在《小说丛话》中说:"小说者,决非以古语之文体而能工者。"但吴汝纶对这种现象则持批评态度,他《与薛南溟》说:"梁启超等欲改经史为白话,是谓化雅为俗,中文何由通哉?"他坚守桐城派古文的传统,强调文风的雅洁。邓毓怡所谓文辞六原则中的"雅驯",其内涵近乎吴汝纶的"雅洁"。古文

---

① 吴汝纶:《复斋藤木》,《吴汝纶全集》(三),黄山书社 2002 年,第 416 页。

之辞气远离鄙俗,是"雅洁";小说之不陷入轻薄狂嚣,就是"雅驯"。"一律"指文风不论或是俚俗还是典雅,都须保持自身的一致性;"团结"指长篇小说头绪清楚,结构统一完整,不涣散矛盾;"神气"指文章精神灵动,富于感染力。这三者本是古文写作的要求,现在邓毓怡把它移至小说,作为对小说文辞的规定。"明快"和"机趣"则是专门针对小说而提出的文风要求。"明快"是语言风格的要求,小说语言不可过于深奥,不可佶屈聱牙,白话尤须爽利;"机趣"则是指小说的趣味性,邓毓怡说:"小说之长,全在机趣。"这是符合小说的艺术特征的。综合此六点来看,"小说改良会"对于小说"文辞"的规定,还存留着桐城派古文家的痕迹,也注意到小说的艺术特性。在当时大家还不太关注小说艺术性问题的时候,这六点"文辞之宜"的提出,是有意义的。

三、"小说改良会"与梁启超

1902 年,邓毓怡、籍忠寅都是 20 来岁的年轻人,怀揣救国热情,意气激昂。籍忠寅曾说邓毓怡年轻时"慷慨奋厉,思有所试"[1];"当是时,都人士读君(按,指邓毓怡)文章,皆以为救世之才,争相交欢"(《拙园诗集序》)。当初戊戌变法失败时,籍忠寅作《感时次和甫韵》,前四句曰:"风云万里群才起,一旦零星若断蓬。堪叹咥人逢恶虎,何如高举逐冥鸿。"[2]把慈禧太后等顽固派比作"恶虎",对康有为、梁启超等饱含同情。梁启超 1929 年逝世,籍忠寅作《任公先生挽诗》,其中有曰:"论学差如井灌园,一时黄槁变青繁。彼天本以人为铎,举世相忘水有原。"意思是革命的源头应该归之于梁启超。邓毓怡挽梁任公联,也称赞梁是兴学变法的先导。

从时间上说,"小说改良会"三篇文章中的第一篇,即邓毓怡的《小说改良会叙》发表于 1902 年五月,早于梁启超的《论小说与群治之关系》近半年,似是梁启超发起"小说界革命"之前的舆论呼声。但身为桐城派后

---

① 籍忠寅:《邓君家传》,《困斋文集》卷四,1932 年刻本,第 16a 页。
② 籍忠寅:《感时次和甫韵》,《困斋诗集》卷一,1932 年刻本,第 2a 页。

学的年轻的邓毓怡为什么对欧美小说如此的青睐并给予好评？显然是直接得益于自 1873 年蠡勺居士翻译《昕夕闲谈》以来,以林纾翻译《巴黎茶花女遗事》《黑奴吁天录》和梁启超《时务报》刊载柯南·道尔侦探小说等为代表的欧美小说翻译热潮。我们看不出邓毓怡《小说改良会叙》对梁启超的《论小说与群治之关系》存在任何直接影响,甚至梁启超是否看到过这篇《小说改良会叙》,我们也不得而知。但是十分明确一点,邓毓怡于次年即 1903 年 5 月刊出的《小说改良会叙例》,明显是在梁启超“新小说”影响下的产物。《叙例》列举了“吾国已有小说”中的 6 种,都是与梁启超有关的“新小说”：

小　　说	梁氏杂志发表情况	梁启超分类	邓毓怡分类
经国美谈	连载 1901 年上半年《清议报》第 36—69 册	政治小说	政治小说
世界末日记	载 1902 年十月《新小说》第一号	哲理小说	理想小说
海底旅行	连载《新小说》1902 年第 1 号至 1903 年第 6 号	科学小说	科学小说
佳人奇遇	连载 1898—1900 年《清议报》第 1—35 册	政治小说	言情小说
东欧女豪杰	连载《新小说》1902 年第 1 号至 1903 年第 5 号	历史小说	言情小说
鲁滨孙漂流记	连载《大陆》1902 年第 1 号至 1903 年第 12 号	冒险小说	冒险小说

其中如《经国美谈》《世界末日记》《佳人奇遇》都是梁启超译述的;而且《经济丛编》1903 年农历二月还转载了梁启超译的《世界末日记》,时间在邓毓怡《小说改良会叙例》刊发之前。再者,1902 年七月《新民丛报》第十四号刊载了实出梁启超之手的《中国唯一之文学报〈新小说〉》,列举了历史小说、政治小说、哲理科学小说、军事小说、冒险小说、侦探小说、写情小说、语怪小说等类型,直接影响了邓毓怡《小说改良会叙例》根据“意向之区别”而划分小说门类为政治小说、历史小说、风俗小说、理想小说、科学小说、军事小说及任侠小说、言情小说、冒险小说、杂旨小说、他种小说。

因此我们完全可以说,由邓毓怡"拟稿","会议酌定"的《小说改良会叙例》,已接受了梁启超译述的"新小说",将之视为"小说改良"的范例和目标,《小说改良会叙例》就是在梁启超"新小说"的影响下才出现的。和梁启超的"小说界革命"相比,"小说改良会"的三份纲领性文件,革命性是不足的,没有大的创新性,在实践上也未取得真正的成绩。

陈大康先生由于未提到邓毓怡的《小说改良会叙例》,又误把籍忠寅的《小说改良会公启》编在 1902 年六月,于是误认为"小说改良会"的呼吁是在《新小说》创刊之前的普遍的呼声"其中之一而已"①。陆胤曾说,邓毓怡《小说改良会叙》"似可看作梁启超发起'小说界革命'的先声"(按,先声指发生于某事之前的类似的有相同性质的事件,两者不具有直接关系,与"先河"不同),《叙例》"明显受到《新小说》的影响"②。笔者重新梳理材料,理清"小说改良会"三篇文献的时间先后及其与梁启超《新小说》的关系,认为陆胤的解释是正确的,——尽管陆文并非专门研究"小说改良会"问题。

四、"小说改良会"与林纾

1901 年秋,近代翻译西方小说第一人林纾由杭州迁居北京,并得到吴汝纶的赏识。林纾是否参加了该"小说改良会"? 情况不得而知。林纾年长邓毓怡、籍忠寅等约二十七八岁,且翻译小说已取得了成绩,按理说,如果林纾参与"小说改良会",那么《叙》和《公启》中应该出现林纾的名字,甚至应该直接由林纾具名方才更有号召力。从现有材料看不出林纾与"小说改良会"的关系,甚至林纾与邓毓怡、籍忠寅也少有文字往来,唯邓毓怡《拙园诗集》附编了《挽林畏庐联》,时已在 1924 年。可靠的判断是,"小说改良会"是由邓毓怡等年轻人发起的,知天命之年的林纾没

---

① 陈大康:《中国近代小说编年史》第 65 页。事实上,邓毓怡(何负)《小说改良会叙》在梁启超《新小说》创刊之前,而邓毓怡《小说改良会叙例》和籍忠寅《小说改良会公启》都在《新小说》创刊之后。

② 陆胤:《文脉传承与知识重建》,载《文学遗产》网络版:http://wxyc. literature. org. cn/journals_article. aspx? id=2320

有直接参与。

那么,是不是"小说改良会"与林纾毫无关系呢? 并非如此。至少可以从两点来看:

第一,自幼熟读《史记》《汉书》的林纾,古文功底深厚,一来北京就得到吴汝纶的称赏。吴汝纶称赞林纾古文"是抑遏掩蔽,能伏其光气者"(林纾《赠马通伯先生序》引),吴汝纶赴日本考察时,"伊藤(博文)问汉文高师,告以林琴南孝廉纾";又在日记中记曰:"林琴南孝廉文,多可喜者,宜时贤共推能手也。"①吴汝纶是否仅仅称赞林纾的古文? 不是的。据"时贤共推能手"一句看,是指林纾以古文笔法翻译欧美小说。吴汝纶在《天演论序》中感慨地说:"今西书虽多新学,顾吾之士以其时文、公牍、说部之词译而传之,有识者方鄙夷而不之顾,民智之瀹何由? 此无他,文不足焉故也。"吴汝纶提倡翻译西书,但反对用俗俚语(说部之词)来翻译,而林纾用古文笔法翻译欧美书籍,正对上吴汝纶的胃口,所以对林纾大加赞赏。那么笔者推测,吴汝纶对林纾以古文笔法翻译欧美小说的肯定态度,给予邓毓怡等人某些启发,不是在情理之中的事吗?《小说改良会叙》提出"振作存立之理想,增进爱国之感情",与林纾翻译的宗旨是一致的。如果说《小说改良会叙例》中关于小说门类的划分,得益于梁启超的"新小说",那么可以推测说,文中关于"文辞之宜"的规定则是以林译小说为典范的。

第二,1900 年前后,全国各地纷纷成立译书馆,就是在这种浪潮之下,吴汝纶在北京创立了华北译书局,主要出版政治、经济、教育方面著作。现可知该局于 1902 年出版了日人西师意演述的政治著作《泰东之休戚》。1902 年初,吴汝纶应张百熙之请,任京师大学堂总教习。京师大学堂附设译书局,经吴汝纶推荐,以严复为译书局总办,林纾、魏易等副之。译书局负责翻译西学教科书和其他图书。本来,林纾等翻译的欧美小说,或是在报刊上连载,然后由报刊代售;或是由文明书局之类民营机构出版,现在林纾进入了京师大学堂译书局,显示了官方出版机构对林译欧美

---

① 　吴汝纶:《桐城吴先生日记》,河北教育出版社 1999 年,第 655 页。

小说的认可,一个直接的证据就是林纾和魏易合译的英人阿纳乐德《布匿第二次战纪》1903 年由京师大学堂官书局铅印出版①。既然京师大学堂译书局的译书范围扩大至欧美小说,那么华北译书局是否也应该将眼光扩大到小说之类呢? 这是作为编辑的邓毓怡不能不思考的问题。可能也是基于华北译书局业务的考量,邓毓怡主张小说改良,倡导成立"小说改良会"。

　　由于 1903 年邓毓怡、籍忠寅先生东渡留学,后都从事政治,不再留意文学,"小说改良会"只是停留在动议之中,没有取得进展和实绩,但它毕竟是近代小说史上一个瞬间的记忆,蕴含着丰富的社会文化内涵,值得我们去考探。

　　(载《文学遗产》2016 年第 2 期,人大复印资料《中国古代近代文学研究》同年第 6 期转载)

---

　　①　该书林纾序言作于 1903 年闰五月,与《小说改良会叙例》《公启》的发表同时。

新发现梁启超致张元济等尺牍十七通

整理者按：上海图书馆藏抄本《饮冰室尺牍》一册。封面题"饮冰室尺牍"，署"任心白手钞、张元济手校"。正文凡 11 页，系梁启超 1916 年 9 月至 1927 年 5 月间致商务印书馆张元济（字菊生，人尊"菊公"）、高凤谦（号梦旦，人尊"梦公"）、陈敬第（字叔通）和商务印书馆天津分馆馆长周国恩（字少勋）的书信，凡 30 通，以与张元济、高凤谦的信函为多。此抄本系张元济嘱曾在商务印书馆管理文契的任心白抄录，抄在印有界行的信笺纸上，页眉有张元济数处批语。此 30 通信函有 13 则已见于《梁启超全集》、丁文江等《梁任公先生年谱长编》，17 则尚未面世，是了解梁启超在这 10 年中与商务印书馆交往的珍贵史料，特别是为徐志摩游学筹款一函，尤具掌故价值。现特整理未刊的 17 通尺牍，公诸于世。

一、任公致菊公函（五年九月十二日）

题签种种呈上。前所著《袁世凯之解剖》及《民意征实录序》似在天津《公民报》登过，能托人一往检之，得，可加入《盾鼻集·论文门》也。

二、又（五年九月十三日）

呈上《盾鼻集序》一篇，又《致松坡书》一篇，请编在《致陆干卿书》（此书由杭返时补作奉呈）之后，其标题及按语如下：

《致蔡松波第五书》。锷在军中凡得先生八书，每书动二三千字，指陈方略极详。先生既不存稿，而锷检行箧，仅得其一，余七通滇黔军署皆有副本。他日更当补钞布之耳。蔡锷识。

书印成时，可将蔡序抄寄各报，请其刊登，想为编报者所乐，亦可以广其传。公谓何如？顷赴杭，三日后必归。

三、又（五年十二月十一日）

顷欲在广州贵分局取《丛著》十部，为赠人用，望即函知该局。再，该书原订见赠五十部，今欲要求增至百部，不审见许否？（望将拾部由津局交舍下，其余除已交来者暂在沪局。）又《盾鼻集》欲要求赠五百部，印成时望即先将百部由广局见惠（又将百部由津局交舍下），其余暂存尊处。琐渎罪甚。

按：《饮冰室丛著》、《盾鼻集》商务印书馆1916年印行。

四、致菊公、陈叔通君（七年六月）

前奉菊兄书，拟印白云观《道藏》，久未奉复。日来偶与人言（见人极少故偶也），赞许者颇不乏，大约二十部敢负责任（已署名者十一部，并区区，得十二）。极盼决办也。又《四部举要》何以寂寂？鄙见此不容再缓（今士夫尚有力及此，更迟疑之）。若公等能鼓勇图此，弟当负五十部责任，盍共努力耶？季常今日来畅谭，至盼三月来岑寂一破，微醉作此。

五、致陈叔通君（廿五日）

书悉。江拓望必为我留之。公所陈数义，良信，不可知也。钟鼎拓片遇有机缘，请为我代致。此间有簠斋藏拓数百事。去年印髯为致之，皆小器（小器可不复搜）。其大器如毛公鼎、虢盘之类一无有。若遇此，希留意。顷病已失，昨日居然出门（与季常偕），饭于他家矣。所示两戒，酒戒决当严守，戒读书所断不能。若尔，则心必他用，劳恐滋甚耳。《通史》太复杂费力,当稍停课也。日来晨读《庄》《列》,午后读香山、放翁诗,于病躯殊适。《列子》评点一过,颇有心得,惜未得与公共读也。

各相片想已收,分两次寄,第一次汤、谭、黄、蔡共六片,由津馆寄;第二次蔡、戴全身一片,由此间直寄。惟鄙意神龛当奉木主,像祭非古也,切望注意。

六、致周少勋君

示敬悉。辱顾失迎,歉甚。借抄《清史稿》,初原得赵公允许,其后又似为不欲之意。弟又不便强求,故此事已作罢论,谨以奉闻,并乞转告叔翁。(张元济页眉墨批:"此无关系,因凑篇幅,故删。")

七、致菊公(十一年二月三日)

冬电敬悉。拙著在津付印,原为就清华及南开诸校学生急需起见,其印刷之劣,本在意料之中,深恐发行不便,实与我公同感。《世界史纲》图表甚多,非交本馆印刷不可,现已译完,尚待修正。拟在清华讲演期内悉数改定奉寄,当在一两月之内也。拙著《墨经校释》未知已付印否?此书寄稿已近一年,望公代促出版,幸甚。

周按,梁启超《墨经校释》1922年4月商务印书馆出版。

八、致菊公

五月四日惠书敬悉。李君光忠译书费,承公预垫洋七百零八元,深荷厚意。兹已汇往美国,并嘱其陆续交稿矣。本公司前印《四部丛刊》,弟曾有所建议。当时本拟开一书目加以说明,上呈台览。后因来清华讲学,遂至延搁。顷读手书,知我公拟继续进行,并承嘱开一书目,欣幸之至。下星期此间课毕返津后,当列一书目呈览,供参考也。(张元济页眉朱批:撤去。)

九、致 菊 公

漫游两月,一昨始归,所属应用书,开单辄就。记忆所及,得数十种,专以清代著述为限耳。余当续陈。(张元济批尾:此亦因凑篇幅,故删。张元济页眉朱批:此类与上页重相并为一页。)

十、致菊公(十一年十二月十六日)

阮髯集奉尘,乞必为传之,序当续作寄上。尊恙想霍然耶!

阮髯子诗集,如馆中拟不印,请即寄回南京,因此乃此间一友人钞本,询索颇急也。

周按:阮大铖,人称阮胡子,所言当系阮大铖《咏怀堂诗集》。

十一、致菊公(十二年三月二十日)

戴东原著《汾州府志》、《直隶河渠书》两书,涵芬楼有无藏本? 乞饬所司一检见复。

十二、致菊公(十二年五月十一日)

友人罗原觉精于鉴别,收藏珍本书画颇多。意欲印布,以饷国中同好,谨介绍接洽。

十三、致菊公(十二年六月三十日)

江君绍原留美有年,近译杜里舒之《实生论》,其原稿由友人辗转送来。弟以君劢近主杜里舒讲演,译事已交其阅过。彼谓此即杜之生机哲学,已在《讲演集》发表一部分。江君似有重译之嫌。惟此书江君初不知国内有人翻译,今既从远道寄来,属为介绍于我公,因于日前将原译稿奉寄台览,请付审查(原译稿未暇披阅,不能批评)。至决择如何,一任尊裁。如本公司拟购其稿,则请酌付若干;如不能买稿,则请将原稿照信面住址寄回为幸。琐渎勿罪。寄上李光忠所译之《近世欧洲经济发达史》附录二,共九叶,请附印于末。前原稿寄上时此书未发,今补寄。小儿用手术三次,顷可无虑矣。承注存,感极。

周按:江绍原的《实生论大旨》,似商务印书馆未接受,1923 年 12 月由亚东图书馆发行。

十四、致菊公(十三年五月十一日)

廖燕《二十七松堂集》中有《祭澹归和尚》一文,弟亟需参考。顷阅《涵芬楼书目》,知藏有此书,欲恳吾兄钞出寄下。琐末费神,感感。

十五、致 菊 公

万方多难,音讯用希。献岁以还,履綦何似? 敬念无量。专启者:徐志摩欲一为南欧(意大利、希腊)之游。此君天才俊逸,能广以兹游,所就当更伟大。弟亟赞之。惟游赀筹集颇艰。意欲请商馆假以二千元,由馆指定编著一、二书为酬报。不审公能为玉成否? 彼欲赶三月间与泰戈尔同行,故行期颇迫,如何之处,幸赐速复。(张元济页眉朱批:"撤去。")

周按:"万方多难"云云,乃指 1924 年 9 月 13 日梁启超夫人卒,梁伤痛万分。据陈从周《徐志摩年谱》,1918 年夏徐志摩入赘梁任公门。1924 年夏印度诗哲泰戈尔来华讲演,徐志摩担任翻译。次年 3 月徐志摩出国。然此前筹款之艰难,外人不知。丁编《梁任公先生年谱长编》1925 年 2 月 13 日致蹇季常书有言:"志摩欧游,吾所力赞,故虽在至窘之中,亦欲助其成,但以现在情势,恐旅费极不易集。"又虞山平衡编《名家书简》(万象图书馆 1949 年)中影印有梁启超致徐志摩函真迹,其首云:"沪信如彼,殊惘惘。""沪信"就是指此致张元济信的回音,想必从商务印书馆借款一事未果。

十六、致菊公（十四年九月廿五日）

记穗卿曾有一文，言古代"百姓"与"民"之分别。其文似登于商务印书馆初期之某杂志中，公能设法搜出，饬人录副见示否？切盼切盼。

十七、致菊公、梦公（十六年六月十五日）

前奉菊兄书，备承关注。顷已暂避地天津，请纾远念。专启者，诸暨赵君良翰在清华研究院两年，以最优成绩毕业。其学本长于训诂、校勘，近更覃精史著，搜集史料极勤而组织判断力极绵密锐敏。本年在院研究题为中国壁画考，所搜史迹（关于壁画者）多至千余条，而排比论断曲得其当，即此可以窥其所蕴之一斑矣。毕业南旋，谨介绍于贵馆。希赐延揽，任编纂事业，必能胜任愉快，为国学界有所贡献也。如何之处，乞赐复为盼。

周按：赵良翰，即赵邦彦，字良翰，浙江诸暨人，1926 年清华国学研究所毕业，与吴其昌、高亨、徐中舒、姚名达等同届，毕业后未进商务印书馆，为中研院史语所图书员。

（载《文汇报》2012 年 3 月 12 日，《张元济研究》第九辑转载）

胡怀琛的"新派诗"理论

胡怀琛(1886—1938),字季仁,后更字寄尘,安徽泾县人。南社会员。曾任教于沪江大学等校,后任商务印书馆编辑、上海通志馆编纂。一生著述丰富,在"新文化运动"时期,是"新诗"的积极探索者和理论建设者,但因为其独特的"新诗"理论观念而挑起"新诗"内部的争论,其新诗理论和创作上的成绩多为后人所遗忘①。故不揣固陋,勾稽若干文献,对胡怀琛诗歌理论和创作略作阐述。

一、诗集与诗论著述编年

1910 年,加入南社。

1912 年,胡怀琛任职于神州日报。后因《神州日报》著论诋排国民党。其兄胡朴安甚愤懑,令他解职,转至太平洋报社,代柳亚子任文艺编辑,半年后报社停刊。② 这一年他将平时为教儿女作诗而随时抄录的前人七言绝句 63 首编纂为《兰闺清课》一卷,由上海太平洋报社铅印。这些七绝文字浅显,多是绮丽言情之作,文艺小丛书社 1933 年重印。

1914 年,胡怀琛撰《海天诗话》一卷,收入《古今文艺丛书》第三集,上海广益书局排印。这部仅数千字的诗话,采集当时汉译的欧西诗歌和日本汉诗,并作出评论,认为:"欧西之诗,设思措词,别是一境。译而求之,

---

① 笔者查阅,大陆出版的研究新诗史、新诗理论的著作,少有涉及胡怀琛的。近年来,如河北大学贺莹博士学位论文《南社文学活动与新文学发生研究》(2010)、浙江大学潘建伟博士学位论文《对立与互通——新旧诗坛关系之研究》(2012)为胡怀琛设立了专节。
② 参柳亚子《亡友胡寄尘传》,《江村集》卷首附,《朴学斋丛书》第一集第四册,安吴胡氏1940 年铅印本。

失其神矣。然能文者撷取其意,锻炼而出之,使合于吾诗范围,亦吟坛之创格,而诗学之别裁也。"

1919、1920 年两年时间里,胡怀琛作的新诗 34 题,结集为《模范的白话诗:大江集》,1921 年 3 月作为"新文学丛书"之一种印行,1923 年再版,1924 年三版。《大江集》是继胡适《尝试集》(亚东图书馆 1920 年)之后的第二部新诗个人专集。此期间,他在《民铎杂志》、《妇女杂志》、《美育杂志》上发表《诗与诗人》、《新派诗说》、《诗学研究》三篇谈新诗的理论文章,附录于《大江集》后。《大江集》初版时,有出资人陈东阜的序。再版的时候,胡怀琛觉得"他称赞我太过分,我实在不敢承认"(《再版自序》),于是将陈序抽去。初版封面上的"模范的白话诗"六个字,再版的时候,"我想也未免不对,现在也把他除去"(同上)。因为初版的陈东阜《大江集序》现在不容易见到,故从上海图书馆藏本抄录于此:

> 近来中国的文学,大有衰落不振的现象:旧文学既只有表面上的空架子,新文学又没有"起而代之"的能力,因此新旧文学,都没有真实的价值了。
>
> 我们做了世界万有里头最高等的人类,断断不能缺少"美"的思想和科学的知识,文学本会有一种美的意味,又是各种科学所依据的。可不是很重要的么?
>
> 现在我们要把这很重要的文学振兴起来,却是怎样办法呢?古人说:"凡事必求其本。"又说:"言为心声。"文学本是言语的代表,那么我们的心就是文辞的根本了。据心理学上讲起来,我们的心有三种现象:一种是"智力",一种是"情感",一种是"意志"。从这心理上的三种现象,就生出文学上的三个方面。这三个方面,就是内典上常说的"体"、"相"、"用"。"体"是体质,"相"是形式,"用"是作用。有了真确的"智",才有真确的"体";有了优美的"情",才有优美的"相";有了正大的"意",才有正大的"用"。这是缺一不可的。
>
> 文学的价值,也有三种。这三种价值,就是哲学家常说的"真"、"善"、"美"。"真"从体出,有了实体方能"真";"美"从相出,有了实

相才能"美";善从用出,有了实用才能"美"。而体、相、用三种又从智、情、意生出,所以真确的智、优美的情、正大的意,就是文学真价值的根源了。

我国旧时的文学,只在相上讲究,把体和用都搁起来。弄到后来,连相都没有真相了。目下流行的新文学,又只在用上讲究,把体和相都搁起来;弄到后来,连用都只有极浅陋的小用,没有真正的大用了。

以上所说,一切文学,都是这样,"诗"也是其中的一种,因为旧诗不顾体和用,所以只有"吟风啸月,刻翠雕红"的玩意儿。因为新诗不顾体与相,所以率直肤浅,毫没一些真实的骨力和优美的精神。

怀琛先生是旧文学的专家,也是新文学的巨子,是第一流的文豪,也是第一流的诗豪。近来看见新旧文学家的弊病,所谓"各有所蔽",就发一个极伟大的志愿,要创造出一种新派诗来,救新旧两方面的偏蔽。不多几时,居然做成这么一本书。其中的诗,既没有旧诗空疏和繁缛的毛病,又不像新诗率直浅陋,看了教人发笑。这真是文学界里的创作了。这部书的名字,叫做《大江集》。我国的长江,原是世界上著名的大川,倘然有人开辟出这样一条江来,那可不是破天荒的伟业么?这个大江,洪流不竭,宝藏无穷,就是他的妙体;朝晖夕阴,波谲云诡,就是他的殊相;通万里槎,润千顷田,就是他的巨用。胡先生的新派诗也是如此。"大江"二字的命名,真不愧了。一九二一年三月五日,东皋仲子。

1919年6月至1920年10月,胡怀琛在江苏第二师范、神州女学校、上海专科师范授课,印发谈白话诗文的讲义,其中有几篇登于《时事新报》和《时报》。至1921年1月,结集为《白话诗文谈》,广益书局出版。其中《白话诗谈》部分包括《无韵诗的研究》、《歌谣辑评》、《诗的前途》、《新派诗话》。

1920年3月,胡适《尝试集》出版。4月,胡怀琛在《神州日报》上发表《尝试集批评》,评论《尝试集》中8首诗,并改了其中4首。胡适随即在《时事新报》"学灯"栏发表《致张东荪的信》给予回应,认为"诗只有诗人自己能改的",于是开启了持续半年多关于《尝试集》的讨论。胡怀琛先后发表了《致张东荪的信》一封、《致李石岑的信》四封、《致朱执信函》二封、《批评〈尝试集〉到底没有错》。刘大白、朱执信、刘伯棠、胡涣等对胡怀琛的改诗提出批评,纷纷发文与之展开讨论。这些讨论主要是关于诗句能否中间字押韵和双声叠韵的问题。只有一位叫朱侨的,在《致胡适之函》里肯定胡怀琛改诗"好极好极"。随后,胡怀琛又发表《尝试集正谬》,继续批评、改正《尝试集》中4首诗,招致王崇植、吴天放、井湄、伯子的批评,主要是认为胡怀琛评诗太机械。这些讨论文字,胡怀琛于1923年3月结集为《尝试集批评与讨论》,泰东图书局初版,1925年出第三版。

1920年,胡怀琛在《民铎杂志》第2卷第3期上发表《诗与诗人》,郭沫若在《给(致)李石岑的信》里,给予批评。胡怀琛作《给郭沫若的信》和《胡适之派新诗根本的缺点》。刘大白也与胡怀琛往还多次讨论,余裴山、吴芳吉、康白情、王无为等都加入讨论,其中吴芳吉与胡怀琛诗学观念较为接近。又有署名吴江散人的《评〈大江集〉》和胡怀琛的《答吴江散人》。这些讨论文章最后结集为《诗学讨论集》,由新文化书社1934年版。

1921年,胡怀琛编纂了《唐人白话诗选》和《古今白话诗选》,序分别作于该年5月、10月。

1922年,《评注历代白话诗选》,由上海崇新书局出版。

1923年,胡怀琛的《中国诗学通评》由大东书局出版,这是他1921年在沪江大学的讲义,介绍屈原、陶渊明、李白、杜甫、白居易、陆游、王士禛等七派诗人。

1923年,《诗歌与感情》一文发表于《诗与小说》第1期,后收入《中国文学辨正》(商务印书馆1927年版)。

1923年5月,胡怀琛《新诗概说》由商务印书馆出版,1928年出了第四版。此书是他于1922年暑假在专科师范暑期学校里编的讲义。凡八章,分别为《人为甚么要作诗》、《诗是甚么》、《新诗与旧诗的分别》、《新诗怎样作法》、《关于做诗应该读的书》、《和做诗有连带关系的科学》、《中国诗学史的大略》上下。

1924 年 6 月，胡怀琛《小诗研究》由商务印书馆出版，1927 年出第三版，1933 年出国难后版，包括《诗是甚么》、《中国诗与外国诗》、《新诗与旧诗》、《甚么是小诗》、《小诗的来源》、《小诗与普通的新诗》、《小诗实质上的要素》、《小诗形式上的条件》、《小诗的成绩》等。此年又有《文学短论》，大中书局出版，收录他个人的 37 篇论文，其中论诗的有《中国古代的白话诗人》、《林黛玉葬花诗考证》、《人为甚么要作诗》、《诗歌与感情》、《小诗的成绩》、《再论小诗》等。

1925 年 9 月，胡怀琛《中国民歌研究》由商务印书馆出版。同年《中国八大诗人》也由商务印书馆出版，该书介绍屈原、陶渊明、李白、杜甫、白居易、苏轼、陆游、王士禛八位诗人。

1926 年 7 月，《胡怀琛诗歌丛稿》由商务印书馆出版，这是他的第二部诗集。包括《秋雪诗》196 题、《旅行杂诗》3 题、《四时杂诗》7 题、《新年杂诗》、《天衣集》7 题、《神蛇集》6 题、《燕游诗草选译》9 题、《秋雪词》9 首、《新道情》11 首，《重编大江集》46 题、《春怨词》35 题、《诗意》90 题、《放歌》5 题、《今乐府》5 首，以新派诗为主。自此年初至 1929 年底，任商务印书馆《小说世界》编辑。

1927 年 9 月，《中国文学辨正》由商务印书馆出版。

1928 年，胡怀琛、陈彬龢、汤彬华编辑《新时代国语教科书》六册，蔡元培校订，商务印书馆出版。其中第一册的第二篇就是胡适著名的白话诗《上山》。第二册的第十七篇，是胡怀琛的二首新派诗《冬日青菜》、《老树》。

1929 年 1 月，胡怀琛《诗歌学 ABC》由世界书局出版，世界书局的出版广告称此书"是专门研究诗歌学的第一部书"。此时他为持志大学文科教授。该书包括《何谓诗歌》、《中国诗歌形式上的变化》、《中国诗歌实质上的变化》三编。

1930 年 5 月，胡怀琛与其兄胡朴安一起编辑《子夜歌》，由文艺小丛书社、广益书局发行，录唐朝以前的"吴声歌曲"《子夜歌》、《子夜四时歌》

等。《放翁生活》、《陶渊明生活》二书同年由世界书局出版。

1930 年,《中国文学评价》由华通书局出版。该书以当时流行的人生文学论和纯文学论观念梳理评述古代诗歌小说戏曲中的"人生文学"和"纯文学"。

1931 年"一·二八事变",胡怀琛在江湾寓庐的藏书损失殆尽,商务印书馆编辑部解散。

1931 年 5 月,《诗的作法》由世界书局出版,1932 年出第三版,包括《作诗的基本知识》、《如何写诗》、《杂论》三章。

1932 年,《东坡生活》、《诗人生活》由世界书局出版,包括《诗人的情感与诗人的气节》、《诗兴》、《苦吟》、《诗人的革命性》、《诗人的爱国心》、《诗人与恋爱》、《诗人爱自然》等。此年 7 月上海市通志馆成立,柳亚子任馆长,徐蔚南任编纂主任,聘请柳亚子任通志馆编辑。

1933 年,诗话《文坛老话》在《珊瑚》杂志发表

1934 年编辑《随园诗选》,大达图书供应社出版。他将 1921 年前后的旅行杂诗和 1926 年至 1934 年所作的诗歌自编为《江村集》,后由胡朴安收入《朴学斋丛书》第一集,1940 年铅印本。

1937 年 8 月,诗话笔记著作《萨坡赛路杂记》由广益书局出版。此前曾作过《福履理路诗话》在报纸上发表。此年里,他将 1934 年前后至 1937 年"七七"事变之前所作诗结集,因曾居于福履理路,便题名《福履理路诗钞》。

1937 年"七七"事变后,至 12 月 14 日,计 161 日,此时他寓居法租界,与南市仅隔一马路,耳闻目睹淞沪战役和南京沦陷,当时沪战之情况,激昂慷慨之情,一寄于诗,得 35 首,堪称"诗史",结集为《上武诗钞》。

1938 年 1 月 18 日,感微疾而卒。

据《萨坡赛路杂记》第 60 则,他还辑录数年来所作诗,题名叫《无盐诗钞》,取"淡泊明志"意,然笔者未见。

二、批评《尝试集》,"守旧的批评家", 还是"赞助的健将"?

胡适《尝试集》出版后,最早站出来给予批评的是胡怀琛,他接连发表了《尝试集批评》和《尝试集正谬》,引起了广泛的讨论,同时也扩大了《尝试集》新诗探索的反响。胡怀琛"批评"和"正谬"后,胡适在《〈尝试集〉再版自序》里讥讽他是"守旧的批评家",但是 20 余年后,戈予《记胡怀琛》回顾说,胡怀琛"对新旧文学的造诣颇深,胡适提倡白话文之时,他正是一位赞助的健将"①。批评《尝试集》时的胡怀琛,到底是一个"守旧的批评家",还是白话文学"赞助的健将"?

胡怀琛的确是"标明旗帜,反对胡适之一派的诗"②,但是与胡先骕《评〈尝试集〉》断言"此路不通","形式和精神皆无可取"③之采取全盘否定的态度不同,他自认为是"很诚恳,很公平,很详细的批评了一下"④。胡适《尝试集》里的诗篇体现了他"文学改良"的主张,不作无病呻吟,不用典故,不避俗语,不模仿古人落入陈套,但初版《尝试集》第一编的诗更为整齐,多是押韵的,第二编的诗创新更为大胆,句子参差,往往不用韵。对此,胡怀琛总的态度是"胡先生《尝试集》的第一编,大多数是完全好的,第二编便不对了",并说:"新诗能成立,便是靠著第一编里的几首诗,新诗不能成立,也是坏在第二编里的几首诗。"⑤也就是说,这不是文言和白话的问题,甚至也不是新体和旧体的问题,而是"诗的好不好的问题"。具体来说,他"完全认承"《江上》(雨脚渡江来)、《中秋》、《三溪路上大雪里一个红叶》、《江上》(江上还飞雪)四首是好诗,好就好在"命意措词,恰到好处"。他批评《黄克强先生哀辞》"命意完全好,不消说了,但是用字、造句还有许多毛病";《蝴蝶》诗"也无心上天"一句应改"无心再上天",

① 戈予:《记胡怀琛》,《文友》1944 年第 9 期。
② 胡怀琛:《尝试集批评与讨论自序》,《尝试集批评与讨论》,泰东书局 1923 年,第 2 页。
③ 胡先骕:《评〈尝试集〉》,《学衡》1922 年第 2 期。
④ 胡怀琛:《大江集自序》,《大江集》,国家图书馆 1921 年,卷首。
⑤ 胡怀琛:《尝试集批评》,《尝试集批评与讨论》,第 12 页。

读起来方觉得音节和谐。在具体批评中,他强调音节的和谐、意思的贯串、用字的确切。在《给王崇植的信》中,胡怀琛说胡适的诗"意美,形式不美"。音节不和谐、意思不贯串、用字不确切,便是形式不美,"意美"的优点实在敌不过"形式不美"的缺点。在《胡适之派新诗根本的缺点》一文中,胡怀琛提出:"凡叫做诗,有两个必须的条件:(一)偏于情。(二)能唱。"①所谓"能唱",并非一定要用韵,一定要句法整齐,而是"只在有天然的音节"。基于此,他批评"胡适之派"诗的缺点便是(一)不能唱,(二)流于纤巧。不能唱,只算白话文,不能算诗;纤巧,只算词曲,不算新诗。

　　其实,胡怀琛并不反对白话诗,相反,他还是早期白话诗的一位积极探索者、尝试者。他的新诗集《大江集》初版,副题就是"模范的白话诗"。至1927年写作的《新诗概说四版自序》,他还特别提到刘大白的《旧梦》、冰心女士的《繁星》和《春水》、刘半农的《扬鞭集》是"最好的新诗集",加上郑振铎译的《飞鸟集》和《新月集》、郭沫若译的《雪莱诗选》和《鲁拜集》"都可参看"②。胡怀琛所不满意于胡适白话诗的,是他摆脱一切形式规则,不讲究形式之美,"若说新体诗不必拘拘于此,那么不通的白话文也好算新体诗了,这句话我不赞成"③。在胡怀琛看来,胡适的《尝试集》是"解放得太过了,太容易做了。所以弄成满中国是新体诗人,却没有几个好的,他的结果反被旧式的诗人笑话,岂不是糟了么?"④在1934年的《语文问题的总清算》一文里,胡怀琛总结"五四"运动以来的新文学,以小说的成绩最好,戏剧第二,诗歌最不行。他说:

　　　　我在民国十年前后,我已料定新诗不能发展。我和胡适之先生讨论《尝试集》,就是为得这件事。我的主张,只要极端的把旧诗中的不好处排除去了,就是好诗。当时适之先生不听我的话。但是忽

---

①　胡怀琛:《诗学讨论集》,新文化书社1934年,第21页。
②　胡怀琛:《新诗概说》,商务印书馆1928年,卷首。
③　胡怀琛:《尝试集批评》,《尝试集批评与讨论》,第5页。
④　胡怀琛:《新派诗说》,《诗学讨论集》,第49页。

忽已是十年以外了,新诗的成绩在那里呢？适之先生也找不出罢！①

因此,我认为胡怀琛既不是"守旧的批评家",也不能说是胡适白话文学的"赞助的健将",他创作白话诗,探索新诗的前途,但是对于胡适新体诗过于解放、不讲究音节、形式不美等缺点较早给予明确的批评,并提出自己的"新派诗"理论予"新体诗"以矫正。当然,借用梁启超的话来说,"平心论之,以二十年前思想界之闭塞萎靡,非用此种卤莽疏阔手段,不能烈山泽以辟新局"②,面对旧诗、旧文学的顽固难化,非以摆脱一切束缚的大胆尝试、创造,不足以冲破牢笼、开辟新途。从这个角度上说,胡适的白话诗在当时除旧布新,是具有革命性意义的。也正是因为这个缘故,当时围绕《尝试集》的批评和讨论,拥护胡适者众,而响应胡怀琛者寡。但胡怀琛绝不是站在新文学对立面的守旧者。柳亚子在《亡友胡寄尘传》中回顾这场争论,说："胡适之创语体诗,著《尝试集》,君撰文往复,复自著《大江集》行世。不知者以君为怪诞,亦有疑君顽旧者。君为余言：弱冠喜读徐光启、利玛窦诸译撰书籍,应试卷,书率,字弗缺点画避玄烨讳,缘是被黜,遂痛恨科举,并恚满清以异族专制吾土,慨然起攘夷革命之思。后居海上,值世界局势急转直下,世事千变万化,其个人之思想亦千变万化,自信非顽旧也。"

三、以旧格式运新精神的"新派诗论"

在对《尝试集》的批评和讨论中,胡怀琛阐述了自己的诗学主张。他《给王崇植的信》说："我现在的主张,不是主张旧诗,也不是主张新诗,是主张另一种诗。"这"另一种诗"就是他提出的有别于胡适"新体诗"的"新派诗"。他提出"新派诗"的定义是："极丰富的感情,极精深的理想,用很朴质的、很平易的(便是浅近)、有天然音节的文字写出来。"③胡怀琛还发

---

① 胡怀琛：《语文问题的总清算》,《时代公报》1934 年第 42 期。
② 梁启超：《清代学术概论》,上海古籍出版社 1998 年,第 89 页。
③ 胡怀琛：《胡适之派新诗根本的缺点》,《诗学讨论集》,第 23 页。

表了《新派诗说》等文章,系统地阐发自己的"新派诗"思想。其核心要素,用《新派诗说》中的话来概括:"余之所谓新派诗者,即欲以旧格式,运新精神也。""觉我"发表于《南通报》的《读胡怀琛新派诗说》,也用"以旧格式,运新精神"概括"新派诗"的要旨。至1936年胡怀琛在为朱右白《中国诗的新途径》写书评时,回顾15年前的《新派诗说》,他还说:"那时候我所定的条例大约是:形的方面,根据中国诗原有的长处,而扫除其一切病态的修饰,并要相当的通俗化。质的方面,充分的收吸新的思想,及现代的事物。"①前一句是"旧格式"的继承和改造,后一句是"新精神"的运载和表达。这种"旧格式"与"新精神"的组合,令人联想到梁启超的"新意境入旧风格"。而且"新派诗"三字也非胡怀琛的发明,可以溯源至黄遵宪的《曾重伯编修并示兰史》"读我连篇新派诗"。的确,在对旧诗传统的承续、对新精神的呼唤、对于文学革新的态度等方面,胡怀琛所言与20年前的梁启超、黄遵宪具有一定的相似性,当然时移世改,面对不同的社会和文学问题,他们诗论的具体内涵也是有差异的。胡怀琛的"新派诗"理论,大体上有这样几方面内涵:

(一) 剖析中国诗的特性,警惕新诗的"欧化"倾向。新体诗摆脱旧诗传统,转而模仿欧美诗歌,采用"欧化"句法。胡怀琛是较早对新诗"欧化"苗头持有警觉的论者。在1924年出版的《小诗研究》的《自序》里,胡怀琛已经提出"中国文学本位"的问题。他说:

> 中国文学和西洋文学,出发点不同;恰如中国画和西洋画一般,中国画不能和西洋画一例而论,知道的人已经很多了;中国文学不能和西洋文学一例而论,恐怕知道的人还少。我以为欲研究中国文学,当然要拿中国文学做本位;西洋文学,固然要拿来参考;却不可拿西洋文学做本位。倘用拿西洋文学的眼光,来评论中国文学,凡是中国文学和西洋文学不同的地方,便以为没有价值,要把他根本取消了,我想是没有这个道理。

---

① 胡怀琛:《读〈中国诗的新途径〉》,《出版周刊》1936年第177期。

在《给某先生的信》里,胡怀琛说:

> 一国文学,有一国的特性。这种特性,有人说要保存。在我说也
> 须分个好坏:好的要保存,坏的要排斥。中国文学的特性,有好也有
> 坏;他国文学的特性,有好也有坏。所以改造中国文学,只能就自己
> 本身,去短取长。他国文学固然可以当参考,然定要一步一趋的,都
> 去模仿他人,好坏一齐学了来,甚至于好处没学到,坏处先学到,这个
> 结果是怎样呢?①

在当时普遍"向西看"的时代氛围里,胡怀琛持有这种警醒是难能可
贵的。当时也有诗论家批评新体诗的"欧化",主要是关注"欧化"句式问
题,胡怀琛则从"形"和"质"两个方面来批评"新体诗"的欧化问题。先看
"形"的方面。在《新派诗说》中胡怀琛通过比较认为,由于"各国文字根
本上不同之故","中国诗实比欧洲诗为佳,即简洁与整齐是也"。但新体
诗从欧美输入格式,多用"的"字、"了"字,"我们"、"他们"等字,"以致不
能简,不能整,是即传染欧洲诗之病也"。这种"冗繁"、"不整齐"、"无音
节"的弊病,是他的"新派诗"要祛除的。胡怀琛在 20 年代初花费大力气
与人讨论双声叠韵和音节等问题,就是对于中国文字特性的重视。直到
1936 年胡怀琛还在强调这一点。他说:"中国诗的形式的问题系决定于
中国的'字',而中国的'字'的问题,又决定于中国的语言。我们知道中
国的语言和西洋的语言的组织的根本不同,就可以知道在诗的形式方面,
不能从西洋诗中寻出改进的路径来,除非从语言改组起头。"②当然,这时
新诗句法"欧化"的问题已非常突出,引起人们的普遍关注。但无疑,胡
怀琛是较早提出新体诗"欧化"毛病的论者。

再看"质"的方面。如果说句法"欧化"是诗界普遍关注的问题的话,
那么"质"的欧化,则是胡怀琛的独特发现。《小诗研究》第三章《中国诗
与外国诗》中,胡怀琛说:"中国诗和外国诗,在形式上,当然不同。……

---

① 胡怀琛:《文学短论》,大中书局 1924 年,第 99 页。
② 胡怀琛:《读〈中国诗的新途径〉》,《出版周刊》1936 年第 177 期。

就是在实质上,也是有些不同。"(第5页)中国诗和外国诗在实质上有怎样的不同呢? 他具体分析说:中国诗的本色,只是温柔敦厚的感情。中国诗的特点,是用含蓄的方法发表温柔敦厚的感情;外国诗用质实的方法说出热烈的感情。中国诗里的感情是含而不吐的,外国诗里的感情是充分说出来的。外国诗里的感情,比较中国诗里的感情,要热烈得多。当然,这些两极式的对比,今天来看不免显得粗疏不切。但就其本意来说,就像梁启超对于"旧风格"的留恋一样,是要求新诗承续中国诗歌的审美传统。他具体分析胡适的《希望》(我从山中来,带着兰花草)说:"这首诗,适之先生是拿兰花草比新文化,山中便是指美国了。他的实质,岂不是温柔敦厚的感情么?"在《小诗研究》里他明确地说:"据我个人的意见,中国温柔敦厚的感情并不坏,是应该保存的。"(第23页)胡怀琛对"温柔敦厚的感情"的重视,与他对文学之用的认识是相联系的。他在《评论刺激的文学》一文中从对于读者心灵作用的角度把文学分为刺激文学和感化文学两大类:"刺激文学,是用一种极激烈的话,去激动读者。立在刺激文学反面的,便是用感化文学,去涵养他人的品性,提高他人的品格。"①他认为"刺激文学"的作用是一时的,没有永久的价值,鉴于"近来很有些文学家,极力提倡刺激的文学,名为'血与泪的文学'",他格外强调"并用涵养文学,灌输立身做人的道理",以提高人的品格。他说:"至于感化的文学,收效甚缓,而且是不大看见,然而他的潜势力,却也不小,且无毛病。为什么现在没有人讲呢?"(第40页)在另一篇文章《诗歌与公园》里,他把诗歌的作用比喻为公园,"在于唤起人家优美高尚的感情,洗涤卑鄙恶浊的思想,并排遣忧愁郁闷的胸襟。"②正是在这个意义上,他重视传统诗歌"温柔敦厚的感情"对于人格熏陶的现代价值。当然,就像梁启超所谓有"觉世文学",有"传世文学"那样,"刺激文学"与"感化文学"可以"并用",而不可偏废,特别是在近现代的社会文化背景里,"刺激文学"之宣传、鼓舞意义也是不可否定的。

　　(二)消泯新旧之见,主张兼取二者之长而去其短。"五四"前后的

---

① 收入胡怀琛《文学短论》,第37页。
② 收入胡怀琛《文学短论》,第123页。

白话新体诗,是在对旧文学的彻底打倒的基础上建立起来的,具体表述即陈独秀《文学革命论》所谓的"三大主义",而胡怀琛则说:"我对于近日新旧的争论,毫无成见;我承认各有好处,各有坏处,取长舍短,是在善学者。"①他还发表过《新旧文学调和的问题》的专论,剖析新、旧文学的复杂性,提出不能说新的就是好的,旧的就是坏的,要首先认识文学的真面目,"文学作品只有好不好的分别,没有新旧的分别",我们应该"收吸好的部分,排斥不好的部分,使好的逐日发展,不好的逐日淘汰"(《文学短论》第43页)。在《给某先生的信》里,他说,其实真新的和真旧的很多共同之点,并提出疑问:"是否要借着一种新的体裁,来张自己的门面,所以把中国所有的一例推翻?"(《文学短论》第96页)显然这是针对"五四"时期大破大立的"文学革命"而言的,他的态度是一种温和的推陈出新,而不是打倒一切式的革命,对于新、旧体诗的利弊长短,他能够做出冷静的分析。在《新派诗说》里,他分析中国古诗抒情、简洁、整齐、有音节、最能感人等特质,并指摘旧体诗的十大流弊:(一)以典丽为工者,(二)以炼字为工者,(三)以炼句为工者,(四)以巧对为工者,(五)以巧意为工者,(六)以格调别致为工者,(七)以险怪为工者,(八)以生硬为工者,(九)以乖僻为工者,(十)以香艳为工者。因此旧诗必然要破坏。同时,他也列举新体诗之短处:(一)繁冗,(二)参差不齐,(三)无音节。新体诗形式上有种种短处,而精神上则有四大长处:"(一)新体诗为白话的,能遍及于各种社会,非若旧体诗为特别阶级之文学也。(二)新体诗是社会实在的写真,非若旧体诗之为一人的空想也。(三)新体为现在的文字,非若旧体诗为死人的文字也。(四)新体诗是神圣的事业,非若旧体诗为玩好品也。"从对"新体诗"精神的肯定可以看出,胡怀琛和"五四"时期的"文学革命论"在对文学写实性、平民性的认识上是一致。不过在"新"与"旧"之间,他不取一刀两断的态度,而是"采取新旧两体之长,淘汰新旧两体之短,另成一种新派诗"②。20世纪二三十年代,胡怀琛撰写了大量的论诗文字,就是在鼓吹"新派诗"。不过,综合起来考察,虽然胡

---

① 胡怀琛:《新诗概说自序》,1922年作,商务印书馆1923年。
② 胡怀琛:《新派诗话》,《白话诗谈》,广益书局1921年,第27页。

怀琛自称"对于新思潮,除了新体诗以外,我都赞成"(《新派诗话》),但实际上他论诗的重心在于"旧风格",而不在于"新精神"。如他在《新诗概说》里批驳当时出现的"诗不必拘定形式"的说法,强调"诗是有音节而能唱叹的文字"。他多篇文章阐述"诗"与"歌"的联系,强调诗歌要有"深切的感情、自然的音节",即使白话诗是无韵的,也要有自然的音节。对于"新体诗"之废除对偶,他也不赞成,说:"我们做诗,固然不可有意求对偶;但遇著天然对偶的地方,也不可有意避去。"(《新派诗话》)这些见解虽然有合理之处,但在当时是不合时宜的。对于传统诗美的深深留恋,使得他竟然说出:"新诗与近体确是不同,新诗与古诗没有大分别。"①意即从形式上说,新诗不同于讲究格律的律诗,但与自由的古诗是差不多的。我们看胡怀琛的"新派诗"创作,在形式上看,就是通俗化的古风。如在《新派诗话》里他列举沈季畴的"新体诗"《冬天的青菜》:

> 　　天气冷了! 每天早上雪白的浓霜压着那鲜嫩的青菜上,好像要灭他生机的模样。
> 　　那知道浓霜只管下降,这青菜偏天天生长。多谢浓霜。幸亏你加在我身上,使我心甜,使我肥壮。

胡怀琛称赞这首诗"读起来很能顺口,而且言外另有意思",但带有"新体诗"形式上的缺点,于是把它改为"新派诗"如下:

> 　　寒霜打青菜,霜威空自严;不见菜叶死,翻教菜心甜。

俨然是一首五言短古。通过这个例子可以看出,胡怀琛的"新派诗"在形式上不是往前探索,而是往回走,甚至乞灵于律体之前的古诗。这大约是他留给人们以"守旧的批评家"的印象的根本原因。

(三)探索"新派诗"的传统资源。"五四"前后白话诗的兴起,一方

---

①　胡怀琛:《新诗概说》第三章《新诗与旧诗的分别》,商务印书馆 1923 年。

面是受到翻译国外诗歌的影响,另一方面吸取民间歌谣的新鲜活泼气息,文人诗歌则被视为是与"白话文学"相对的"文言文学"而受到贬抑和排挤,"新体诗"往往从词曲中汲取资源而有意切断与文人诗歌传统的联系。

对于"新派诗"的传统资源,胡怀琛有独特的认识,其兄胡朴安在《〈胡怀琛诗歌丛稿〉序》里引述胡怀琛论诗说:

> 今人谈诗,多以民歌为主,或又以乐歌为诗之正宗,而余以为宜区为三类:一民歌,二乐歌,三文人诗。盖陶元亮及李杜之作,非民歌也,亦非乐歌也。然谈诗者不能弃而不取,此所谓"文人诗"也。"文人诗"始于苏李,直至今日,代有作者,旧以"文人诗"为正宗,固非也,今弃"文人诗"不道,亦非也。

胡怀琛的"新派诗"就是从民歌、乐歌、文人诗中寻绎有活力的传统和再生的资源。当然,胡怀琛也重视国外诗歌。在"五四"新文化运动之前,他就曾撰著过一部《海天诗话》,认为"欧西之诗,设思措词,别是一境","欧西诗人思想,多为吾国诗人所不能道者",但是"译而求之,失其神矣。然能文者撷取其意,锻炼而出之,使合于吾诗范围,亦吟坛之创格,而诗学之别裁也","按文而译,斯不足道矣。……大抵多读西诗以扩我之思想,或取一句一节之意,而删节其他,又别以己意补之,使合于吾诗声调格律者,上也"①。也就是说吸取其精神实质,而合乎中国诗歌固有的形式法则。这与此前谭嗣同、夏曾佑等人直接用外来词语嵌入诗歌里,"已不备诗家之资格"(梁启超《夏威夷游记》),是完全不同的。《大江集》收录胡怀琛 11 首译诗,都是采取如今人所谓"意译"的方式,形式近乎中国的古诗。

但是胡怀琛更为着力的,是探索中国的民歌、乐歌、文人诗对于"新派诗"的价值。据他的《中国民间文学之一斑》记述,早在民国六、七年

---

① 　收入张寅彭《民国诗话丛编》第五册,上海书店出版社 2002,第 304、309 页。

（1917、1918）时，胡怀琛就对民间故事发生兴趣。"新文化运动"兴起后，收集民间歌谣成为时尚，但是对歌谣进行真正的理论研究的专书，则以胡怀琛《中国民歌研究》（商务印书馆1925年9月初版）为最早。该书阐述古谣谚、抒情短歌、叙事长歌的类型和演变。关于民歌的性质，他说："流传在平民口上的诗歌，纯是歌咏平民生活，没染著贵族的彩色；全是天籁，没经过雕琢的工夫，谓之民歌。"（第2页）一切的诗都发源于民歌，后世的文人诗，也脱不了民歌的彩色。这些都是"新文化运动"以后对于民歌的新认识。他的《大江集》中《采茶词四首》《饲蚕词四首》都是有意地学习民歌，带有民歌的气息。胡怀琛非常重视诗歌的音乐性，在《给郭沫若的信》中，他提出："诗不可以离乐而独立，诗离了乐便是普通的言语，不是诗。"在《新派诗话》中他甚至说："不读旧体词，不能做新诗；不读古乐府，也不能做新体诗。"①《胡怀琛诗歌丛稿》收录他的《今乐府》五首，并由他人配上乐谱，是他在"乐歌"上的尝试。

胡怀琛说："今弃'文人诗'不道，亦非也。"他较早探讨中国古代文人诗歌中的白话诗传统和可以滋养"新派诗"的精神元素。白话诗古已有之，这是胡适等人的基本看法，如胡适1922年撰著的《国语文学史》，就试图勾稽白话诗、白话文学的历史。胡怀琛于1921年、1922年编纂数种古人白话诗选，可谓异曲同工，既确证白话诗歌的历史传统，也为当前的白话诗创作提供范本。在《中国古代的白话诗人》一文里，他提出白居易、范成大、陶渊明、陆游、杨万里是中国古代的白话诗人，同时辨析当时新文学家所提出的邵雍和寒山不是白话诗人，认为邵雍的诗偏于说理，寒山的诗更完全是佛偈，"白话虽是白话，诗却不是诗"②。他坚守诗歌的抒情性本质，认为白话诗，既要是"白话"，更要是"诗"。在喜爱的众文人诗中，他尤其推重白居易。他剖析"旧诗的利弊"，说古代大多数诗人都不知道诗的价值，拿诗当作一种，"若说到真知道诗的价值，恐怕除了白香山一人而外没第二人"③，意即白居易的讽喻诗理论是真正认识到诗歌的价值。

---

① 胡怀琛：《白话诗谈》，第44页。
② 胡怀琛：《文学短论》，第22页。
③ 胡怀琛：《诗与诗人》，《民铎杂志》1920年第3期。

胡怀琛《论诗》之四说:"街头孩子村间妇,解唱香山粗俗诗。毕竟只怜长恨曲,谁知讽喻有微词。"《新派诗说》中又说:"旧体诗自汉魏而后,……能真知诗之为用者,白太傅一人耳。白太傅之《新乐府》以老妪能解之笔墨,写当世社会之形状,是即今日新体诗之特长也。"其用意显然是说白居易讽喻诗之写实性、通俗性,当为今日新派诗所继承。

　　胡怀琛关注"文人诗",还发现了新诗中的"小诗"与传统的"摘句"之间的联系。"小诗"是新诗独秀的一枝,"在一切的新诗当中,要算是这样的小诗的成绩最好"①。当时一般论者认为小诗的蔚然兴起,一是由于被周作人翻译为中文的日本短诗的影响,一是模仿泰戈尔的《飞鸟集》。但胡怀琛不同意这种外来影响说,他说,泰戈尔的诗,理多于情;而中国人做的小诗,情多于理,"所以中国的小诗,并没有受泰戈尔的影响,就是有也极少极少"②而且,在《日本短歌》及泰戈尔的诗输入以前,中国的新诗坛上,已经有了小诗,如康白情的《疑问》、郭沫若的《鸣蝉》等。于是他从传统诗歌中寻找现代"小诗"的源头,认为从《琴歌》以降的小诗,"是和新诗很接近的","此外我以为旧诗中有一种摘句,也很和小诗相接近"(《小诗研究》第 58 页),即绝句的三、四两句,律诗的中间一联,都可以独立出来,成为小诗。他比较中外诗歌实质上的差异,中国诗的实质,除了"豪放雄壮的气概"一点不适宜于"小诗"外,其他四种"温柔敦厚的感情"、"神秘幽怪的故事"、"玄妙高超的思想"、"觉悟解脱的见识",都宜于作"小诗",而外国诗的实质"质实的思想"和"热烈的感情",在普通的新诗里已经不容易融化,而在小诗里更不容易融化,或者可说是全用不着。所以,他一方面"希望做小诗的人,去读旧诗词,可以得到很大的益处"(《小诗研究》第 68 页);另一方面热情地说:"中国人用中国文字来写小诗,自然是容易成,而且容易好。小诗的前途,真不可限量啊! 做诗的朋友们,努力吧!"翻检胡怀琛《大江集》和《胡怀琛诗歌丛稿》,就有大量的"小诗"作品,如其中《秋夜》一首,含蓄隽永,不失古诗意境,引录于下:

①　胡怀琛:《小诗的成绩》,《文学短论》,第 52 页。
②　胡怀琛:《小诗研究》,商务印书馆 1924 年,第 45 页。

秋夜

半明半暗的月,一丝两丝的风。

一样风和月;——

但伴着一片虫声,便知道是秋深了。

四、关切时势的诗歌创作

胡怀琛生前出版了诗集《大江集》和《胡怀琛诗歌丛稿》,这两部诗集是他"新派诗"理论的实践化,或者说他在创作上的探索成果就体现在两部诗集中,"新派诗"是对此探索实践的理论提升。1938 年初胡怀琛病逝,至 1940 年胡朴安编纂《朴学斋丛书》第一集,收录了胡怀琛《江村集》、《福履理路诗钞》和《上武诗钞》三部诗集,均为旧体诗。虽然这三部诗集原稿都是胡怀琛所自编,但很可能经过胡朴安的删选,如 1934 年1 月《新时代》第 6 卷第 1 期上刊登胡怀琛的"新派诗"《京沪夜车中》,就不见于这三部诗集。诗是这样的:

不识曾行

多少路,

片片江山

梦里偷飞去

为问夜长,

几许?

望天——

天亦无凭据。

想必胡怀琛散逸的"新派诗"不只此一首。如果仅凭收入《朴学斋丛书》的诗集来看,胡怀琛后来停止了"新派诗"的探索,甚至退化了。然而事实上或许并非此。仅仅从形式角度来评论胡怀琛的诗歌,柳亚子"味在酸咸外,功参新旧中"(《题江村集》)的评论应该是贴切的,而胡朴安所谓"寄尘之诗能融合新旧而无新旧之迹"(《江村集跋》),则不免偏爱之私。

前面我们曾提到过胡怀琛针对时人普遍强调"刺激文学"而提出"并用感化文学",重视诗歌养成温柔敦厚人格的美育意义。他的诗歌以集句、写景、题画、送行、感怀为多,与他的论诗主张是一致的。胡怀琛是一个文化人,1934 年作的《南社临时雅集》诗末二句云:"文艺复兴方有待,吾人责任莫言轻。"他以"文艺复兴"为己任,一生从事创作、教育、编辑等文化事业。但是在危难深重的时局中,他也饱经忧患,自 1913 至 1938 年 26 年中,他在上海搬家不下 26 次,少有安稳,因此他的诗歌能贴紧时代,揭示社会和政治的问题。如《大江集》中第四首《自由钟》作于 1919 年 4 月,是讴歌这年三月的"三一独立运动",即韩国独立人士在上海成立大韩民国临时政府一事。该诗末二句云:"我愿和平会,慎勿装耳聋!"就是直指本年 2 月 20 日南、北议和代表在上海举行"和平会"事。果不其然,由于各派军阀矛盾重重,5 月 13 日和平会议破裂。《福履理路诗钞》中有一首《糖炒栗子》:

> 街头见汝意难忘,不为糖甜只为香。
> 底事买来翻不食,可怜微物系兴亡。

诗人自注说:"相传糖炒栗子宋时行于汴京,随南渡而传至江左也。"微物系兴亡,正是诗人的心情。1927 年,国民党定都南京,胡怀琛作《新都》曰:"而今天下已为公,见说新都气象雄。直驾火轮通冀北,那须铁锁限江东。孙郎霸业今安在? 谢傅功名久已空。千古兴亡何足道? 只应民主运无穷。"此七言律诗歌咏"天下为公"的民主,正是"以旧形式运新精神"的确切诠释。大约当时朋辈中有"旧瓶新酒"之诮,胡怀琛在《二十五年元旦》中解嘲说:"新酒旧瓶君莫笑,敢云欲借此篇传";又有《二月七日南社纪念会聚餐同兴楼》说:"新酒旧瓶谁管得,只赊朋好不须传。"

值得特别提出的是,淞沪会战爆发时,胡怀琛留在上海,写了 35 首诗歌,记录了这场惨烈的战争,抒发他关切时局、抵抗侵略的爱国情怀,这些

诗篇结集为《上武诗钞》,堪称淞沪会战的"诗史"。在《自序》中,胡怀琛说:

> 此集为予民国二十六年七月后所作诗也。此时代为非常时代,故吾诗亦异于平日,辑而存之,题曰《上武诗钞》。上武者,尚武也。抑予更有说。字书云:"止戈为武。"今我国用武矣。然是欲止他人之黩武而非黩自己之武。是役也,深得"武"字之义,是可尚也。因取二字以名吾诗。……予打击者以打击,他日世界和平即基于此。来日不远,予将跂而望之。

《上武诗钞》开篇第一首《自省》算是小序,云:"无力摇旗赴战场,抚心中夜独惶惶。纵云刻苦逾平日,还是盘旋在后方。空负放怀读韬略,真惭报国仗文章。书生无用吾何讳? 差喜奔腾有热肠。"胡怀琛感慨自己一介书生,空有一腔热血和报国之志,却无力驰骋沙场,只能在后方盘旋。国难当头,他也尽可能地贡献自己的绵薄之力。胡怀琛曾镶一枚金牙,后忽脱落。抗战爆发时,他捐出此金牙以慰劳伤兵者,并作《捐赠金牙》诗记此事:"莫说黄金贵,一钩值几钱。自惭无大力,聊复算微捐。齿豁何时补,舌存犹可言。比诸遭难者,还幸首身全。"

淞沪会战这一百余日,胡怀琛在震耳欲聋的炮火声中度过,时刻关注着前线战局,读报是战况信息的唯一来源。《读报感赋》说:"恍如士子读题名,得便欣然失便惊。沉着纵怀长久志,激昂难抑一时情。陆游竟见王师捷,杜甫真宜老泪零。嘱咐贩夫须早递,来朝我坐待天明。"当年杜甫、陆游在乱世危亡中的遭际和情怀,胡怀琛是感同身受了,因此诗中常用杜甫、陆游自比。这35首诗的确堪称"诗史",以饱满深情的诗句记载了中国军队抗击日军侵略的殊死搏斗。如,《铁军》诗颂赞中方最高指挥官张治中将军:"扼守浦之滨,将军号铁军。解牛先有养,悬虱妙通神。一臂关全局,雄心藐万人。传闻击秦者,状貌却恂恂。"三、四句以《庄子》中的庖丁和《列子》中的纪昌比拟张将军战术神妙,五、六句赞其英勇,末句一转,诗人自注:"闻将军貌温雅如文人。"淞沪会战爆发时,群情愤激,苏州爱国人士张仲仁,与李根源组织一支《老子军》,但因"当局以军队名义未便假借,致电嘉慰而劝止之,遂未实行",胡怀琛作了七律《老子军》,诗云:"皤然老子白头翁,杀贼心还少壮同。实力纵难驱白起(白起喻敌将也),豪情直欲驾黄忠。却因军制难通假,剩付街谈说杰雄。野史他时搜访去,可参娘子与儿童。"碍于"军制难通假",豪情落空,但也为后世留下了一段野史佳话。

《上武诗钞》许多诗篇就是以日期为题,如《十月二十二日作》、《十月二十五日作》、《十月二十七日作》、《十月二十八日作》、《十一月一日作时九国公约会议开会前二日也》、《十一月二日作》、《十一月九日至十一日作》、《十一月十七夜作》、《十一月二十五日作》、《十二月一日至六日作》、《十二月十四日作闻南京于昨日陷落》,可当"战况快报"读。如1937年10月26日,大场失守,苏州河背面的中国守军受到敌人的重创,中国军队开始撤退,胡怀琛作《十月二十七日作》并自注:

八旬经苦战,一篑莫亏功。地利知无恃淞沪本无险可守,**天心似欠公**天雨则敌军飞机不能出发,大炮、坦克车亦减少其效力。今在最紧急之时,连日秋晴,予敌便利不少。**已闻挥泪退**是日报载,翔大公路线被敌突破,吾军挥泪由大场南退,**犹望反身攻**。报又载吾军据真如无线电台积极反攻,颇为得手。**正义原常胜,还祈贯始终**。此诗作于二十七日晨,及读晚报,始知吾军以战略关系已于今晨自动放弃江湾、闸北,退守沪西。此为战事一大转变也。因附记数言于此云。

诗人满心惋惜和悲伤,同时坚信"正义常胜",最终的胜利属于中国。10月26日早,大场失守。傍晚,守卫"大场防线"的国民革命军第88师第524团第2营400余人(报纸宣称"八百壮士")死守苏州河北岸的四行仓库,掩护主力部队西撤。战至30日,国军粮弹俱尽,弃守防线,撤入英租界。胡怀琛《八百孤军》咏赞其事:

八 百 孤 军

　　十月二十七日,吾军安全退出闸北时,尚有八百余人甘与所守土共存亡,不愿撤退。久之,敌兵既至,任意纵火延烧,达十余里。此八百人所据地,三面为敌兵所围,一面为公共租界防守,租界之英兵劝之解除武装,许其退入界内,吾军婉言谢绝,而于两三日间犹杀敌百余人,在屋顶高悬中国国旗云。闻其事而壮之,为作此诗。

面面重围烈火焚,挺身卓立一孤军。千秋壮烈垂青史,压倒田横五百人。此诗作于十月三十日,孤军死守已三日矣,旋于三十一日晨奉最高领袖命撤退,乃于敌军枪林弹雨中从容退出,伤十余人,死四人,全军无殉难之实而有必死之心,仍不失为悲壮之举。诗中田横五百人之语,不必拘也。

至 12 月 13 日,首府南京也陷落了。胡怀琛闻后作七律《十二月十四日作,闻南京于昨日陷落》:"扰攘风云遍九州,滔滔大水向西流。后移未必非长策,深入何尝是老谋。古谓欲生先置死,从来易发苦难收。撤兵预计原如此,不意匆匆出石头。"虽然频频传来的都是令人沮丧的消息,但胡怀琛在诗歌里坚定必胜的信心,鼓舞国民的斗志和勇气,这就是胡怀琛这位"放怀读韬略"而战时"无用"的书生所写的"报国文章"。

胡朴安在《上武诗钞跋》里说,"当时沪战之情况,个人之思想,皆可于诗中见之。……此三十五首之诗,即谓寄尘精神之所寄托可也。"胡怀琛 1938 年 1 月 18 日感微疾而卒,"盖国军撤退,寄尘寓居法租界,与南市仅隔一马路,受震动殊甚,或竟以此而陨其生也。寄尘志意湛沉而体质薄弱,不足以副之"(胡朴安《上武诗钞跋》)。他是以生命来祭奠淞沪会战中顽强不屈的爱国英灵!

（载《汉语言文学研究》2013 年第 2 期）

从新发现的散佚诗稿
解读晚年的杨圻

一、《续编》稿本的发现

杨圻（1875—1941），又名朝庆、鉴莹，字云史，号野王，江苏常熟人，是晚清民国时期的著名诗人。世家出身①，擅诗词，号为"江南四公子"之一，并有"江东才子"之誉。在以学宋诗为主流的晚清民国旧诗坛上，杨圻诗主三唐，独树一帜，别具特色。钱仲联《近百年诗坛点将录》品评说："近代学唐而堂庑最大者，必推杨云史。"②

杨圻的诗词，1926 由北平中华书局铅印出版了《江山万里楼诗钞十三卷、词钞四卷》并附录夫人李道清《饮露词一卷》。1926 年之前，杨圻的经历大致是这样的："年二十一，以秀才为詹事府主簿，二十七为户部郎中，举孝廉，邮部奏调郎中，外部奏充英国南洋领事，迄辛亥逊国，弃职东归，所谓宦者，如是而已。"③在满清逊国之前（1895—1911），他曾任新加坡副领事，有过 16 年的为官生涯。辛亥革命后，悠游十年。然为生计所迫，自 1921 年秋，先后入陈光远、吴佩孚幕，尤其得到直系军阀首领吴佩孚的赏识，但他坚称只是入幕，而非为官。当时他的思想带有点儿逊清遗少，不事新朝的意味。北平中华书局出版的《诗钞》十三卷、《词钞》四卷，就是他在 1926 年，即 52 岁之前的诗词作品的结集。

---

① 其父杨崇伊，在光绪朝授御史，曾疏参翰林院侍读学士文廷式革逐回籍，向慈禧上书告密，导致了戊戌变法的失败。

② 马卫中、潘虹校点：《江山万里楼诗词钞》，上海古籍出版社 2003 年，第 730 页。

③ 杨圻：《江山万里楼诗钞自叙》，马卫中、潘虹校点《江山万里楼诗词钞》第 678 页。

　　1927 年初,时吴佩孚战败入川,他离开吴,自郑州归至常熟;后又出关,入张学良幕;1931 年"九·一八"后,蛰居江南和北平;1938 年寓居香港,至 1941 年 7 月病逝,享年 67 岁。杨圻人生的最后 15 年,正是中华民族抵抗日本侵略最艰难、最悲壮的时期,他发表了大量诗歌,歌颂军士浴血奋战、反抗日军侵略,洋溢着爱国主义情感,少数发表在《青鹤》、《北洋画报》等杂志上。至晚年时,杨圻曾将 1926 年以后的诗词作品请人抄录誊清,拟编纂《江山万里楼诗词钞续编》,1939 年农历五月十五日还撰就了序言。在序中他说:

> 　　昔于丙寅之岁,尝刊《江山万里楼诗词钞》若干卷,今复益以丁卯以来十二年诗,凡千数百篇,序次之,并前刊诗,共二十二卷,词六卷,复序而合刊之。①

同年中秋补志云:

> 　　丁丑中日战作,故都首陷。余于次年五月避乱香江,山居多暇,复取丙寅以来迄今岁己卯所为歌诗,增编得十卷:自丙寅迄癸酉曰《强年集》六卷,甲戌至今曰《老年集》四卷,都诗二千六百八十三首,并乙丑所刊之十三卷,共二十三卷。又甲子以来词二卷,并前所刊共六卷,都词三百一十四阕。此今岁增编续刊之大略也。②

　　一曰 22 卷,一曰 23 卷,当是在 1939 年五月后又增一卷。概括地说,他在 1926 年铅印本《诗钞》13 卷的基础上新辑了 1927 年至 1939 年所作诗歌,分为 10 卷;在铅印本《词钞》四卷的基础上新辑了词,共 2 卷。
　　这样一部诗词钞续编,本来是要继续交给中华书局出版的,但后来亡佚了。据杨圻的学生李猷记述:"后来他逝世后,经(1941)一二·八事变,日军攻香港,狄女士千辛万苦,从中华方面取回,逃难带至重庆。……

---

① 杨圻:《江山万里楼诗词钞续序》,上海图书馆藏誊清本卷首。
② 见程中山《诗史·唐音:论杨云史"江山万里楼诗"》,《新文学评论》2013 年第 3 期。

后来狄女士在重庆撄病逝世,其稿遂由他第五公子吉孚世兄保存。嗣闻三十八年(1949)后,吉孚亦早逝世,于是此稿不可究诘了。"①李猷《近代诗选介》记述:"香港被日人攻陷后,(诗稿)由吉孚世兄带到重庆,曾匆匆一阅。当时年轻,不知此稿之可贵,今大陆沦陷,吉孚逝世,此稿是否尚在天壤,只有用心访求,再图刊布尔。"②

　　由于杨圻晚年整理的这部诗稿续编佚失了,多年来不少学者花费心力从事于杨云史晚年诗歌的辑补,如他的弟子李猷、后人杨元璋、苏州大学马卫中等先生都有辑录③,尤其是香港中文大学程中山先生,作了集大成式的汇集工作,不仅吸取了前人和时贤的辑录成果,而且从民国时期的报纸杂志上辑录了杨云史的大量诗词作品,出版了《江山万里楼诗词钞续编》(香港汇智出版有限公司 2012 年)。但是,正如程先生所感慨的,他所汇集,"与原稿所收数量仍有很大差距,……希望原稿早日刊行,让我们更全面了解杨云史诗词之面貌"。

　　所幸的是,经笔者查阅,杨云史晚年整理的诗稿,有七卷尚存于世。上海图书馆古籍部藏《江山万里楼诗钞》稿本,第十四卷至第二十卷,凡七册,正好是接续已经刊刻的十三卷本之后,首尾完整。卷首有杨云史1939 年五月望日的《江山万里楼诗词钞续序》、王树枏《江山万里楼诗序》。根据目录,这七卷分别为:

　　丙寅(1926)、丁卯(1927)曰《强年集》(第十四卷);

　　戊辰年(1928)曰《强年集》(第十五卷);

　　庚午(1930)、辛未(1931)之际曰《强年集》(第十六卷);

　　壬申年(1932)曰《强年集》(第十七卷);

　　癸酉(1933)春至甲戌(1934)曰《强年集》(第十八卷);

　　甲戌(1934)、乙亥(1935)之际曰《晚年集》(第十九卷);

---

①　李猷:《龙磵诗话》,见马卫中、潘虹校点《江山万里楼诗词钞》第 737 页。

②　见马卫中、潘虹校点《江山万里楼诗词钞》第 734 页。

③　李猷《龙磵诗话》中有《杨云史先生的集外诗》,又撰《江山万里楼未刊诗》发表于《中华诗学》第七卷第一、二期;马卫中、潘虹点校《江山万里楼诗词钞》,上海古籍出版社 2003 年,据《青鹤》杂志、《杨云史先生侨港诗文钞》等作了辑补;杨元璋编纂《江山万里楼诗词钞》,上海社会科学院出版社 2004 年,其中续集为辑补的诗词。

丙子（1936）、丁丑（1937）曰《晚年集》（第二十卷）。

大体是按年编纂的。上引作者自志说"自丙寅迄癸酉曰《强年集》六卷，甲戌至今曰《老年集》四卷"，两相参校，《强年集》少一卷，《老年集》少二卷。但是这部稿本首尾完整，并没有残佚的痕迹。

诗稿用纸是板框外左下方印有"江山万里楼文字"的专用稿纸，每半页 10 行，行 21 字，正楷工整抄写。页眉偶有评语，书写工整。各卷首页钤有"云史"、"世袭江山风月福人"、"江山万里楼"、"绝代江山"、"圻"、"野王"、"云史词翰"等印章，均为杨云史的斋名字号，可见此书就是杨云史 1939 年亲手整理的稿本。

这部七卷稿本收入杨云史自 1927 至 1937 凡 12 年的诗歌 530 首，尚不计卷中用白纸贴覆的删诗。与程正中先生的整理本（以下简称"程本"）于相同时期内辑录诗歌数量相校，程本第 228 页之前的诗歌是杨云史 1927—1937 年的作品，凡 320 题，其中仅 48 题未见于此稿本，其他 272 题诗歌均见于此稿本，少数诗篇存在题目和文字的差异。而稿本凡 530 题，有 258 题 419 首诗是程本所未辑录的，也未为李猷、马卫中、杨元璋等先生所辑补，都是首次发现。所以，可以说这是对杨圻晚年诗歌的数量最大的一次发掘。

上海图书馆藏稿本的卷首有《王晋卿江山万里楼诗序》，为逊清遗老王树枏所作。王树枏（1859—1936）字晋卿，晚号陶庐老人，河北新城县人。官至新疆布政使。精通经史，著作丰富，被时人尊为"当世大儒"，"立言多关国计民生之大"①。王树枏是杨云史的父执辈，两人交往甚早。辛亥革命后的 1913 年，杨云史就有《呈王晋卿先生》诗，其中有"吾道随秋淡，君恩比泪浓。文章千古事，迟暮一相逢"，表达的正是逊清遗少遗老的满腹忧愤。后二人时有诗歌往还。《王晋卿江山万里楼诗序》曰：

　　　天地一情之所氤氲也，万物一情之所结构也。近之伦常日用之间，远之由家而国而天下，莫非一情之所钟，相系相维，以成古今不可

---

① 　参《王著书目》，载 1930 年 7 月 11 日《蜜蜂》第 13 期。

敝之世。故情之至者,可以动天地,泣鬼神,虽愚夫愚妇之所为,往往为圣贤之所不能及。吾尝谓古之善言情者,莫备于诗,忠臣孝子之所歌,劳人思妇之所咏,其缠绵恻怛郁悼难言之隐,有令千载下读之者,歌泣流连,不知涕泗之何自。孔子曰:"《诗三百》,一言以蔽之,曰思无邪。"思者,情之所发也。有情则有思,有思则不能无言;言者所以宣其思而道其情者也。故曰:"不学诗,无以言。"

江东杨君云史,今之诗人,亦即今之至情人也。云史之诗,自甲午迄甲子以还,自订其集为十二卷,都一千四百五十余篇,刊集行世。甲子以后,复编为四卷,亦四百余篇,其间家国治乱、兴亡之感,君亲之痛,朋友之离合,夫妻聚散哀乐之无常,其接于目而柴于胸者,罔不触物抒怀,旴时寄愤。名花丽姬,不足喻其艳也;春鹃秋雁,不足喻其哀也;敛气珠光,不足喻其奇也;高人之幽迹,羽客之仙风,不足喻其芳且逸也。吾读《诗》,至《匪风》《下泉》之念周京,《伐木》之求友生,《风雨》之思君子,"鸡鸣戒旦"之什,妻子好合之章,辄反复低徊而不能自已。君之诗,大都于此三致意焉。其情之固结而莫可解者,不惜长言永叹,以自写其郁决敝罔之思,此盖温柔敦厚之遗,风人之极则也。

戊辰之秋,余来辽东,始一读其全集,乃知古人所谓"情生文,文生情"者,吾于君焉见之。云史自编其集既成,征序于余。呜呼,时至今日,诗教之亡,扫地尽矣。庄子有言:"逃空虚者,位乎藜藋鼪鼬之径,闻人足音跫然而喜。"而况处乎淫哇之世,一旦闻正始之音而謦欬其侧焉。其为喜更可知也。爰弁之简端,以质当世之读君诗者。逊国后辛未,新城王树枏序。

此序后刊于《青鹤》1934 年第 2 卷第 6 期和《国学论衡》1934 年第 4 期,今贤整理《江山万里楼集》时尚未辑录,故而有完整引出的必要。王树枏 1928 年北至辽东,时杨云史客张学良幕,也在辽东。诗稿卷十五有作于 1928 年的《赋赠王晋卿》,其中曰:"齿德今师表,居辽近管公。养生本儒术,无欲便仙翁。"把前辈王树枏比作汉末避乱辽东的大儒管宁。王树柟的序作于辛未（1931）年，这一年杨圻的诗集编到第十六卷《强年集》，序中所言"云史之诗，自甲午迄甲子以还，自订其集为十二卷，都一千四百五十余篇，刊集行世。甲子以后，复编为四卷"，恰可相互印证。序言的要义，在一"情"字，王树柟称赞杨云史是"今之至情人也"，并联系《诗经》"变风变雅"的传统，揭示了杨云史遭际家国治乱，其诗触物抒怀，盱时寄愤，多兴亡之感，君亲之痛，和朋友夫妻的人伦至情。这是符合杨云史诗歌的基本特征的。

　　上海图书馆藏稿本的页眉有字迹工整的手书眉批。在卷首杨圻自序后，另一种字迹的识语曰："屑籖，汪衮父所批。"另夹一签条曰："册中眉批浮籖，皆汪衮父手迹，幸勿失落。"但此稿本上的眉批并非"浮籖"，可能是誊清时手民据浮籖移录于页眉。汪衮父，即汪荣宝（1878—1933），字衮父，号太玄，江苏吴县人。曾任驻日本公使等职。与杨云史齐名。诗稿卷十七有《赠汪衮甫》诗，诗序曰："余与衮甫，弱冠订交，在光绪乙未、丙申间，海田再绿，踪迹遂隔，别盖三十余年矣。壬申暮春，重逢故都，苍然俱老，共道畴昔，握手相感叹，而于天时人事之际，盖有不忍言者。衮甫之言曰：'久别今将老，当更相厚，约为昆弟。'感而作诗。"壬申为1932年，此年春3月，国联调查团来华，汪荣宝被派为北平方面之招待委员，在北京。时杨云史又应吴佩孚之召，自常熟复至北京，故友得以见面。次年汪荣宝下世。诗稿上汪荣宝的批语应该就是作于1932年春。但是自第十八至二十卷即作于1933年以后的诗歌页眉上也有若干批语，定非出自汪荣宝之手，其批者为谁，今难以详考。

二、杨圻1927—1937年履历钩沉

　　杨圻一生经历了晚清逊国、军阀混战和日军入侵，裹杂在历史风浪中，曲折多难。1926年之前的人生经历，记录在其年出版的十三卷本《江山万里楼诗词钞》中；1938年寓居香港后的情况可从《杨云史侨港诗文钞》中略知一二；而由于续编稿本的散佚，对于杨圻自1922至1937这12年的经历遭际，学界则语焉不详，甚至付之阙如。现在依据这新发现

的七卷本《续编》稿本,我们对杨圻这 12 年的履历有了较为明晰的了解,大致勾勒如下:

1926 年(丙寅),夏秋,国民革命军誓师北伐,吴佩孚兵败两湖;河南的吴佩孚部与奉军联合进攻冯玉祥,亦大败。杨圻于九月秋末,再入郑州,参与战事。冬至日,于郑州军次作《中原纪痛诗》。

1927 年(丁卯)正月二十二日,自郑州告假回归江南,时军阀混战,妻徐霞客亡故一年有余,杨圻沉浸在思念亡妻的悲痛之中。春夏避乱淞滨,达五月之久,寓上海愚园路,以鬻文为生。十月,奉晋之战,张学良将军督师保阳,招杨圻往军中。杨圻北上,至北平,经涿州,至保定。四儿丰祚赴法国游学。

1928 年(戊辰)春,客张学良幕,在保定军中。二月,从大军征冯玉祥,过邯郸,登赵武灵王丛台。寒食,次临漳,在军中。清明日,开始攻河南,蘘车次磁州。三月初三上巳日,归北平,稊园诗社社集,叶恭绰、关赓麟等召集北海修禊,杨圻方自邺中军次归,大病,不能前往。仲春,久病,作《呕血篇二百二十韵》,怀念怀夫人徐霞客。四月,避乱辽东,至大连,游虎滩。夏,游辽东,受张学良命,任总编纂,馆于清帝行宫之西偏前殿。

1929 年(己巳),在辽东。初春梅花开时,姬人狄小男坚劝还,游江南,以金尽不果行。仲夏,在辽东听刘宝全鼓曲。三十年前,刘宝全在京师享有盛名;经历变故,故都遂废,刘宝全出关卖艺,在辽东,以正宫之音,演绎前代孝义忠烈故事。杨圻闻歌增怆,有同是天涯沦落人之感,作诗赠之。秋,俄国大举侵边,冯庸率冯庸大学三百学生赴极边助战。作诗壮行。时与俄战,我军败绩。

1930 年(庚午),春,以二儿千顷婚事入关,在北京。四月,携小男游颐和园、香山。仲夏,回常熟,携狄小男共游北郭王四酒家,游常熟北山、剑门,有诗记之。十一月,张学良夫人于凤至自辽东南游,绅商设宴款待,杨圻赴宴。时京剧艺术家王凤卿刚从北京归来,座上相逢,有赠诗。冬,至沪上。昔日情人陈美美闻讯来见。次年春重来沪上,陈美美南归,赠诗,有"叹息情人是故人"句。

1931 年(辛未),仲春,樊增祥去世,有挽诗。去年重阳节讹传樊去世,杨圻有《庚午重阳哭樊山》,遍传海内。乡居,为当地流民画梅助赈。春日在上海,遇见故友许震,许曾在洛阳,久事吴佩孚,为参议。丁卯随吴入蜀,今春在海上相遇。辽中友人遗书数问,以诗代简答之。夏秋之交,拟出关,爆发九·一八,将北上,以津乱折回,复乡居。

1932 年(壬申),元旦,吴佩孚至北京,召杨圻往,以日本入侵,乱大作,不能行。正月十三日,家乡日寇麕集,避乱北去。一·二八淞沪抗战,作《赠十九路军》。二月至镇江。三月初,重至北京。虽然是重游故都,但多亡国之悲。《壬申暮春在至故都游西苑示霖苍》有"戎马今年盛,歌诗我辈哀"句。

秋,在北京,久病。本年四月,上海十六铺公大鱼行于成山洋面获一大龟,重六百余斤,长七尺半,船员或言当杀之,事载报章。杨圻闻之,谓连年地方大水为灾,不当杀灵物,致书公大鱼行,原倍价赎之放生。鱼行老板忻自康为其义举感动,将龟放生,不索一钱,惟愿得杨圻一诗以寿世。杨圻作有《赠忻自康》,记放龟事。

9 月 18 日,东北三省已亡于日寇,奉天省长翟文选亦居北京,出《访碑图》,杨圻题诗,有"朅来带甲满天地,留得江头片石无"句。

1933 年(癸酉),在北京。二月,日寇侵犯热河,张学良命万福麟引军六万往援督战,溃败,日寇遂窥北平。时宋哲元、孙殿英两军将士义愤神勇,苦战经月,连战皆大捷。杨圻作诗以纪两将军之功。

三月,苏炳文归国。苏于前年秋苦战抵抗日寇,去年冬失败,入俄境,居俄数月,今取道欧洲归国。苏将军是杨圻诗友,杨作《喜苏炳文将军归国》。

5 月 31 日中国政府与日本侵略军签定了丧权辱国的"塘沽协定",杨圻此日作《癸酉端午前三日纪痛》。7 月 23 日,爱国志士孙桐岗自费购置飞机,命名"航空救国号",飞行万里,于 7 月 23 日下午抵达南京明故宫机场,杨圻闻之,赠以长句。

10 月,四川军阀长期相互厮杀混战,被徐向前率领红军击败,杨圻作《蜀国弦》。

1934 年(甲戌),3 月 1 日(农历正月十六),在日本导演下,溥仪在长春"称帝",杨圻作《上元之夕》。

夏秋江南大旱持续三月,友人寄示田畴照片,龟拆万顷,稻枯如乱发,西湖水涸为陆,作《西湖采莲曲》。8月20日,岳丈李经方卒,9月朔,作《哭李侍郎经方外舅》。重阳节,在大连,同人宴集,未能与会。十月九日,携小男同游万牲园看菊,有诗。除夕,作《甲戌除夕》,有"一年忧国泪,半世异乡人"句。

1935年(乙亥),冬十月,移居清王室善耆的肃邸东园偶遂亭,人事变易,反客为主,慨然有感,作《移居偶遂亭》。时,日本为达到侵占华北目的,阴谋计划"华北五省自治",何应钦被迫与日人签订《何梅协定》。杨作诗《却寄子威长沙》,有"危城如风烛"之叹。此年南方水灾,北方干旱,"冬来嗟祁寒,饿殍亦数千",作《哀流民》《流民》诗。

1936年(丙子),闰三月初九日,偕狄小男、五儿吉孚自北京至青岛游玩,赏樱花,游劳山、白云洞、华严寺、斐然亭,半月未闻晋陕战事、平津消息,直如世外桃源,作诗纪游。青岛市市长沈鸿烈(字成章)设宴热情招待,又盛馈饯送,杨圻即席赋别。六月七日,集庚子、辛丑同年六十余人聚会于北京稷园,契阔三十年,易代沧桑,后凋松柏,乱离重聚,大慰平生,赋《赋尘诸同年》以志感。

初秋,离开北京三年的梅兰芳夫妇归来,谋救梨园饥苦,杨圻美其风义,作四绝句相赠。

11月下旬,国民党绥远省主席兼35军军长傅作义先发制人,出奇制胜,取得"百灵庙大捷",是绥远抗战中影响最大的一次战役。时当大寒,国人争制寒衣,输往前军。杨圻作《寒衣曲二首》,印数万,随衣附赠,表达对前方将士的敬爱之情和勉励之意。杨圻作诗赠傅将军,傅作义将军回赠《涿州战纪》,并张筵纪贺,杨圻即席走笔赋二绝句。

1937年(丁丑),二月廿九,为康有为逝世十周之辰,杨圻约北京名流发起追悼大会,作《康长素先生逝世十周祭文》。会上,徐良(字善伯)陈列所藏康有为画山水墨迹,观者千人,事毕,应徐良嘱,题康有为山水幅。

上巳日,青溪诗社同人社集赋诗。

时极贫困。杏花信风,思游西山,以无游赀不果,颇不怿,作《怅春游》，感叹"青春须是黄金买，如此风光但闭门"。夫人狄小男典卖衣饰，供办清游，才得成行。

冬至日，凭吊赛金花（赵灵飞）墓，撰《灵飞墓诗碣》，附记灵飞事迹。

通过上海图书馆藏七卷本编年诗钞，对杨圻自 1926—1937 年的履历作较为清晰的勾勒，可以弥补目前学界对杨圻生平研究的缺憾。

三、抗战时的杨圻诗歌

杨圻一生的思想情怀，经历了从逊清遗少到爱国志士的转变。在 1926 年的《江山万里楼诗钞自叙》中他说，"当少年时，亦尝长揖王侯，驰骛声誉，以求激昂青云，致身谋国"，可谓意气风发；但是进入民国后，看到的不过是军阀混战，民不聊生，"其间英雄豪杰之自起自灭，以至得失兴亡成败生死之迭为变化者，不知其几何人矣"，他采取"无与"其间，超然世外的态度。他"性疏野，乐文字，喜山水，既幽居则心萧然闲，身悠然逸"，"盖举世扰攘，而我独乐之秋也"。这是他在 1920 年前后的真实生活和心境。青年时期，别人称他为诗人时，他"色然怒"，因为当时意在功名，志在经世，不甘以"诗人"自居。而在民国后返家闲居时，他甘心以诗人自居，闻人称其为诗人时"则欣然喜"。他感慨地说："嗟乎，我何幸而为诗人也！"在万事不可为的当下，能以诗人赢得生前身后名，可谓幸事。"抑闻海内人士誉我者曰：云史诗如少陵。嗟乎，我又何不幸为诗人而为少陵也。"遭遇了与杜甫一样的乱世，从而赢得"诗史"之名，不也是时代的不幸吗！

至 1920 年杨圻入吴佩孚幕府，感激吴佩孚的知遇之恩，他当时抱着"三分定后我收舌"（《过正定赠赵欣伯顾问》）的念头，但并没有多少积极进步的思想倾向，甚至仍然忠心于逊帝，怀念着往日大清的荣华和恩德。如果要搜寻他这时思想情怀中值得肯定的内容，那就是发扬了传统的"诗史"精神，用诗歌记录了晚清逊国、军阀混战的时代动荡及其给百姓带来的苦难。如《南昌军幕感怀》有句"白骨如山诸将贵，黄金满地五丁愁"；《由津浦路南归青徐道中作》曰："午雨溪流活，春山药气酿。川原明似锦,盗贼密于蜂。县僻无人迹,村荒有虎踪。如何谈治理,不以计兵农。"
《哀中原》《榆关纪痛诗》等都是关切时政的诗篇,甚至他还告诫吴佩孚:
"将军如有意,第一是苍生。"(《吴将军自宜昌见招遂西行》)但是,正如杨
圻坦言,"逢人誉我称诗史,语自心伤故国来"(《南海招饮,游存庐,同坐
者季高、一山、积余,惟病山夫子、古微丈以事未至,即席》),他获得"诗
史"之誉,主要是凭借《檀青引》《长平公主曲》之类记录清代盛衰、忧时
念乱、慨叹兴亡、怀念故国的长篇叙事诗。在这位贵胄子孙的笔下,真正
触及底层百姓苦难的作品并不多。

由于续编稿本的散佚,学界对于 1927—1938 年这一段时间杨圻诗歌
的思想内容缺少认知。如校点本《江山万里楼诗词钞·前言》说"自民国
十六年(1927)至民国三十年(1941)"为杨圻"赋闲时期","杨圻居北京
日所为诗歌,多投赠应酬之作,……并没有很高的价值"[①]。现在,通过这
新发现的七卷本《续编》手稿,我们对杨圻这一时期的思想情怀有了比较
真切的了解。大致来说,七卷稿本《续编》的诗歌内容主要包括这几个
方面:

(一)悼亡。杨圻先娶李鸿章孙女李国香为妻,1900 年李氏卒,
1903 年续弦漕运总督广东按察使徐仁山之女徐霞客,伉俪笃情二十余
年。1925 年,杨圻在岳阳,徐霞客往依之,八月二十八日病逝。时战事紧
急,三年颠沛,弃枢四次,悲痛之情,难以遣怀,为妻定了私谥"怀夫人",
先后作了《哭亡妻怀夫人》《悼亡》《秋柳怨》等悼亡诗,既是痛哭爱妻之亡
故,也寄托在烽火离乱中的现实悲愿。其中以 1928 年作的长篇叙事诗
《呕血篇二百二十韵》最为著名,诗歌叙述了二人结发为夫妇二十余年,
同心恩爱、甘苦与共的生活,交织着对国家变故、个人遭际的沉痛感慨,以
《呕血》命篇,字字血泪。此诗曾题《呕血吟》单独铅印行世,然今日各家
辑佚均未收录此诗,颇为遗憾。

(二)纪游。杨圻是贵公子孙,一生爱山水,好清游。早年任驻新加
坡领事时,曾创作了大量纪游诗,描绘南洋风光和域外生活。1927 年回

[①]　马卫中、潘虹校点:《江山万里楼诗词钞》第 14、15 页。

到江南后,他也作了不少纪游诗,特别是 1930 年四月,携夫人狄小男入关回常熟;后来寄居北京,郊游西山;1936 年游青岛,都创作了纪游的诗篇,有的发表在报刊上,引起关注。杨圻弟子李猷在《近代诗选介》说杨圻"幽深清秀之诗,……盖得力于王、孟、韦、柳者甚深",应该是指这些纪游诗。

（三）表现百姓饱经人祸天灾的苦难。1927 年吴佩孚兵败入川,杨圻回归常熟,后至上海,穷困潦倒,靠鬻诗画谋生,真正接近了底层百姓的生活,因此能将笔触伸向底层,表现乱世中百姓的困苦。这类诗篇在《续编》中显得尤为突出。如《拉夫行》,针对长期内战,军队所过之处,强拉百姓为拉夫的现实,特写两老妇的老翁和稚子分别被抓去的凄惨场景,抒发对百姓在乱离中生离死别的悲惨遭遇的同情,让人联想到杜甫的"三吏""三别"。汪荣宝批云:"民国以来,军阀构兵战斗无宁岁,海内骚然。读此可知战地百姓之苦,可与少陵《垂老》《无家》诸'别'同看,无愧'诗史'。此诗可与少陵《陈陶斜》诸作并传千古矣,不图今世乃有子美其人。"《耕烟谣》叙写西南、秦蜀各省官吏逼迫农民种烟得厚利,种麦者收入微薄,税无从出,则卖妻鬻子,流离逃亡。诗人感叹:"呜呼,有田无麦难求饱,万顷耕烟种瑶草!"1931 年江南水灾,杨圻曾画梅助赈,其《辛未夏秋之交苦雨一月田禾尽没》诗,感叹曰:"天心今可测,下箸泪纵横。"此时乡居的诗人与百姓一同遭遇这场灾害,并用诗歌记录了百姓卖儿鬻女的惨烈绝境。《卖儿辞》二绝,其一曰:"米贵儿身贱,能充几日粮。临行教儿语,须学叫人娘。"五古长诗《罪人我良民》中曰:"杯酒价万钱,是用一夕娱。浓宵不肯曙,天街雪花粗。宁闻歌舞外,寒屋有欷歔。"揭露严峻的贫富对立,走投无路的百姓,揭竿为盗,官逼民反,说是"罪人",其实都是"我良民"。每一次自然灾害发生时,各级官吏都会乘机囤积居奇、盘剥欺压,天灾加上人祸,将百姓推向深渊。佚名批《罪人我良民》云:"作者忧深念乱,爱民如子,故亲切肯恳至,从肺腑中流出。二十年来未见诗人有此等己饥己溺之怀。作者写民间疾苦诗甚多,直与少陵诸乐府并足千古。"《西湖采莲曲》《哀流民》等作,都是揭露惨绝人寰的现实灾难。

杨圻《书工部集》曰:"哀歌答君国,异代不同时。宇宙何多难,风流我所师。"他的这些诗篇就是继承和发扬了杜甫、白居易的新乐府精神传统，将笔触伸向现实，抒写百姓的苦难哀号，这是传统"诗史"精神的再现，具有重要的现实意义。汪荣宝和佚名的批语也多次指出杨圻秉承了杜甫诗歌精神。当然，杨圻思想存在严重的局限，他没有认识到百姓苦难的根源，更没有指出现实出路。在描绘现实苦难的同时，往往又回溯、追怀满清的"盛世"。如《拉夫行》中曰："嗟此乱离民，昔为太平狗。眼中见开元，斑白守畎亩。由来安耕凿，帝力知何有。"《罪人我良民》中有曰："在昔清朝时，安居有田庐。"其实在晚清时，他是官宦子弟，哪里体会得到当时百姓的困苦呢！便天真地以为那时是开元盛世。

（四）反抗日军侵略，歌颂中国军民英勇抗战。马卫中先生在《江山万里楼诗词钞前言》中说："抗日战争的爆发，杨圻作为中国传统知识分子，其身上的民族自尊心和民族责任感再一次让其晚节大放绚彩。……他的诗歌也记载了中华民族所遭受的前所未有的国难。"①这主要还是根据《杨云史先生侨港诗文钞》得出的正确结论。曾粗粗翻阅狄小男所携诗稿的李猷在《杨圻传》中说："若读圻抗战以后诸作，于国家民族呼吸存亡之际，真能大声疾呼，振奋人心，挞伐强敌，无愧以诗歌报国。"②杨圻中年入军阀幕府时，就以诗纪史，作了《榆关纪痛诗》《中原纪痛诗》等记录国内的军阀混战。随着时局的转变，他的诗歌转向叙写中外战争，起先是1929年中俄战争，我方败绩，杨圻时在辽东，作了《酒后大雪登辽东城有感》、《雪后登酒楼》等。随后是日军的侵略。1931年"九·一八"事变，马占山任黑龙江省政府代理主席兼军事总指挥，和东北军第十五旅旅长苏炳文，率领将士奋力抵抗日本侵略军，打响了抗日第一枪。苏炳文作《岁暮感怀》四律相寄，其中有"正气有歌文宋瑞，鞠躬报国武乡侯"，杨圻读后，赞叹其"忠愤之气，虎虎行间"，庆幸"兴安岭外呼伦一隅，犹岿然无恙"，奉答四绝句。其三曰："举国裁衣寄战场，孤城几见与存亡。将军一战惊天下，早日谁知马秀芳。"（周按，马占山，又名马秀芳。）自注："孤军抗日者四月，义声闻天下，后以弹尽援绝，偕苏炳文入俄。"其四曰："拔剑

---

① 马卫中、潘虹校点：《江山万里楼诗词钞》第15页。
② 马卫中、潘虹校点：《江山万里楼诗词钞》第701页。

高歌君莫哀,急如星火借诗催。杨圻发白心犹赤,愿共诸侯歃血来。"杨圻虽然是一介书生,手无寸铁,但是面对日军的侵略,他满腔赤诚,愿与抗日将士歃血同盟,生死与共,表现出爱国主义的情怀。战火很快蔓延到江南,1932年初,日军进犯上海,时杨圻乡居,日寇进乡,小邑屯兵三万,"避世今无地,扁舟去国吟"(《梅花半开日寇方急小邑屯兵三万避乱北去壬申正月十三日也》),恰逢故主吴佩孚在北京相邀,于是杨圻北上避乱,不久爆发了一·二八淞沪抗战,杨圻作了《赠十九路军》:

赠 十 九 路 军

　　我国外患,至今日而极;日本之暴,以今年为甚。引狼入室,沪战遂开。独赖我十九路军蔡(廷锴)、蒋(光鼐)、翁(照垣)、戴(戟)诸君,八十八师俞君(济时),投袂而起,酣战四十日,节节胜利,天地变色,寰球震惊。目睹不刊之奇功,喜而赋此。

　　一战昆阳楚汉分,及身犹见气如云。貔貅百战几男子,天地英雄十九军。

　　安有奇才用斗量,担当天下但肝肠。古来人物无多少,几个男儿定一场。

　　惯看鹰犬说奇勋,义战今番第一闻。屈膝不劳丞相计,朱仙飞渡崔嵬军。

　　引狼数见中行说,破敌咸惊戚继光。三十七年忧恨事,少年我已鬓成苍。甲午割地赔款,为边患之始,至今三十七年。

此诗讴歌了十九路军英勇抗日,建立奇功。奋迅之气,不啻杜甫的《闻官军收河南河北》。至北京以后,他先后作了《二月下旬喜闻长城诸隘口宋孙诸军大破倭寇,赠两将军》、《喜苏炳文将军归国》、《癸酉端午前三日纪痛》、《赠傅宜生将军》、《百灵庙大庙之捷,歌女亦首往慰劳。傅宜生将军赠余涿州战纪,方张筵纪贺,即席走笔》等诗歌,可见诗人恫瘝时局的情怀与国家的安危一起跌宕。他那随寒衣一起运往前线分发至将士手中的《寒衣曲》第一首末四句曰:"壮士听我言,急起勿失机。披衣开步走,提刀去如飞。"这是激励将士奋勇杀敌的嘹亮军歌。第二首末四句曰:"春来脱衣时,衣锦还家乡。金鞭敲马镫,壮士意飞扬。"等待将士凯旋而归。这些诗篇洋溢着爱国主义精神,无疑具有激发斗志、振奋人心的积极意义。

1933 年,孙桐岗驾机飞行万里归国,杨圻赠以长句,前有诗序曰:

> 自战器日新,战术因而日异,我中国乃为无备之国矣。昔胡林翼登高望见汽船,利涉风涛,如履平地,大惊失色,谓五十年后中国不国,于是乃有海军之设。今各国空军皆以数千架或万计,而我国飞机购自他邦,苟有而已。空军人材别为一门,非陆海军士所能。苟无其人,与无机同。他日敌军谋我,从天上来,将何以御之? 我故甚望国家设部建厂,制造飞机,训练人材,以备缓急。虽晚,犹可图也。否则,名城大市劲旅良民必有糜烂于飞机之一日,故于桐岗之能空军,尤望国家重用,使之教练健儿,以起国力也。

孙桐岗后来在济南办航空学习班,并率众赴意大利学习,任空军第二大队副大队长,在抗战中建立功勋。杨圻的这一段议论具有卓见,也体现了他对实学的重视。早在 1926 年的《江山万里楼诗词钞自序》中,他颇为颓唐地感慨自己"诗人"的头衔,甘愿以"诗人"自居;而至 1939 年在《江山万里楼诗词钞续序》中,他指出:"当今之世,诚宜培养士类气节,修治兵农实学,以拨乱反正之志,备体国经野之用,储待国家之需,所谓考据文章,虽不治可已。"这正是在抗战形势下,中华民族处于生死存亡的危急关头,杨圻思想的转变。李猷曾说 1927 年以后杨圻的诗风"也在慢慢蜕变的期间"①,的确,通过这部新发现的《续编》稿本,我们可以梳理出杨圻诗歌主题如何从叙写军阀内战,转向歌颂抗日救国;其思想情怀如何从逊清遗少,转变为爱国志士。

(载《苏州大学学报》2016 年第 1 期)

---

① 李猷:《龙磵诗话》,见马卫中、潘虹校点《江山万里楼诗词钞》第 735 页。

"文笔论"之重释与
近现代纯杂文学论

"文笔论"是六朝时期文学批评的重要论题,刘勰《文心雕龙·总术篇》"无韵者笔也,有韵者文也",揭明它的基本内涵。唐代以后随着古文运动的兴起,"文笔论"归于沉寂,直至清代中期随着骈文派的崛起,又重新被提起,特别是阮元对"文笔论"作过专门的探究,并提出新的见解,发生了广泛的影响,至近代刘师培尚沿承其说,当然也激起章太炎等的抨击,黄侃采取调停纷争的态度。郭绍虞则在辩驳的同时吸收了阮元"文笔论"的有益因素,并与外来的纯文学、杂文学观念相接榫,而对传统文学批评史作出新的诠释。

一、阮元:为骈文立基而曲解"文笔论"

阮元,作为扬州人,自小就受到深厚的《选》学传统的浸润。幼为《文选》学,八岁时,师从扬州名儒胡廷森(号西蓼)学《文选》①。后与汪中、凌廷堪、孙梅等扬州学派人物交游,成为清代中期骈文派的中坚力量,仪征骈文渐有与桐城派古文分庭抗礼之势。桐城派响应官方的程朱理学,授人以法,文士学子纷纷响应,乃至后来有"天下之文章,其在桐城乎"②之叹;但扬州学派坚守"选学"传统,提倡骈文,以相抗争。方东树云:"扬州汪氏(中)谓:文之衰,自昌黎始。其后扬州学派皆主此论,力诋

---

① 阮元:《胡西蓼墓志铭》,《揅经室二集》,《清代诗文集汇编》,上海古籍出版社2011年影印本,第477册,第233页。
② 曾国藩:《欧阳生文集序》,《曾文正公文集》卷三,《清代诗文集汇编》,上海古籍出版社2011年影印本,第641册,530页。

八家之文为伪体。"①孙梅的《四六丛话》和李兆洛的《骈体文钞》则是在姚鼐的《古文辞类纂》外，建构骈体文的统序和典范。而给予骈文派以理论支撑的，则是阮元对"文笔论"的重新阐释。阮元早年对"文笔之辨"并不自觉，汇辑有韵无韵文章的别集还命名为《诂经精舍文集》《揅经室文初集》。40 余岁后，"心窃不安，曰此可当古人所谓'文'乎？僭矣，妄矣！一日读《周易·文言》，恍然曰：孔子所谓文者，此也。著《文言说》，乃屏去先所刻之文，而以经、史、子区别之，曰：此古人所谓'笔'也，非'文'也。然除此，则可谓之文者亦罕矣。六十岁后，乃据此削去'文集'，只命曰'集'而刻之"②。至道光年间刊刻《学海堂集》《揅经室集》时，都只名曰"集"，而不名为"文集"。除了《文言说》之外，阮元还作了《文韵说》《书梁昭明太子〈文选序〉后》《与友人论古文书》等，申论他的"文笔论"和骈体文学观，并在学海堂以"文笔"策问课士，教儿子阮福与弟子拟对。阮福、刘天惠、梁国珍、侯康、梁光钊等人均撰《文笔考》之类文章，收入《揅经室集三集》卷五和《学海堂集》卷七，并单独刊刻行世，以扩大影响，成为嘉庆、道光年间文学批评史上的重要事件。

阮元重新提出"文笔论"并加以新的诠释，实则是一种学术策略，旨在为骈文派的主张确立理论的根基。具体来说，其要义如下：

（一）采用"依经立论"的方式，将用韵比偶的骈文观上溯至《周易·文言》，试图确立其文学观念的正统合法性。

"依经立论"是古人著书立说的一种基本思维方式，一旦某种论断在经典中找到依据，便似上升为不刊之论，不容置疑。因此，立论者总是想方设法地比附经典，甚至于牵强曲解。阮元的《文言说》就是采用这种方法来解释传为孔子作的《文言传》的。他说：

> 古人以简策传事者少，以口舌传事者多；以目治事者少，以口耳治事者多。故同为一言，转相告语，必有愆误。是必寡其词，协其音，

---

① 方东树：《汉学商兑》，江藩《汉学师承记（外二种）》，三联书店 1998 年，第 384 页。
② 刘声木：《苌楚斋随笔三笔》，中华书局 1998 年，第 623 页。

以文其言,使人易于记诵,无能增改,且无方言俗语杂于其间,始能达意,始能行远。此孔子于《易》所以著《文言》之篇也。古人歌、诗、箴、铭、谚语,凡有韵之文,皆此道也。《尔雅·释训》,主于训蒙,"子子孙孙"以下,用韵者二十条,亦此道也。孔子于《乾》《坤》之言,自名曰"文",此千古文章之祖也。为文章者,不务协音以成韵,修词以达远,使人易诵易记,而唯以单行之语,纵横恣肆,动辄千言万字,不知此乃古人所谓直言之言、论难之语,非言之有文者也,非孔子之所谓文也。……然则千古之文,莫大于孔子之言《易》。孔子以用韵比偶之法,错综其言而自名曰"文"。何后人之必欲反孔子之道,而自命曰"文",且尊之曰古也?

这一段话,正反论证,言之凿凿,似乎骈体文的规则在孔子《文言》中就已确立了,后人作"文"不用韵,不比偶,就是违反孔子之道!但是,《易传·文言》篇题的"文言"二字到底是什么意思?历来解释多有歧出:一曰"文王之言"。梁武帝云《文言》是文王所制,《文言》即"文王之言"的意思。二曰"文饰为言"。《经典释文》引庄氏云:"文谓文饰,以乾坤德大,故特文饰以为文言。"①三曰"释经文之言"。孔颖达《周易注疏》曰:"今谓夫子但赞明易道,申说义理,非是文饰华彩。当谓释二卦之经文,故称文言。"此外李鼎祚《周易集解》引刘瓛解释曰:"依文而言其理,故曰文言。"阮元对于这些歧解均置之不顾,而仅取其中符合自己理论主张的"文饰为言"的解释为自己的理论确立根基,可谓立基不牢。所以后来章太炎在《文学总略》中重提梁武帝的解释以批驳阮元的说法。其实阮元所谓"孔子以用韵比偶之法错综其言而自名曰'文'",也是对前人"文饰为言"的有意曲解。刘勰《文心雕龙》的《原道》和《总术》都将《文言》解释为"言之文也",即有文采的言,文是文采、文饰的意思,但并非阮元所谓"用韵比偶"那么狭隘。《文言说》作为骈文理论的根基,具有严重的理论缺陷。就连阮元的同乡后学李祖望也不能接受,重新作了一篇《文言

---

① 陆德明:《经典释文》,上海古籍出版社 2012 年,第 25 页。

说》,逐一批驳阮元的观点,李祖望提出《文言》"盖总文王之卦辞爻辞而解之也",即承续梁武帝而非阮元的解释。针对阮元所谓《文言》多用韵多用偶,李祖望列举大量例子证明"《文言》有不韵者矣","《文言》有不偶者矣";最后针锋相对地驳斥曰:"必以《易》乾坤之《文言》用韵用偶,为千古文章之祖,孔子故自名之曰文言,知非传《易》之本意矣。"①可见阮元作《文言说》将立其论,而适足自陷!

(二) 兴起"文笔之辨",曲解刘勰"文笔论"的内涵,将有韵、无韵之别偷换为骈、散之分。

刘勰《文心雕龙·总术》曰:"今之常言,有文有笔,以为无韵者笔也,有韵者文也。"这是当时人们对于"文笔之辨"的基本认识。范晔《狱中与诸甥侄书》云:"手笔差易,文不拘韵故也。"即依是否用韵而区分文、笔。自唐代韩愈、柳宗元发起"古文运动"之后,"文笔论"不再是关注的重点,不再成为重要的文论命题。直到清代中期,人们提及这个话题时依然遵守刘勰的解释。如赵翼(1727—1814)《陔余丛考》卷二十二就说:"六朝所谓文笔,当以刘勰言为据也。"但是,阮元于道光三年(1823)在广州学海堂以文笔策问课士,发起了一场"文笔之辨"的讨论。阮元问曰:

> 六朝至唐,皆有长于文、长于笔之称,如颜延之云"竣得臣笔,测得臣文"是也。何者为文? 何者为笔? 何以宋以后不复分别此体?②

于是,阮福等人纷纷搜集、梳理文献,作《文笔对》《文笔考》,但已偏离了刘勰的原意而作了曲解。如阮福《文笔对》引录刘勰《文心雕龙·总术》文字之后,加按语,把它与萧统《文选序》相糅合,曰:

> 按,文笔之义,此最分明。盖文取乎沉思翰藻,吟咏哀思,故以有情辞声韵者为文;笔从聿,亦名不聿。聿,述也,故直言无文采者为

---

① 李祖望:《文言说》,《锲不舍斋文集》,《清代诗文集汇编》第637册,第11页。
② 阮元:《揅经室二集》,《清代诗文集汇编》第477册,第418页。

笔。《史记》："《春秋》笔则笔。"是笔为据事而书之证。①

后又征引文献，按语曰："笔即记事之属"，"笔为无藻韵之著作之名"，"凡类于传志者，不得称文。"本来笔与文，一无韵，一有韵，区别的标准在押韵与否；而阮福的解释，在"韵"之外加上"藻"，这样一来，"笔"是无韵无藻饰，"文"是有韵有藻饰，记事的传志之类文章是"笔"而非"文"。记事传志，是唐宋以后古文家之所长。这里已经透出将"文笔之辨"扩大到"骈散之争"的苗头。刘天惠《文笔考》的观点基本相同，谓"凡骈俪藻翰皆得谓文"，笔"皆为直言序述之辞，体近乎乙部，义托于龙门（按，指司马迁《史记》），乃文海之别裁"。梁国珍《文笔考》结论说："总而考之，韵语比偶者为文，单行散体者为笔。"这已显然违背了六朝"文笔论"的原初含义，而将"文笔之辨"偷换为"骈散之争"，文是骈体，笔是散体。梁光钊《文笔考》也曲承阮元之意，说："沉思翰藻之谓文，纪事直达之谓笔。"并将文笔之分上溯到孔子时代："孔子赞《易》，有《文言》，其为言也，比偶而有韵，错杂而成章，灿然有文，故文之；孔子作《春秋》，笔则笔，其为书也，以纪事为褒贬，振笔直书，故笔之。文笔之分，当自此始。"这种将文笔论追溯到孔子撰《文言》《春秋》，与阮元《文言说》依经立论的策略如出一辙，其讹误不足深辩，郭绍虞曾批驳之（详下）。

阮元及其弟子的"文笔考"，虽然采用汉学家的考据方法，勾稽大量史料作考辨；但很明显，他们并没有遵守实事求是的原则，恪守"文笔论"的本来含义，而是有意地加以曲解，在是否有韵之外还加上了骈散的问题，将"文笔之辨"转化为"骈散之争"，并表现出鲜明的尊"文"黜"笔"的态度，这实际上是在为骈体文争取合法性，是攻击当时桐城派古文的一种学术策略。当时受到阮元影响的年轻人力钧在《文笔辨》中直接说："六朝近于文，八家近于笔。今之骈体、散行，即古文笔之名所变焉者也。"②可见，阮元的这种曲解在当时已经发生了不小的影响。

---

① 阮福：《文笔对》，阮元《揅经室二集》，《清代诗文集汇编》第477册，第420页。
② 佚名：《致用书院文集》，赵所生、薛正兴编《中国历代书院志》，江苏教育出版社1995年，第13册，第83页。

问题是，"文笔"与"骈散"并不是一一对应的，并不可以无缝对接。骈体文的基本特征是句式骈俪对偶，而不是押韵。事实上，大量的骈体文章是不押韵的，只有其中的骈体赋，才讲究押脚韵。因此按照刘勰的说法，不押韵的骈文应该是"笔"而非"文"；骈文派标举的典范即萧统《文选》，既收有韵的文，也收了无韵的笔，并非如阮元等人所说是"文"而非"笔"。可见，将"文笔之辨"转化为"骈散之争"，并不能自圆其说。其中的理论漏洞，连阮福都发现了。发问曰：

> 《文心雕龙》云："今之常言，有文有笔。以为无韵者笔也，有韵者文也。"据此，则梁时恒言有韵者乃可谓之文，而昭明《文选》所选之文，不押韵脚甚多，何也？

道光五年（1825），阮元作《文韵说》，就是试图解答这个问题，曰：

> 梁时恒言所谓韵者，固指押脚韵，亦兼谓章句中之音韵，即古人所言之宫羽，今人所言之平仄也。……休文此说，乃指各文章句之内，有音韵宫羽而言，非谓句末之押脚韵也。是以声韵流变，而成四六，亦只论章句中之平仄，不复有押脚韵也。四六乃有韵文之极致，不得谓之为无韵之文也。……综而论之，凡文者，在声为宫商，在色为翰藻。①

本来仅仅是有韵、无韵区别的文笔论，到阮元手里，还加上了翰藻与直言的区别，文有翰藻，笔为直言；而且，对于"韵"，阮元也作了新的解释，谓"韵"不只是押脚韵，还可指章句中的音韵。这样一来，本来属于"笔"的四六骈体文，虽然句末不押韵，但句中声韵流变，乃是"有韵文之极致"，便不是无韵的"笔"，而是有韵的"文"了。这看似有理，实则也是曲解。刘勰《文心雕龙·声律》曰："异音相从谓之和，同声相应谓之韵。"

① 阮元：《文韵说》，《揅经室续集》，《清代诗文集汇编》第 477 册，第 660—662 页。

阮元所谓"章句中之平仄",即刘勰"异音相从谓之和"的意思,绝非是"同声相应"的韵。文笔之辨,乃以句末是否用韵为依据,而非根据章句中的平仄。阮元这样的曲解,是难以令人信服的。近人王肇祥《文笔说》驳斥云:

> 阮伯元谓齐梁有韵为文,无韵为笔,所谓韵者,兼赅句中宫羽,不仅指句末用韵。其说弘通,但非所论于齐梁文笔之分途也。齐梁文笔,以韵为限,确指句末之韵。①

郭绍虞也批驳说:"他(阮元)这样曲解六朝有韵为文之说,所以断以偶语俪辞为文。殊不知六朝'文'、'笔'二字之意义,只指有韵、无韵之分,并不是指骈俪、散行之别。"②这都击中了阮元"文笔论"的软肋,阮元实际上偷换了概念。

（三）发挥萧统《文选序》的文学观,严格地将"文"与经、子、史分别开来,本意旨在排斥当时的桐城派古文,客观上强调了"文"的独立性。

萧统《文选》不收经、子、史(除了"事出于沉思,义归乎翰藻"的赞论序述)。阮元在确立了"用韵比偶"的骈文观的同时,明确在文与经、子、史之间划界,突出骈文的正统性,而将唐宋以降的古文一概归入子、史之中,排除在"文"之外,剥夺古文的"文"的资格。阮元说:

> 昭明以为经也、子也、史也,非可专名之为文也;专名为文,必沉思翰藻而后可也。……自唐宋韩、苏诸大家以奇偶相生之文为八代之衰而矫之,于是昭明所不选者,反皆为诸家所取,故其所著者非经即子,非子即史,求合于昭明《序》所谓文者,鲜矣。③

《选序》之法,于经、子、史三家,不加甄录,为其以立意纪事为

---

① 王肇祥：《文笔说》,《国故》1919 年第 1 期。
② 郭绍虞：《文笔与诗笔》,《睿湖》1930 年第 2 期。《照隅室古典文学论集》上编,上海古籍出版社 1983 年,第 166 页。
③ 阮元：《书梁昭明太子〈文选序〉后》,《揅经室三集》,《清代诗文集汇编》第 477 册,第 362 页。

本,非沉思翰藻之比也。今之为古文者,以彼所弃,为我所取,立意纪事为本,非沉思翰藻之比也。今之为古文者,以彼所弃,为我所取,立意之外,唯有纪事,是乃子、史正流,终与文章有别。①

　　然则今人所使单行之文,极其奥折奔放者,乃古之笔,非古之文也。②

　　阮元的逻辑是:从骈散的角度说,经、子、史多奇少偶,唐宋八大家取以为法,尚奇不尚偶;若将经、子、史排斥在"文"之外,那么唐宋八大家的古文,自然就是"笔"而非"文"了。从纪事抒情的角度说,"子夏《诗序》'情文声音'一节,乃千古声韵、性情、排偶之祖","文"须吟咏性情、流连哀思;而经、子、史"以立意纪事为本",唐宋八家的古文"立意之外,唯有纪事",属于子史的正流,而不同于萧统所谓的文章。归根到底,当时桐城派所提倡的"单行之文",只能称得上是"笔"而非古之"文"。学海堂的学生梁光钊《文笔考》直接就说:"昭明所选多文,唐宋八家多笔。韩、柳、欧、苏散行之笔,奥衍灏瀚,好古之士靡然从之;论者乃薄《选》体为衰,以散行为古。既尊之为古,且专名之为文,故文、笔不复分别矣。"阮元等人之所以反复计较文、笔的分别,就是要消解桐城派"好古之士"尊崇韩、柳、欧、苏散行古文的正统性和合法性,而为骈文派张本立说。

　　阮元等人如此执拗地崇骈黜散,难免陷入理论的谬见。他在《书梁昭明太子〈文选序〉后》竟然提出"四书排偶之文,真乃上接唐宋四六为一派,为文之正统也"③,把八股文视为正统,恰是暴露出他的骈文理论的褊狭。但是,他们放弃了古文家"文以明道""文以载道"之类表达义理的诉求,强调文章的声韵、性情、排偶属性,严格将文与经、子、史区别开来,从文学批评史的角度看,对于文学的独立性发展是有意义的。邱培超说:"看似阮元学圈为骈文发声,为骈文立一正统。事实上,他们深层目的是欲令文独立于道之外,为文与其他知识领域作一切割,独立成为有别于

---

① 阮元:《与友人论古文书》,《揅经室三集》,《清代诗文集汇编》第477册,第363页。
② 阮元:《文韵说》,《揅经室续集》,《清代诗文集汇编》第477册,第662页。
③ 阮元:《揅经室三集》,《清代诗文集汇编》第477册,第363页。

经、史、子的另一知识领域。"①或许不能直接说阮元等人已经明确具有文章独立性的意识,但是如此鲜明地将文与经、子、史分开,客观上强调了"文"的独立性,成为近现代文学独立论的重要的传统资源。

二、刘师培、章太炎与黄侃:"文笔论"的　现代延伸与清算

"骈散之争"自清代中后期形成掎角之势,一直延续至晚清民国,是贯通传统与近现代文学理论的一个话题。"仪征阮氏之'文言'学,得(刘)师培而门户益张,壁垒益固"②。刘师培虽然是阮元的同乡,饱受《选》学沾溉,但是他提倡骈体文绝非乡曲之见。阮元重释"文笔论",旨在从根本上消解桐城派古文的理论基础,为骈体文的兴起确立根基,开辟道路;刘师培主张骈体文,重提"文笔论",则是面对新的时代问题而作出的回应。在晚清、民国之初,西方文学观念蜂拥而入,冲决了传统文学和文论的藩篱,梁启超等人为了"新民"维新的需要,提倡报章体,旨在启蒙宣传。其文风平易,笔调自由,不避俗俚,在当时发生了很大的影响。但是怀抱国粹主义思想的刘师培对此是很不以为然的。在《论文杂记》中他说:

> 近日文词,宜区二派:一修俗语,以启瀹齐民;一用古文,以保存国学,庶前贤矩范,赖以仅存。若夫矜夸奇博,取法扶桑,吾未见其为"文"也。③

所谓"修俗语,以启瀹齐民",是指小说戏曲等通俗文学,刘师培接受进化论思想,对于通俗文学给予积极的肯定。所谓"矜夸奇博,取法扶桑",是指梁启超在日本文学影响下的"报章体",刘师培批评这种"报章

①　邱培超:《自"文以载道"至"沉思翰藻"》,台北大安出版社 2012 年,第 242 页。
②　钱基博:《现代中国文学史》,上海书店出版社 2004 年,第 110 页。
③　刘师培:《论文杂记》,人民文学出版社 1959 年,第 110 页。

体"称不上是"文"。他所谓"保存国学"的"古文",也不是桐城派的唐宋八大家古文,而是指骈体文。在《中国中古文学史》之开篇,刘师培就说:

> 俪文律诗为诸夏所独有;今与外域文学竞长,惟资斯体。①

俪文律诗充分发挥了汉字的独特性,是中国文学所独有的,是文学国粹,唯有这种体制可以与外国文学争长竞短。刘师培在《中国中古文学史》中说:"非偶词俪语,弗足言文","沉思翰藻,弗背文律;归、茅、方、姚之伦,弗得以华而弗实相訾。"这显然是承续了阮元等骈文派的论调。其中第二课《文学辨体》就是"以阮氏《文笔对》为主","以明文轨"。刘师培完全赞同阮元的"文笔论",说:"偶语韵词,谓之文;凡非偶语韵词,概谓之笔。盖文以韵词为主,无韵而偶,亦得称文。"笔"为体,惟以直质为工,据事直书,弗尚藻彩。……后世以降,凡体之涉及传状者,均笔类也。"与阮元一样,刘师培把句式偶奇与是否用韵当作分别"文""笔"的标准。依据这种骈体文观念,刘师培对于唐宋以降的古文给予更为激烈的批评,认为后世文家奉韩愈古文为正宗,"是均误笔为文者也","言无藻韵,弗得名文;以笔冒文,误孰甚焉!"在《论文杂记》中,刘师培指出,唐宋以降的古文"易排偶为单行,易平易为奇古",不应该再名为"古文",当易名为"杂著"②。如果说刘师培与阮元在骈文具体观念上还有差异的话,那么可以说,阮元立论的侧重点在用韵比偶,刘师培在此基础上进一步强调藻饰。他采用训诂的方法,证明"文章之必以'彣彰'为主焉","盖'彣彰'即文章之别体","文以藻绘成章为本训"③。之所以如此强调文的藻饰性,就是旨在针砭桐城派古文和当时流行的"报章体"之不讲究辞藻文采。

刘师培还没有跳脱畸骈畸散的陈旧格局,站在骈文派立场看问题,目

---

① 刘师培:《中国中古文学史》,人民文学出版社 1959 年,第 5 页。
② 刘师培:《论文杂记》,人民文学出版社 1959 年,第 121 页。
③ 刘师培:《广阮氏〈文言说〉》,《中国学报》1916 年第 4 期;又《左盦集》,《清代诗文集汇编》第 797 册,第 115 页。

光不免狭隘。章太炎自谓作文"清远本之吴魏,风骨兼存周汉"①,已经摆脱了"骈散之争"的胶着。他感慨"今世文学已衰",不满于当时文科"尚文辞而忽事实""重文学而轻政事"等弊端②,以返古求真的态度,重新训诂"文"的意义。在《文学总略》等文中提出:"文学者,以有文字著于竹帛,故谓之文。论其法式,谓之文学。"把一切有句读的文章和无句读的表谱之类都囊括在"文"的范围之中,可谓是真正的"泛文学观"。依据这种"泛文学观",章太炎既批驳了刘师培以"彣彰"解释文章是"恶夫冲淡之辞,而好华叶之语,违书契记事之本矣",因此"榷论文学,以文字为准,不以'彣彰'为准";又驳斥了阮元"俪语为文,单语文笔"的"文笔论",说:"前之昭明,后之阮氏,持论偏颇,诚不足辨。"对于"文笔",他举例证明说:"文即诗赋,笔即公文,乃当时恒语。"③在 20 世纪初纯文学引入国内大行其道时,章太炎的"泛文学观"没有得到人们的响应,连他的学生鲁迅等也难以接受。在"泛文学观"之背后,章太炎对文坛"尚文辞而忽事实""重文学而轻政事"的针砭,也没有得到人们的关切。但是,他所谓"文即诗赋,笔即公文"的"文笔论",对于稍后郭绍虞用纯文学、杂文学来解释"文笔"有着直接的启发。

章太炎的弟子黄侃,喜好骈文,20 世纪 20 年代前后在北京大学讲授辞章学和文学史。他的《文心雕龙札记》试图在其师"泛文学观"和阮元的骈文观之间做出调停,给予折中,说:

> 窃谓文辞封略,本可弛张:(1) 推而广之,则凡书以文字,著之竹帛者,皆谓之文,非独不论有文饰与无文饰,抑且不论有句读与无句读,此至大之范围也。故《文心·书记》篇,杂文多品,悉可入录。(2) 再缩小之,则凡有句读者皆为文,而不论其文饰与否,纯任文饰,固谓之文矣,即朴质简拙,亦不得不谓之文。此类所包,稍小于前,而

---

① 章太炎:《自述学术次第》,《制言》第 25 期(1936 年)。
② 章太炎:《救学弊论》,《章太炎全集》(五),上海人民出版社 1986 年,第 102 页。
③ 章太炎:《文学总略》,傅杰编校《章太炎学术史论集》,中国社会科学出版社 1997 年,第 43、47 页。

经、传、诸子,皆在其笼罩。(3)若夫文章之初,实先韵语,传久行远,实贵偶词;修饰润色,实为文事;敷文摘采,实异质言,则阮氏之言,良有不可废者。即彦和泛论文章,而《神思》篇已下之文,乃专有所属,非泛为著之竹帛者而言,亦不能遍通于经、传、诸子。然则拓其疆宇,则文无所不包,揆其本原,则文实有专美。①(按,序号为引者所加。)

黄侃提出"文"的范围从大到小分为三个层次,第一个层次,即章太炎的"泛文学"概念;第二个层次,即通常一般人的文章概念;第三个层次,是特指阮元所谓的有韵比偶的骈体文。对于阮元的"文笔论",即"无情辞藻韵者不得称文",黄侃虽然体会其说"实有救弊之功",但又正确地指摘说:"求之文体之真谛与舍人(按,刘勰)之微旨,实不得如阮君所言。……与其屏'笔'于'文'外,而文域狭隘,曷若合'笔'于'文'中,而文囿恢弘? 屏'笔'于'文'外,则与之对垒而徒启斗争;合笔于文中,则驱于一途而可施鞭策。阮君之意诚善,而未为至懿也,救弊诚有心,而于古未尽合也。"这种批驳是击中要害的,黄侃的调停态度也是通达中肯的。至此,"文笔之辨"似乎可以平息了。

三、郭绍虞:以近代的纯杂文学论
解释传统的"文笔"

中国文学批评史学科的奠基者郭绍虞,自 1927 至 1937 年十年中先后发表了多篇文章研究"文笔论"与传统的文学观,并将其成果贯彻于最早的《中国文学批评史》编撰中。郭绍虞早年广泛阅读《国粹学报》上刊载的刘师培论文、王国维论词的文章。"五四"时,他是"新潮"式的人物,曾经翻译过日本人高山林次郎《近世美学》,介绍俄国的艺术理论;20 年代后期,任教燕京大学,开始讲授中国文学批评史。他后来回忆说:"当时人的治学态度,大都受西学影响,懂得一些科学方法,能把旧学讲得系统

---

① 黄侃:《文心雕龙札记》,华东师范大学出版社 1996 年,第 10 页。

化,这对我治学就有很多帮助。"①郭绍虞对于"文笔论"的考辨和阐释、对于传统文学观念的评述,就体现了"受西学影响,懂得一些科学方法,能把旧学讲得系统化"的治学理路。这是"五四"时代新派学者占主流的学术范式,胡适的《白话文学史》、周作人的《新文学的源流》等均是在西学影响下,把现代观念贯彻到传统研究中去,把旧学讲得系统化。具体到郭绍虞身上,突出的表现就是以当时比较盛行的纯文学、杂文学的辨别来解释"文"与"笔",提出:"以文笔对举,则虽不忽视文章体制之异点,而更重在文学性质之分别;其意义与近人所谓纯文学、杂文学之分为近。"②

　　郭绍虞论"文笔"、论传统文学观,深受阮元和刘师培等人的影响,但并非是步趋阮、刘,而是对二人学说加以辨正,进行现代式的引申发挥。他认为,经过阮元、刘师培的一番辨析,"于是当时学术用语所谓'文'与'笔'者,其义界始渐归明划。虽然,其说犹有未尽且未当者,故复续为之考而辨正之"③。郭绍虞的辨正,主要有以下几点:

　　(一) 将"文笔之辨"的内涵转换为纯文学与杂文学的分别,即从文章体制之异上升为"文学性质之分别"。

　　自阮元至黄侃辨析"文笔论",最主要的依据都是刘勰所谓"无韵者笔也,有韵者文也",当时阮福曾经把梁元帝萧绎《金楼子·立言篇》"至如不便为诗如阎纂,善为章奏如伯松,若此之流,泛谓之笔;吟咏风谣,流连哀思者,谓之文"这段文字呈给阮元看,阮元看后高兴地说:"此足以明六朝文、笔之分,足以证昭明《序》经、子、史与文之分,而余平日著笔不敢名曰'文'之情益合矣。"④可见,阮元并没有从萧绎这段文字中看出什么独特内涵。郭绍虞则不然。他指出,刘勰《文心雕龙》以有韵为文,无韵为笔,是重在形式上的区分,实是"文""笔"区分前期的见解。至如萧绎《金楼子·立言篇》所言,"著眼在性质之差异:笔重在知,文重在情;笔重

---

　　①　郭绍虞:《我怎样研究中国文学批评史的》,《照隅室杂著》,上海古籍出版社1983年,第434页。

　　②　郭绍虞:《文笔与诗笔》,原载《睿湖》1930年第2期。《照隅室古典文学论集》上编,上海古籍出版社1983年,第161页。

　　③　郭绍虞:《文笔与诗笔》,《睿湖》1930年第2期。同上。

　　④　阮福:《文笔对》,阮元《揅经室二集》,《清代诗文集汇编》第477册,第420页。

在应用,文重在美感,于是才与近人所云纯文学、杂文学之分,其意义相近。这才是文笔区分的后期的见解。……又'文学'一名,亦至南朝以后,其含义始与近人所称之义相近。"①所谓"知"与"情"的差异,是近代学人引入的英国文学理论家戴昆西(De Quincy)的观点;应用与美感的分别,是受西方康德等美学影响的王国维的文学观念。显然,郭绍虞是在"以今释古"。他把"文笔论"分为前后两个时期,刘勰所论是前期,梁元帝萧绎所论是后期。阮元只着眼在前期,郭绍虞则着意于后期,且特别重视梁元帝的话,以为是标志着在文学观念上确立了纯文学和杂文学的区分,说:"若明这一点,则知六朝在文学批评史上之重要贡献,犹不仅如阮元所云只在'文''笔'之分也。"一旦将"文笔论"上升为文学性质上纯文学与杂文学的分别,其"文学"的含义"与近人所称之义相近",则六朝在文学批评史上的贡献,自然要重要得多了。

"文笔论"与近人所云纯文学、杂文学之分,其意义相近;"文学"一名,亦至南朝以后,其含义始与近人所称之义相近,这是二三十年代郭绍虞的一些批评史论文的核心观点,也是他早年的《中国文学批评史》的立论基石。他把自西方经日本传入国内的纯文学、杂文学之辨,运用于对传统的"文笔论"的重新辨析。如在《文笔与诗笔》中他得出结论说:

> 是故以文、笔对举,则虽不忽视文章体制之异点,而更重在文学性质之分别,其意义与近人所谓纯文学杂文学之分为近。以诗、笔对举,则只是文章体制之差异,其意义又与普通所谓韵文、散文者为近。由文学性质言,纯文学与杂文学均为文学中的一种,故时人以"文学"为其共名,而"文"与"笔"为其别名。②

郭绍虞的《中国文学批评史》就是以此为理论根基。第一编《总论》

---

①　郭绍虞:《文学观念与其含义之变迁》,《东方杂志》第 25 第 1 号,1927 年。《照隅室古典文学论集》上编,第 97 页。

②　郭绍虞:《文笔与诗笔》,《睿湖》1930 年第 2 期。《照隅室古典文学论集》上编,第161 页。

主体内容就是根据上引《文学观念与其含义之变迁》一文改写而成的,第四编《魏晋南北朝》的"文笔之区别"是根据《文笔与诗笔》改写而成的,其中赞叹说:"时人对于文学的性质,辨析到如此,真是值得注意的一件事。"①纯文学、杂文学二元对立的观念还贯彻在他对整个中国文学批评史的系统化叙述中,如说:"儒家虽多论文之语而意旨切实,不离于杂文学的性质;道家虽不论文而其精微处却转能攫得纯文艺的神秘性。……后世诗人或文人所论其意义近于纯文学的性质者,要皆出于庄子;文人或学者所论其意义偏于杂文学的方面者,则又出于孔子。"②在《中国文学批评史》著作中相似的论述随处可见,不再赘举。

（二）将"文笔之辨"上溯至先秦两汉的"文学""文章"之辨,首次细致辨析了"文学""文章"的内涵。

阮元学海堂的鼎生梁光钊在《文笔考》中将"文笔之辨"追溯到孔子为《春秋》"笔则笔,削则削"(《史记·孔子世家》),实为臆测,这个"笔"是记录的意思。郭绍虞给予辩驳,指出"文""笔"区分,最早当始于晋时,另有源头。他提出:"六朝文笔之分,实源于两汉文学、文章之分。"③在《文学观念与其含义之变迁》中,郭绍虞感慨"阮元知六朝有'文''笔'之分,诚是一大发现。惜犹不知汉初已有'文学''文章'之分,已有'学'与'文'之分。"在文中,他勾稽大量材料详细梳理"文学""文章"含义的变迁,把六朝以前"文学"含义分为三个时期:第一期是先秦,文学兼文章、博学二义,"以韵文抒情,以散文述学。孔子论文,亦只注重在形式上韵文、散文之别:——以韵文称为'诗',以散文称为'文',如是而已。"两汉为第二期,"以美而动人的文辞,则称之为'文'或'文章'。""至魏晋南北朝间,遂较两汉更进一步,于同样的美而动人的文章中间更有'文''笔'之分",这是文学观念演进中第三期的见解。显然,这是依据进化史观,梳理从先秦至六朝"纯文学"观念的发展史。此前,刘师培在《论文杂记》里

---

①　郭绍虞:《中国文学批评史》,百花文艺出版社,1999 年据 30、40 年代本重印,第 92 页。

②　郭绍虞:《儒道二家论"神"与文学批评之关系》,《燕京学报》1928 年第 4 期。《照隅室古典文学论集》上编,第 132 页。

③　郭绍虞:《文笔与诗笔》,《睿湖》1930 年第 2 期。《照隅室古典文学论集》上编,第 161 页。

已经说过："汉、魏、六朝之世,悉以有韵偶行者为文,而昭明编辑《文选》,亦以沉思翰藻者为文。文章之界,至此而大明矣。"郭绍虞对于早期文学观念进化的认识显然是受到刘师培的影响,不过刘师培所论重心在文学藻饰观念的明晰,而郭绍虞论述重心在纯文学观念如何从杂文学观中分离独立出来。

（三）依据文学观念演进与复古的二元对立,将中国文学批评史"系统化",从而抨击道学家功利派的文学观。

阮元等清代提倡骈文的论者一方面凸显以萧统《文选》为代表的六朝文学和文学观念,另一方面消解唐宋以降古文的正统性。刘师培也是如此。如在《论文杂记》中他既称赞"文章之界"至萧统《文选》而大明矣;又贬抑唐代以降"以笔为文","与古代文字之训相背矣",并感叹"流俗每习焉不察,岂不谬哉!"正是在骈文派特别是刘师培的这种文学史观的影响下,郭绍虞在商务印书馆 1934 年出版的《中国文学批评史》试图以"文学观念的演进与复古"为线索贯通整部文学批评史,而同时代的如朱东润、方孝岳、罗根泽等先生的文学批评史类著作,都没有这种弘通的意识。在《文学观念与其含义之变迁》一文中,郭绍虞宏观地对中国文学观念的历史作出总体的概括:

> 大抵自周、秦以迄南北朝,则文学观念逐渐演进,进而至于逐渐辨析得清之时代也。自隋、唐以迄明、清,则文学观念又逐渐复古,复而至于以前辨析不清之时代也。①

在《中国文学批评史》第一篇《总论》中,郭绍虞作了更明确的概述:

> 大抵由于中国的文学批评而言,详言之,可以分为三个时期:一是文学观念演进期,一是文学观念复古期,一是文学批评完成期。自周、秦以迄南北朝,为文学观念演进期。自隋、唐以迄北宋,为文学观

---

① 郭绍虞:《文学观念与其含义之变迁》,《东方杂志》第 25 卷第 1 号,1927 年。按,收入《照隅室古典文学论集》时文字略有改动。

念复古期。南宋、金、元以后直至现代，庶几成为文学批评之完成期。简言之，则文学观念之演进与复古二时期，恰恰成为文学批评分途发展的现象。①

在具体的阐释时，他细致梳理自先秦至六朝文学观念如何一步步演进，即"纯文学"观念如何一步步摆脱杂文学观而成长、独立。论述隋唐时代，重点在于"诗国的复古"、"文坛的复古"；"文与道"则是阐释宋代文学批评的重心。虽然郭绍虞说过"对于古人的文学理论，重在说明而不重在批评。……我想在古人的理论中间，保存古人的面目"，但是他的这种文学观念史显然带有骈文派文学史观的影子。像阮元所谓唐宋韩、苏诸大家所著者非经即子，非子即史，不合于昭明《序》所谓文者；蒋湘南所谓"夫古文之弊，自八家始也"；刘师培所谓"文章之界"，至萧统《文选》而大明，唐代以降的古文只能成为"杂著"，等等，都可以说是郭绍虞的文学观念"演进与复古"论的先声。不过，郭绍虞没有采取骈文派的尊骈黜散的狭隘立场，没有将唐宋以后的古文排除在文学之外。1938 年，郭绍虞为燕京大学编了一部《文学理论》，作为《国故概要》甲辑之一种。这部《文学理论》分为文学之定义、分类、体制、音节四个大部分。第一讲"文学之定义"，选了萧统《文选序》、阮元《文言说》、刘师培《论文杂记》一则、章炳麟《文学总略》。可见郭绍虞是继续阮元以来的"文笔论"话题，而把"用韵比偶"、"美而动人"视为"文学之定义"。第二讲"文学之分类"，选了阮福《文笔对》，刘天惠、梁国珍、侯康、梁光钊的四篇《文笔考》，宋翔凤《论文笔》，刘师培《文笔词笔诗笔考》，王肇祥《文笔论》，章太炎《文学论略》和郭绍虞《文笔再辨》，意即文学可分为"文"与"笔"，即"纯文学"与"杂文学"两类。郭绍虞这部至今尚未得到研究者注意的《文学理论》教材已经充分暴露了他的纯、杂文学论与清代重新提出的"文笔说"之间的内在联系。

"五四"时期，一些较为激进的学者对于传统文学思想往往给予较为

---

① 郭绍虞：《中国文学批评史》，百花文艺出版社 1999 年重印，"自序"，第 2 页。

激烈的批判,认为传统文学思想是封建思想,应该与封建制度一起被埋葬。如罗家伦从西洋文学观念中概括出文学的定义:"文学是人生的表现和批评,从最好的思想里写下来的,有想象,有感情,有体裁,有合于艺术的组织。"并据此要揭示出中国文学"同西洋文学根本不同且同文学原理背谬的性质来"。① 更多的学者是根据自己的需要对于传统进行二元切割,如胡适把传统文学分为白话文学、文言文学,提取前者,摒弃后者;周作人把传统文学思潮分为"言志"和"载道"两派,发扬前者,抛撇后者。

郭绍虞对于传统文学观念,在当时的思想背景下,也作出具体的切割和评述。他根据"五四"以后的"为人生的文学"与"为艺术的文学"之争,把古代的文学理论观念分为"尚文"、"尚用"二类,孔子的文学观是二者兼备,而后世的诗人、文人各得其一端。"尚饰轻质,尚文轻用,其弊至齐梁诗人而益甚";"尚用轻文,尚质轻饰,其弊至宋代道学家而极"。阮元、刘师培的骈文观,"均不失孔门'尚文'之旨",是得到郭绍虞肯定的。他所批判的传统的文学观,"只是后世文人的文学观而不是诗人的文学观";"只是后世散文家的文学观而不是骈文家的文学观"②。文中,他说:

> 所谓传统的文学观云者,仅仅得到孔子"尚用"的一点而加以发挥而已。文学观而专主于"尚用",此所以一般人论到传统的文学观恒痛心疾首于文学之丧失其独立性也。

所谓"尚用",就是指儒家功利主义的文学观。自王国维以降,不少人对这种功利主义文学观念都给予激烈的抨击,认为它压抑了文学的独立性,郭绍虞也是如此。一般来说,骈文派不大讲"明道""载道"之类话头,而古文派则重视"义理""明道"。郭绍虞将骈文派的文学观念与近代纯文学观念对接,但摆脱了畸骈畸散的狭隘,把古文也纳入到文学的范围。他所着力的,在于把古文家的文论与道学家的文论分开,认为古文家

---

①   罗家伦:《什么是文学》,《新潮》第 1 卷第 1 期,1919 年。
②   郭绍虞:《所谓传统的文学观》,《东方杂志》25 卷 24 期,1928 年。《照隅室古典文学论集》上编,第 125 页。

的文学观也主明道,"不过犹不失'尚文'之旨,便不能成为传统的文学观"。因此,他所谓传统的文学观,"只是儒家的文学观,只是道学家与经济家的文学观,或者说只是纯粹的道学家与道学家之功利派的文学观。一言蔽之,即是本于孔子文学观中尚用一点以发挥者"。"五四"时期,学术界对于中国传统的文学观念纷纷给予激烈的批判,而郭绍虞对于中国自己的传统作了细致的分割,肯定"尚文"的文学观,并把它与现代文学思想接轨;对"尚用"而"犹不失'尚文'之旨"的古文家也予以包容,而把"传统的文学观"限定为"纯粹的道学家与道学家之功利派的文学观",是这种"传统的文学观"限制、阻碍了纯文学的发展,应该予以抛弃。郭绍虞曾经说:"假使能明瞭旧文艺所以犹有残余势力的其他原因,那么,对于新文艺的推进也不为无益。"①对于"传统的文学观"的厘清,正是为了探求旧文艺何以仍有残余势力的原因。

　　文史学术多带有时代性。合乎时代潮流,响应时代呼唤,也必然会有时代的局限性。郭绍虞用"文学观念的演进与复古"来叙述中国文学批评史,在当时就受到钱锺书的置疑②。郭绍虞用近代的纯文学、杂文学来解释"文"与"笔"的分别,是继阮元、刘师培之后对文笔的新阐释,是受到了章太炎"文即诗赋,笔即公文"的启发,而直接动因则是"五四"后新派学者受西学的影响,借鉴近现代理论把旧学讲得系统化的学术模式。但是,六朝时期的"文笔"可以解释为纯文学、杂文学吗?答案显然是否定的。六朝时期是否就已有了纯文学、杂文学的明显分别呢?这也很难说,只能说抒情性的诗赋在当时的文学体裁中得到重视,但并未从应用与审美的角度做出明显的区分。梁元帝的"吟咏风谣,流连哀思者,谓之文",也并非"接近于近人所谓的纯文学"。"萧绎之说不但未突破押不押脚韵的界限,而且其说实与刘勰并无不同,所谓'文笔'的概念实无所谓传统革新、前期后期之别"③。郭绍虞从"文笔论"中衍生出纯文学与杂文学的分别,与阮元从"文笔论"中绁绎出骈、散之别来一样,都是"六经注我"式

---

①　郭绍虞:《新文艺运动应走的新途径》,《国文月刊》1942 年第 16 期。
②　钱锺书:《论复古》,1934 年 10 月 17 日《大公报·文艺副刊》第 111 期。
③　杨明:《六朝文论若干问题之商讨》,《中州学刊》1985 年第 6 期。

的过度阐释,今天需要重新予以审视。

话又说回来,阮元的阐释虽不切合"文笔"论的原本含义,但是它为清代骈体文的中兴提供了理论支撑,是有意义的。同样,在纯文学观与杂文学观相互交织、相互冲突的 20 世纪二三十年代,郭绍虞将"纯文学"这种外来观念本土化、历史化,从中国文学传统中梳理出纯文学观念的发生、发展,将传统文论与现代文学观念相接榫,虽然结论并非无懈可击,但是这种现代学术眼光和理论探索精神,还是值得肯定的。传统就是在不断的再阐释中获得新生命!

(载《文学评论》2015 年第 5 期,人大复印资料《文艺理论》2015 年第 12 期转载)

文道关系论之古今演变

一、文道论的三种形态：明道、载道、害道

文道关系论是贯穿古代文章学之始终的核心问题。不同时期的论者对文、对道或有各自不同的认识，但都要思考并阐述文与道的关系。早在先秦时期，荀子就提出"圣人也者，道之管也"（《荀子·儒效》）的命题。天下之道、百王之道，由圣人掌握并揭示出来。圣人所作的五经《诗》《书》《礼》《乐》和《春秋》，皆归宗于道，是对道的阐发揭明。这虽然不是论文章，但经典是后世文章之源泉，是最高的文章，因此荀子所论，也就是后世"原道""明道"说的先声。汉代大儒扬雄接过荀子的话题，说："舍《五经》而济乎道者，末矣。"（《法言·吾子》）意即后人不通过《五经》，就不能够领会天地之道和百王之道。南朝萧齐时的刘勰为了从根本上矫正浮艳讹滥的文风，在《文心雕龙》中首列《原道》《征圣》《宗经》作为"文之枢纽"，道、圣、经三者的关系是"道沿圣以垂文，圣因文以明道"，天地之道和百王之道，通过圣人的文章显明出来，圣人通过文章以显明天地和人类之道。

刘勰的原道、宗经论，对唐宋以降的古文家发生了直接而深远的影响。如刘勰在《文心雕龙·原道》篇从天文、地文而推演至人文的"自然之道"论，在后代古文家那里被不断地重复。独孤郁《辨文》、李翱《杂说》都是根源于刘勰的"原道"论而作出推衍。后代的古文家多具有"宗经"观念，对五经给予最高的推崇，显然与刘勰《文心雕龙》的"宗经"思想有密切关系。当然，刘勰论文章，除了比较重视文章在现实政治活动和士人生活中的实用功能外，不空谈儒家的道统，他是从文章写作的角度立论

的,不论是对儒家义理还是经典的内涵,刘勰都没有作出阐发。清中期的古文家刘开在《书〈文心雕龙〉后》说:"彦和之生,先于昌黎,而其论乃能相合。"①在"文以明道"这一点上,刘勰和韩愈的确有一致之处,甚至如郭绍虞先生所说,"《宗经》一篇成为唐代古文家理论的根据"②,但是刘勰没有韩愈等唐代古文家那么浓厚的道统意识。

从文学史来看,东汉以降,出现了经术与文章逐渐分离的趋势,或者说"道"与"文"的分离。而至唐代的古文运动,则是"文"与"道"复相合一。当然不是回到先秦两汉的道文不分的混沌状态,而是要求文章承担起贯道、明道的责任。隋唐以降的论者在黜骈尊散时,无不是从"明道"的角度立论的,因为仅仅从文章的立场上看,散文对骈体并构不成优势,不足以取而代之。李谔《上隋高帝革文华书》黜斥魏晋以来的骈体,提出的理由是骈文家对羲皇、舜、禹之典,伊、傅、周、孔之说,"不复关心,何尝入耳",旨在改革文风,理据却在恢复古道。随着天宝年间社会危机的加重,特别是安史之乱的爆发,国势急转直下,一些有良知、有抱负的士人开始从文化的角度思考社会问题,强调恢复儒家道德和文章经世致用的意义。李华、萧颖士、贾至、独孤及、梁肃、柳冕等古文运动的先驱者纷纷起来,反对繁丽的骈体文,主张恢复秦汉古文,以恢复古道。但他们所论,多蹈空而不恰实际,无适时之用,正如当时的崔恭所批评的那样,"米盐细碎,未常挂口,故鲜通人事。亦贤者之一病也。……若管夷吾、诸葛亮,留心济世,自谓栋梁,则非公(指梁肃)之所尚也。所谓善古而不善今,知贤而不知俗"③,这实际上是盛、中唐时期古文运动先驱者的通病,放言高论,而无补于世。

李华、萧颖士等曾奖挹过韩愈的叔父韩云卿、长兄韩会,二人将古文运动的旗帜传给了韩愈。韩会的《文衡》把作文与儒家道德联系起来,对韩愈有深刻的影响。韩愈在《考功员外卢君墓铭》里称其兄"以道德文学

---

① 刘开:《孟涂骈体文》卷二,《清代诗文集汇编》第 543 册,上海古籍出版社 2010 年,第 598 页。

② 郭绍虞:《中国文学批评理论中"道"的问题》,《照隅室古典文学论文集》,上海古籍出版社 1983 年,第 35 页。

③ 崔恭:《唐右阙梁肃文集序》,《全唐文》卷四百八十,中华书局 1983 年,第 4904 页。

伏一世"①。韩会所谓"管情复性"论直接启发了李翱《复性书》的"灭情复性"说。

　　韩愈对"文"与"道"的关系作了集中的阐述。《送陈秀才彤序》云："盖学所以为道,文所以为理耳。"韩愈不是仅仅以词章之士自居,而是自觉地担当起恢复周公、孔、孟之道,以与当时的佛学相对抗,因此表现出强烈的道统意识。《原道》："斯吾所谓道也,非向所谓老与佛之道也。尧以是传之舜,舜以是传之禹,禹以是传之汤,汤以是传之文武周公,文武周公传之孔子,孔子传之孟轲。轲之死,不得其传焉。荀与扬也,择焉而不精,语焉而不详。"在《重答张籍书》中,他说："己之道乃夫子、孟轲、扬雄所传之道也。"

　　对于韩愈论道,我们还应该有两点认识:第一,韩愈不是一位道学家,他认识到孟子心性学说的意义,有意识地张扬孟子思想以与佛学对抗,但对孟子学说他并没有多少深入的掘发;他是站在古文家的立场,强调用秦汉的散体古文来彰显这种儒道。所以在宋代的理学家看来,韩愈不知"道"。理学家程颢、朱熹甚至文人张耒都认为韩愈不知"道"。吕南公针对程颢、张耒等所论驳斥说:"愈文既多,固无不工者。其间有补典训,如《丰陵行》《谢自然诗》《李干墓志》《讳辩》《师说》《丧服议》等书,皆人伦之药石也。"②其实韩愈文章空谈儒家道德的并不多见,更多的是针对现实而发,有益于世。正如清代章学诚所说:"中唐文字,竞为奇碎。韩公目击其弊,力挽颓风。其所撰著,一出之于布帛菽粟,务裨实用;不为矫饰雕镂,徒侈美观。"③"一出之于布帛菽粟,务裨实用",正是韩愈作为古文家的"文道"论的意义所在。同时的柳宗元也是如此,提出"文者以明道"(《答韦中立论师道书》);"以辅时及物为道"(《答吴武陵论非国语书》);"道之及,及乎物而已耳"(《报崔黯秀才论为文书》)。辅时及物,就是针砭现实,于世有补。他作《非国语》六十七篇,就是有慨于"道之难

---

　　① 马其昶校注,马茂元整理:《韩昌黎文集校注》,上海古籍出版社 1986 年,第 353 页。
　　② 吕南公:《重修韩退之传论》,《灌园集》卷十六,影印文渊阁《四库全书》本。
　　③ 章学诚:《〈皇甫持正文集〉书后》,仓修良编注:《文史通义新编新注》,浙江古籍出版社 2005 年,第 551 页。

明",以"救世之谬"。

　　韩愈、柳宗元论"道"的这种现实性,在欧阳修、苏轼那里得到继承。欧阳修针砭当时读书人沉溺于作文"弃百事不关于心",而提出"道胜者文不难而自至也"①,似乎是重道轻文。其实不然,欧阳修强调士人不能满足于做一个文士,仅仅"职于文而已",而应该注重"修之于身,施之于事"(《送徐无党南归序》)。君子应该多识前言往行,蓄积道德、学问和识见,"中充实则发为文者辉光,施于世者果致"(《答祖择之书》)。欧阳修论道,重视的是现实关切,尊尚的是"中于时病而不为空言"(《与黄校书论文章书》)。朱熹就称赞欧阳修的文章"稍近于道,不为空言"②。欧阳修欣赏苏洵的论议"精于物理而善识变权,文章不为空言而期于有用"(《荐布衣苏洵状》)。苏洵曾对苏轼称赞颜太初的诗文"皆有为而作,精悍确苦,言必中当世之过,凿凿乎如五谷必可以疗饥,断断乎如药石必可以伐病。其游谈以为高,枝词以为观美者,先生无一言焉"③。"言必中当世之过"正是苏轼从苏洵、颜太初、欧阳修等手中接过的创作精神,他的诗文创作很明显地实践了这一精神,彰显了传统文学的经世致用精神。

　　苏轼曾说:"儒者之病,多空文而少实用。"(《与王庠书》)他论道,没有前辈古文家那么强烈的道统色彩,更多地接受了佛学、道家的思想因子。在《虔州崇庆禅院新经藏记》中,苏轼阐发佛学的"以无所得故而得"的意旨,即刻意地追求,则还是处于与道隔离的状态,达不到道。真正的"得道"是"鱼相忘于江湖"的"无所得",即超越目的性的境界。苏轼推演说:"至于百工贱技,承蜩意钩,履狶画墁,未有不同者也",所举的"承蜩""履狶"是《庄子》中的典故,超越目的性,摆脱意图的强制性,才能"得道"。这与《庄子》"技道"论是相通的。推衍到作文上,作者应该"有所不能自已而作",有某种思想见解和情感蓄积心中不能不发。他说自己与弟苏辙"未尝敢有作文之意"(《南行前集序》),未尝有意要来写文章,而是不能不写。——这一点与欧阳修是相通的,欧阳修反对读书人溺于文章,

---

①　欧阳修:《答吴充秀才书》,李逸安点校:《欧阳修全集》,中华书局 2001 年,第 664 页。
②　王星贤点校:《朱子语类》,中华书局 1986 年,第 3319 页。
③　苏轼:《凫绎先生诗集叙》,孔凡礼点校:《苏轼文集》,中华书局 1986 年,第 313 页。

有意求工。——无作文之意而有所不能自已而不能不作,契合佛学所谓"以无所得故而得"的道理。

　　正是基于"以无所得故而得"的佛理,苏轼提出了"道可致而不可求"①的命题,即不能仅仅停留在书本文字上抽象地探求道理,而应该在长期的实践基础上,凭借丰富的直接经验,而达到对"道"的切身体会和掌握。苏轼在《日喻》中借佛经"眇不识日"的故事强调直接经验的重要性;又重新阐释庄子寓言"南方没人",揭示长期的生活实践对于领会、掌握"道"的意义。就文艺创作来说,"道可致而不可求"的意义就在于艺术家需要经过长期的艺术练习、实践,从而消除外物和内心、情思和技法之间的隔阂,达到内外一致,心手相应的境界。在《文与可画筼筜谷偃竹记》中,苏轼谈自己心识画竹的道理却画不好竹子的原因说:"夫既心识其所以然而不能然者,内外不一,心手不相应,不学之过也。"文学创作也是如此,要做到了然于心,了然于口,消解物、意、言之间的隔阂,才真正是掌握艺术之道。

　　苏轼的"文道"论,最富于艺术家的匠心之言,达到了宋代艺术哲学的新高度。与他相对,王安石的"文道"论则明显带有重道轻文的偏颇。在仁宗、神宗朝,王安石多次向皇帝上书抨击科举取士试诗赋的做法,批评"强记博诵而略通于文辞","略通于文辞而又尝学诗赋"不足以为公卿;主张"先除去声病对偶之文,使学者得以专意经义"②。在王安石主政神宗朝后,改革了科举制度,罢诗赋、贴经、墨义,改试经义。王安石此举背后的思想基础是重经义,轻文词。

　　自汉代以降,经义和文词之间就存在冲突。至中唐时期,柳冕曾提出"尊经术,卑文士"作为变革文风的措施③,将二者对立起来。稍后,柳宗元在《杨评事文集后序》中把"文"分为著述和比兴二类,并说"秉笔之士,恒偏胜独得,而罕有兼者焉",但并没有作出明显的轩轾。宋初,穆修轻视

---

①　苏轼:《日喻》,孔凡礼点校:《苏轼文集》,中华书局1986年,第1981页。
②　王安石:《乞改科条制劄子》,中华书局上海编辑所:《临川先生文集》,中华书局1959年,第450页。
③　柳冕:《谢杜相公论房杜二相书》,《全唐文》卷五百二十七,中华书局1983年,第5354页。

"章句声偶之辞",而主张"学于古者,所以为道"①。范仲淹主张进士"先策论而后诗赋"②,王安石则更将之推向极端,试经义而废诗赋。因为王安石"尝谓文者,礼教治政云尔。"(《上人书》)强调文章务必"有补于世而已矣",把辞采比喻为"器之有刻镂绘画也",一切以适用为本。王安石在《与祖择之书》:"圣人之于道也,盖心得之,而为治教政令也。"这个治教政令,就是圣人之所谓文。这实际上是政治家的文章观,过于强调文章的政治性、实用性,而忽略了抒写个人情志,忽视了辞采的华丽美好。当然,作为文章之一体,这本来无可厚非。但是王安石位极人臣,他个人的文章观作为国家意识形态贯彻执行,加之他"好使人同已"的性格,因此这种文章观在当时发生了不良的影响。苏轼就批评说:"王氏欲以其学同天下。……惟荒瘠斥卤之地,弥望皆黄茅白苇,此则王氏之同也。"(《答张文潜县丞书》)毛滂、汪藻都先后阐述过王安石经术的不良影响,过于强调经术,黜斥诗文辞赋,必然走向片面,给文坛带来灾难。

王安石与周敦颐都曾师从穆修,王安石的经术文章观很自然地得到周敦颐的响应。嘉佑五年(1060),"王荆公安石年四十,提点江东刑狱,与先生相遇,语连日夜"③。或谓周敦颐授广南东路转运判官,就是得到王安石的援引④。周敦颐在《通书·文辞》里提出了"文以载道"的命题。他把"文"视为载道的工具,虽然没有否定文的审美性,但认为这种审美性只是引起读者的喜爱,从而有利于道的传播,对文章美本身的价值是认识不足的。朱熹为周敦颐的《通书》作解,认同所谓"文以载道"。朱熹还批驳过唐人李汉《昌黎先生集序》所谓"文者,贯道之器也"的说法,认为:"这文皆是从道中流出,岂有文反能贯道之理。""贯道"说,是把文与道分开,承认了"文"的独立性;而"文皆是从道中流出",则是本乎孔子"有德

---

① 穆修:《答乔适书》,穆修:《河南集》,《宋集珍本丛刊》第二册,线装书局 2004 年,第 409 页。

② 范仲淹:《答手诏条陈十事》,李勇先、王蓉贵校点:《范仲淹全集》,四川大学出版社 2002 年,第 529 页。

③ 度正:《周濂溪年谱》,见周敦颐《元公周先生濂溪集》,《宋集珍本丛刊》第八册,线装书局 2004 年,第 341 页。

④ 饶鲁:《金陵记闻注辩》:"周子之进用,在熙宁年间,未必非荆公之所引拔。"梁绍辉、徐荪铭等校点:《周敦颐集》,岳麓书社 2007 年版,第 179 页。

者必有言"的说法,实际上是取消"文"的独立性。朱熹还把道与文的关系比喻为根本和枝叶:"道者,文之根本;文者,道之枝叶。惟其根本乎道,所以发之于文皆道也。三代圣贤文章皆从此心写出,文便是道。"(《朱子语类》卷一三九)显然这是理学家的立场,而不是古文家的立场,对"文"的独立性是比较忽略的。

自宋代以降,"文以载道"成为古文理论的重要命题,对于后世古文家有深远的影响。细致辨析起来,"文以明道"和"文以载道"是有实质性差别的。"文以明道"的重心还在于"文",立意在文章应该有充实的内容,应该显明作者认同和主张的"道",而且这个"道"的内容是很丰富的,既可以是儒家的义理,也可以是辅时及物的现实关怀;"文以载道"的重心则是在于"道","文"只是"载道"的工具,本身没有独立性;而且这个"道"往往偏重于儒家的义理。当然后世论者各有其"道",在引述"文以载道"时内涵并不完全一致。

理学家对文章的这种轻视态度,到了程颐的手中,竟然衍生出"作文害道"的命题。程颐把作文视为玩物丧志,对于学道有妨碍。这完全是道学家的片面、偏激的认识。当然,程颐这种说法在当时是有现实针对性的。北宋初年,文坛上流行一种怪险生涩的文风,很有势力。如有一位叫张扶的,写的文章"语皆迂而艰也,义皆昧而奥也",王禹偁两次答张扶书信告诫他"夫文,传道而明心也",应该做到句易道,义易晓。追求文字的生造就会妨碍道理的传达,就是"文之生也害道德"①。苏舜钦此言,已是程颐"作文害道"的先声。欧阳修《答吴充秀才书》也说过,仅仅为了写文章而学习,"故愈力愈勤而愈不至",意即过分地将精力集中在文章上,反而妨碍对道的领会。但王禹偁、苏舜钦、欧阳修都是古文家,都是重视文章的艺术性的。而至程颐,则是从理学家的立场,完全否定了文章的价值和意义,视之为学道的障碍,显然是真理再往前跨一步,就成了谬误。

---

①　苏舜钦:《上孙冲谏议书》,沈文倬校点:《苏舜钦集》,上海古籍出版社 1981 年,第102 页。

二、理学视野中的文章主体论：
养气御才和本色自得

关于作者的主体论，是六朝文论的重要话题。曹丕最早提出"文以气主"，这个"气"是指作家的自然禀赋。刘勰《文心雕龙》的《体性》篇，把作家的主体因素概括为才、气、学、习，学习是后天的，才气是先天的，对于才气没有什么限定压制。《文心雕龙》的《养气》篇，是指作家调养精气，做到精神旺盛而从容闲适，不可过于苦心钻砺而消耗精气。这些都是属于创作主体论，鼓励主体精神的绽放。

至中唐，韩愈提出"气盛言宜"的命题，在《答李翊书》中他譬喻说："气，水也；言，浮物也。水大而物之浮者大小毕浮。气之与言犹是也。气盛则言之短长与声之高下者皆宜。"这里的"气盛言宜"，是直接承孟子的"知言养气"而来，气是指人的志气，立言的根基在于人的义理和志气修养。韩愈说："仁义之人，其言蔼如。"孟子的"养气"是需要"配道与义"，同样，韩愈也说"养气"须要"行之乎仁义之途，游之乎《诗》《书》之源，无迷其途，无绝其源，终吾身而已矣。"所以韩愈的"气盛言宜"还是与他的"文道"论紧密联系的。道不是外在于作者的抽象义理，而是转化为作家的识见，内化为作家的道德人格，只有作家道义修养提高了，培育了浩然正气，才能做到"言之长短、声之高下皆宜"。

韩愈的"气盛言宜"得到后世不少论者的响应。苏辙《上枢密韩太尉书》说："文者气之所形，然文不可以学而能，气可以养而致。"就是接受了孟子和韩愈的"养气"说，而强调创作是志气充满胸臆，不能不发。宋明以来，"气盛言宜"都是古文理论的重要命题。

但是，宋代理学把人的心性作"义理""血气"的二元切割，血气是形而下的、受外物驱使，有恶的成分。一些古文论者也注意到"气"的邪恶的因素，而在"气"之上提出"道""理""学"来对才气、血气加以引导收敛，也就是说他们在论文气时，更强调孟子所谓"配道与义"的道德性，而不是一味地任凭血气贲张。如王柏《题碧霞山人王公文集后》说："夫道者,形而上者也;气者,形而下者也。……学者要当以知道为先,养气为助。道苟明矣,而气不充,不过失之弱耳。道苟不明,气虽壮,亦邪气而已,虚气而已,否则客气而已,不可谓载道之文也。"①非常明晰地辨别了"知道"与"养气"的主次关系。元代的黄溍就矫正了"文主于气"的命题,在"气"之上提出"志"与"学",学足以辅其志,志足以御其气。为什么要控御"气"呢?因为"骄气盈则其言必肆,而失于诞,吝气歉则其言必苟,而流于诌"②。明初方孝孺提出:"道者,气之君;气者,文之帅也。"(《与舒君》)"道"是"气"的主宰。一直到晚清时,吴汝纶在《与杨伯横论方刘二集书》中依然对驰骋文才、纵横使气的文风颇有微词,主张以学敛气,达到"气之深静"③的醇厚美。古文理论上以道理和学问控御才气的思想,根源还在于孟子"配道与义"的养气说,但是受到宋代理学心性论影响,而得到更加强化。

理学发展到明代中期,出现了王阳明的心学,它是承续陆九渊的"心即是理"而发展出来,主张"心外无理,心之本体即是天理",心是人的主宰,"心外无物,心外无事,心外无理,心外无义,心外无善"④。这种心学思想表现在古文理论上,就是从"文以载道"转向对作者主体独立不倚的"本色"精神的表现,从对古人的字拟句模转向注重个人的"自得"。唐顺之是这方面的理论代表。

唐顺之早年诗文都笼罩在李梦阳复古主义的阴霾之中,后在王慎中的启发下,走出了复古主义;又因王畿而得闻阳明良知之旨,猛然醒悟,不再营求于外,而重静默内守,思想又为之一变,诗文观念上也发生巨大的变化。在《答茅鹿门知县第二书》中,唐顺之摆脱过去对文法的依赖,而强调文章的作者应该有一段精神命脉骨髓,"则非洗涤心源、独立物表,具今古只眼者,不足以与此"。他所谓文章本色,不是说文章在法度上、外形上如何模仿古人,而是作者应该心地超然、具千古只眼,摆脱尘世间的庸

---

① 王柏:《鲁斋集》,《丛书集成初编》,中华书局 1985 年,第 80 页。
② 黄溍:《吴正传文集序》,王颋校注:《黄溍全集》(上),天津古籍出版社 2008 年,第259 页。
③ 施培毅、徐寿凯校点:《吴汝纶全集》第一册,黄山书社 2002 年,第 359 页。
④ 王守仁:《与王纯甫》,《王阳明全集》上,上海古籍出版社 2011 年,第 175 页。

俗观念和法度的束缚,信手信口,直抒胸臆。文章应该要有作者独立不倚的真精神、真见解撑拄其间。唐顺之《与洪方洲书》提出:"且将理要文字权且放下,以待完养神明,将向来闻见一切扫抹,胸中不留一字,以待自己真见露出,则横说竖说更无依傍,亦更无走作也。"①这种直截心源之论显然是得益于王阳明"心学"理论的启发。对法度的超越,对主体独立精神的张扬,正是击中了"前七子"复古主义的要害。但是唐顺之又称自己"不欲此生为言语文字人也"(《答王遵岩》);窃幸自己"文之不工,而稍蓄余力,亦尚可以他为也"(《答蔡可泉》),透露出重道轻文的倾向,隐然有程颐"作文害道"的影子。唐顺之说:"近来觉得诗文一事,只是直写胸臆,如谚语所谓开口见喉咙者。使后人读之如真见其面目,瑜瑕俱不容掩,所谓本色,此为上乘文字。"(《与洪方洲书》)。所谓"开口见喉咙",若是意指心口如一,率性而言,那是合理的。但是从"瑜瑕俱不容掩"一句看,"开口见喉咙"也有放弃艺术上的考究的意思。"本色论"强调作者的真精神、真见解,这是可贵的;但是,为此而放弃艺术上的审美追求,则是片面的,又重蹈理学家重道轻文的覆辙。

唐顺之在阐论"本色"时曾称赞"眉山子极有见"(《与洪方洲书》)眉山子,指苏轼。虽然唐顺之远没有达到苏轼文章的境界,但是他所谓"眉山子极有见",是欣赏苏轼人生和文章境界的超然自得,符合他的本色论。对苏轼的认识,自宋代以来就是一个问题。苏轼逞才使气,理学家对他多有批评,如朱熹欣赏欧阳修、曾巩文章的浅近平正,而批评苏轼文章"伤于巧,议论有不正当处。……自三苏文出,学者始日趋于巧"(《朱子语类》卷一三九)。明初方孝孺爱好苏轼诗文,但随后台阁文风盛炽弥漫,上层文人更为喜好的是欧阳修、曾巩文章的醇雅严谨,而非苏轼文章的雄奇劲健。直到唐顺之、茅坤、归有光等唐宋派,以及李贽、焦竑、公安"三袁"等才重新认识和称赏苏轼文章的超然自得和随物赋形之妙。李贽醉心于苏轼文章,神往于东坡境界。袁中道《龙湖遗墨小序》说:"龙湖先生,今之子瞻也;才与趣不及子瞻,而识力胆力,不啻过之。"②李贽曾说:"世未有

①　唐顺之:《唐荆川先生文集》第七卷,《四部丛刊》影印明万历刊本。
②　钱伯城点校:《珂雪斋集》(中),上海古籍出版社1989年,第454页。

其人不能卓立而能文章垂不朽者。"①的确,在卓立不倚的人格精神上,李贽和苏轼是相通的。李贽还称赞焦竑"今之长公也"(《书〈苏文忠公外纪〉后》)。焦竑称誉苏轼、苏辙二人"思深见定","诚有所自得也",故而文章能与"六经"为不朽(《刻两苏经解序》)。公安"三袁"也激赏苏轼。袁宗道自颜其斋曰"白苏斋",表达对白居易、苏轼的喜爱和崇敬。他论文章首重"器识",别启灵窦,别主气格,显然也是得苏轼精神的沾溉。袁中道《解脱集序》曰:"夫文章之道,本无今昔,但精光不磨,自可垂后。"精光不磨,就是摆脱古今的束缚,而表现自得超然、独立不倚的胆力识见,是性灵说的真精神,与唐顺之的本色论、苏轼的超然境界都是一脉相承的。后来廖燕说写文章是"笔代舌,墨代泪,字代语言,而笺纸代影照,如我立前而与之言而文著焉。则书者以我告我之谓也"②。这些理论都超越了"文以明道"、"文以载道"论和格调复古论的藩篱,而重在表现作者卓然独立的思想情怀,挺立起作者超然不俗的人格。这实际上是在"性灵"论启发下对苏轼的重新发现,是苏轼的人格境界和文章风貌留给后世的精神遗产。

三、文道分离论及其近现代演化

"明道""载道"论是古文家的理论基础。谈论古文,一般都无法回避文道关系问题,很少有人能够真正摆脱"道"的挟制而独立地论古文。不过梳理历代文学理论批评史,也或隐或显地出现一些反思甚至质疑文道关系的论断。

首先值得提出的是北宋神宗年间的吕南公。就在"文以载道"甚至"作文害道"论出现的同时,吕南公"少年时浪事慷慨,欲以文学自立",提出"文章岂足为儒者之功"(《与汪秘校论文书》)的诘难,反对站在儒家道

---

①　李贽:《复焦弱侯》,张建业主编:《李贽全集注》第一册,社会科学文献出版社2010年,第112页。

②　廖燕:《二十七松堂集自序》,林子雄点校:《廖燕全集·自序》(上),上海古籍出版社2005年。

学的立场来否定文学的价值和意义。可惜"当路者以能文为贱工",朝廷重经术而轻文章,吕南公仕途失意,绝意进取,以灌园终身,但是以文学自立的初心不改,在《上曾龙图书》中他说:"以为文者,言词之大美。……士无志于立则已,必有志焉,则文何可以卑浅!"吕南公论文强调大作家的才气,说:"盖才卑则气弱,气弱则辞蹇。为文而出于蹇弱,则理虽不失,人罕喜读。人不读矣,则谁复料其持论哉?"(《与王梦锡书》)作家才卑气弱,则理胜乎辞,即使胸中满是义理识见,却不能够用得体的文辞将它充分表达出来,引不起读者的阅读兴味,又有什么意义呢? 因此对文章之"工",吕南公是非常重视的。他说:"士必不得已于言,则文不可以不工。盖意有馀而文不足,则如吃人之辩讼,心未始不虚,理未始不直,然而或屈者,无助于辞而已矣。"(《读李文饶集》)"吃人辩讼"的譬喻,确是对当时重义理轻文词的论调的绝妙讽刺,讼者即使有理据,若是结巴,不会称述道理,也打不赢官司。言谈如此,写文章更是如此。这是符合孔子所谓"言之无文,行之不远"的道理的,表达了对文学性的认识和尊重。

到了清初,汪琬论文的观点与吕南公比较接近。虽然汪琬不能完全摆脱"明道"观的束缚,但是在《答陈霭公论文书一》中,他置疑"载道"论,谓"此言亦少夸矣"①。在他看来,真正的载道之文,只有六经、《论语》《孟子》和宋儒的语录、传注,其他古文家的文章,都很难说是"载道"之文,只能说是"为文之有寄托也",如屈原、司马迁之为文,出于立言者之意,非所谓的"道"。古代大量名家之作,才雄而气厚,故而能令读者动心骇魄;但索求之以道,则"小者多支离破碎而不合,大者乃敢于披猖磔裂,尽决去圣人之畔岸,而剪拔其藩篱,虽小人无忌惮之言,亦常杂见于中",也就是说文人之文,真正能够载道的,是不多见的。文人之文的感染力不在于载道,而在于其才气对读者的心灵震慑。最后,汪琬诘问曰:"吾不识足下爱其文,将遂信其道乎? 抑以其不合于道,遂并排黜其文而不之录乎?"很显然,在这篇文章中,汪琬持文道分离说,并不认为古文应该载道,他认识到古文的独立价值:古文思想意义在于"寄托",出于立言者之意;

---

① 李圣华笺校:《汪琬全集笺校》第一册,人民文学出版社 2010 年,第 480—482 页。

古文的艺术感染力来源于文章表现的作家才气,才雄气厚的文章,才能给予读者强烈的心灵震慑。

　　清代的桐城派,不论是方苞的"义法"论,还是姚鼐的"义理"、"考据""辞章"三要素说,"明道"都是其中蕴含的重要内容。而骈文家是不大谈"文以明道"的,甚至还有论者直接抨击"明道"论,如袁枚:"文之佳恶,实不系乎有用与无用也。……盖以理论,则语录为精;以文论,则庄、屈为妙。……文人学士必有所挟持以占地步,故一则曰'明道',再则曰'明道',直是文章家习气如此。而推究作者之心,都是道其所道,未必果文王、周公、孔子之道也。夫道若大路然,亦非待文章而后明者也。"①道非待文章而后明,可谓是釜底抽薪地消解"文以明道"说的权威。其他骈文家,如凌廷堪、阮元等看重文辞之华美偶俪谐韵,也不多谈"明道"。至晚清时,曾国藩传承和发展了桐城派,虽重视义理,但从创作甘苦中体会出道与文的矛盾,认为古文不可说理,所以宋代理学家语录皆采用白话。曾国藩在《与刘霞仙书》中提出"道与文竟不能不离而为二"②的新命题,欲发明义理,应该取法经说理窟,如宋明儒师之语录札记;欲学习写文章,应该扫荡一切旧习惯格套,赤地立新,才别有一番文境。方苞试图兼顾义理和辞章,故而其文章"无可怡悦"。曾国藩对"文"与"道"的矛盾的自觉认识,表明他对古文抒情叙事的特殊功能和审美愉悦的意义有了较为明确的认识。曾国藩的弟子吴汝纶又进一步发挥了他的这个认识。吴汝纶约于 1895 年作《与姚仲实》云:"说道说经,不易成佳文。道贵正,而文者必以奇胜。经则义疏之流畅,训诂之繁琐,考证之该博,皆于文体有妨。故善为文者,尤慎于此。"③此前,姚鼐提出"义理""考据""词章"的结合,曾国藩继承此说,并在三者之外加上"经济",而吴汝纶则把义疏、训诂、考证通通排斥出去,谓三者皆于文章有妨碍,越发强调文章的特点和独立性。这已经与稍后王国维等引入西方的纯文学观念时间相隔不远了。传

---

　　①　袁枚:《答友人论文第二书》,王志英主编:《袁枚全集》第二册,江苏古籍出版社1993 年,第 322 页。
　　②　贾文昭编著:《桐城派文论选》,中华书局 2008 年,第 329 页。
　　③　施培毅、徐寿凯校点:《吴汝纶全集》第三册,黄山书社 2002 年,第 51 页。

统里最强调实用性的文章理论在不断演变,文章的独立品格和审美属性日益得到强调和突出,说明传统文章学理论自身在不断向近代、现代迈进。

　　1917 年,胡适、陈独秀等发起"新文化运动",猛烈地抨击传统文化和文学观念,首当其冲的就是"文以载道",陈独秀的《文学革命论》:"吾人今日所不满于昌黎者二事,一曰文犹师古,……二曰误于'文以载道'之谬见。文学本非为载道而设,而自昌黎以迄曾国藩,所谓载道之文,不过抄袭孔孟以来极肤浅、极空泛之门面语而已。余尝谓唐宋八家文之所谓'文以载道'直与八股家之所谓'代圣贤立言'同一鼻孔出气。"①西方纯文学观念在近代中国已日益普遍,在这种氛围中,陈独秀说"文学本非为载道而设",将文学从道、义理的挟制中解放出来,在当时自然能引起人们的共鸣。正是因为否定了"文以载道"论,稍后的"为艺术而艺术"、唯美主义文学观念才能在中国生长起来。如苏雪林《文以载道的问题》结论说:"文学的使命,并不在发现真理,至于狭义的真理,如孔子之道,当然更不成问题。"②1932 年,周作人在辅仁大学讲演《中国新文学的源流》,以"载道"与"言志"的二元对立来解释传统文学史,认为中国文学史就是"载道文学"与"言志文学"相互消长的过程,他的态度是褒扬"言志"而贬抑"载道"。演讲稿同年由北平人文书店出版,在学界引起广泛的反响。纯文学与杂文学之分离,功利主义与审美主义的冲突,是近代文学理论的一个重要趋势。王国维批评康有为、梁启超等对于文学没有固有的兴味,只是把文学视为政治的手段,就体现了审美主义与功利主义的分野。这种分歧演化为"五四"以后的"为艺术而艺术"和"为人生而艺术"的暌离。当时周作人提出"人的文学""平民文学",其实就是一种"载道",但是之后他逐渐转向个人的兴味,更倾向"言志",于是划出"载道"与"言志"的对立,并以此来解释文学史。

　　但是这种"载道"、"言志"二元论,是有严重问题的。其错误不仅在

---

① 陈独秀:《文学革命论》,《新青年》1917 年第 2 卷第 6 期。
② 苏雪林(署名雪林):《文以载道的问题》,《现代评论》第 8 卷第 206、207、208 期合刊(1928 年)。

于如许杰所指出的"堕入机械的循环论的谬误里"①,更在于他偷换了概念,将传统的"文"等同于现代的"文学"。钱锺书指出,在中国古人的观念里,"'诗'是'诗','文'是'文',分茅设蕝,各有各的规律和使命。'文以载道'的'文'字,通常只是指'古文'或散文而言,并不用来涵盖一切近世所谓'文学'"②。这是击中要害的论断。传统的文学理论批评自唐宋以来诗文分体,诗论与文论也分道扬镳。"言志"始终是一个诗学命题,一般不会用于论文章;同样,"载道"也仅仅限定于古文,一般不会有"诗以载道"的说法,二者之间泾渭分明,各走其道,并行不悖,并不存在冲突。周作人对传统文论这两个命题进行创造性的重释,不顾及它们各自限定的范围,而将它们人为地对立起来,其实是以现代文论思想置换、曲解传统文论。

　　曲解、重释往往就是思想发展的一种途径。一种理论若原封不动地保持其固有含义不变,往往是转瞬即逝,没有生命力的。生命力就在于可阐释性。传统文论命题"文以载道",在现代被进行三大关键性的重释,一是"文"不再是它原初特指的古文或散文,而放大到了近人的"文学",包括诗歌、美文、小说、戏曲等。二是"道",不再是传统的儒家道德义理,而是根据时代需要,各有其"道"。三是"文以载道"原本所具有的重道轻文色彩弱化了,现代的"文以载道"论一般没有放弃文学本位立场。新文化运动对"文以载道"的抨击,是当时反对封建文化的重要组成部分,其本意只是针对那个"道",即封建之道,而不是否定文学目的论。代"文以载道"而起的是新命题"为人生而艺术",其实所"载"、所"明"的是一种具有近现代新内涵的道,是以人性、自由、科学、民主等新道代替过去的旧道而已。其后的革命文学、抗战文学,无不是适应新的时代主题而对传统"文以载道"作出新的诠释。1937 年,时任国民党中央宣传部部长的邵力子在中国文艺协会上海本会成立大会上致辞说:"'文以载道'就是文艺可以指示人生以及国家民族所应该走的道路。"③这是对传统文学理论观

① 许杰:《周作人论》,《文学》第 3 卷第 1 期(1934 年)。
② 钱锺书(书评,署中书君):《中国新文学的源流》,载《新月》第 4 卷第 4 期(1932 年)。
③ 转引自馨艺《文以载道的新旧解说及其他》,载《务实》第 1 卷第 3 期(1937 年)。

念的新阐发,或说是传统文学理论在近现代的新发展。正如陈溓所说:
"如果我们由新的意义来解释它,'文以载道'之说,仍有存在的价
值。"①这样来看,"十七年"时期对文学现实性、人民性的强调,甚至"文
革"时期所谓"文学为政治服务"的口号,都可以理解为是"文以载道"论
的现代重释。近年来,面对文学消遣性和娱乐化的日益严重,有论者重新
思考"文以载道"论,试图为它正名②,也体现出传统文论思想资源对当代
文学方向的一种矫正。

(载《南京社会科学》2017 年第 2 期)

---

① 陈溓:《文与道》,载《学报周刊》1948 年第 4 期。
② 刘锋杰:《"文以载道"再评价》,《文学评论》2015 年第 1 期。

俞平伯早年的
《中国小说史讲授纲要》

　　俞平伯是现代文学史上的著名作家,也是重要的古典文学研究者,研治诗词之外,尤以"红学"闻名。其实,俞平伯不仅研究"红学",还长期在高校讲授中国小说,并编撰过《中国小说史讲授纲要》。然今天已很少有人知道这部《纲要》了,《俞平伯全集》十卷(花山文艺出版社 1997 年)也未收录,故而还有介绍的必要。

　　俞平伯 1922 年去美国考察教育回国后,次年六月受聘为上海大学中文系教授,讲授中国小说。当年 8 月 5 日,他曾致信周作人,说:"此项科目材料之搜集颇觉麻烦,不知先生有何意见否? 鲁迅先生所编之《中国小说史讲义》,不知能见赐一份否?"①到 9 月 2 日又去信说:"《小说史讲义》在鲁迅先生处假得一册,觉得条理很好。"鲁迅 1920 年应北京大学的邀请开设中国小说史课程,筚路蓝缕,编纂了一部《小说史讲义》,既是古代小说之现代研究的开山之作,是传统文学在现代教育史上的一件大事。俞平伯初授小说,就参考了鲁迅的这部讲义。1925 年秋,俞平伯到燕京大学任教,继续讲授中国小说等课程。此前他读过不少古典小说名著,1925 年标点出版了《三侠五义》,1927 年撰写并发表《谈中国小说》等论文,算是对中国小说有所研究,但讲授小说似乎还觉得颇为费力,1927 年9 月 28 日他给周作人写信,想了解刘半农在敦煌发现的佛经俗文的大概,因为"讲小说到此甚模糊至不便";1928 年 7 月 20 日致周作人信,还希望能在燕京大学教诗而不教小说,"自己觉得虽同样的教不好,而于兴

---

　　① 《俞平伯全集》,花山文艺出版社 1997 年,第九卷第 204 页。后文引俞平伯书信,均据此书。

味上则诗较长耳"。在 9 月 5 日的信里又抱怨说:"小说一项本非素习,只因曾做了一部胡说的《红楼梦辨》,弄得成了专家的模样,岂不哀哉!"

但中国小说,他还是一直讲授下去的。1929 年后,俞平伯任教于清华大学,讲授《清真词》和戏曲、小说,同时在北大兼课,讲诗词,也讲中国小说。至今北京大学图书馆古籍部还庋藏着俞平伯早年的《中国小说史讲授纲要》铅印本,书衣钤"张公量印",署"一九三三年"。1933 年,张公量是北京大学史学系二年级学生,与著名学者邓广铭是同班同学。此讲稿应该是 1930 年前后的一、二年里俞平伯在北京大学授小说史课时撰写的讲授提纲。

这部《中国小说史讲授纲要》,书口印"中国小说史"五字,单黑鱼尾,版心下印"北京大学"四字。内容仅 10 页半,分为上、下两个学期,仅仅是一个提纲,后附录了俞平伯的论文《谈中国小说》《长恨歌及长恨歌传的传疑》、《在敦煌发现的俗文学》、《茸芷缭衡室随笔》,并与著名目录学家、时为北京大学教授的伦明编述的《清代史学书录》合订在一起。

俞平伯编撰《中国小说史讲授纲要》(简称"讲授纲要")时参考了鲁迅的研究成果,其中提到了鲁迅的《史略》(即《中国小说史略》)和《唐宋传奇集》。现对照鲁迅的《中国小说史略》(简称"史略"),对《讲授纲要》略作介绍。

《讲授纲要》的上学期除了开头的"总论"外,列七个专题讲授"文言部分",即文言小说;下学期列六个专题讲授白话小说。

开头的"总论"分三节,(1)"小说名称之解释",包括文学史上广义的所谓小说、宋人狭义的小说,以及今日的文学的、通俗的小说。(2)种类及其流变。(3)批评,包括结构、人物描写、题材。据此提纲可知其内容同于俞平伯的《谈中国小说》,所以括号里注"另有讲义"。

"文言部分"的第一个专题是"神话",俞平伯泛论神话的性质是"古代文学之综合",而中国之特情是"神话不发达,不完美",古代仅存之书《楚辞》和《山海经》记载较可靠者。这些内容与鲁迅《史略》之第二篇《神话与传说》大同小异。俞平伯论神话而有所发展的是,指出了"古代主要迷信之大概分布",在于中国本部殷周的祖先崇拜、南方楚吴越的巫鬼和东方燕齐的方士仙。关于神话不发达之原因，鲁迅《史略》概括为三点：

> 一者华土之民，先居黄河流域，颇乏天惠，其生也勤，故重实际而黜玄想，不更能集古传以成大文。二者孔子出，以修身齐家治国平天下等实用为教，不欲言鬼神，太古荒唐之说，俱为儒者所不道，故其后不特无所光大，而又有散亡。然详案之，其故殆尤在神鬼之不别。

然而俞平伯似不同意鲁迅的解释，在《讲授纲要》中列出一条"《史略》所列举三说之批评——鲁迅之意如何"，并详细地给予四点解释：

> 解释一：巫及方士皆与小说有关涉，战国以前之神话皆巫书，秦汉之小说皆方士所造。祖先崇拜为中国迷信之主干，且为中国所特有，寂（当为"极"）不适于小说之创造。解释二（与西洋比较）：凡巨著须有系统之想象。中国只有零碎之迷信心，而无系统的宗教心。解释三（与西洋比较）：中国古代只有家庭生活，而无社会生活，与希腊不同。解释四：古史缺页甚多，所有经籍已非文化之原始。民间之神话未必流传于后。

平心而论，俞平伯的解释第一、第二点似乎有些道理，但尚不足以推翻鲁迅的解释。

关于汉代小说，俞平伯的《讲授纲要》分为两个专题"真的汉人小说"和"依托的汉人小说"，前者所述内容近似于鲁迅《史略》第三篇《〈汉书·艺文志〉所载小说》，然也有所引申，俞平伯批评《汉书·艺文志》初见"小说家"之名，"但其论述无稽，如所谓'稗官'，古无此制，而分类又无标准，如杂家、小说家，古代学人未必以此名家耶！"《汉书·艺文志》的"小说家"一名对后代产生了不良的影响。"后代史家论述，悉祖此书，'小说'一类常与子部杂家、史部杂传相出入，究不得文艺之旨归"。这些小说有目无书，久已不存，俞平伯概括其性质：（1）是"往往不含故事意味，此与后世小说截然不同"。（2）是"多方士所造,表现神仙的迷信"。他从两个方面阐述这些古代"小说"的成分:"宗教的,上古为巫,所表现的为神话,战国以来方士代兴而巫风未沫,所表现的为《汉志》所录小说";"社会的,俳优之兴,较后于巫,记载之可考者在春秋战国时,至秦汉不改,所表现的为俳优小说。"如《三国志·魏志·王粲传》注引《魏略》"临淄侯植诵俳优小说数千言"。俞平伯的《讲授纲要》"依托的汉人小说"近似于鲁迅《史略》的第四篇"今所见汉人小说",鲁迅是根据作者归属(或归于东方朔,或归于班固)而依次叙述的,俞平伯则将六朝人的依托分为"志怪近乎子,如《神异》、《十洲》、《洞冥》之属,被依托之人为博闻者或方士";"杂记近乎史,如《汉武故事》、《西京杂记》之属,被依托之人为历史家"。这种分类方法,对于我们考察流传至今的所谓"汉人小说",还是有参考价值的。

关于六朝小说,鲁迅将"鬼神志怪书"和《世说新语》之类分开来谈,这一点也启发了俞平伯。他的《讲授纲要》分为"六朝的志怪小说"和"六朝的人情小说",显然与鲁迅的分类有对应关系,且"人情小说"就是取自《史略》。俞平伯说,六朝小说直承两汉,溯源这两派小说,其志怪一派接汉之方士小说,其人情一派接汉之俳优小说。关于六朝志怪小说盛行的原因,鲁迅从巫风、佛学等社会文化角度给予解释,此点为俞平伯所接受。所不同的是,俞平伯比较中印文化思想的差异说:

> 中国固有之迷信为现世享乐的,肯定一切;而印度则为苦行的,否定一切,实最相反。在民俗及艺文上只保留其合于中国风的迷信,如"轮回"相当于古代之"物化","因果报应"相当于所谓"积善余庆"之言,若"无余涅槃",则为人所不道。

俞平伯分析六朝志怪小说的文章风格,"前期如张华《博物》、干宝《搜神》,文词简质,犹存两汉遗风;后期如吴均之《续齐谐》、萧绮之《录拾遗》,已铺张繁缛,渐开唐代传奇之风"。与汉代相比,汉人小说多无故事,六朝志怪"渐多故事意味";汉人小说多受巫风、神仙影响,六朝小说

"思想习俗受佛氏影响"。相同之处在于：（1）文词比较简质。（2）以灵怪为主，烟粉次之。（3）缺乏想象之描写结构，以纪实的态度来志怪。很显然，鲁迅关于六朝志怪小说的一个著名论断"亦非有意为小说，盖当时以为幽明虽殊途，而人鬼乃皆实有"云云，对俞平伯具有明确的影响。

俞平伯将六朝时《笑林》、《语林》、《郭子》、《世说新语》等概括为"六朝的人情小说"，其产生的历史原因在于"古代的俳优风尚，相沿不废"，子史著述中寓言、异闻的影响，社会背景则是"东汉至六朝，人伦品鉴风气之盛"。东汉与六朝的人伦品鉴不同之处在于"东汉之清流为儒生，其品目为道德的、价值的；六朝之清流为名士，其品目为门第的、趣味的，与文艺的关涉较为密切"。

第六个专题"唐之传奇文"，是俞平伯《讲授纲要》的一个精彩点，可能得益于读到了当时新刊的郑振铎编《中国短篇小说集》、鲁迅编《唐宋传奇集》。他先解释"传奇"一名在小说和戏剧中的运用，"虽用法不同而意则一"。传奇的特色在于"喜幻想，多文采"，这一概括系直接来源于鲁迅《史略》第八篇《唐之传奇文（上）》"大归则究在文采与意想"的判断。传奇的内容，"自神怪、滑稽以外，加入恋爱，且以恋爱为主，以神怪、滑稽为穿插资料"，这是符合唐人传奇之实际的。关于唐代传奇，鲁迅曾精辟地指出"时在始有意为小说"，但对于其兴盛的原因并没有着墨论述，这一点恰恰是俞平伯《讲授纲要》着力所在。他给予三方面的解释：

　　（甲）与当代文学思潮之关系。某一文体之变每随其时代之风尚而变。自六朝迄晚唐，骈俪通行。虽唐之中叶有韩、柳之古文运动，而当时实为异军。齐、梁后，开、天前，为骈文之极盛时期，小说自不能不受其影响。（乙）与社会之关系。唐以前中国文化可分南北两支，至唐而合。唯隋唐上承魏周，直接也；隋并陈其上承汉魏，间接也。南之风流、北之荒野，合为唐之浪漫。故其小说写男女之间，洒脱放诞，大变六朝风气矣。（丙）与作者之关系。上述两点不如此点尤为扼要。古代小说家不外两种：（1）方士教徒，或方士教徒化之文人。（2）史家。唐代小说家亦有两种：（1）才子。（2）史家。才子始为小说界之主角,是为传奇文兴起之直接原因,亦为传奇与志怪之主要区别。

这样的概括,仅仅是"纲要",尚显得笼统,但传奇受骈文的影响、才子为小说界之主角这两点,今天的研究者已经多有共识。至于"南之风流、北之荒野,合为唐之浪漫"的判断,后人还较少用于传奇研究,一般多是唐诗学者从南北气质的取长补短的角度来立论的。因为唐代小说家的主体是才子和史家,于是派别可以分为"才子派"和"史家派",前者最著名的如张文成之《游仙窟》、元稹之《莺莺传》,后者如沈既济之《卢生》、陈鸿之《长恨歌传》,从数量上看,前者占十之八九,后者仅十之一二而已。关于唐代传奇的发展,俞平伯将它分为三个时期,唐初虽铺叙渐多而尚近志怪,存者如《古镜记》、《白猿传》;武后时文词华缛骈偶,写性欲露骨,存者如《游仙窟》;开元、天宝以后,文词较雅正清纯,各体俱备。

宋代的志怪传奇,"体固不废而精神已非",不足以与唐人并论。俞平伯究其原因:(1)多道学气,态度严冷。(2)多考据气,失之拘泥。(3)文词平实,既失志怪之简古,又无传奇之丽缛。这三点是在鲁迅《史略》所论的基础上概括出来的,用语如态度"严冷"、文词"平实"等,均因袭鲁迅。相异者在于俞平伯指出了宋人传奇的一个特有现象并给予解释:

> 传奇十之八九均述古事,非特不自叙生平,且回避当代事迹,推其原因有二。(一)宋儒谨饬,异于唐士之狂妄。(二)其时白话小说渐盛,当时流行故事之表现,舍此而就彼,犹之元曲叙当时故事,清传奇多述古记,而乱弹以盛。

《讲授纲要》之下学期分六个专题讲述白话小说:"印度佛典的影响"、"敦煌发现的小说"、"宋之说话及话本"三个部分的内容相当于俞平伯的《小说随笔》(发表于《东方杂志》1932年第29卷第27期);"今日所见较重要之话本"仅是列举书目;"《水浒》"和"《三国志演义》"两个专题的内容,与俞平伯《论〈水浒传〉七十回古本之有无》(发表于《小说月报》1928 年第 19 卷第 4 号)、《〈三国志演义〉与毛氏父子》(发表于 1930 年 5 月 19 日《骆驼草》周刊)大体相同。兹不赘述。

概括来说,俞平伯的《讲授纲要》至少有这样几个方面的特点:1. 联系社会历史、思想文化背景来阐述小说体制的发生和变迁。2. 注重对小说的文学性的分析,揭示各代小说体制的独特性。3. 依据进化论思想解释小说体制的发展变化,是体制"代兴"而非"革命"。他说:"文学之分化虽属代兴却非革命。如六朝有志怪、语林两派,唐创传奇新体而仍有志怪、语林。宋有新体白话小说,而文言之作依然繁多。其他文体亦然。"

《中国小说史讲授纲要》,是俞平伯著述之一,应该收入《俞平伯全集》。对其发掘,有助于我们更深入地认识俞平伯对于中国小说的研究,对于我们梳理《中国小说史》的教学史,了解鲁迅《中国小说史略》的学术影响,具有重要的意义。

附录：中国小说史讲授纲要(上学期)

甲、总论(另有讲义)

(一) 小说名称之解释：

1. 文学史上的：广义(汉人所谓小说)；狭义(宋人所谓小说)。

2. 今日所谓小说：文学的、通俗的。

3. 文学小说的涵义。

(二) 种类及其流变(附表)

(三) 批评(分文言白话两部分)： 1. 结构。2. 人物描写。3. 题材。

乙、文言部分

(一) 神话

1. 性质的泛论——古代文化之综合。

2. 中国之特情——神话不发达,不完美,古代仅存之书较可靠者为——《楚辞》(《天问》、《九歌》、《招魂》、《大招》)(巫歌)；《山海经》(巫书)。

3. 古代主要迷信之大概分布：中(中国本部,殷周)祖先崇拜；南(楚、吴、越)巫鬼；东(燕、齐)方士、仙。

4. 神话不发达之原因：

a.《史略》所列举三说之批评——鲁迅之意如何。

b. 解释一(准(3)立论)：巫及方士皆与小说有关涉,战国以前之神话皆巫书,秦汉之小说皆方士所造。祖先崇拜为中国迷信之主干,且为中国所特有,寂(极)不适于小说之创造。

c. 解释二(与西洋比较)：凡巨著须有系统之想象。中国只有零碎之迷信心,而无系统的宗教心。

d. 解释三(与西洋比较)：中国古代只有家庭生活,而无社会生活,与希腊不同。

e. 解释四：古史缺页甚多,所有经籍已非文化之原始。民间之神话未必流传于后。

（二）真的汉人小说

1.《汉书·艺文志》初见"小说家"之名，但其论述无稽，如所谓稗官，古无此制，而分类又无标准，如杂家、小说家，古代学人未必以此名家耶！后代史家论述，悉祖此书，"小说"一类常与子部杂家、史部杂传相出入，究不得文艺之旨归。

2. 其目虽见《汉志》，书均已佚失，性质之约略可考者如左。a. 往往不含故事意味，此与后世小说截然不同。b. 多方士所造，表现神仙的迷信，分三种。

甲、依托古人，如《伊尹》、《鬻子》、《师旷》、《务成》、《宋子》、《天乙》、《黄帝》，皆古之道家，为方士造作之证。

乙、记述左事，其中以《虞初周说》为最巨，千三百八十篇中占有九百四十三，是为中国最先之小说家（庄子谓《齐谐》乃寓言耳），据《汉书·郊祀志》，虞初固方士也。

丙、方术、心术、未央术、封禅、方说，皆神仙家言。

3. 泛论古代小说之成分：

a. 宗教的，上古为巫，所表现的为神话，战国以来方士代兴而巫风未沫，所表现的为《汉志》所录小说。

b. 社会的，俳优之兴，较后于巫，记载之可考者在春秋战国时，至秦汉不改。所表现的为俳优小说——《魏志·王粲传》注引《魏略》"临淄侯植诵俳优小说数千言"。

（三）依托的汉人小说

1. 六朝人依托的：

a. 志怪近乎子，如《神异》、《十洲》、《洞冥》之属，被依托之人为博闻者或方士。

b. 杂记近乎史，如《汉武故事》、《西京杂记》之属，被依托之人为历史家。

2. 唐以后人依托的——颇有传奇文风致，如《飞燕外传》、《杂事秘辛》。

3. 书籍：《汉武故事》（《古今说海本》）；《汉武内传》、《十洲记》、《神异经》、《洞冥记》、《飞燕外传》(均《龙威秘书》本);《西京杂记》、《杂事秘辛》(均《津逮秘书》本)。

4. 西王母故事之转变(另表)。

(四) 六朝的志怪小说

1. 泛论：六朝小说直承两汉，其志怪一派接汉之方士小说，其人情一派接汉之俳优小说。

2. 社会上的宗教背景——巫、方士、佛之综合。

a. 巫风汉末大盛，称五斗米道，至六朝为天师道；神仙迷信六朝亦盛，扇以玄风，其势愈张，是为南朝之初期状况。后期天师道渐衰。

b. 北朝以西北民族之侵入携其固有之迷信而来，佛说大盛，渐风被全国焉。

c. 并合之状况。中国固有之迷信为现世享乐的，肯定一切，而印度则为苦行的，否定一切，实最相反。在民俗及艺文上只保留其合于中国风的迷信，如轮回相当于古代之物化，因果报应相当于所谓积善余庆之言，若"无余涅槃"，则为人所不道。

3. 文章的风格：

a. 分前后两期，前期如张华《博物》、干宝《搜神》，文词简质，犹存两汉遗风。后期如吴均之《续齐谐》、萧绮之《录拾遗》，已铺张繁缛，渐开唐代传奇之风。唯观其大概，则有所谓六朝小说。

b. 与汉以前相异之点：(1) 渐多故事意味。(2) 思想习俗上受佛氏影响。

c. 相同之点：(1) 文词比较简质。(2) 以灵怪为主，烟粉次之。(3) 缺乏想象之描写结构，以纪实的态度来志怪。

4. 书籍(大都见于《广记》中，举其较著者)：《博物志》十卷(《子书百家》)；《搜神记》二十卷(《子书百家》、《津逮秘书》、《龙威秘书》)；《搜神后记》十卷(同上)；《异苑》十卷(《津逮秘书》、《学津讨原》)；《幽明录》三十卷，今辑存一卷(《琳琅秘室丛书》)；《齐谐记》七卷，今辑存一卷(《玉函山房辑佚书》)；《续齐谐记》一卷(《四库全书》)；《拾遗记》十卷(《子书百家》)。

（五）六朝的人情小说

1. 历史的关系：a. 古代的俳优风尚,相沿不废。b. 子中之寓言实近于今之文学的小说;史中之异闻实近于今之通俗的小说。

2. 社会的背景：a. 东汉至六朝,人伦品鉴风气之盛。b. 不同之点：东汉之清流为儒生,其品目为道德的价值的;六朝之清流为名士,其品目为门第的、趣味的,与文艺的关涉较为密切。

3. 发展之倾向与重要之书：a. 此派本上承古之俳优,故先有《笑林》（汉魏间）,后渐推广于一切,而有《语林》、《世说》（东晋）。b.《笑林》三卷,存一卷;《语林》十卷,存二卷;《郭子》三卷,存一卷（均《玉函山房辑佚书》本）。《世说新语》十卷（湖北官书局本六卷,《四部丛刊》本三卷,而分上下。）

（六）唐之传奇文

1. 传奇之名称——虽用法不同而意则一。a. 小说（本义）：专名（唐裴铏作《传奇》六卷）;通名（今所谓传奇小说）;白话小说之一部（宋之银字儿）。b. 戏剧（引申义）：诸宫调（宋金）,北曲（元）,南曲（明清）。

2. 文章之特色与其辞释：

a. 特色所在——喜幻想,多文采。自神怪、滑稽以外,加入恋爱,且以恋爱为主,以神怪、滑稽为穿插资料。

b. 解释凡三——

甲、与当代文学思潮之关系。某一文体之变每随其时代之风尚而变。自六朝迄晚唐骈俪通行,虽唐之中叶有韩、柳之古文运动,而当时实为异军。齐梁后、开天前,为骈文之极盛时期,小说自不能不受其影响。

乙、与社会之关系。唐以前中国文化可分南北两支,至唐而合。唯隋唐上承魏周,直接也;隋并陈其上承汉魏,间接也。南之风流、北之荒野,合为唐之浪漫。故其小说写男女之间,洒脱放诞,大变六朝风气矣。

丙、与作者之关系。上述两点不如此点尤为扼要。古代小说家不外两种：（1）方士教徒,或方士教徒化之文人。（2）史家。唐代小说家亦有两种：才子、史家。才子始为小说界之主角,是为传奇文兴起之直接原因,亦为传奇与志怪之主要区别。

3. 派别:a. 才子派:最著名者如张文成之《游仙窟》、元稹之《莺莺传》,唐之传奇属此派者十之八九。b. 史家派:如沈既济之《卢生》、陈鸿之《长恨歌传》,属此派者十之一二而已。

4. 时期:a. 唐初:虽铺叙渐多而尚近志怪,存者如《古镜记》、《白猿传》。

b. 武后时文词华缛骈偶,写性欲露骨,存者如《游仙窟》。疑此派著作尚多,或遭时禁以致寂寥。如《游仙窟》不流入日本,亦早亡佚矣。

c. 开、天以后:文词较雅正清纯,各体俱备。今所存录,皆此时期所作也。

5. 略论数种重要著作。a.《游仙窟》与《莺莺传》。b.《长恨歌传》(另有文)。c.《周秦行纪》。d.《酉阳杂俎》(唐之志怪)。

6. 书籍:古之丛集,如《太平广记》有《杂传记》八卷,《古今说海》、《龙威秘书》、《唐人说荟》、《顾氏文房小说》等,搜罗较备。新刊单行本,如郑振铎之《中国短篇小说集》、鲁迅之《唐宋传奇集》,校勘较精。

(七) 宋之志怪与传奇

1. 说文学之分化虽属代兴却非革命。如六朝有志怪、语林两派,唐创传奇新体而仍有志怪、语林。宋有新体白话小说,而文言之作依然繁多。其他文体亦然。

2. 唐之名士风歇,宋代儒学兴起。志怪传奇体固不废,而精神已非,渐不为世所重。a. 多道学气,态度严冷。b. 多考据气,失之拘泥。c. 文词平实,既失志怪之简古,又无传奇之丽缛。d. 传奇十之八九均述古事,非特不自叙生平,且回避当代事迹,推其原因有二:

(1) 宋儒谨饬,异于唐士之狂妄。

(2) 其时白话小说渐盛,当时流行故事之表现,舍此而就彼,犹之元曲叙当时故事,清传奇多述古记,而乱弹以盛。

3. 书籍:《太平广记》(明许自昌刻大字本,清黄晟刻袖珍本);《青琐高议》(董康刻本);《稽神录》(《学津讨原》、《津逮秘书》本);《江淮异人传》(《函海》、《龙威秘书》本);《睽车志》(《古今说海》本);《夷坚志》(《十万卷楼丛书》本)。宋之传奇,《说郛》中搜集颇多,而《唐宋传奇集》亦收录十余篇。至笔记小说,不胜列举,商务排印本《涵芬楼秘笈》可用。

中国小说史讲授纲要(下学期)

甲、印度佛典的影响:1. 叙述故事的风尚。2. 韵散相杂,偏重韵文,以入弦为善。3. 佛经有翻为小说者。

乙、敦煌发现的小说:1. 发见的时地,材料之性质与其卷帙之分配。2. 韵文的(七言或五七言):《孝子董永》、《季布歌》、《太子赞》。3. 散文的(与拙劣之文言混杂):《唐太宗入冥记》、《秋胡小说》。4. 韵散相兼的——有佛曲、俗文、变文诸异名。

a. 论佛曲名称之不妥——佛曲呈舞曲有宫调的。

b. 论俗文名称之不妥——此于古无征。

c. 宜呼为变文——变字大概的解释——或呼为演义亦可。

d. 其种类有二:(1)依据佛经本文加以敷衍,如《佛本行集经》、《八相成道》、《维摩诘所说经》等。(2)较自由变化,或竟不涉佛经,如《大目犍连冥间救母》、《舜子至孝》、《明妃传》等。

丙、宋之说话及话本:

1. 其来源出于唐之佛经演义与唐杂戏之市人小说,有在上者之提倡,亦非纯粹民间的。

2. 其家数与体裁——家数另表,体裁仍韵散相兼。宋之弹词即在说话中。

3. 各体非有严确之区分,其面目:a. 说经参今虽不可见,疑仍是唐人说佛经之体。b. 说诨话无关重要,《梦粱》、《都城》均不载。c. 合生乃院本杂剧,后蜕化为金之题目院本。d. 主要的是小说与讲史。在材料上小说述民间传说,在体裁上小说有捏合提破,均有别于讲史。主要的区别在于作法上。讲史照本敷衍,小说则创造的分子多于因袭;在学识程度上,讲史上较为高等。

4. 傀儡影戏的性质：唱本话本与剧本之过渡。傀儡近于小说，虚多实少，影戏近于讲史，真假相半。

5. 说话的：其姓名与知识与程度之扬测。

6. 论章回：说话有回而话本无回。后之章回体小说，实兼受元剧之影响。

丁、今日所见较重要之话本：1.《五代史平话》（董康本、商务本）（宋）。2.《三国志平话》（日本原影印本、商务影印本）（元至治）。3.《京本通俗小说》（《烟画东堂小品》本、有正本、商务本、亚东本，改为宋人话本八种）（宋）。4.《大唐三藏取经诗话》（罗振玉本、商务本）（宋）。5.《三言二拍》及《清平山堂》，虽均为明人所刊，内有宋元发篇甚多。

戊、《水浒》：

1. 水浒故事的趣味在宋代风行之原因，其根本缺憾所在。

2. 南宋时代的情形——所谓高如李嵩本。述说宣和遗事。

3. 元代的情形——施耐庵的《水浒》（大约是话本），各种水浒戏（元曲选有五种）。

4. 明初的情形——罗贯中的《水浒》（仍含话本的遗形，如诗词甚多，有"灯花婆婆"等致语）两个有关联的问题：罗本是二十卷是百回？罗本无有征讨王庆、田虎事？

5. 郭勋本百回（嘉靖）：a. 郭本在文学上与在小说史上之重要。b. 郭本与罗本之异点。c. 郭氏原本今不可见，所见的三种：（1）日本刻李贽评忠义《水浒传》本，二十回及全本之译文。（2）钟伯敬评《忠义水浒传》在法巴黎。（3）李玄伯排印本，据他说是郭本。此三本均百回：（1）（2）两种均万历刻，（3）年代不详。

6. 各种简本（万历以后）：a. 其来源之解释有二种：（1）出于罗氏原本。（2）出于郭本而加删改。b. 特色：增加事实（回目），减少描写（文章）。c. 各种简本之名目及其大凡。

7. 杨定见百二十回本：出于郭本，自加王庆、田虎，与简本异，为《水浒》中最繁多之本。

8. 金圣叹七十一回本：出于郭本，割裂其上半，而伪作施叙及结尾。a. 金本之魔力，尽推翻明代各本并历来的《水浒》观念。b. 成功之原因：（1）金有文学之天才。（2）假托施耐庵，合于历史事实，易使人信。（3）金本亦有剪裁之妙，善利用《水浒》之弱点。c. 金本的毛病：无中生有，矛盾不安。

9. 其他支流：a.《征四寇》：自金本流行，清代有取简本中之百十五回本，共第六十七至百十五回单行，凡四十九回，亦称《后水浒》。b.《水浒后传》：陈忱撰，续郭本百回，凡四十回。c.《荡寇志》，一名《结水浒》，俞万春撰，续金本，凡七十一回。

己、《三国志演义》：

1. 三国故事本身的特异趣味。

2.《三国志演义》变迁的主要倾向——自民间传说至历史事实。

3. 新发见的元至治本《三国志平话》——其内容与体裁。

4. 元之三国剧——有许多小说以外的异闻。

5. 罗贯中《三国志通俗演义》——近于历史，文人之笔，共二百四十节。a. 罗氏之生平。b. 与平话之异点。c. 目今所见最早之版本（明嘉靖）。

6. 其他的明代各本（万历以后）——其中有分回的两种。

7. 毛声山评《第一才子书》——更近于历史，共一百二十回。a. 毛氏父子与《三国演义》。b. 与罗本之异点。

8. 李渔评《第一才子书》——依违明本与毛本之间，有窃取毛本之嫌疑。

（载《明清小说研究》2014 年第 3 期；《中国社会科学文摘》2014 年第 11 期摘要）

洪业《中国最伟大的诗人杜甫》
出版的前前后后

　　杜甫诗歌是洪业大半生的学问。十四五岁时他在父亲的指导下开始读《杜诗镜铨》。1930 年在《星期六文学评论》上发表《受难的诗人》,评述 Florence Ayscough 女士研究杜甫的专著《杜甫,一个中国诗人的自传》。1942 年,作为燕京大学教授,洪业被日军关入监狱将近半年。出狱以后,他辗转去了美国哈佛大学燕京图书馆,任助理研究员。1947—1948 年,他在哈佛大学讲授杜甫历史背景的课程,在耶鲁大学等机构也发表过关于杜甫的讲演。在此基础上撰著了一部英文著作 *Tu Fu, China' Greatest Poet*,两册,由哈佛大学出版社 1952 年出版,上册选译了杜甫 374 首诗来描述杜甫的生平和时代。下册是子注,注明出处,比较中外翻译,辩驳前人之误。由中国人用英语撰写的杜甫研究专著,这是第一部,在当时的西方汉学界产生了重要的影响,也是杜诗传播史上一部里程碑式的著作。

　　洪业此书,撰于 1948 年,1952 年出版。这四五年时间,中国政局发生了天翻地覆的变化;美国民众从对蒋介石政府垮台的震惊,到对新中国的排斥和冷漠,态度也有很大的转变。在这种背景下,洪业 *Tu Fu, China' Greatest Poet* 的出版,可谓费尽周折。笔者 2009 年赴哈佛大学访学,在哈佛燕京图书馆 Dr. Raymond Lum 的帮助下,查阅了洪业保留下来的所有书信、文件。其中,洪业为出版此书而来往的信件,多完好保存。本文以洪业信件为基本线索,梳理《中国最伟大的诗人杜甫》出版前前后后的一些细节,包括洪业对自己著作的看法。不论对于杜诗研究,还是海外汉学,这都是很有意义的。

一、出版前颇费周折

在洪业撰写完 *Tu Fu, China' Greatest Poet* 的当年,1948 年 9 月,洪夫人就已出面联系出版。联系的是美国麻省 literary bureau,近似一个出版中介,由他们确定出版机关。局里的 Lucile Gulliver 给洪业太太写的信,说:

> 我怀着极大的兴味拜读了洪先生的《杜甫》,受益匪浅,很愿意出手相助,使之出版行世。这书非常专业,读者群可能非常有限,因此销售很慢。所以需要时间,等有识的出版商愿意为之投入财力。也有可能将来会得到经费资助。John Day Company 的 Walsh 先生现在尚未最终拍板,洪先生可以下星期和他商讨此事。(笔者节译,下同。)

John Day Company,即赛珍珠在美国创办的出版社,汉译为庄台公司。这个出版社出版过不少介绍中国的著作,如林语堂的《吾国与吾民》等书就是由这家出版社出版的。Walsh 先生是出版社的总裁理查德·沃尔什,赛珍珠的第二任丈夫。

洪业接信后,于 9 月 27 日立即回复,说:

> 你 9 月 24 日给我太太的信,热心帮助我关于杜甫的书联系出版社,我们非常感激。我今晚去纽约参加明天的一个会议。我知道 Walsh 夫妇只有星期二在纽约,因此这次不能见到他们。10 月 12 日我要再去纽约参加哥伦比亚大学的一个会,也许那时可以拜访 Walsh 夫妇。我想,您能否给我一些建议以修改我的书稿。您的建议对于我撰写和打印以后的章节将很有帮助。你知道,英语不是我的母语,虽然我为此奋斗许多年,但还是不能精熟运用它。

洪业虽然早年留学美国,后又来美国任教,发表过英语论文,但是对于自己运用英语的能力总是信心不足,多次说到自己运用英语写作的困难。

10月11日,Lucile Gulliver给洪业转来了沃尔什的审稿意见,意思是:

> 我收到你的信,说洪煨莲这个月底要来见我。我已经阅读了他关于杜甫的部分书稿。正如您说的,我知道洪博士,自然对他做的一切感兴趣,我很认真地处理这部书稿。但是,很遗憾,我们若出一本关于杜甫的书,肯定要亏本,即使如你说的有出版资助。对于你送来的部分书稿,我很感兴趣,特别是他讨论Florence Ayscough和Amy Lowell的翻译。我自己很早就对杜甫感兴趣,但是过去几年里我们试图让美国民众对另一个伟大的中国诗人苏东坡发生兴趣,出版了林语堂著的《苏东坡传》,题目为The Gay Genius,结果却令人失望。尽管是大名鼎鼎的林语堂,是一本高质量的传记,但我们也没有达到预期的销量和反响。我担心,鉴于目前美国民众对于中国事务的挫折情绪,出版像洪博士此类著作是不可能赢利的。当然,情况会改变的,因为过去二十年对中国的兴趣随着政治、经济、国际关系形势或高或低,所以有朝一日,洪博士的著作会显示其价值。但是,就目前来说,很遗憾我只能将书稿退还给你。

沃尔什主要是从出版效益的角度拒绝出版此书。他提到,出版大名鼎鼎的林语堂的《苏东坡传》销量也不理想,因此担心出版此书会亏本。

到了第二年(1949)的8月22日,Lucile Gulliver给洪太太来信,说他们已经联系了美国最大的教育出版社Houghton Mifflin Company,得到的答案是,如果有基金赞助的话,可以出版。8月23日,洪业给Lucile Gulliver回信:

> 如果有资助的话,Houghton Mifflin可以考虑出版我关于杜甫的

书《伟大的文学是不朽的》，这是一个令人高兴的消息。（周按，从通信可知最初拟的书名是 *Good Literature Is Immortal*。）

　　许多年前，Houghton Mifflin 出过一部伪造的《李鸿章自传》。在新版中，加入了长篇的调查文字，揭露伪造。这一定花费他们大笔金钱。我赞赏这样有勇气公正地面对广大读者的出版商。Florence Ayscough 关于杜甫的两部书由 Houghton Mifflin 分别于 1929、1934 年出版。其中阐述和翻译充满错误。我想，Houghton Mifflin 为了保持它一贯对真理的高度尊重，会愿意出版我现在的这部著作，而不致让其旁落他家出版商之手。

　　洪业提到 Florence Ayscough（劳伦斯·艾斯库）关于杜甫的两部书，是指她在 Houghton Mifflin 出版的 *TuFu The Autobiography of a Chinese Poet*（《杜甫，一个中国诗人的自传》）和 *Travels of a Chinese poet：Tu Fu, guest of rivers and lakes*（《一个中国诗人的旅行：江湖客杜甫》）。劳伦斯·艾斯库的《杜甫，一个中国诗人的自传》是英语世界的第一部杜甫传记，洪业曾撰文给予评论。在 *A supplementary volume of notes for Tu Fu：China's Greatest Poet* 中，洪业屡次提及此书，辩驳其谬误。

　　但是，Houghton Mifflin 并没有答应出版此书。1949 年 10 月，他们还是以此书销量可能很有限为理由，拒绝出版。此时，洪业还和纽约的 borzoi books 出版公司、耶鲁大学出版社联系，都以大致相同的理由谢绝了他。最后还是 Lucile Gulliver 建议洪业与哈佛大学出版社的 Wilson 先生联系，他们或许对此书有兴趣。

　　洪业没有直接去找哈佛大学出版社的 Wilson 先生，而是先和哈佛燕京学社的叶理绥社长（Elisseeff）联系，申请了出版基金，由叶理绥与 Wilson 先生联系。叶理绥是哈佛燕京学社首任社长，精通日语和日本文化，可以阅读汉籍，对于哈佛的东亚研究事业做过突出贡献。在《中国最伟大的诗人杜甫》的《前言》里，洪业特别向叶理绥致谢，没有叶理绥的援手，洪业这部巨著可能永不见天日了。

　　叶理绥在 1950 年上半年把洪业的书稿交给哈佛大学出版社的

Wilson 先生。后者随即请一位专家审稿。1950 年 9 月 21 日，Wilson 给叶理绥来信说，请了美国一位著名的诗人、评论家，对洪博士关于杜甫的书稿提出一些意见。并附上了匿名专家的评审意见。主要意见，一是英语文字表达存在问题，二是注释繁琐。此信转给洪业后，洪业于 1950 年 10 月 2 日给 Elisseeff 写信，说："Wilson 先生和那位评论家对于拙稿的真诚建议，我由衷地赞赏并准完全接受。"另外就是重译了《夜宴左氏庄》和《饮中八仙歌》；他希望找一位能干的文字编辑来修改他英语文字与表达的不当。如果文字编辑能找出文中一般读者不感兴趣的辩论性段落，他会把这些段落压缩并移至文末作为注释，并重新检讨翻译的准确性问题。

　　后来，一位叫 Duffy 的女士帮助洪业修改书稿。Elisseeff、Wilson 和洪业三人继续讨论如何处理过于学理性的注释的问题。三人的共同态度是把书稿分为两个部分，分开出版。一个部分为文本主体和译诗，由哈佛燕京学社资助哈佛大学出版社出版，以适应一般读者的阅读兴趣，即 *TuFu: China's Greatest Poet*，副标题是 *True literature lasts a thousand ages*。另一部分是注释和索引，只有专业研究者才需要，作为哈佛燕京学社的出版物，算得上是前者的附录，即 *Notes for TuFu China's Greatest Poet*, *A Publication of The Harvard-Yenching Institute*。均为哈佛大学出版社 1952 年出版。

二、出版后反响热烈

　　此书出版后，《纽约时报》刊文评论说："此书对生活于中国历史上最辉煌也充满巨大灾难的八世纪的诗人杜甫的生平和作品进行独特的研究，对于唐代的朝野生活给予生动的描述。"纽约杂志 *Sunday Mirror* 发文评论说："当你打开洪煨莲对杜甫生活和诗歌的叙述，时光便忽然滑到了数世纪之前。这位中国最伟大的诗人，是如此完美的一个人，如此率真灵慧。你会觉得他对于我们这个世界有许多话要说，而且的确说了。这位八世纪的中国诗人，他的人道主义情怀对于我们现今的世界也是有价值的。"洪业的 *Tu Fu, China' Greatest Poet* 在西方汉学界引起强烈的反响。1950 年 11 月 9 日，加利福尼亚大学著名唐史专家 Woodbridge Bingham

[中文名"宾板桥",1941 年出版过著作 The founding of T'ang Dynasty(《大唐之兴》)]致信洪业,说他这个学期在教一门关于中国唐朝的课,问洪业先生关于杜甫的书是否出版了,他想拜读并推荐给学生。11 月 15 日,洪业回信,谈及出版的困难,其中说:"既然我在杜甫研究上已花费了 40 年,既然杜甫等待了 1 130 余年才进入我的关注视野,我当然乐意再费几年时间使我的著作出版。"

1953 年 2 月 7 日,康奈尔大学远东研究院的 Harold Shadick(哈洛德·谢迪克,曾英译《老残游记》)致信洪业说:

> 我首先想告诉你,这个假期我拜读你的《杜甫》,非常兴奋。这是一部很有意义的著作。你不仅给了读者关于杜甫的基本事实,而且引导读者去品赏、阐释杜诗。我拜读后觉得第九章是个亮点,特别是《江畔独步寻花七绝句》和《绝句漫兴九首》,翻译得很巧妙。我要在课堂上与学生一起讨论。我已经订购你的《〈中国最伟大的诗人杜甫〉注释》一书,我很想结合杜诗原文、你的注释来重新阅读《中国最伟大的诗人杜甫》。有了这样的材料,我们才有希望在像我开设的中国文学翻译课上把中国的瑰宝展示给学生。

美国著名诗人 Vincent Ferrini,1952 年 5 月 25 日给哈佛大学出版社来信,说自己深爱诗人杜甫,曾在加拿大诗歌杂志 Contact 当年第三期上发表纪念这位伟大诗人的一首诗歌,题目为 *After Meeting Tu Fu*,随信附上这首诗。信和诗由哈佛大学出版社转致洪业,也保存着。诗是这样的:

Your voice (even as you turned down

to the mountain valley, the bamboo hat

covering your shoulders, then all of you

as the green earth swallowed you up)

lets fall more raindrops into the grass

of my memory. Wait, I shout,

but the yellow light of the bamboo

is gone and I know I'll have

to bide for another time before we'll

meet again, and console myself

with the song of the raindrops

plopping on each blade, trickling down,

each spear telling me the blue sky is

everywhere and so are the groupings

for peace. I sit on a boulder

with my feet in a mountain pool

and listen to the thatched roofs

singing his poems to the bullfrogs

and I see his smile, the same

smile he gave his wife on his return

from those eyebreaking travels.

The raindrops fall on my hair,

Slide down my neck and face,

And I am bathed in the spirit

Of his country (wet as the coolie

Pushing before him the cart of his

Worldly belongings, wearily pushing

From alley to street, village to city)

His people older than stone, his heart

in mine. Here by this boulder pool

hearing even in the midst of sorrow

and hardship and famine the thinking

laughter, the gigantic hope of a childlike people

and I see you as in a dream within

a dream calling to me

across the oceans to join you

wet to my bones with your sorrows

I try to get uo but the water

Holds me fast and after mych travail

Know that when my people

Feel this waterpool is yours

as well as ours then I will be

free to join you. I am still here

being fed by birds'eggs and dandelion

waiting however long it

may be to embrace you again.

6 月 27 日,洪业给诗人 Vincent Ferrini 回信,其中说:"我很有兴味地阅读了你的诗歌《遇见杜甫之后》。令我喜悦的是,杜甫 1200 年后,在遥距大唐帝国五千英里之外找到了知音。"也有很多学生和年轻学者写了关于杜甫的文章,写信向洪业请教。梁实秋于 1955 年 2 月 19 日致洪业信,说:

> 弟于七八年前有志于研读杜诗,得先生主编之《杜诗引得》,不仅检翻便利,卷首序文对版本叙述详细,使弟获益尤多。曾耗两年时间按图索骥,购得各种版本六十余种。惜乱离未得携来台湾,是一大憾事。闻先生又有英译杜诗出版,弟尚未能一读,怅惘之至。

三、至人有至文以发表其至情

为什么洪业一生如此挚爱着杜甫,除了少年时期受到父亲的影响外,更主要的原因是时代的原因。据洪业发表于 1962 年 5 月 8 日《南洋商报》的《我怎样写杜甫》回忆说:"对于四十多岁的我,杜甫的诗句就有好些都是代替我说出我要说的话:政之腐败,官之贪婪,民之涂炭,国之将亡,我的悲哀愤慨。芦沟变起,华北沦亡之后,那些杜句,'国破山河在,城春草木深'，'泱泱泥污人，狺狺国多狗'，'钦岑猛虎场，郁结回我首'，'天地军麾满，山河战角悲'，'不眠忧战伐，无力正乾坤'，'谁能叫帝阍，胡行速如鬼'等等，差不多天天在唇舌之上。"洪业在同一篇文章里对杜甫"诗圣"的桂冠有自己会心的解释：

> 我很佩服四十年前梁启超任公先生的一篇演讲：《情圣杜甫》。在我心中这篇启发了一套思想：所谓诗圣，应指一个至人有至文以发表其至情。真有至情的才算是至人。真能表露至情的才算是至文。可见重心点是在至情。至情是甚么？一往深情而不怨于义，才算是至情。情义恰合无间就是至情，也是至义。情中的要素是"为他"，义中的要素是"克己"。

洪业自己的人生亦可谓是情义恰合，他刚到美国麻省波士顿时，租了大套房子，收容了不少从大陆来的友人。他教育女儿多为他人着想，乃至大女儿霭莲到处周济穷人，还和夫君发生矛盾。

1942 年洪业被日军关入监狱时，他请求狱吏"让我家送一部《杜诗引得》或任何本子的杜诗一部入狱，让我阅看。这是因为我记得文天祥不肯投降胡元，在坐监待杀的期间，曾集杜句，作了二百首的诗。我恐怕不能再有任何学术著作了。不如追步文山后尘，也借用杜句，留下一二百首写我生平的诗。可恨的日军，竟不许可我的要求"（《我怎样写杜甫》）。杜甫精神，过去曾激励李纲、文天祥等无数志士，千年之后，在民族危亡的生死关头，同样在激励着像洪业这样的学者。这就是诗人精神的不朽。

1952 年 5 月 3 日，洪业给 Ruth Cranston 写信谈论《中国最伟大的诗人杜甫》，说：

> 不管怎样，撰写此书的艰辛工作，让我暂时不去想当前世界，特别是中国的沉闷景象。

同年 10 月 13 日，洪业给同样寓居海外的 Harry Sung 寄去新出版的

《中国最伟大的诗人杜甫》,并写信说:

> 写这本书,给流亡的我以相当大的安慰,因为造成杜甫苦难经历的唐朝恶政、叛乱和内战,和我们的时代很为相似。我寄给你一本,相信你一定爱读。

值得注意的是,洪业痛恨日军的侵略,痛恨旧政府的腐败,但由于他1946年就离开祖国,对1949年以后的新中国缺乏了解和同情,称自己是处于流亡之中(in exile),于是,借杜诗来寄托自己对时世的忧愤,对故国的思念。今天我们读这部书的中文本,对洪业当时特定的思想和心态,应该有所警觉。

(载 2015 年 6 月 12 日《文汇报·学人》)

一笔重要的思想资源
——略谈传统文论的精神内涵与现代意义

　　当代的思想文化建设,须立基于当下的社会生活,着眼于未来的文化理想,这是毫无疑问的。然文化积淀于民族的心灵深处,具有历史的绵延性,因此如何接续传统,对之进行必要的扬弃,使之有益于当代,也是文化建设的重要议题。就文学理论来说,在近现代的思想转型中,传统文论一直处于附庸的、被阐释的地位,在迎合着现代文化,其独特的精神内涵和现代意义还没有得到充分的认识和发展。

　　传统文论的精神内涵是丰富多样的,具有重要现代意义的观念可以列举如下五个方面:

一、"文 以 明 道"

　　进入现代以来,国人一提及"道",就似乎有一种本能的反感,将它理解为封建社会的"三纲五常"而加以唾弃。其实,古人的道内容是广泛的,柳宗元《种树郭橐驼传》所谓"顺木之天,以致其性",不就是一种养民治国之道吗? 即使是封建社会的"道",有的虽仅适应于特定时代而需要因时变革,如封建等级制度和等级观念;但也有通古今而皆准的,如仁义礼智信、温良恭俭让等。现实生活中更有重要的思想原则、价值观念和丰富的人情世故、事理物性,均需要文学去揭明。以确凿的事理、雄辩的逻辑、精切的言辞、感人的形象去表现道理,启人智慧,发人深省,就是文章的陶染之功。古人提出"文以明道",看不起吟风弄月的文字,但是在现代文化里,吟弄风月美其名曰"纯文学"。王国维说的"纯文学",那是要"追求人类永恒的福祉",表现人我相通的普遍情怀,而通常人们说"纯文

学"，无非是用艳丽的辞藻表现个人的情怀，甚至私欲。近代以来，西方的
"纯文学"观念进入中国，对传统的大文学观进行过滤，传统文论中诸多
有价值的思想也被抛弃了。这是值得反思的。

二、"诗 以 言 志"

言志缘情是传统文学理论特别是诗论的基本命题，它揭示了传统诗
歌的抒情性本质。情从何而来？感于物而动也，人心应外物的感动而有
诗，所以言志缘情标明了人与物的感应互动关系。现代人视自己为万物
的主宰，可以任意去改造自然。古人则认为人是自然的一部分，人和万物
一气流贯，相互感应。从大处说，人是天地之心，天地无言，因文而明之；
从小处说，一花一叶，蜉蝣寒蝉，都是"我"的世界，"我"的生命，引起"我"
的感慨遐思。我们的祖先可能像老鼠预知地震那样对自然保持着一份敏
感，但是现如今已逐渐褪去了。现在我们面对自然的惩罚重提"生态美
学"，我觉得"生态美学"要从恢复对自然的敏感、寻回物我的感应做起，
而不能停留在理论的思辨上。

诗言志缘情，具有调适个人情怀的功能，钟嵘《诗品序》列举一系列
人生不如意的事，然后说："凡斯种种，感荡心灵，非陈诗何以展其义？非
长歌何以骋其情？故曰：'诗可以群，可以怨。'使穷贱易安，幽居靡闷。"
说的就是诗歌（扩大一点说是文学）的情感调适功能。在人的精神生活
里不能没有文学，但文学不是导欲增悲，而是情感能量的排遣，苦闷心灵
的调适。特别是在当今繁杂紧张的生活中，写作和欣赏更应该发挥抚慰
心灵、净化灵魂的功能。

古人的诗歌不是发表在报纸上给全世界人看的，那样不免"为文而造
情"说假话空话。孔子说"诗可以群"，是群居者相切磋砥砺。唐代诗人
王昌龄被贬做龙标县尉（今湖南黔阳），当时那里是瘴疠之地，他心情很
郁悒。李白寄诗安慰他说："我寄愁心与明月，随君直到夜郎西。"（《闻王
昌龄左迁龙标尉遥有此寄》）表达深切的同情和挂念。不久王昌龄的一
位姓柴的朋友也遭贬到湖南的武冈，二人相距不远，只隔着一座山，王昌

龄又写诗劝慰这位朋友说:"青山一道同云雨,明月何曾是两乡。"(《送柴侍御》)这就是"诗可以群",在逆境中用文学来相互安慰、相互劝勉和支持,诗歌把人心连在一起了。这类诗歌是有力量的,可以穿越古今。像这样的如私人书信一般的诗歌,在报纸杂志等公共媒体上怎么能读得到呢?

三、"有 为 而 作"

中国古代的文学,具有沟通上下、传达信息的政治功能。《毛诗序》说:"上以风化下,下以风刺上。"文学担当起政治讽谏的功能。特别是如白居易,身为左拾遗,又怀着一份赤诚,所以写了很多讽喻诗。"但伤民病痛,不识时忌讳"(《伤唐衢》),不惜触犯权贵,把百姓的痛苦、各层吏治的腐败写成诗告诉皇帝,希望改善措施。苏轼进一步发扬这种关切现实的精神,又受他父亲苏洵的影响,提出诗文要"有为而作","言必中当世之过"(《凫绎先生诗集叙》)的主张,写了很多讽喻现实问题、叙写百姓苦难的诗篇,而且骨头硬,即使被贬到海南岛也不搁笔。这是中国文学的一个精神传统,即经世致用。到明季清末还演化为反对篡统、抵抗侵略的斗争精神。

关于文学对现实的"介入",传统文论提出一个重要原则,即须出于"爱意"和"公心"。杜诗的讽刺如"朱门酒肉臭,路有冻死骨"之类是很激烈的,但是杜甫抱着"致君尧舜上,再使风俗淳"的念头,后人一致称赞他有忠爱怀抱。吴敬梓的《儒林外史》,鲁迅赞其"公心"讽世,即是说他出于对世道人心的忧思而揭露不合理的社会问题,不是出于个人的私利或企图。文章乃天下之公器,以之泄私愤、谋不轨,等于引颈承戈,至少也是自取其辱。古代的例子很多,即使在今天也是一个不能违背的原则。

四、"文 如 其 人"

西方现代文论有一种说法,一部作品产生后就是独立的文本,跟作者没有关系了。然而这个原则却不适用中国传统文学。传统文论非常重视

"言"背后的"德","文"背后的"人",反复强调文、人一致。古人说"文如其人",一方面指诗文的风格与作者具有一致性,另一方面是指诗文内涵的真实与否、价值的高低,须联系其作者生平来衡量,因此很重视诗文背后的作者的人格。因为古代的文学家,是朝廷的官员或预备官员,至少是读书人,是文明的传承者,用今天话来说是精英阶层、模范群体,他们的言行是社会风尚的方向标,文学承载着移风易俗的责任,因此社会价值体系对文学家的人格有较高的要求。如汉代的扬雄写过赞美王莽的文章,宋人很是看不起;西晋的潘岳谄媚当时的权贵贾谧,却写了一篇高情千古的《闲居赋》,导致元好问有"心声心画总失真"的慨叹。蔡京的书法虽好,无人收藏;严嵩的诗写得好,后世读的人少,诗集也少有刊刻,怎能让祸国殃民的罪人立言不朽呢!古人偶尔说过"孔雀虽有毒,不能掩文章"的话,但"德艺双馨"这条文艺评论原则还是确立在那儿的。当然不同时代"德"的内涵是不一样的,但文艺评论能否放弃"德"这个标杆呢?

文学家应该有一双不同于世俗的眼睛。黄庭坚说:"若以世眼观,无真不俗;若以法眼观,无俗不真。"世俗中的人,多是从个人的、功利的立场来看待事物;文学家需要识见超卓高远,超越外物的羁绊,不计较个人穷达得失,用审美、睿智的眼光去认识生活背后的本真,并将之表现出来,所以古代文论家提倡"临大节而不可夺"的不俗人格。这一思想对于今天的文学理论还是有意义的。

五、文学须"通天下之志"

明清时期的文论家提出"独抒性灵",好像诗文应该抒写个人的独特的情怀意趣,现代个性主义文学思潮就是顺此流衍下来的。但事实上,是不是人内心一切的情怀都可以用文学宣泄出来呢?显然不是的。人内心有阴暗的、邪恶的、属于魔鬼的一面,文学若要对之加以表现,需要有个提炼、审美化和理性审察的过程,而不是"独抒"即可。中国文化里还有比"独抒性灵"更重要的命题,即"唯君子为能通天下之志"。表现在文论上,清初的莫秉清说:"诗者,思也,以我之思,可通于彼;以一二人之思,可通于千万人；且千百年以上之思，由今思之，而恍如我意中之所欲吐。"（《徐嘉讷诗草序》）金圣叹也说过作诗既要"说其心中之所诚然者"，表达真实的情怀，也要"说其心中之所同然者"，即具有一定普遍性的情怀。人类的心灵具有相通性，"他人有心，予忖度之"。真正的文学，就是通天下之志，连古今之心，从中可以感受到普遍的人性力量。举一个例子，唐明皇和杨贵妃的爱情故事，后人一直津津乐道，或同情或谴责，在诗、文、小说、戏曲里反复渲染。但是清代袁枚《马嵬》诗曰："莫唱当年《长恨歌》，人间亦自有银河。石壕村里夫妻别，泪比长生殿上多。"像杨、李这样的爱情悲剧在人间有多少啊！杜甫《石壕吏》里那一对老夫妻，比杨、李爱得更深，活得更惨，又有多少文人的笔墨触及他们的生活悲剧呢？"最爱言情之作"的袁枚，能将笔触深入到普通民众中去表现他们的真情，这是清代"性灵"文学的进步。文学家须眼光向下看，才能"通天下之志"，这是千年文学史中越来越明晰的道理。

传统文论在现代，往往是被外来文化所诠释甚至扭曲而获得其存在意义的。前些年掀起关于传统文论现代转换的讨论，学界作出有益的探讨。我觉得传统文论的独特性、其对现代观念有校正和补充意义的思想资源，需要当今的学者有意识地去发掘和弘扬，这才是它的真正价值。

（本文删节后发表于 2013 年 7 月 2 日《光明日报》）

图书在版编目(CIP)数据

文论求实／周兴陆著. —上海：上海古籍出版社，
2018.10
（复旦大学古代文学研究书系）
ISBN 978-7-5325-9012-4

Ⅰ.①文… Ⅱ.①周… Ⅲ.①中国文学—古典文学研
究—文集 Ⅳ.①I206.2-53

中国版本图书馆 CIP 数据核字(2018)第 236102 号

封面题签：周兴陆

复旦大学古代文学研究书系
文 论 求 实
周兴陆 著
上海古籍出版社出版发行
（上海瑞金二路 272 号 邮政编码 200020）
（1）网址：www.guji.com.cn
（2）E-mail：guji1@guji.com.cn
（3）易文网网址：www.ewen.co
苏州市越洋印刷有限公司印刷
开本 635×965 1/16 印张 20.75 插页 5 字数 298,000
2018 年 10 月第 1 版 2018 年 10 月第 1 次印刷
印数：1—1,300
ISBN 978-7-5325-9012-4
I·3322 定价：82.00 元
如有质量问题，请与承印公司联系